Susan Hill begann bereits als Teenager zu schreiben. Sie hat zahlreiche Romane, Jugendbücher, Hörspiele und Sachbücher veröffentlicht. Susan Hill ist verheiratet und lebt mit ihrem Mann und ihren beiden Töchtern in Oxford.

Von Susan Hill sind außerdem erschienen:

Die Frau in Schwarz (Band 60200)
Das Geheimnis im Spiegel (Band 60201)

Dieses Buch wurde auf chlor- und säurefreiem Papier gedruckt.

Vollständige Taschenbuchausgabe Mai 1995
Droemersche Verlagsanstalt Th. Knaur Nachf., München

Originalverlag Sinclair-Stevenson, London
Titel der Originalausgabe »Mrs. de Winter«
Umschlaggestaltung Agentur ZERO, München
Umschlagfoto ABC, aus Alfred Hitchcocks Film »Rebecca« (1940)
Satz Ventura Publisher im Verlag
Druck und Bindung Clausen & Bosse, Leck
Printed in Germany
ISBN 3-426-60381-0

2 4 5 3

Susan Hill

Rebeccas Vermächtnis

Die Fortsetzung
des weltberühmten Romans
von Daphne DuMaurier

Aus dem Englischen von Georgia Sommerfeld

Knaur

Erster Teil

Erstes Kapitel

Die Sargträger sahen aus wie Krähen, steif und schwarz. Schwarz waren die Autos, die am Zufahrtsweg zum Friedhof geparkt waren, ebenso wie wir, die Trauergäste, ein kleines Grüppchen, das darauf wartete, daß die Träger den Sarg auf ihre Schultern hoben und der Geistliche sich an die Spitze des Zuges setzte. Auch er sah aus wie eine schwarze Krähe, in seinem langen Talar.

Und dann stoben plötzlich Schwärme echter Krähen aus den Bäumen und von den Feldern auf, wirbelten durch die Luft wie verkohlte Papierfetzen und kreisten krächzend über unseren Köpfen. Eigentlich hätte ich diesen Laut an einem solchen Tag als Boten der Trauer oder des Unheils empfinden sollen, aber genau das Gegenteil war der Fall: Er weckte eine wilde Freude in meinem Herzen, ebenso wie der Schrei der Eule in der vergangenen Nacht und das Kreischen der Möwen im Morgengrauen, und Tränen des Glücks stiegen mir in die Augen und schnürten mir die Kehle zu. Es ist wahr, dachte ich. Wir sind hier. Zu Hause.

Als ich aufblickte, sah ich den Sarg. Und ich erinnerte mich. Aber der Sarg war nicht schwarz, sondern aus schlichtem, hellem Eichenholz, die Griffe und Zierecken aus Messing glänzten in der Morgensonne. Das Kreuz aus Chrysanthemen, das jetzt daraufgelegt wurde, schimmerte in den Farben der Herbstlandschaft um uns herum: in Bronze, Kupfer, Zitronengelb, grünlichem Weiß – und vor allem dem warmen Goldton des Oktoberlichts. Denn es war ein herrlicher, goldener Tag, fern von jeder Düsternis. An dem be-

waldeten Hang leuchteten die Buchen in feurigem Orange, blutrot glühte der Bergahorn. Nur die Eichen schimmerten noch in dunklem Grün, sie würden sich erst später verfärben.
Neben dem überdachten Friedhofstor standen dunkle Eiben wie Obelisken, über ihnen breitete ein bereits fast kahler Walnußbaum seine weitverzweigten Äste aus. Der Friedhof, den ich früher nur selten besucht hatte, lag in einer geschützten Mulde; von der weiten, öden Landschaft ringsum, den Hochmooren und der schroffen Felsenküste war nichts zu spüren.
Dichter Wald zog sich bis ins Tal und zu dem Fluß hinab, der im Grünen verborgen lag. Obwohl ich es vermied, mich umzuschauen und meinen Blick in die Landschaft schweifen zu lassen, was zweifellos Befremden ausgelöst hätte, nahm ich so viel um mich herum wahr, sogar die Namen der verschiedenen Bäume fielen mir wieder ein, denn das hier war es, woran ich in all den Jahren gedacht hatte, wovon ich geträumt hatte, fast jeden Tag. Das waren die Erinnerungen, die ich mit niemandem geteilt hatte und die mir stets unsäglichen Trost spendeten – Erinnerungen an Bäume wie diese, Plätze wie diesen, Tage wie diesen. Esche, Ulme, Kastanie, Steineiche. Und die Stechpalme: Blutrote Beeren leuchteten in den niedrigen, stachligen Hecken wie kandierte Früchte in einem Kuchen.
Und dann erinnerte ich mich an den Adlerfarn im Herbst, ein filigranes, goldenes Netz, und wie sich seine Wedel im Wind kräuselten, und während ich spürte, wie er an meinen Beinen kitzelte und die seidigen Flanken der Hunde streifte,wenn wir spazierengingen, während ich das Rauschen und Rascheln hörte, das Knacken trockener Äste unter meinen Füßen, wurde ich fast ohnmächtig vor Glück, denn wieder überspülte mich eine Woge des Hochgefühls, das in

mir aufgestiegen war, als jener Anruf kam, ein Gefühl, das mir den Halt nahm und mich konfus machte. Ich wußte nicht, wie ich mit derlei Gefühlen umgehen sollte, so wenig waren sie mir vertraut, denn es war lange her, daß ich dergleichen empfunden hatte.

Nach all den Stürmen, die Maxim und ich erlebt hatten, waren wir erleichtert und dankbar gewesen, als die aufgewühlte See uns schließlich an ein stilles Gestade schleuderte, und danach waren unsere Gefühle ruhig und beständig dahingeflossen wie ein unterirdischer Strom, auf dem wir uns sorglos treiben lassen konnten – ohne Stromschnellen, die uns aus der Bahn warfen, ohne Wasserfälle, über die wir in die Tiefe stürzten, vor allem aber, ohne daß dieser Fluß Macht über uns bekam. Jetzt jedoch war es mit meiner Ruhe und meiner Kraft vorbei, ich war meinen Gefühlen ausgeliefert, und diese große Woge, die immer mächtiger in mir geworden war und mich an diesem Morgen mit sich fortspülte, preßte mir den Atem aus den Lungen, machte mich schwindlig. Nach all den Jahren in der Fremde war ich heimgekehrt nach England. Ich ballte die Fäuste so fest, daß die Knöchel die schwarzen Handschuhe zu sprengen drohten.

Am Hang hinter der Kirche war ein Bauer beim Pflügen. Ich sah, wie die Erde zu fetten, dunkelbraunen Schollen aufgeworfen wurde, sah den Traktor, der langsam eine kerzengerade Furche zog. Der Bauer drehte sich um und blickte zurück. Vögel folgten ihm wie ein Schwarm Mücken.

Obwohl es Oktober war, schien die Sonne an diesem Morgen warm und mild auf unsere Gesichter, und das Licht lag so unendlich weich über der Landschaft, daß ich die Augen nicht dagegen abschirmen mußte wie gegen die grelle, gleißende Helligkeit, in der wir so viele Jahre gelebt hatten. Diese Sonne war einladend, nicht abweisend, und es war

dieses Licht, nach dem ich mich in der Fremde schmerzlich gesehnt hatte, das ich nie, nie vergessen konnte.
Mit einem lauten Krächzen stießen die Krähen vom Himmel herab, ließen sich in den Bäumen nieder. Plötzlich herrschte Stille, und das Firmament war leer und blau.
Die Männer hatten den Sarg geschultert und setzten sich in Bewegung. Wir reihten uns hinter ihnen ein. Maxim ging neben mir, mit steifen, hölzernen Bewegungen wie eine Gliederpuppe und so nah, daß unsere Schultern sich fast berührten. Ich sah sein bleiches Gesicht, seine zusammengepreßten Lippen, die feinen Fältchen um seine Augen, und es war, als sei er tausend Meilen von mir entfernt – unerreichbar. Er lebte jetzt wieder weit, weit weg in der Vergangenheit, in seiner eigenen, verschlossenen Welt, in die er sich an dem Tag zurückgezogen hatte, als die Nachricht kam, einer Welt, in die ich ihm nicht folgen konnte.
Ich fragte mich, ob er an jenen anderen letzten Gang dachte, an jene andere Beerdigung. Ich wußte es nicht. Es ist ein Fehler, zu glauben, die Gedanken eines anderen Menschen zu kennen. Sosehr wir uns auch als Teil von ihm fühlen mögen – wir sind es nicht. In den mehr als zehn Jahren in der Fremde waren wir in vieler Hinsicht eins gewesen, hatten alles geteilt, keine Geheimnisse voreinander gehabt – und doch gab es Geheimnisse aus der Vergangenheit, und die Vergangenheit warf Schatten, die manchmal zwischen uns standen.
Waren wir tatsächlich wieder hier, zu Hause, oder bildete ich mir das nur ein? Nein, es war kein Traum – wir waren wirklich zurückgekehrt. Ich kam mir vor, als hätte ich seit Jahren gehungert und sei plötzlich zu einem Bankett geladen, bei dem sich die Tafel unter den köstlichsten Speisen bog, als hätte ich dürsten müssen, nur Rost und Sand und

Asche im Mund gehabt, und läge nun bäuchlings am Ufer eines Flusses und könne das klare kalte Wasser mit den Händen in mein Gesicht schöpfen und trinken, trinken, trinken. Ich war ausgehungert gewesen, und jetzt aß ich; ich war am Verdursten gewesen, und jetzt trank ich; ich war blind gewesen, und jetzt sah ich. Gierig nahm ich alles in mich auf, die Felder, die Hügel, die Hecken, den Weg vor uns, die umgepflügte Erde, den bewaldeten Hang, den Duft des Bodens, das Rascheln der Herbstblätter und die Salzluft, die die sanfte Brise vom fernen Meer herübertrug; die schmale Landstraße, die winzigen Häuser, Schüsse in der Ferne, das Bellen eines Hundes hinter einem Gartentor, an dem unser Autokonvoi vorbeigekommen war, die dünnen Rauchfahnen, die aus den Schornsteinen in die sonnige Luft emporstiegen. Ein Reiter hatte am Straßenrand angehalten, um uns vorbeizulassen, die braune Brust seines Pferdes glänzte wie eine polierte Kastanie. Als er den Hut zog, lächelte ich ihm aus dem Auto zu, aber er sah mich nicht. Ich wollte Maxim fragen, ob der Mann ein Freund der Familie sei, doch er blickte starr geradeaus. Ich hatte den Eindruck, daß er gar nichts um sich herum wahrnahm, weder mich noch die Landschaft, geschweige denn jenen Reiter. Er schien in Gedanken ganz woanders zu sein, während ich gar nicht aufhören konnte hinauszusehen in diese herrliche Landschaft, ebensowenig wie ich meinem Herzen gebieten konnte, nicht mehr zu schlagen. So tragisch der Anlaß auch war, der uns hierhergeführt hatte – ich konnte nur Freude empfinden angesichts all der Schönheit da draußen, eine übermütige Freude, die ich mit niemandem teilen konnten, denn ich hätte damit nur Unverständnis, ja Empörung geerntet.

Letzte Nacht hatte ich, aufgewühlt und übermüdet von der Reise, lange nicht einschlafen können, und dann war ich irgendwann im Halbschlaf aus einem wirren Traum von ratternden Zugrädern und flachen tristen französischen Feldern aufgewacht. Um mich herum herrschte Stille. Im ersten Augenblick wußte ich nicht, wo ich mich befand, doch schließlich erinnerte ich mich, und ein überwältigendes Glücksgefühl ergriff von mir Besitz. Nach all den Jahren in der Fremde wieder hier in England zu sein, Jahren voller Heimweh und Sehnsucht – die Freude darüber drängte alles andere weit in den Hintergrund.

Wundervoll weiches Mondlicht strömte durch das Fenster herein, tauchte die Wände und den weißlackierten Toilettentisch in einen blassen Goldton, berührte mit zarten Fingern den Spiegel, das Glas eines Bildes, die silbernen Griffe meiner Frisiergarnitur und ließ sie wie Wasser schimmern. Ich ging auf Zehenspitzen durchs Zimmer, ängstlich darauf bedacht, kein Geräusch zu machen, um Maxim nicht zu wecken, der, zusammengekrümmt wie ein Embryo, unter der Decke lag. Die physische Anstrengung und der emotionale Aufruhr hatten ihn völlig erschöpft, er brauchte die Flucht in den Schlaf.

Ich hatte so schnell für uns packen müssen – schließlich hatten wir schon lange keine Dienstboten mehr, die uns das abnahmen –, daß in meinem Koffer alles drunter und drüber lag, und es dauerte ein paar Momente, bis ich meinen Morgenrock gefunden hatte. Ich schlüpfte hinein, setzte mich in die Fensternische und zog den Vorhang einen Spaltbreit zurück. Mich vergewissernd, daß Maxim tief und fest schlief, entriegelte ich das Fenster und stieß es leise auf. Der Garten erschien mir wie die Kulisse eines Märchenspiels – und ich saß in der Loge. Was ich sah, war eine Landschaft von atemberaubender Schönheit. Und ich wußte eins: Was immer auch noch geschehen würde, in meinem Leben, in unserem Leben – diesen Anblick und diese Stimmung wür-

de ich niemals vergessen und von der Erinnerung zehren, so wie ich manchmal von der Erinnerung an den Rosengarten zehrte, den man von unserem Schlafzimmer in Manderley aus gesehen hatte.
In der Mitte der Rasenfläche stand eine Stechpalme. Sie warf einen kreisrunden Schatten auf das mondbeschienene Gras. Durch eine Lücke in der Eibenhecke glänzte, gleich einer Münze, der Teich in seinem steinernen Becken. Die letzten Dahlien und Chrysanthemen ließen die dunklen Köpfe hängen, aber auf ihren Stengeln stand schräg das Mondlicht, und die Schindeln des alten Schuppens schimmerten silbergrau. Jenseits des Gartens lagen der Obsthain – hier und da leuchteten die letzten Äpfel im Geäst – und dahinter die leicht ansteigende Koppel, auf der, schemenhaft wie Geister, regungslos zwei Pferde standen.
Ich schaute und schaute, glaubte, niemals genug bekommen zu können, und plötzlich fiel mir ein Gedicht aus meiner Schulzeit ein, an das ich seit damals nie mehr gedacht hatte.

Der Mond wandert
langsam und lautlos durch die Nacht.
Leuchtend hält er über uns die Wacht.
Späht hierhin und dorthin
und gerät ins Träumen
Über silberne Früchte an silbernen Bäumen.

Den Rest hatte ich vergessen.

Es war nicht nur der Anblick des Gartens, der mich mit einer derart tiefen Freude erfüllte. Der Duft der Nachtluft, die durch das offene Fenster hereinströmte, war unbeschreiblich süß, so ganz anders als der heiße Odem, an den wir uns hatten gewöhnen müssen – an dem Ort, den ich in Gedanken immer als »unser Exil« bezeichnete. Die Luft dort war mir immer fremdartig vorgekommen – manchmal exotisch, oft berauschend, aber nicht selten beklemmend oder gar faulig. Hier dagegen atmete ich die Luft meiner Kindheit und Jugend. Es roch nach zu Hause, nach Kühle und bereiftem Gras, nach Baumrinde und Holzfeuer, nach umgepflügter Erde und feuchtem Eisen, nach Lehm und Adlerfarn und nach Pferden. Es war eine ganz besondere Mischung, dieser Duft nach Garten und dem offenen Land, das dahinter lag, der Duft einer Oktoberlandschaft im Mondenschein.

Als wir tags zuvor am späten Abend angekommen waren, hatte man uns ein Abendessen serviert, das wir ebenso lustlos absolvierten wie die trübseligen Mahlzeiten auf unserer Reise. Wir waren wie betäubt von den Strapazen und fühlten uns unbehaglich in unseren Kleidern, in denen der Geruch schmuddeliger Züge hing. Es fiel mir schwer, die Lippen zu bewegen, meine Zunge lag wie ein unförmiger Klumpen in meinem Mund. Maxim war durchscheinend blaß, dunkle Schatten lagen unter seinen Augen. Mit einem schwachen Lächeln hatte er versucht, eine Verbindung zu mir herzustellen, und ich lächelte zurück, doch er war weit weg von mir und kam mir seltsam fremd vor – wie schon einmal vor langer Zeit.

Der Kaffee nach dem Essen hatte merkwürdig bitter geschmeckt. Das Speisezimmer war ungeheizt und nur spärlich beleuchtet durch die Deckenlampe, in deren einem häßlichen gelben Pergamentschirmchen ich einen Riß bemerkte. Die schönen Möbel waren stumpf und glanzlos, Flecken verunzierten den Teppich. Alles wirkte vernachlässigt, als bedeute es niemandem mehr etwas. Nachdem unsere Teller fast unberührt wieder abgeräumt worden und wir in unser Zimmer gegangen waren, wechselten wir kaum mehr ein Wort, nur ein paar nichtssagende Bemerkungen über unsere lange, ermüdende Reise durch das graue, vom Krieg gezeichnete Europa.

Es war eine deprimierende Fahrt gewesen. Wir hatten aus dem Zugfenster geschaut und überall Zerstörung und Trostlosigkeit gesehen, hagere, traurige Menschen, die uns anstarrten, ohne uns wahrzunehmen. Einmal winkte ich einer Gruppe von Kindern zu, die irgendwo im Landesinneren von Fránkreich an der Schranke warteten. Auch sie starrten nur, winkten nicht zurück, und aufgrund meiner Müdigkeit und der Anspannung, unter der ich stand, hatte ich ihr Verhalten als schmerzliche Kränkung empfunden, als Zurückweisung, die mich traurig machte. Ich war in ein dumpfes Grübeln verfallen, das mich für den Rest der Fahrt in Beschlag hielt.

Doch als ich jetzt auf den mondbeschienenen Garten blickte, fühlte ich mich wohl und ausgeglichen. Irgendwo im Haus schlug eine Uhr dreimal. Ich war noch immer hellwach und freute mich darüber, genoß die Ruhe, die Aussicht und die herrlich frische, würzige Nachtluft. Obwohl ich mich dessen schämte, war ich von einer tiefen Zufriedenheit erfüllt.

Ich hatte fast eine ganze Stunde so gesessen, als Maxim sich im Bett herumwarf und etwas Unverständliches murmelte. Auf einmal wurde mir bewußt, wie kalt es im Zimmer geworden war, und ich schloß das Fenster, deckte Maxim sorgfältig zu und strich ihm über die Wange, wie ich es bei einem Kind getan hätte. Dann schlüpfte ich ins Bett.

Er wachte nicht auf, und kurz vor Morgengrauen schlief auch ich wieder ein.

Als ich am Morgen die Augen öffnete, fiel mir sofort auf, wie anders das Licht war – und wie vertraut und willkommen. Ich stand auf, trat ans Fenster und schaute zu dem wolkenlosen, leicht diesigen Himmel hinauf. Die Morgenröte hauchte einen rosigen Schimmer auf den bereiften Rasen. In diesem Moment hätte ich nirgendwo anders auf der Welt sein wollen als hier. Die zarte Schönheit des erwachenden Tages trieb mir die Tränen in die Augen.

Als wir später zum Friedhof aufbrachen, hingen noch vereinzelte Dunstschleier zwischen den Bäumen, doch die Sonne löste sie allmählich auf und leckte den Reif vom Gras. Ich hielt instinktiv nach dem Meer Ausschau, obwohl ich wußte, daß es Meilen entfernt war. Bei der Überfahrt von Calais nach Dover war es bereits dunkel gewesen, und die See lag pechschwarz und unbewegt jenseits der Bullaugen, so daß ich gar nicht das Gefühl gehabt hatte, mich auf dem Meer zu befinden, und dann waren wir über die Rampe von der Fähre gefahren und hatten die Küste hinter uns gelassen.

Trotz all des Unglücks, das es über uns gebracht hatte, trotz des Bösen, das ich in Gedanken damit verband, hatte ich in der Zeit auf dem Kontinent »unser« Meer vermißt – die am Strand hochleckenden Wellen, das Zischen und Schmatzen, mit dem sie die Kieselsteine überspülten, das Rauschen der Brandung in der Bucht, das man sogar durch den dichtesten Nebel hörte, der alle anderen Geräusche schluckte, und die Möglichkeit, zur Bucht hinabzugehen, wann immer ich wollte, um es zu betrachten, seine Bewegungen zu beobachten und das Spiel des Lichts auf der Oberfläche. Ich hatte oft geträumt, daß ich nachts, wenn es glatt und ruhig dalag, auf eine Klippe stieg und auf das mondbeschienene Wasser hinausschaute. Das Meer in der Fremde dagegen war gezeitenlos, glitzernd, leuchtend blau, violett, smaragdgrün – ein verführerisches, buntes Meer, das mir stets unwirklich erschienen war.

Als ich an diesem Morgen zu dem schwarzen Wagen gegangen war, der uns zum Friedhof bringen würde, blieb ich auf halbem Weg stehen, schaute noch einmal in die Richtung, in der das Meer lag, und gaukelte mir vor, das Tosen der Brecher zu hören, die die Felsen überfluteten. Ich war froh, daß Maxim meine Gedanken nicht lesen konnte; seine Einstellung zu »unserem« Meer war von Schrecken und Abneigung geprägt. Ich schüttelte meine Phantasien ab und stieg zu ihm in den Fond.

Mittlerweile hatten die Männer in Schwarz den Kirchenvorplatz erreicht und hielten inne, um ihre Last zurechtzurücken, das Gewicht auf ihren Schultern wieder gleichmäßig zu verteilen. Während wir darauf warteten, in der Kirche Einzug zu halten, schoß plötzlich ein Rotkehlchen in die dunkle Höhlung des Vordaches und wieder heraus. Mir war bei diesem Anblick auf einmal ganz leicht ums Herz. Ich sah uns als eine Truppe Schauspieler, die hinter den Kulissen darauf warten, in die gleißende Helligkeit der Bühne hinauszutreten. Als wir durch das Portal traten, sah ich, daß die Kirche voll besetzt war. Aller Augen wandten sich uns zu, und dann standen die Leute auf. Wahrscheinlich waren viele von ihnen Nachbarn und Freunde, aber ich glaubte kaum, daß ich nach all den Jahren noch viele von ihnen erkennen würde.

»Ich bin die Auferstehung und das Leben, spricht der Herr. Wer an mich glaubt, der wird leben, ob er gleich stürbe ...«

Die schwere Holztür schloß sich hinter uns und sperrte den sonnigen Herbsttag aus, die umgepflügten Felder und den Mann auf dem Traktor, die Lerchen, die in den klaren Himmel hinaufstiegen, das Rotkehlchen, das in der Stechpalme sang, und die schwarzglänzenden Krähen.

Die Kirchengemeinde in den Bänken wogte wie Korn im Sommerwind, als wir durch den Mittelgang zur vordersten Reihe schritten. Ich spürte die Blicke auf meinem Rücken brennen, die Neugier, die ungestellten Fragen, die in der Luft hingen.
Die Kirche war schön – so schön, daß es mir fast den Atem nahm. Wie sehr hatte ich Orte wie diesen vermißt! Es war eine ganz gewöhnliche, schlichte englische Landkirche, doch für mich war sie prächtiger als jede Kathedrale.
Manchmal war ich in einer fremden Stadt oder einem Dorf ganz hinten in einer Kirche niedergekniet, zwischen Frauen mit schwarzen Kopftüchern, die über ihren Rosenkränzen Gebete murmelten. Der Geruch von Weihrauch und Kerzenwachs war mir ebenso fremd gewesen wie die Gebetsformeln und die versunkenen Gesichter jener Frauen. Dies alles schien zu einer exotischen Religion zu gehören, die nichts mit der strengen Steinkirche zu Hause gemein hatte, doch es zog mich immer wieder hin, ich brauchte die Stille und die Atmosphäre der Frömmigkeit, war halb angezogen und halb abgestoßen von den Statuen und den Beichtstühlen. Mir selbst war es nie gelungen, ein Gebet zu formulieren oder ein Bekenntnis, weder in Gedanken noch mit den Lippen; nur manchmal ergriff ein ungemein starkes Gefühl von mir Besitz, als dränge etwas aus den Tiefen meines Seins nach oben, aber es war nur bis dicht unter die Oberfläche gelangt, ohne sie jemals zu durchbrechen. Ich nahm an, es war der verzweifelte Wunsch, das Schicksal günstig zu stimmen, das Bedürfnis nach … ja, wonach? Nach Schutz? Nach Rettung? Oder vielleicht nur danach, den Rest unseres Lebens in einem sicheren Hafen verbringen zu dürfen, in Ruhe und Frieden, unbelästigt von den Geistern der Vergangenheit?

Ich hatte mir nie eingestehen wollen, wie sehr ich die englischen Kirchen vermißte, doch wenn ich die Zeitungen las, die uns von zu Hause erreichten, stieß ich hin und wieder auf Bekanntmachungen für die Gottesdienste am folgenden Sonntag, und dann stieg eine große Sehnsucht in mir auf. Bezeichnungen wie »Gesungene Eucharistie«, »Frühmesse« und »Abendandacht« und Worte wie »Pfarrer«, »Dekan« und »Bischof« trieben mir die Tränen in die Augen. Wie Zauberformeln sprach ich sie leise vor mich hin

Als wir jetzt zur ersten Bankreihe vorgingen, ließ ich den Blick verstohlen durch die Kirche wandern und freute mich an dem, was ich sah: die grauen Steinbögen, die Mauervorsprünge, die Stufen, die zum Altar hinaufführten, die gravierten Gedenktafeln, die in strengen Lettern an längst verstorbene Landedelleute erinnerten, und die biblischen Texte, die die Fenster zierten.

> Kommt zu mir,
> die ihr mühselig und beladen seid.
> Ich bin der Weinstock, ihr seid die Reben.
> Selig sind die Friedfertigen.

Ich las die wohlgesetzten Worte, während unsere Schritte auf dem Steinboden widerhallten, wie die von marschierenden Soldaten. Am Fuße der Altartreppe standen die Böcke zur Aufbahrung des Sarges bereit, und in großen Krügen und Schalen auf dem Tisch beim Taufbecken leuchteten Blumen, golden und weiß wie die Sonne und die Sterne. Als ich gedacht hatte, der herrliche Oktobertag sei durch das Schließen der Kirchentür ausgesperrt worden, hatte ich mich getäuscht: Klares, zartes Herbstsonnenlicht, das Licht, das mich mit Freude erfüllte und mir das Gefühl gab, endlich wieder zu Hause zu sein, strömte durch die hohen Seitenfenster herein, flutete über das hölzerne Gestühl und den grauen Stein, über Gesichter und noch geschlossene Gesangbücher, brachte das silberne Kreuz zum Gleißen und strich mit sanften Fingern über Beatrice' schlichten Eichensarg, als die Männer ihn absetzten.

Zweites Kapitel

Als Maxim den Brief mit der Nachricht brachte, saß ich an unserem üblichen Tisch, von dem aus man den kleinen Platz überschauen konnte, unseren Lieblingsplatz. Maxim war ins Hotel gegangen, um sich Zigaretten zu holen.
Es war nicht sehr warm, das weiß ich noch, immer wieder verdunkelten Wolken die Sonne, und Windböen wirbelten Papierfetzen und trockene Blätter durch die Luft, trieben sie die schmalen Straßen entlang. Ich zog mir die Jacke enger um die Schultern. Der Sommer war vorüber. Vielleicht würde am späten Nachmittag wieder eines der Gewitter über uns hereinbrechen, die die sommerliche Hitze in den letzten Wochen immer öfter unterbrochen hatten. Wieder glitt eine Wolke vor die Sonne. Ein Schatten legte sich über den Platz und machte ihn seltsam konturlos und düster. Ein paar kleine dunkelhaarige Kinder hockten um ein Loch herum, das sie gegraben und mit Wasser gefüllt hatten, und rührten mit Stöcken darin herum. Ab und zu sprang eines auf und holte mit einem hölzernen Löffel Staub, um die »Suppe« anzudicken. Ihre Stimmen klangen hell wie Vogelgezwitscher, wenn sie mir etwas zuriefen, mich in ihr Spiel einbeziehen wollten. Wie jeden Tag sah ich ihnen zu, beantwortete lächelnd und geduldig ihre Fragen. Ein Kellner streifte im Vorbeikommen meine leere Tasse mit einem fragenden Blick. Ich schüttelte den Kopf: Ich wollte auf Maxim warten.
Dünn und blechern schlug die Kirchenglocke zur vollen Stunde. Die Sonne kam zum Vorschein, wischte den Schat-

ten weg. Mir war gleich wieder wohlig und warm zumute. Plötzlich sprangen die Kinder auf und klatschten jubelnd in die Hände. Als ich den Kopf wandte, sah ich Maxim auf mich zukommen, und ich wußte gleich, daß etwas nicht stimmte. Er hielt einen Brief in der Hand und warf ihn, als er sich auf den zierlichen schmiedeeisernen Kaffeehausstuhl setzte, auf den Tisch, bevor er sich umdrehte und in seiner alten arroganten Art mit den Fingern nach dem Ober schnippte, was er heutzutage nur noch sehr selten tat.
Die Handschrift war mir unbekannt, aber dann sah ich die Briefmarke. Ich streckte die Hand aus und legte sie auf Maxims. Er deutete schweigend auf das Kuvert. Ich zog den Brief heraus; er war von Giles. Maxim wandte sich ab, während ich ihn überflog: »... hörte einen dumpfen Fall ... fand sie im Schlafzimmer auf dem Fußboden ... schaffte es, sie aufzurichten ... das Dienstmädchen kam mir zu Hilfe ... linke Seite gleich wieder bewegungsfähig ... Sprechen ist mühsam, wird aber besser ... sie erkennt mich ... im Krankenhaus sagen sie mir nicht viel ... schrecklich ... wir können nur hoffen ...«
Ich schaute mir das Kuvert noch einmal an: Es war vor drei Wochen abgestempelt worden! Die Post dauerte manchmal furchtbar lange, seit Kriegsende hatte sich die Kommunikation verschlechtert, anstatt besser zu werden.
»Bestimmt geht es ihr inzwischen schon viel besser«, sagte ich. »Vielleicht ist sie sogar bereits völlig wiederhergestellt. Andernfalls hätte Giles uns doch benachrichtigt.«
Maxim zuckte mit den Achseln und zündete sich eine Zigarette an. »Arme Bea. Jetzt wird man ihre Stimme nicht mehr bis in die übernächste Grafschaft hören können – und mit dem Jagen ist auch Schluß.«
»Letzteres halte ich für einen Vorteil: Eine Frau jenseits der Fünfzig sollte ein so gefährliches Hobby lieber aufgeben.«

»Sie hat sich in den letzten Jahren um alles gekümmert – ich war ihr keine Hilfe. Einen solchen Schicksalsschlag hat sie nicht verdient.« Er stand abrupt auf. »Komm.« Er ließ ein paar Münzen auf den Tisch fallen und ging mit eiligen Schritten davon. Ich wollte dem Kellner ein entschuldigendes Lächeln zuwerfen, doch er stand mit dem Rücken zu mir im Café und sprach mit einem Gast. Ich hastete hinter Maxim her. Beinahe wäre ich auf dem glatten Kopfsteinpflaster ausgerutscht. Die Kinder hockten wieder an ihrer Pfütze und steckten die Köpfe zusammen. Maxim steuerte auf den Weg zu, der um den See herumführte.

»Maxim ...« Ich berührte seinen Arm, als ich ihn eingeholt hatte. »Es geht ihr inzwischen wieder gut. Bestimmt. Ich bin ganz sicher. Wenn es dich beruhigt, rufen wir heute abend Giles an. Aber er hätte uns Bescheid gegeben, wenn es nicht so wäre. An sich hat er es ja nicht so mit dem Schreiben – keiner von beiden, wie du weißt –, aber in einem solchen Fall ...«

In der Tat hatten wir in all den Jahren nur kurze, pflichtschuldige Briefe in Beatrice' riesiger Jungmädchenschrift bekommen, in denen sie von Nachbarn berichtete, von Fahrten nach London, dem Krieg, der Verdunkelung, den Evakuierten, davon, wie alles knapp wurde, von den Hühnern und den Pferden. Niemals erwähnte sie etwas von persönlichem Belang. Fast konnte man den Eindruck gewinnen, wir seien lediglich weit entfernte Verwandte, zu denen der Kontakt aufgrund langer Trennung fast eingeschlafen war. Da wir viel reisten, hatten die Briefe oft nachgeschickt werden müssen und uns entsprechend verspätet erreicht. Die Beantwortung war dann meine Aufgabe gewesen. Ich erledigte sie in der gleichen leicht verkrampften Form und ebenfalls nicht ausgereiften Schrift. Da Beatrice niemals Bezug darauf nahm, hatte ich nie gewußt, ob meine Briefe überhaupt ankamen.

»Bitte mach dir nicht solche Sorgen!« versuchte ich Maxim zu beruhigen. »Natürlich ist ein Schlaganfall eine schreckliche Sache – und besonders für sie, die es nie lange aushielt, im Haus zu bleiben und still zu sitzen –, aber sie wird wieder gesund, das weiß ich.« Das Lächeln um seine Mundwinkel zeigte mir, daß er seine Schwester im Geiste vor sich sah – so, wie sie gewesen war. »Viele Menschen behalten nach einem Schlaganfall keinerlei Behinderungen zurück.«

Wir standen nebeneinander auf dem gekiesten Uferweg und schauten auf die leere, stahlgraue Fläche des Sees hinaus, der von Bäumen gesäumt war. Ich plapperte und plapperte, um Maxim zu beruhigen, obwohl ich wußte, daß es nichts nutzen würde, denn er dachte natürlich nicht nur an Beatrice: Die Briefmarke, Giles' Handschrift, die Absenderadresse – all das zog seine Gedanken unweigerlich in die Vergangenheit. Ich wünschte, ich hätte ihm diese Qual ersparen können – hatte es auch bei den früheren Briefen gewünscht, doch es wäre unrecht von mir gewesen, sie ihm vorzuenthalten, denn er *hatte* nun mal eine Familie, und ich durfte mir nicht anmaßen, sie totzuschweigen. Außerdem wäre es unehrlich gewesen, und es gab zwischen uns keine Unehrlichkeit – jedenfalls keine von Bedeutung.

Seit unserer Abreise vor mehr als zehn Jahren hatte Beatrice sich um unsere Belange zu Hause gekümmert, Unterschriften geleistet, Entscheidungen getroffen, in der ersten Zeit noch mit der Unterstützung von Frank Crawley. Maxim hatte nichts von alldem hören wollen – kein Wort. Vielleicht haben wir sie überfordert, dachte ich nun. Wir hatten ihre Vitalität und Gesundheit als selbstverständlich betrachtet, ohne auch nur auf den Gedanken zu kommen, es könne sie

etwas überanstrengen – selbst dann nicht, als der Krieg ausbrach, was zusätzliche Anforderungen an ihre Kraft stellte.
»Ich bin ihr nie eine Stütze gewesen«, sagte Maxim.
»Das hat sie auch nie erwartet, das weißt du.«
Er sah mir ins Gesicht, einen Ausdruck tiefer Verzweiflung in den Augen. »Ich habe Angst.«
»Aber Maxim, wovor denn? Beatrice erholt sich wieder, davon bin ich fest überzeugt.«
»Das ist nicht der Grund.«
»Was denn dann?«
»Verstehst du denn nicht? Es hat sich etwas verändert – und ich fürchte mich vor Veränderungen. Ich wünschte, wir könnten einfach immer so weiterleben, und daß alles so bliebe, wie es ist. Wenn sich nichts ändert, muß ich nicht nachdenken.«
Ich wußte, daß nichts, was ich sagte, ihm helfen konnte. Ich gab es auf, ihn davon überzeugen zu wollen, wie gut es Beatrice inzwischen sicher gehe, daß sie sich bestimmt vollständig erholen würde, und ging schweigend neben ihm am See entlang. Nach etwa einer Meile kehrten wir um. Einmal blieben wir stehen und sahen ein paar Wildgänsen zu, die auf dem Wasser schaukelten, und ich fütterte ein paar Spatzen mit Krümeln, die ich auf dem Grund meiner Jakkentasche gefunden hatte. Wir begegneten kaum jemandem – die Ferienzeit war zu Ende. Wenn wir zum Hotel zurückkämen, wären die Zeitungen da, in die wir uns für eine kleine köstliche Weile vertiefen könnten, bevor wir einen Wermut trinken und anschließend pünktlich wie immer zu Mittag essen würden.
Arme Beatrice, dachte ich. Aber immerhin konnte sie sich auf einer Seite wieder bewegen, und sie konnte sprechen und nahm ihre Umgebung wahr. Wir würden anrufen,

Blumen schicken, falls möglich, und unser schlechtes Gewissen auf diese Weise besänftigen.
Als wir die Hoteltreppe hinaufstiegen, erschien plötzlich einen Moment lang Beatrice vor meinem geistigen Auge. Wir waren in Manderley. Mit großen Schritten kam sie über den Rasen auf mich zu und begrüßte mich mit lauter Stimme, um das Bellen der Hunde zu übertönen, die übermütig um ihre Beine tollten. Liebe, gute, loyale Beatrice. Sie hatte nie versucht, uns zu beeinflussen, keine Fragen gestellt und alles, war wir taten, widerspruchslos akzeptiert. Tränen traten mir in die Augen. Sicher war sie inzwischen schon wieder mit großen Schritten unterwegs. Ich nahm mir vor, sie in meinem nächsten Brief zu bitten, ihr Tempo zu drosseln, mehr auf sich zu achten – und die Jagd aufzugeben.
Als wir das Hotel betraten, wandte Maxim sich mir zu, und ich erkannte, daß die Anspannung aus seinem Gesicht gewichen war: Er hatte eingesehen, daß wahrscheinlich nichts Gravierendes geschehen war, und war erleichtert, unser ereignisloses, aber angenehmes und bequemes Leben wiederaufnehmen zu können. Heute schäme ich mich – und ich werde diese Scham bis an mein Ende mit mir herumschleppen –, daß wir den Rest des Tages so unbeschwert genossen, nachdem wir alles weggeschoben hatten, was uns nicht unmittelbar betraf. Wie selbstsüchtig und herzlos wir doch handelten, indem wir uns, um unseres Seelenfriedens willen, einredeten, daß Beatrice bestimmt nur einen leichten Schlaganfall gehabt habe und bereits völlig wiederhergestellt sei. Wir hatten es uns wieder in dem Kokon gemütlich gemacht, den wir um uns gesponnen hatten.
Am Nachmittag machte ich einige Einkäufe, erstand in einem Anfall von Waghalsigkeit ein mir unbekanntes Parfum, gönnte mir eine Tafel Zartbitterschokolade, eine in diesen Zeiten seltene Köstlichkeit, und kam mir wie eine der

reichen gelangweilten Frauen vor, die wir schon oft beobachtet hatten und die ihre Tage damit zubrachten, das Geld ihrer Ehemänner für Nutzlosigkeiten auszugeben. Es sah mir gar nicht ähnlich, und ich konnte mir nicht erklären, was mich zu diesem untypischen Verhalten veranlaßte.
Wir tranken Tee und nahmen später im Speisesaal zur gewohnten Zeit das Dinner ein. Danach gingen wir wie üblich am See spazieren und tranken in einem der Hotels, in denen man abends noch auf der Terrasse sitzen konnte, unter bunten Lichterketten Kaffee. Der Wind hatte sich gelegt, und es war wärmer geworden. Hin und wieder schlenderte ein Paar vorbei und beschloß dann plötzlich, seinen Spaziergang zu unterbrechen, um einen Drink oder einen Kaffee und die winzigen Mandel-Kirschtörtchen zu genießen, die die Spezialität des Hauses waren.
Auch wenn Maxim es manchmal nicht verhindern konnte, mit den Gedanken weit weg zu sein, gelang es ihm immer wieder, dies vor mir zu verbergen, so wie an diesem Abend, während er mir, bequem zurückgelehnt, gegenübersaß und rauchte. Seine Haare waren grau geworden und die Fältchen um seine Augen ein wenig tiefer, aber ansonsten war er derselbe Mann, mit dem ich damals vor ewigen Zeiten auf der Küstenstraße von Monte Carlo spazierengefahren war, der Mann, der mich an seinen Tisch beordert hatte, als ich allein im Speisesaal des Hotels saß und mein Wasserglas umgestoßen hatte.
»Sie können nicht vor einem nassen Tischtuch sitzen, es würde Ihnen den Appetit verderben«, hatte er fast barsch gesagt und den herbeigeeilten Kellner angewiesen: »Legen Sie noch ein Gedeck an meinem Tisch auf. Mademoiselle wird mit mir speisen.« Aus Scham über meine Ungeschicklichkeit blutrot im Gesicht, hatte ich seiner Aufforderung mit zitternden Knien Folge geleistet.

Heutzutage war er kaum je so herrisch oder impulsiv – er konnte Gegebenheiten jetzt gelassener hinnehmen und ertrug die Langeweile nicht nur, sondern begrüßte sie sogar. Früher war *er* der Starke gewesen, der das kleine Mädchen beschützte – heute verließ er sich auf *meine* Stärke. Ich hatte eine Weile gebraucht, mich auf diese Veränderung einzustellen, doch inzwischen war ich in die Aufgabe hineingewachsen, ihm Halt zu geben und unser Leben so angenehm wie möglich zu gestalten. Und doch erwachte an diesem Abend, wie an manchen Tagen in der letzten Zeit, tief in meinem Innern eine vage Unruhe, kaum mehr als der Schatten einer Hand, die sich einem aufs Herz legt, doch ich weigerte mich, diesem Gefühl auf den Grund zu gehen, und verschloß meine Ohren vor der neuen, aufbegehrenden Stimme, die sich da Gehör verschaffen wollte – denn ich hatte Angst vor dem, was sie mir sagen würde.

Der Kellner brachte uns noch einmal dickflüssigen schwarzen Kaffee in winzigen Porzellantäßchen, und Maxim bestellte Cognac.

»Schau, da geht der Apotheker«, sagte ich, und Maxim folgte meinem amüsierten Blick. Der hagere Mann, der auf der Uferpromenade vorbeiging, hielt sich so kerzengerade, als habe er einen Ladestock verschluckt. Tagsüber stand er in einem makellos weißen Kittel in seiner Apotheke, und jeden Abend spazierte er exakt um dieselbe Zeit den Uferweg hin und wieder zurück – und dabei trug er stets einen langen schwarzen Mantel und führte einen kleinen, fetten, schnaufenden Boxer an der Leine. Die gleichbleibend düstere Miene dieses Mannes erheiterte uns immer wieder. Alles an ihm – der Schnitt seiner Kleider und seines Haares, die Haltung des Kopfes, der hochgeschlagene Mantelkragen, ja sogar die Art von Hundeleine, die er benutzte – war für uns der Inbegriff des Fremdländischen. Ich erinnere mich, daß wir an diesem Abend noch länger über ihn sprachen, Spekulationen über seinen Familienstand anstellten – wir hatten ihn noch nie in Begleitung einer Frau oder einer anderen Person gesehen –, daß wir ihn im Scherz mit verschiedenen Damen aus anderen Geschäften oder Hotelhallen oder Cafés in der kleinen Stadt »verkuppelten« und mit Hundebesitzerinnen, die an uns vorbeiflanierten. Später, als es kühl wurde und die Lämpchenketten über unseren Köpfen erloschen, gingen wir Hand in Hand an dem dunklen Wasser entlang zu unserem Hotel zurück. Mit keinem Wort erwähnten wir Giles' Brief – als hätten wir ihn nie bekommen, und alles sei wie immer.

Es ist seltsam: Wenn wir uns dramatische Ereignisse aus unserem Leben ins Gedächtnis rufen, Krisen, Tragödien, Zeiten, in denen wir gelitten haben, Tage, an denen wir schlimme Nachrichten erhielten, stellen wir immer wieder fest, daß nicht nur das Ereignis an sich haftengeblieben ist, sondern sich auch kleine unbedeutende Details, die damit zusammenhängen, eingeprägt haben, oft sogar deutlicher als das eigentliche Geschehen, obwohl man doch meinen sollte, daß Panik, Schock oder akute Verzweiflung unser Wahrnehmungsvermögen beträchtlich einschränkten, ja, es für eine Weile fast ausschalteten.

So geht es mir auch mit jenem Abend: Meine Erinnerung weist einige Lücken auf, aber bestimmte Einzelheiten sehe ich noch heute so deutlich vor mir wie eine gut ausgeleuchtete Momentaufnahme.

Wir waren, über irgendeinen Scherz lachend, ins Hotel gekommen, und Maxim war so guter Stimmung, daß er vorschlug, noch einen Drink in der Bar zu nehmen. Die Bar war nicht das, was man in Hotels der Luxusklasse darunter verstand – man hatte lediglich in einem der kleinen düsteren Aufenthaltsräume neben dem Speisesaal ein paar Bar-

hocker aufgestellt, Glasfransen an den Lampenschirmen befestigt und zwecks schummriger Beleuchtung schwache Birnen eingeschraubt. Bei Tageslicht wirkte der Raum schäbig und reizlos, und wir wären als Passanten niemals auf die Idee gekommen hineinzugehen, aber abends besaß er eine gewisse Atmosphäre, die uns besser gefiel als die kühle Eleganz der großen Hotels, und so kamen wir gelegentlich hierher. Mit der Zeit hatten wir diese kleine Bar liebgewonnen, betrachteten sie mit gutmütiger Belustigung wie etwa ein unscheinbares Kind, das Mutters Abendkleid angezogen hat. Einmal hatten sich zwei gutgekleidete Frauen mittleren Alters hereinverirrt, und ein anderes Mal balancierten eine fette Matrone und ihre schwanenhalsige Tochter auf den hohen Hockern an der Theke und hielten gierig Ausschau nach männlicher Gesellschaft. Maxim und ich saßen dagegen immer in einer dunklen Ecke, denn wir fürchteten noch heute, Bekannte zu treffen oder von Fremden erkannt zu werden. Ständig verfolgte uns die Angst zu sehen, wie es in den Augen eines Gegenübers dämmerte, wie ihm einfiel, woher er uns kannte. Aber es hatte uns Spaß gemacht, die Frauen zu mustern, ihre Hände und ihre Schuhe und ihren Schmuck, und zu versuchen, sie einzuordnen, so wie wir es mit dem Apotheker getan hatten.
An jenem Abend war außer uns niemand in der Bar. Ich erinnere mich, daß wir uns diesmal nicht an unseren üblichen Tisch im Halbdunkel setzten, sondern an einen in der Nähe des Tresens. Wir hatten gerade Platz genommen, als der Geschäftsführer hereinkam und zu uns trat.
»Ein Herr hat angerufen, während Sie weg waren. Er sagte, er würde es später noch einmal versuchen.«
Wir saßen da wie gelähmt. Mein Herz hämmerte gegen meine Rippen, und als ich die Hand nach Maxims ausstreckte, kam sie mir vor wie abgestorben, als gehörte sie gar nicht

mehr zu meinem Körper. Ich weiß bis heute nicht, weshalb ich dorthin schaute, aber genau in diesem Augenblick fiel mein Blick auf die Perlen an den Lampenschirmen, die über dem Tresen hingen. Sie waren abwechselnd von einem scheußlichen Laubfroschgrün und einem zuckrigen Rosa, und mehrere fehlten, wodurch das ursprüngliche Muster unterbrochen war, offenbar eine Art stilisierter Tulpenkelch. Ich sehe sie noch vor mir, diese Perlen, häßliche, billige Dinger, die jemand ausgesucht hatte, weil er sie für schick hielt, aber ich erinnere mich nicht daran, was wir sprachen. Vielleicht sprachen wir überhaupt nicht. Unsere Drinks kamen – zwei doppelte Cognacs –, doch ich rührte meinen kaum an. Die Uhr schlug. Irgendwann ging jemand durch den Raum über uns, man hörte Stimmengemurmel. Dann herrschte wieder Stille. Wäre noch Saison gewesen, hätte man um diese Zeit das Lärmen der Gäste gehört, die von ihren Tagesausflügen zurückkehrten, an einem warmen Abend hätten wir noch auf der Terrasse gesessen, die Lichterketten um den See herum wären erst um Mitternacht gelöscht worden. Und es hätte von einheimischen Spaziergängern und von Touristen gewimmelt. Ja, unser Leben hier war angenehm, bot genau die richtige Mischung aus Trubel und Ablenkung. Rückblickend wundere ich mich, welch geringe Ansprüche wir doch stellten – damals, in jenen Jahren, die uns Ruhe und Entspannung bescherten wie die Pause zwischen zwei Unwettern.

Wir blieben noch fast eine Stunde in der Bar sitzen, doch es kam kein Anruf mehr, und schließlich machte uns das Personal auf subtile Weise klar, daß man die Lichter löschen und schließen wollte. Maxim trank zuerst sein Glas aus und dann meines. Sein Gesicht war wieder angespannt, und seine Augen wirkten seltsam glanzlos, wenn er mich ab und zu anschaute, unsicher, als suche er meinen Trost.

Wir gingen auf unser Zimmer. Es war nicht groß, hatte aber einen winzigen Balkon, der auf den Garten hinter dem Hotel hinausging. Wir hatten diese Lage gewählt, denn nach vorne auf den See hinaus wären wir uns vorgekommen wie auf dem Präsentierteller.
Wir hatten kaum die Tür hinter uns geschlossen, als sich draußen Schritte näherten. Gleich darauf klopfte es energisch.
»Mach du auf!« bat Maxim.
Ich öffnete die Tür.
»Madame, da ist wieder ein Anruf für Monsieur de Winter. Ich konnte ihn nicht herauflegen – wir haben eine Störung in der Leitung. Würden Sie bitte mit hinunterkommen?«
Ich warf Maxim einen Blick zu, aber er bedeutete mir mit einer Handbewegung, daß *ich* mitgehen solle. Ich hatte es nicht anders erwartet.
»Mein Mann ist müde«, sagte ich. »Ich komme mit.«

Es sind die Einzelheiten, an die man sich erinnert.
Ich höre noch jetzt, wie laut meine Schritte auf den Schachbrettfliesen der Lobby hallten. Das Telefon stand im Büro des Geschäftsführers, das nur von der Schreibtischlampe erhellt wurde. Neben dem Apparat stand ein kleiner geschnitzter Tanzbär. Der Aschenbecher war voller Zigarrenstummel.
»Hallo ... hallo?«
Stille. Dann eine leise Stimme, von Knistern begleitet, als stünden die Worte unter Strom. Wieder Stille. Verzweifelt schrie ich in die Sprechmuschel, damit nicht aufgelegt würde – und plötzlich dröhnte es in mein Ohr: »Maxim? Maxim – bist du das? Bist du da?« Die Stimme wurde wieder leiser, und als sie zurückkam, klang sie ganz hohl und fern, als käme sie unter dem Meer hindurch.

»Giles!« rief ich. »Giles – ich bin es ...«
»Hallo ... hallo ...«
»Maxim ist oben im Zimmer. Er ... Giles?«
»Oh.«
»Giles – kannst du mich hören? Wie geht es Beatrice? Wir haben deinen Brief erst heute bekommen – er war schrecklich lange unterwegs.«
Es folgten Laute, die ich anfangs für neuerliche Störgeräusche hielt – doch dann begriff ich: Giles schluchzte. Ich nahm den kleinen geschnitzten Bären in die Hand und rollte ihn in meiner Handfläche hin und her.
»Heute früh ... ganz früh.« Seine Stimme kam stoßweise, immer wieder von Schluchzern unterbrochen. Einmal hielt er mehrere Sekunden inne, um sich zu fassen, doch es gelang ihm nicht. »Sie war immer noch im Krankenhaus – wir durften sie nicht mit nach Hause nehmen ... sie wollte so gerne nach Hause ... ich habe alles versucht ... ich wollte sie unbedingt nach Hause holen ...« Wieder brach er ab und schluchzte verzweifelt. Ich wußte nicht, was ich sagen sollte, wie ich ihn hätte trösten können. Er tat mir entsetzlich leid – aber gleichzeitig fühlte ich mich schrecklich unbehaglich und hätte am liebsten den Hörer aufgelegt.
»Giles ...«
»Sie ist tot. Sie starb heute früh. Ganz früh. Ich war nicht bei ihr, als sie starb. Ich war nach Hause gefahren, weißt du ... sie hatten mir nicht gesagt, wie schlecht es um sie stand.« Er atmete tief durch, und dann sagte er sehr laut und sehr langsam, als spräche er mit einem Schwerhörigen oder einem kleinen Kind: »Ich rufe an, um Maxim mitzuteilen, daß seine Schwester tot ist.«

Er stand an der Balkontür und starrte auf den Garten hinunter. Nur die kleine Lampe auf seinem Nachttisch

brannte. Als ich ihm berichtete, was geschehen war, sagte er nichts, kein Wort, rührte sich nicht und schaute mich nicht an.
»Ich wußte nicht, was ich sagen sollte«, gestand ich. »Ich fühlte mich furchtbar. Er weinte. Giles weinte.«
Ich hörte wieder den Klang seiner Stimme, unterbrochen von Störungen und harten Schluchzern, dachte daran, wie er sich vergeblich bemüht hatte, sich zu fassen – und plötzlich wurde mir bewußt, daß ich ihn mir die ganze Zeit, während ich im Büro des Geschäftsführers den Telefonhörer ans Ohr preßte, nicht in seinem Schreibtischsessel sitzend vorgestellt hatte, sondern ihn in dem fließenden Scheichgewand und mit jener geschirrtuchartigen Kopfbedeckung vor mir sah, mit dem er damals zu dem entsetzlichen Kostümball nach Manderley gekommen war – und in meiner Phantasie gruben seine Tränen tiefe Furchen in das braune Make-up, mit dem er sich solche Mühe gemacht hatte. Aber damals hatte er nicht geweint – er war nur verlegen und peinlich berührt gewesen. Damals hatte *ich* geweint – aus Verwirrung, aus Schreck und aus Scham. Ich wünschte, ich hätte die Erinnerung verscheuchen können, aber je mehr ich mich bemühte, um so deutlicher wurden die Bilder. Der Zeitpunkt war denkbar unpassend für derartige Reminiszenzen, doch es gelang mir nicht, sie wegzuschieben.
Eine kalte Windbö kam durch die offene Balkontür.
»Arme Beatrice«, sagte Maxim plötzlich, und gleich darauf noch einmal: »Arme Beatrice.« Doch seine Stimme war ohne jeden Ausdruck – als empfinde er überhaupt nichts. Aber ich wußte, daß es nicht so war. Er hatte seine um drei Jahre ältere und so völlig anders geartete Schwester sogar in Momenten geliebt, in denen niemand sonst ihm ein Gefühl entlocken konnte. Sie hatten nach ihrer gemeinsa-

men Kindheit nicht viel Zeit miteinander verbracht, doch sie hatte ihm stets zur Seite gestanden, ihn von Herzen geliebt, auch wenn sie dieses tiefe Gefühl mit ihrer burschikosen Art zu verbergen wußte – und Maxim, der immer ungeduldig und herrisch mit ihr umging, hatte sie ebenso geliebt und sich auf sie verlassen und war ihr viele Male dankbar gewesen, ohne dies jedoch in Worten auszudrücken.
Ich trat von der Balkontür zurück und begann rastlos im Zimmer auf und ab zu gehen. Unschlüssig öffnete ich den Kleiderschrank, zog die Kommodenschubladen auf, fragte mich, was wir mitnehmen müßten, doch ich konnte mich nicht konzentrieren. Aber an Schlaf war erst recht nicht zu denken.
Maxim schloß die Balkontür und verriegelte die Fenster.
Ich sagte: »Heute abend können wir uns natürlich nicht mehr nach Fahrkarten erkundigen, und welche Strecke die günstigste ist – aber gleich morgen früh. Mein Gott – ich habe Giles gar nicht gefragt, wann die Beerdigung ist. Ich war so aufgeregt, daß ich es vergaß. Ich werde ihn morgen anrufen und dann die Reisevorbereitungen treffen.« In meinem Kopf herrschte ein heilloses Durcheinander. Es gab so viel zu klären und zu planen.
»Maxim?«
Er stand da und starrte mich an, einen Ausdruck ungläubigen Entsetzens auf dem Gesicht.
»Maxim, wir *müssen* hinfahren«, erklärte ich. »Es wäre undenkbar, nicht an Beatrice' Beerdigung teilzunehmen – das siehst du doch sicher ein.«
Er war weiß wie Papier, sogar die Lippen waren blutleer. »*Du* fährst – ich kann nicht.«
»Maxim – du *mußt!*«
Ich trat zu ihm, nahm ihn in die Arme, murmelte beruhigende Worte. Er klammerte sich an mich wie ein Ertrinken-

der, und plötzlich drang die schreckliche Wahrheit auch in mein Bewußtsein vor. Wir waren übereingekommen, niemals zurückzukehren – und jetzt waren wir dazu gezwungen. Wir wagten nicht, darüber zu sprechen, was das für uns bedeutete.

Schließlich gingen wir zu Bett, aber wir fanden beide keinen Schlaf. Um zwei, um drei, um vier – jede Stunde hörten wir die Glocke im Turm jenseits des Platzes schlagen.

Wir waren vor mehr als zehn Jahren aus England geflohen. Unsere Flucht begann in der Nacht des Brandes. Maxim hatte wortlos den Wagen gewendet und war davongefahren vor den Flammen, dem sterbenden Manderley, vor der Vergangenheit und all ihren Geistern. Wir konnten kaum etwas mitnehmen, hatten keine präzisen Pläne, gaben keine Erklärungen ab. Irgendwann schrieb ich an Beatrice und teilte ihr unsere Adresse mit, und daraufhin kamen zwei förmliche Briefe und zwei Dokumentensätze von unserem ehemaligen Verwalter Frank Crawley, von der Anwaltskanzlei und dann noch einer von der Bank in London. Maxim würdigte sie kaum eines Blickes, setzte seine Unterschrift darunter und schob sie hastig von sich weg, als fürchte er, sich daran zu verbrennen. Die wenigen geschäftlichen Dinge, die danach noch zu erledigen waren, hatte ich übernommen, und anschließend erlebten wir ein Jahr zerbrechlichen Friedens – bis der Ausbruch des Weltkrieges uns zur Suche eines neuen Domizils zwang und kurz darauf zu einem weiteren Umzug. Nach Kriegsende waren wir dann in dieses Land gekommen und schließlich in diesen kleinen Ferienort am See. Hier war all die Anspannung endlich von uns abgefallen, wir machten uns heimisch und nahmen unser herrlich gleichförmiges Leben wieder auf, völlig auf uns beschränkt, ohne näheren Kontakt zu anderen Menschen zu suchen. Erst in letzter Zeit hatte sich jene seltsame

Unruhe meiner bemächtigt, Erinnerungen stiegen in mir auf – aber ich hätte mir eher die Zunge abgebissen, als Maxim davon zu erzählen, und von jener Schattenhand, die sich mir manchmal übers Herz legte.

In jener Nacht war ich nicht nur zu angespannt, um einzuschlafen – ich fürchtete mich auch vor den Bildern, die mich im Traum überfallen könnten und denen ich dann hilflos ausgeliefert wäre, Bildern von Dingen, die ich auf ewig vergessen wollte, doch als ich kurz vor Morgengrauen eindöste, waren die Bilder nicht im geringsten erschreckend. Im Gegenteil: Ich sah Orte, die wir gemeinsam besucht hatten, das tiefblaue Mittelmeer, die Lagune von Venedig mit ihren Kirchen, die aus dem zarten Morgennebel ragten und zu schweben schienen, und so fühlte ich mich beim Aufwachen ausgeruht und fast heiter und wünschte mir, während ich in der Dunkelheit still neben Maxim lag, ich könnte ihn an meiner Stimmung teilhaben lassen. Damals war mir noch nicht bewußt gewesen, was diese seltsame Erregung, diese Freude, die ich im Traum empfand, zu bedeuten hatte, und ich hatte mich auch dafür geschämt. Jetzt dagegen stand ich dazu.
Ich hatte Beatrice sehr gemocht, und ich glaube, sie erwiderte dieses Gefühl. Irgendwann würde ich um sie weinen und sie schmerzlich vermissen, im Augenblick jedoch mußte ich mich auf Maxim konzentrieren und ihm beistehen, nicht nur in seiner Trauer, sondern auch in seiner Angst vor dem Weg zurück.

Am Morgen sah ich, daß diese Angst in Maxim sehr groß war. Er trug wieder jene Maske, hinter der er Gedanken und Gefühle zu verbergen pflegte, die er mit niemand anderem zu teilen bereit war, und seine Bewegungen waren steif und mechanisch wie die eines Roboters. Er sprach kaum, abgesehen von so banalen Dingen wie unseren Reisevorbereitungen, stand die meiste Zeit am Fenster oder auf dem Balkon und starrte mit verschlossenem Gesicht auf den Garten hinaus. Ich kümmerte mich um alles, telefonierte, telegrafierte, eruierte die günstigste Strecke und packte für uns beide, wie ich es immer getan hatte – doch als ich unschlüssig vor dem Kleiderschrank stand, kroch das alte Gefühl der Unzulänglichkeit wieder in mir hoch, denn mir wurde plötzlich bewußt, daß ich noch immer keine weltgewandte Frau war, die sich ausgiebig Zeit für die Auswahl ihrer Garderobe nahm, obwohl ich sie weiß Gott gehabt hätte. Ich war von einem linkischen, schlecht angezogenen Mädchen zu einer uninteressanten, langweilig gekleideten Ehefrau geworden, und als ich mir meine Sachen jetzt kritisch anschaute, erkannte ich, daß diese tristen, gedeckten Farben einer Frau in mittleren Jahren entsprachen, nicht einer Frau Anfang Dreißig, und mir wurde klar, daß ich auch in dieser Hinsicht niemals jung gewesen war, niemals frivol und fröhlich, ganz zu schweigen von schick oder elegant. Zu Beginn hatte es an einer Kombination aus Unwissenheit und Armut gelegen – und später hatte ich, eingeschüchtert von meiner neuen Umgebung und der ungewohnten Position und im Schatten der unvergleichlich schönen, extravagant gekleideten Rebecca stehend, unauffällige Dinge gewählt, weil ich nichts falsch machen wollte und mir der Mut fehlte, etwas Neues auszuprobieren. Außerdem hätte Maxim es nicht gewollt: Er hatte mich nicht *trotz*, sondern *wegen* meiner unvorteilhaften Kleidung geheiratet – sie gehörte zu der unschuldigen, weltfremden Person, die ich gewesen war.

Was sollte ich also einpacken? Schlichte, cremefarbene Blusen, graue und braune Röcke, dunkle Strickjacken und unmodische Schuhe, Sommer wie Winter – nur das Material variierte. Würde es in England kalt oder warm sein? Es hatte keinen Sinn, mich mit dieser Frage an Maxim zu wenden – zum augenblicklichen Zeitpunkt würde ich nur Unwillen ernten, wenn ich ihn mit einer derartigen Nichtigkeit behelligte. Also stellte ich eine Auswahl für beide Möglichkeiten zusammen und schloß die übrigen Sachen in Kommode und Schrank ein, denn wir würden natürlich zurückkommen, auch wenn wir nicht wußten, wann. Als ich dem Geschäftsführer mitteilte, daß wir auf unbestimmte Zeit verreisen würden, unser Zimmer jedoch behalten wollten, bat er mich um eine Vorauszahlung. Ich konnte sein Anliegen verstehen und wäre zur Hinterlegung einer Kaution bereit gewesen, aber Maxim war außer sich. Er stürmte ins Büro hinunter und fuhr den Mann in seiner alten schmallippigen, herrischen Art an, er habe sich gefälligst auf unser Wort zu verlassen – wenn wir sagten, wir kämen zurück, dann täten wir das auch, und wir seien nicht bereit, im voraus zu bezahlen.

Als wir wieder im Zimmer oben waren, sagte er: »Der Bursche hat zu dieser Jahreszeit gar keine Chance, das Zimmer anderweitig zu vermieten, und das weiß er auch: Die Feriensaison ist zu Ende, der Ort leert sich zusehends. Er kann froh sein, daß er überhaupt noch Gäste hat. Aber falls er Schwierigkeiten machen sollte – es gibt genügend andere Hotels.«

Mir war die Angelegenheit schrecklich peinlich, und ich konnte dem Mann bei unserer Abreise kaum ins Gesicht sehen, aber Maxim hatte sich längst wieder beruhigt und verfiel in Lethargie. Während der ganzen Reise, die einen Tag, eine Nacht und noch einen Tag dauerte, war er schweigsam, aber nicht unfreundlich zu mir, aß und trank, was ich ihm vorschlug – gehorsam wie ein Kind.

»Es wird schon gutgehen, Maxim«, versicherte ich ihm

immer wieder. »Es wird bestimmt nicht so schlimm, wie du fürchtest.« Er lächelte dann schwach, wandte sich dem Zugfenster zu und schaute auf das graue Europa hinaus. Hier gab es keine goldene Herbstsonne – hier gab es nur im Regen ertrinkende Felder, kahle Bäume, trostlose Dörfer und triste Städte.

An einen Moment erinnere ich mich, einen schrecklichen Moment, der so plötzlich und unerwartet kam, daß mir das Blut in den Adern gefror. Wir hatten eine halbe Stunde Aufenthalt an einem Grenzbahnhof, weil die Lokomotive ausgewechselt wurde – genug Zeit, um auszusteigen und uns die Beine zu vertreten. Es war ein Kiosk da, an dem man heiße Würstchen, guten, heißen Kaffee, Schnaps und kleine süße Gebäckstücke kaufen konnte, die wir in den Kaffee tunkten. Maxim beobachtete einen Gepäckträger, der sich verzweifelt bemühte, die auf seinem Karren aufgetürmten Gepäckstücke am Abstürzen zu hindern, und ich stand einfach nur neben ihm, dachte an gar nichts, nicht an die Vergangenheit und nicht an die Zukunft, freute mich über die Unterbrechung der langen Bahnfahrt und genoß den Kaffee und das Gebäck. Maxim wandte sich mir zu, schaute mir in die Augen und lächelte – und plötzlich hörte ich in mir eine Stimme, die sagte: »Dieser Mann ist ein Mörder. Er hat Rebecca erschossen. Das ist der Mann, der seine Frau getötet hat.« Für einen entsetzlichen Augenblick sah ich nicht mehr Maxim, sondern einen Fremden, einen Mann, mit dem mich nichts verband.

Dann ertönte die schrille Pfeife des Stationsvorstehers, und wir mußten wieder einsteigen.

Drittes Kapitel

»Der Mensch, aus dem Weibe geboren, lebt kurze Zeit ...« Wieder stiegen die Krähen auf, wirbelten am Himmel umher, ließen sich fallen, der Traktor ratterte noch immer über das Feld, und die Sonne schien. Die Welt war unverändert.
»Mitten im Leben sind wir vom Tod umfangen ...«
Ich hielt den Atem an, als warte ich darauf, daß etwas geschehe. Und natürlich geschah auch etwas. Langsam ließen die Männer den Sarg in die Grube und zogen die Seile darunter hervor. Ich blickte auf. Maxim stand ein paar Schritte von mir entfernt, reglos wie ein schwarzer Schatten. Wir alle waren schwarze Schemen im goldenen Sonnenlicht. Ich schaute zu Giles auf der anderen Seite des Grabes. Da stand er mit seinen Hängebacken und den tief eingesunkenen Augen und weinte hemmungslos. Neben ihm sein Sohn Roger, aber ich vermied es, ihn anzusehen, aus Verlegenheit, aus Scham. Vater und Sohn traten nach vorn.
»Gott dem Herrn hat es gefallen, die Seele unserer lieben Schwester zu sich zu nehmen, und so übergebe ich ihren Leib der Erde.«
Giles und Roger bückten sich und warfen Erde auf den Sarg. Ich trat zu Maxim und nahm seine Hand. Die Finger waren kalt und steif. Plötzlich sah ich Beatrice vor mir: Im Tweedkostüm und mit derben Schuhen kam sie über den Rasen von Manderley auf mich zu, eine Mischung aus Neugier, Interesse und Herzlichkeit auf dem hübschen Gesicht. Beatrice, die nicht ein einziges Mal unfreundlich oder ungerecht zu mir gewesen war.

»Ich hörte eine Stimme aus dem Himmel sagen: Gesegnet sind die, die im Glauben an Gott sterben.«
In diesem Augenblick wünschte ich mir, weinen zu können, aber es war kein Ausdruck von Gefühllosigkeit, daß meine Augen trocken waren. Statt dessen dachte ich daran, wie Beatrice diesen herrlichen Tag genossen hätte. Bestimmt wäre sie ausgeritten oder mit den Hunden spazierengegangen – tagsüber hatte es sie kaum im Haus gehalten. Wie unpassend diese Todesart für sie gewesen war, und wie ungerecht! Sie hätte in hohem Alter auf der Jagd vom Pferd fallen sollen, glücklich und sorglos, anstatt geschwächt und entwürdigt den Folgen eines Schlaganfalls zu erliegen. Eher hätte man erwartet, daß es Giles träfe, den aufgeschwemmt dicken Giles, über dessen Gesicht unaufhörlich Tränen strömten und der ein großes weißes Taschentuch auf seinen Mund preßte. Oder Roger. Jetzt warf ich doch einen kurzen Blick auf ihn, und der häßliche Gedanke schoß mir durch den Kopf, daß der Tod für einen derart entstellten Menschen doch willkommen sein müßte – um mir gleich darauf beschämt einzugestehen, daß diese Überlegung nicht auf Nächstenliebe basierte, sondern auf dem Wunsch, von einem solchen Anblick befreit zu werden.

Der Pfarrer hatte seine Gebete beendet, und Schweigen senkte sich über die Trauergemeinde. Wir standen um das Grab herum und blickten auf den hellen, locker mit Erdkrumen bedeckten Sarg hinab. Bevor sie ihn hinunterließen, hatten die Männer das Chrysanthemenkreuz heruntergenommen und zu den vielen Gebinden gelegt, die um das Grab herum aufgeschichtet lagen – Kränze, Kreuze und Kissen aus goldenen, weißen, bronzefarbenen und dunkelroten Blüten, wie Juwelen in einer grünen Fassung. Die Trauergemeinde bildete respektvoll eine Gasse, als wir uns

auf den Weg zum Ausgang machten. Es mußten an die sechzig Personen sein, die Beatrice das letzte Geleit gegeben hatten. Wie viele Freunde hatte sie gehabt, und wie bekannt und beliebt war sie gewesen!
Maxim umfaßte meine Hand mit festem Druck. Ich hielt die Augen gesenkt, doch ich spürte die Blicke, hörte die unausgesprochenen Fragen und die Spekulationen. Wie würde Maxim den anschließenden Empfang in Beatrice' Haus durchstehen? Ich war so in Gedanken versunken, daß ich ausgerechnet da, wo die Menschenmenge am dichtesten war, nämlich am Übergang vom Gras zum Kiesweg, stolperte – und plötzlich war noch eine zweite Hand da, die mich stützte. Ich blickte auf – und sah in das traurige und dennoch unendlich beruhigende Gesicht von Frank Crawley.

Noch lange danach mußte ich immer wieder daran denken, wie seine Anwesenheit damals alles für uns änderte, wie er uns half, diesen Tag durchzustehen, wie er uns stützte und uns Kraft und Zuversicht gab, und ich erinnerte mich, daß das immer so gewesen war, und wieviel wir ihm schuldeten.
Er war Maxims Verwalter gewesen, ein fleißiger, fähiger Mann, absolut loyal, sein zuverlässigster Freund. Er hatte mit Maxim gelitten, in vielerlei Hinsicht, selbst fast ebenso ein Opfer Rebeccas wie er. Er hatte die Wahrheit gekannt – und geschwiegen.
Für mich war er noch mehr gewesen – ein Fels in der Brandung, die mich zu verschlingen drohte. Von dem Tag an, da ich als frischgebackene Ehefrau nach Manderley kam, war er für mich dagewesen, hatte mich geführt wie ein Kind durch einen dunklen Wald – taktvoll, zurückhaltend, mit großem Verständnis für meine Unsicherheit und meine Ängste und erleichtert darüber, daß ich in jeder Beziehung

so ganz anders war als meine Vorgängerin. Wären wir nicht fortgegangen, hätte ich wahrscheinlich niemals erkannt, wie viel ich Frank Crawley verdankte, mit wie vielen kleinen und doch entscheidenden Gesten und Handlungen er mir zu Hilfe gekommen war – aber in den langen Jahren unserer Abwesenheit hatte ich häufig und voller Zuneigung an ihn gedacht und insgeheim meinen Dank an ihn gerichtet, wenn ich wieder einmal zum Gebet in einer fremden Kirche kniete.

Ich hatte in meinem Leben nur zwei Menschen kennengelernt, die durch und durch gut waren: Frank und Beatrice. Und beide waren heute hier – Beatrice in jenem schlichten Eichensarg, Frank noch am Leben und offenbar kaum verändert. Wieder riß die Vergangenheit mich mit sich fort wie ein Fluß, der über seine Ufer tritt und das trockene Land der Gegenwart überflutet.

Während wir dann vor dem Friedhofstor standen und steif und förmlich fremde Hände schüttelten und als wir danach hinter Giles und Roger zum Wagen gingen, spürte ich, daß Maxim am liebsten auf und davon gegangen wäre, grußlos und auf schnellstem Wege zum Zug, zur Fähre – zurück in unser Exil. Wir waren gekommen, hatten unsere Pflicht erfüllt und Beatrice auf ihrem letzten Weg begleitet – jetzt hielt uns nichts mehr hier. Aber natürlich mußten wir die Form wahren, durften niemanden brüskieren. An Flucht war nicht zu denken, und wir verloren auch kein Wort darüber.

»Es tat so gut, Frank wiederzusehen«, sagte ich, als unser Chauffeur wendete und in die Landstraße einbog. »Er sieht aus wie immer – nur sein Haar ist grau geworden.«

»Ja.«

»Das ist ja nicht verwunderlich – schließlich sind wir alle älter geworden.«
»Ja.«
»Es sind immerhin mehr als zehn Jahre vergangen.«
Warum hatte ich das bloß gesagt? Wir hatten die Vergangenheit in den Schatten gedrängt, damit sie nicht zwischen uns stand – warum zerrte ich sie mit dieser Bemerkung wieder ans Licht und zwang uns damit, ihr ins Gesicht zu sehen?
Maxim wandte sich mir zu. Seine Augen funkelten vor Zorn.
»Was soll das, um Himmels willen? Glaubst du, ich weiß nicht, wieviel Zeit vergangen ist? Es ist unnötig, mich mit der Nase darauf zu stoßen – ich habe seit Giles' Anruf an nichts anderes mehr gedacht als an damals.«
»Es tut mir leid. Ich wollte nicht ... ich wollte nur irgend etwas sagen.«
»Warum? Müssen wir Konversation machen?«
»Nein, nein – natürlich nicht. Entschuldige, Maxim – ich hatte wirklich nicht vor, dich ...«
»Du hast dir mal wieder nichts dabei gedacht, sondern einfach drauflosgeplappert!«
»Es tut mir leid.«
»Oder vielleicht hast du dir ja *doch* etwas gedacht!«
»Maxim, bitte ... es war dumm von mir, idiotisch – eine idiotische Bemerkung. Laß uns nicht streiten. Nicht jetzt. Nein – nie! Wir streiten doch niemals.«
Das stimmte. Wir hatten nicht mehr gestritten seit dem Gerichtsverfahren wegen Rebeccas Tod, seit der alptraumartigen Fahrt mit Oberst Julyan zu ihrem Londoner Arzt, seit der Nacht des Brandes. Damals waren wir so knapp großer Gefahr entronnen, und es hatte so viele Mißverständnisse gegeben, die uns beinahe voneinander getrennt hätten – nein, heute wußten wir, was für ein Glück wir gehabt hatten, und kannten den Wert dessen, was wir besaßen, zu

gut, um es leichtfertig aufs Spiel zu setzen. Nicht die kleinste Unstimmigkeit durfte unsere Beziehung trüben. Menschen, die so Schreckliches durchgemacht haben wie wir, fordern das Schicksal nicht heraus.
Ich griff nach Maxims Hand. »Du hast es bald überstanden«, sagte ich. »Wir müssen die Form wahren – Giles zuliebe. Beatrice zuliebe. Die Leute werden nicht lange bleiben.«
»Wir auch nicht! Wir reisen gleich morgen früh ab – oder vielleicht noch heute abend.«
»Aber ... das geht doch nicht. Wir können Giles nicht so abrupt verlassen. Der Arme sieht entsetzlich aus – er ist ein gebrochener Mann.«
»Er hat ja Roger.«
Wir schwiegen. Roger. Dazu gab es nichts zu sagen.
»Und Giles hat viele Freunde. Wir können ihm überhaupt nicht von Nutzen sein.«
Ich antwortete nicht. Noch wagte ich nicht, ihm zu sagen, daß ich gerne eine Weile bleiben würde – nicht wegen Giles, sondern weil ich endlich wieder zu Hause war und mein Herz überfloß vor Freude, weil ich mich erlöst und wie neugeboren fühlte und der Anblick der herbstlichen Felder, der Bäume und Hecken, des Himmels und der Sonne und sogar der Krähenscharen mich mit einem unendlichen Glücksgefühl erfüllte. Ich schämte mich dafür, es kam mir vor, als fiele ich Maxim in den Rücken. Also wandte ich mich vom Fenster ab, um nicht mehr zu sehen, was ich so sehr liebte, und konzentrierte meinen Blick auf Maxims bleiches, verschlossenes Gesicht, auf meine Hand, die die seine hielt, auf das schwarze Leder der Autositze und den schwarzen, breiten Rücken unseres Fahrers.
Kurz darauf hielt der Chauffeur an – wir waren am Ziel. Vor uns half Roger seinem Vater aus dem Wagen.
»Ich gehe nicht rein!« sagte Maxim. »Ich kann ihre Blicke

nicht ertragen – und ich will nicht hören, was sie sagen. Hast du gesehen, Oberst Julyan ist auch da.«

Ich hatte ihn nicht bemerkt.

»Ja, auf Krücken. Und die Cartwrights und die Tredints sind auch da.«

»Ich werde mich um die Leute kümmern, Maxim, du mußt ihnen nur die Hand geben, und außerdem werden alle nur über Beatrice sprechen. Ich bin sicher, niemand wird ein anderes Thema anschneiden.«

»Das ist gar nicht nötig – ich würde auf ihren Gesichtern lesen, was sie denken!«

»Deine Sorge ist völlig unbegründet«, versicherte ich ihm, doch da war diese Stimme in mir, die genau das formulierte, was die Leute dachten: Er ist ein Mörder. Er hat Rebecca erschossen. Das ist Maxim de Winter, der seine Frau getötet hat.

»Herrgott – da ist Frank!« fluchte Maxim.

»Frank wird die Vergangenheit mit keinem Wort ansprechen, Maxim. Dazu ist er viel zu feinfühlig, das weißt du.«

»Es ist genau diese Feinfühligkeit, die ich fürchte.« Doch er stieg aus dem Wagen und ging über die Straße. Ich sah, wie Frank Crawley auf ihn zutrat, ihm die Hand schüttelte, ihn sanft am Arm nahm – mitfühlend, beschützend, verständnisvoll. Und die goldene Oktobersonne schien auf die schwarzen Krähen herunter, die sich zum Leichenschmaus versammelt hatten.

Die Leute waren sehr nett zu uns. Ich empfand ihre Freundlichkeit wie eine Decke, in die sie uns einhüllten – gleichzeitig wohlig warm und erstickend. Sie waren auch äußerst taktvoll, bemühten sich, uns nicht anzustarren. Sicherlich hatten die Ehefrauen ihre Männer beim Verlassen des Hauses instruiert: »Falls die de Winters dasein sollten – ich habe gehört, daß sie möglicherweise kommen werden –, dann frag nichts, schneide das Thema bloß nicht an. Und guck nicht so auffällig!« Ein Teil der Leute jedenfalls mied uns, hielt sich am anderen Ende des Raumes auf – und die anderen taten genau das Gegenteil, begrüßten uns scheinbar erfreut, schauten uns für einen Moment beherzt in die Augen und flohen dann zum Buffet, wo sie sich Sherry oder Whisky eingossen und den Mund mit Sandwiches und kaltem Pie vollstopften, um jedem weiteren Gespräch vorzubeugen.

Ich ging zwischen ihnen umher, reichte Häppchen auf Tabletts, und während ich über Beatrice sprach, mich mit anderen an sie erinnerte, während man allgemein beklagte, wie ungerecht ihr Tod war und was für ein harter Schlag, vermißte ich sie von ganzem Herzen, sehnte mich danach, eine ihrer bissigen Bemerkungen zu hören, die alle zum Lachen gebracht hätten, und dabei rechnete ich jeden Augenblick damit, daß die Tür aufginge und sie hereinkäme.

Alle waren sehr nett – doch wenn ich diesem oder jenem den Rücken zuwandte, spürte ich, wie mein Gesicht glühend heiß war von all den unausgesprochenen Gedanken, die in der Luft hingen, und wenn ich den Leuten dann wieder in die Augen blickte, sah ich nur Fragen, Fragen, Fragen. So oft ich konnte, ging ich zu Maxim und versuchte ihm mit meiner Nähe oder einer kleinen Berührung Kraft zu geben, während er jemandem zuhören mußte, der sich in Reminiszenzen an die Verstorbene erging oder eine weitschweifige Schilderung der Zustände während des Krieges gab. Maxim selbst sprach kaum ein Wort, lächelte nur höflich und wechselte alle paar Minuten den Gesprächspartner, um nicht Gefahr zu laufen, daß die Unterhaltung zu lange wurde und in gefährliche Bahnen abglitt. Einmal hörte ich das Wort »Manderley« wie einen Glockenschlag durch den Raum dröhnen, der einen Moment lang in beklemmender Stille versank. Ich fuhr erschrocken herum. Ich mußte zu Maxim, mußte ihm beistehen, ihn beschützen, dafür sorgen, daß dieses Wort nicht mehr ausgesprochen würde – doch dann setzte die allgemeine Unterhaltung wieder ein, und die Wellen der Gespräche schlossen sich über dem Wort und ertränkten es, und als ich Maxim das nächstemal sah, war er zu jemand anderem weitergegangen, stand mit dem Rücken zu mir am anderen Ende des Raumes.

Nicht lange danach trat ich zu der Fenstertür und schaute in den Garten hinaus und auf das Land dahinter, um mich für einen Moment lang von all den Menschen abzusondern und, als wäre ich ganz alleine hier, das Licht und die Landschaft zu genießen, das Braun und das Grün und die leuchtendroten Beeren der Stechpalme.

»Ich glaube, Sie brauchen eine Verschnaufpause«, sagte eine vertraute Stimme neben mir. »Es wird sicher niemand übelnehmen, wenn Sie ein Weilchen hinausgehen.«

Es war Frank Crawley, der liebe, zuverlässige, hilfsbereite Frank – besorgt und einfühlsam, wie er es immer gewesen war. Ich drehte mich um und ließ den Blick suchend durch das Zimmer wandern.

»Maxim geht es gut«, beantwortete er meine unausgesprochene Frage. »Ich war gerade bei ihm. Lady Tredint langweilt ihn mit Geschichten über die Evakuierten. Der Krieg ist schon über drei Jahre vorbei, aber immer noch ein beliebtes Gesprächsthema. Allerdings geht es dabei nicht um die politischen Aspekte, sondern beispielsweise darum, wer weniger Eier als die tatsächlich gelegten angab, um mehr für sich behalten zu können – eine Angelegenheit, die weder vergessen noch verziehen wird.«

Wir gingen langsam durch den Garten, und plötzlich merkte ich, wie die Strapazen und Sorgen von mir abfielen. Endlich spürte ich wieder die Sonne auf meinem Gesicht.
»Ich fürchte, wir wissen nur sehr wenig von dem, was hier geschehen ist. Manchmal sind auch Briefe verlorengegangen. Eigentlich haben wir nur die schlechten Nachrichten mitbekommen, über Bombardierungen und über das, was in anderen Ländern passiert ist.« Ich blieb abrupt stehen. »Wir sind wohl vor all diesen Dingen einfach davongelaufen. Ist es das, was die Leute hier sagen?«
»Ach, wissen Sie, die Leute waren vollauf mit ihren eigenen Angelegenheiten beschäftigt.«
»Oh, Frank, was für ein lieber Mensch Sie sind. Ich könnte mir keine nettere Zurechtweisung vorstellen. Sie meinen: aus den Augen, aus dem Sinn. Wir waren viel zu unwichtig – die Leute hatten ganz andere Dinge im Kopf. Sie haben uns einfach vergessen.«
Frank schwieg, höflich wie immer.
»Ich fürchte, Maxim und ich haben den Bezug zur Realität verloren. Früher hat sich hier alles um uns gedreht, oder um Manderley. Wir standen im Mittelpunkt des Interesses. Aber die Erde hat sich weitergedreht, nicht wahr? Heute sind wir nicht mehr von Bedeutung.«
»Natürlich erinnert man sich noch an Sie ... es ist nur ...«
»Nein, Frank, bemühen Sie sich nicht. Wissen Sie, das ist es, was ich mir eigentlich immer für uns gewünscht habe: klein und unbedeutend zu sein, und ein Teil der Vergangenheit, den man längst vergessen hat. Ich bin sicher, daß Sie das verstehen.«
»Ja, ich verstehe es.«
Wir waren beim Obstgarten angekommen. Hinter uns lag das alte klobige weiße Haus, vor uns, am Hang, die Koppel, auf der zwei Pferde standen und uns neugierig beäugten.

»Die armen Tiere«, sagte ich. »Sie werden Beatrice auch vermissen. Bringen wir ihnen ein paar Äpfel.«
Wir bückten uns und hoben einige der im Gras liegenden Früchte auf. Dann gingen wir auf den Weidezaun zu. Die beiden hübschen Pferde, ein kastanienbraunes und ein graues, trotteten langsam auf uns zu.
»Wer wird sie jetzt reiten?« fragte ich. »Reitet Giles noch? Oder Roger? Ich weiß nicht, wie die Dinge sich hier entwickelt haben.«
»Ich auch nicht«, antwortete Frank. »Wir hatten seit Ihrem Weggang nur noch einen sehr losen Kontakt.«
Ich wußte, daß Frank nach Schottland gezogen war, wo er einen riesigen Besitz verwaltete. Er hatte gleich nach Kriegsende geheiratet und war in kurzen Abständen Vater von zwei Söhnen geworden – und man sah ihm an, daß er zufrieden und glücklich war. Manderley war für ihn weit, weit weg, und das gab mir einen Stich: Er hatte fast ebenso daran gehangen wie Maxim, war unser letztes Verbindungsglied gewesen. In diesem Moment wurde mir bewußt, daß Frank für immer gegangen war, auf andere Weise als Beatrice, aber ebenso unwiderruflich.
Wir standen am Zaun und sahen den Pferden zu, die behutsam die Äpfel von unseren Handflächen nahmen und krachend zerbissen. Ich streichelte die moosweichen Nüstern des Grauen. »Frank, ich möchte so gerne hier in England bleiben«, gestand ich. »Ich kann Ihnen gar nicht sagen, wie sehr ich mich danach gesehnt, wie oft ich davon geträumt habe. Aber ich wagte nie, Maxim davon zu erzählen. Es ist mir gleichgültig, ob wir wieder ins Gerede kommen würden.«
»Ich verstehe.«
»Aber wissen Sie, es sind gar nicht so sehr die Leute hier, die mir gefehlt haben, sondern die Landschaft, Orte wie

dieser, die Felder, der Himmel, die Luft. Ich bin sicher, daß Maxim das gleiche empfindet, er hat bestimmt genausoviel Heimweh gehabt, aber er …« Meine Stimme erstarb, und es war nur noch das leise Mahlen der Pferdezähne zu hören und das Lied einer Lerche, die in den Himmel hinaufstieg. Das Wort »Manderley« stand unausgesprochen zwischen uns, und alles, was damit zusammenhing. Nach einer Weile sagte ich: »Es tut mir leid – Sie müssen ja den Eindruck haben, als dächte ich nur an mich. Bitte halten Sie mich nicht für unloyal.«

»Das tue ich durchaus nicht.« Frank hatte seine Pfeife hervorgeholt und stopfte sie mit Tabak aus dem alten Lederbeutel, den ich noch von früher kannte, und der Anblick brachte mir jenen anderen Tag im Park von Manderley in Erinnerung, als ich ihm meine Ängste anvertraut und er mich getröstet und mir Sicherheit gegeben hatte. »Ihr Wunsch ist doch völlig natürlich. Sie sind mit Leib und Seele Engländerin, und daran haben auch die Jahre im Ausland nichts ändern können. Und außerdem sagen Sie ja, daß Maxim ebenso empfindet wie Sie.«

»Meinen Sie, es ist möglich, daß wir zurückkommen? Oder …« Ich suchte nach den richtigen Worten. »Oder gibt es da etwas, das dagegen spräche?«

Er zog nachdenklich an seiner Pfeife, und eine zartblaue Rauchwolke stieg in die stille Luft. Mit pochendem Herzen stand ich da und streichelte den Grauen, der, glücklich über die Zuwendung, die ihm offenbar lange Zeit gefehlt hatte, schnaubte und prustete und mit dem Maul meine Hand stupste.

»Sie meinen im Hinblick auf damals?«

Ich nickte, und plötzlich war alles wieder gegenwärtig: das Gerichtsverfahren und die Urteilsverkündung, all die Gespenster der Vergangenheit, und in der Mitte der bedrohli-

che Schatten von Manderley. Doch auch darüber sprachen wir nicht.
»Ich wüßte nicht, was Sie daran hindern sollte zurückzukommen.«
Mein Herz machte einen Satz. Hörte auf zu schlagen. Fing wieder an. Hämmerte. Und dann fragte ich: »Sind Sie hingefahren, Frank?«
Er sah mich mit ernsten Augen an. »Ja, natürlich. Das mußte ich doch.« Er nahm mich am Ellbogen und führte mich durch den Obstgarten zum Haus zurück.
»Es ist vorüber«, sagte er.
Ich antwortete nicht. Die Gespenster der Vergangenheit, eben zu neuem Leben erwacht, schlichen durch das Gras hinter uns her. Aber es waren keine menschlichen Phantome, die mich an diesem sonnigen Oktobernachmittag verfolgten; Rebecca war tot und konnte mir nichts mehr anhaben. Nein, ich sah Manderley vor mir, so wie es gewesen war, den Garten, das Glückliche Tal, das sich bis zu der versteckten Bucht erstreckte – und ich empfing die Erinnerung mit offenen Armen.

Maxim hatte das Zusammentreffen mit Frank gefürchtet, doch es tat ihm sichtlich gut. Das fiel mir auf, als wir später im Eßzimmer zusammensaßen und Frank uns von Invernesshire erzählte, den Bergen, den Seen, den Tieren, der Schönheit der Landschaft, die er von ganzem Herzen liebengelernt hatte, und von seiner Frau Janet und den beiden Söhnen. Er zeigte uns Fotos von ihnen. In diesem Moment gab es nur die Gegenwart für uns, keine Schatten der Vergangenheit lagen zwischen uns – und dennoch: Als ich die Fotos der Jungen, Hamish und Fergus, betrachtete, spürte ich wieder jenes Gefühl der Leere, gepaart mit dem Funken wilder Hoffnung, das sich ab und zu meiner bemächtigte. Maxim und ich sprachen schon lange nicht mehr über Kinder. Damals, als wir glaubten, eine sorglose Zukunft vor uns zu haben, war es anders gewesen, aber heute – in unserem Exil war kein Platz für Kinder. Doch wenn wir wieder nach Hause kämen …

Ich blickte auf – und geradewegs in die Augen von Oberst Julyan. Plötzlich legte sich eine eisige Hand um mein Herz, und meine geheimen Hoffnungen und Pläne verloren ihren Glanz.

Die Trauergesellschaft war ziemlich geschrumpft: Geblieben waren nur Giles und Roger, Maxim und ich, Frank, eine ältere Kusine sowie Oberst Julyan und dessen Tochter, eine dicke, unansehnliche, aber fröhliche junge Frau, die ihm seit dem Tod seiner Frau den Haushalt führte und in dieser Tätigkeit aufzugehen schien. Ich hatte vorher schon mit dem Oberst gesprochen, über die Lage in Europa, die Länder, in denen wir gewesen waren, den Ort, an dem Maxim und ich uns schließlich niedergelassen hatten, und jetzt sagte er plötzlich: »Ich erinnere mich, Ihnen damals in London, an dem Abend, als alles vorbei war, zur Schweiz geraten zu haben.«

Auf einmal war es totenstill im Raum. Ich sah, wie Frank Maxim einen beschwörenden Blick zuwarf. Oberst Julyan merkte offenbar nicht, welche Atmosphäre er heraufbeschworen hatte. Unbekümmert fuhr er fort: »Natürlich hatte ich da nur an einen Urlaub gedacht – bis das Gerede aufgehört hätte. Dann kam das Unglück auf Manderley und schließlich der Krieg. Es müssen an die zehn Jahre vergangen sein, seit wir uns das letzte Mal gesehen haben.«

Steif vor Entsetzen, sahen wir zu, wie er sich von seinem Stuhl hochstemmte. Eine seiner Krücken, die neben ihm am Tisch lehnten, fiel um. Frank beeilte sich, sie aufzuheben. Als der Oberst nach seinem Glas griff, legte seine

Tochter ihm die Hand auf den Arm. »Vater – meinst du nicht ...«

Unwillig schüttelte er sie ab. Sie errötete tief und warf mir einen verzweifelten Blick zu.

Julyan räusperte sich. »Ich glaube, die Angelegenheit verlangt nach ein paar Worten«, meinte er. »Trotz des traurigen Anlasses, der uns hier zusammengeführt hat, möchte ich Ihnen sagen« – er schaute zuerst Maxim an und dann mich –, »daß Sie vermißt worden sind. Ich bin häufig hier gewesen – das kann Giles Ihnen bestätigen –, und oft haben wir in diesem Zimmer gesessen und über Sie gesprochen.«

Ich sah zu Giles hinüber, der leicht vorgebeugt dasaß und auf die Tischdecke starrte. Sein Gesicht war dunkelrot angelaufen. Ich blickte rasch von ihm zu Roger und wieder zurück.

»Eines muß doch einmal klipp und klar gesagt werden: Die Vergangenheit ist tot und begraben«, fuhr der Oberst fort. Ich wagte nicht, Maxim anzusehen. Der alte Mann schien sich der Bedeutung dessen, was er gesagt hatte, nicht bewußt zu sein. »Vorbei. Lassen wir es dabei.« Er hob sein Glas. Die Uhr in der Halle schlug dreimal. »Es tut verdammt gut, Sie beide wiederzusehen. Willkommen daheim.«

Ich wußte nicht, ob ich tot umfallen oder einen Schreikrampf bekommen oder in Tränen ausbrechen oder in Ohnmacht fallen sollte – oder aufspringen und davonlaufen. Mir war übel vor Fassungslosigkeit und Verlegenheit, und aus Angst davor, was Maxim vielleicht tun würde. Sogar Frank saß sichtlich verkrampft da; dieses Mal wußte selbst er nicht, wie er uns helfen könnte.

Zu meiner Überraschung blieb Maxim ruhig sitzen, hob den Blick und sah den Oberst an. »Ich danke Ihnen«, sagte er gelassen und trank seinerseits einen Schluck Wein. Das war alles, aber ich begriff, daß ich mich wieder entspannen konnte, obwohl mein Herz wie ein Stein in meiner Brust lag und mein Gesicht glühte. Es war nichts Schreckliches geschehen, wir saßen immer noch hier am Tisch, es war Oktober, der Tag von Beatrice' Begräbnis, und die Vergangenheit hatte keine Macht mehr über uns.

Endlich gingen sie. Julyan brauchte eine Ewigkeit bis zur Haustür, denn er bestand darauf, ohne Hilfe zu laufen. Heftig schwankend steuerte er auf seinen Wagen zu, aber zum Einsteigen benötigte er seine Tochter dann doch. Nach endlosem Hin- und Herrangieren stand sie schließlich in Fahrtrichtung, und sie fuhren davon.
In einer Stunde käme ein Taxi, das Frank abholen und zum Bahnhof bringen würde. Von London ab war ein Platz im Schlafwagen reserviert, so daß er es für den Großteil der Fahrt in seine neue Heimat Schottland bequem haben würde.
Goldgelber Sonnenschein schimmerte auf den Feldern, bunte Blätter tanzten von den Bäumen zu Boden, und die letzten Äpfel lagen im Gras. Es war immer noch warm. Ich wäre gerne draußen geblieben, es schmerzte mich, auch nur einen Augenblick dieser Schönheit zu versäumen – zu lange hatte ich sie entbehren müssen. Außerdem graute mir davor, im Haus eingesperrt zu sein, die Uhr schlagen zu hören, das Knarzen der Treppenstufen, das Tapsen der Hunde, wenn sie auf der Suche nach Beatrice durch die Räume streiften, und Giles' tiefe Seufzer. Aber Maxim war zu einem Spaziergang nicht zu bewegen. Sein Gesicht war aschfahl, von Erschöpfung und Anspannung gezeichnet. »Ich werde mich hinlegen«, sagte er. »Vielleicht kann ich ein bißchen schlafen.«
Ich ging mit ihm in die Halle. Die Türen waren weit geöffnet, es roch schwach nach Äpfeln. Weiter hinten im Halb-

dunkel der Halle stand Frank, abwartend, ob er von Nutzen sein könnte – in seiner typisch zurückhaltenden Art, die Beatrice so irritiert hatte. »Wenn er nur nicht so langweilig wäre«, hatte sie damals gesagt, als sie nach Manderley kam, um mich, die junge Braut, in Augenschein zu nehmen. »Er hat aber auch nie etwas Interessantes zu erzählen.« Obwohl ich ihn damals gerade erst kennengelernt hatte, wußte ich schon, daß sie ihm unrecht damit tat, seine »Langweiligkeit« zu kritisieren, die in Wahrheit Beständigkeit und Zuverlässigkeit war – und jetzt fragte ich mich, ob sie all das irgendwann doch an ihm schätzen gelernt hatte.

Maxim schaute mich an. Ein kleines Lächeln umspielte seine müden Augen. »Na, geh schon«, sagte er liebevoll. »Ich sehe dir doch an, daß du es kaum erwarten kannst hinauszukommen. Genieße die Umgebung, solange du noch Gelegenheit dazu hast.«

Er hatte mich wieder einmal durchschaut, wußte genau, wonach ich mich sehnte, obwohl ich geglaubt hatte, es perfekt zu verbergen. Er beugte sich vor und küßte mich leicht auf die Stirn. »Nun mach schon.« Damit drehte er sich um und ging die Treppe hinauf.

Ich ging hinaus.

Viertes Kapitel

In der vorangegangenen Nacht hatten die Strapazen der Reise und jene sonderbare Mischung aus Kummer und Freude mir den Schlaf geraubt. Jetzt war es ein Geräusch, das mich aus einem tiefen, traumlosen Schlummer holte. Ich setzte mich im Bett auf und fragte mich verwirrt, weshalb das Fenster an der falschen Stelle saß – dann begriff ich, daß ich mich nicht in unserem Hotelzimmer befand.

Maxim lag tief schlafend neben mir. Wir waren beide sehr mitgenommen, und ich hatte das Gefühl, daß mein Gehirn nur im Zeitlupentempo funktionierte. Was war das für ein Geräusch gewesen? Ich mußte es mir eingebildet haben, es war vollkommen still im Haus. Nein – da war es wieder, ein ersticktes, leises Geräusch, das ich nicht einordnen konnte. Kam es von einem Menschen oder einem Tier?

Ich legte mich wieder zurück, aber sobald mein Kopf das Kissen berührte, hörte ich es wieder, diesmal lauter und näher. Es schien durch die Dielen zu sickern oder durch die Wände. Ich stand auf, schlüpfte in Morgenrock und Hausschuhe und schlich zur Tür.

Draußen auf dem Korridor dachte ich zuerst, es sei einer der Hunde, der, traurig über Beatrice' Abwesenheit und beunruhigt durch die Änderung der häuslichen Abläufe, leise winselnd herumirrte, doch dann erinnerte ich mich, daß die Hunde nachts im Küchentrakt eingesperrt waren. Ich horchte angestrengt. Nein, das Geräusch kam aus einem der Schlafzimmer.

Und plötzlich erkannte ich, daß es Schluchzen war, was ich

hörte: das Schluchzen eines Mannes, unterbrochen von Gestammel und kurzen, leisen Schreien. Mein erster Impuls war, auf der Stelle in mein Bett zurückzukehren, mir die Decke über den Kopf zu ziehen und die Finger in die Ohren zu stecken, um diese Laute auszusperren, die mich gleichermaßen entsetzten und erschütterten, doch dann lief ich, getrieben von Mitleid und dem natürlichen Wunsch zu helfen, über den abgetretenen Läufer den Flur hinunter.

Beatrice und Giles legten keinen Wert auf Luxus, das spürte man überall in diesem Haus. Seit sie es vor dreißig Jahren gekauft hatten, war immer nur das Notwendigste repariert oder renoviert worden. Wahrscheinlich hatten sie gar nicht bemerkt, wie fadenscheinig und schäbig ihre Umgebung im Laufe der Zeit wurde. Ihnen war es wichtiger, im Freien zu sein, sich mit ihren Pferden zu beschäftigen, mit den Hunden, dem Garten – und mit ihren Freunden. Diese Einstellung war einer der Gründe dafür, daß ich sie so mochte. Die wenigen Male, die ich hiergewesen war, hatte ich mich stets sehr wohl gefühlt. Im Gegensatz zu der kalten Pracht von Manderley, die mich mit Sicherheit bis an mein Lebensende eingeschüchtert hätte, hatte ich die Behaglichkeit dieses Hauses immer genossen.

Ich hatte das Ende des Ganges erreicht, an dem Beatrice' Schlafzimmer lag. Das Weinen war jetzt ganz deutlich zu hören, kaum gedämpft durch die geschlossene Tür. Ich zögerte. Mir graute davor hineinzugehen, doch ich tat es.

»Giles?«

Er schaute nicht auf, nahm mich offenbar gar nicht wahr. Also hüstelte ich und sagte noch einmal seinen Namen. »Giles – ich habe dich weinen gehört. Kann ich dir etwas holen, etwas für dich tun? Irgend etwas?«

Die Nachttischlampen brannten, und er saß mir zugewandt auf dem Hocker vor Beatrice' Toilettentisch. In dem dreiteiligen Spiegel sah ich seinen wulstigen Nacken über dem Kragen seines Morgenmantels. Der Kleiderschrank und zwei der Kommodenschubladen waren offen, Kleidungsstücke lagen auf dem Boden, dem Bett und über dem Stuhl – Tweedröcke, häßliche, aber warme wollene Unterwäsche, ein dunkelrotes Kleid, ein Kamelhaarmantel, die Pelzstola mit dem Fuchskopf, dessen Glasknopfaugen mich bösartig anfunkelten, eine braune Strickjacke, Halstücher ...

Giles umklammerte eine pfirsichfarbene Satinstola; ich erinnerte mich, Beatrice vor Jahren einmal damit gesehen zu haben. Verlegen und ratlos stand ich an der Tür. Ich räusperte mich leise.

Und dann endlich blickte Giles auf. Meine Anwesenheit schien ihn weder zu erschrecken noch zu überraschen. Seine Augen waren gerötet und geschwollen, und Tränen liefen in Bächen über seine dicken, stoppligen Wangen.

Sein Elend war so unendlich groß, sein Gram so tief, daß sie nicht nur zu sehen und zu hören waren – ich glaubte sie mit Händen greifen zu können. Er sagte nichts, schaute mich nur an wie ein hilfloses Kind, und dann begann er wieder zu schluchzen. Seine massigen Schultern zuckten, er drückte die Stola ans Gesicht und weinte hinein, wischte sich immer wieder die Augen damit ab. Zwischendurch schnappte er krampfhaft nach Luft, wie ein Ertrinkender. Es war schrecklich, das mit anzusehen, ich war entsetzt – aber entsetzt auch über mich, weil es mich abstieß, wie er sich seinem Schmerz hingab. Ich war an Maxim gewöhnt – den einzigen Mann, den es je in meinem Leben gegeben hatte –, und Maxim hatte niemals auch nur eine Träne vergossen. Es war völlig undenkbar. Unvorstellbar. Ich war überzeugt, daß er seit seiner Kinderzeit nicht mehr geweint hatte. Wenn ihn etwas traf, wurde er blaß, spannte die

Kiefermuskeln an, und seine Augen wurden hart, oder seine Züge verdüsterten sich, aber ansonsten hatte er sich vollkommen in der Gewalt. Nicht auszudenken, wie er reagiert hätte, wenn er Giles in diesem aufgelösten Zustand erlebt hätte.

Ich gab mir einen Ruck, trat ins Zimmer und setzte mich auf die Bettkante. Lange Zeit saß ich nur still da, fest in meinen Morgenrock gewickelt, und hörte Giles beim Weinen zu, und dann brach plötzlich die Barriere in mir zusammen, und ich störte mich nicht mehr daran, wie er sich gehenließ, es schien mir auf einmal ganz richtig, ihm zu gestatten, seinen Gefühlen freien Lauf zu lassen, und daß ich hier bei ihm saß, damit er in seinem Schmerz wenigstens nicht allein war.

»Was soll ich bloß tun?« sagte er einmal, und dann blickte er auf und sagte es noch einmal, und dabei schaute er mich zwar an, aber ich war nicht sicher, ob er wirklich mit mir sprach und eine Antwort erwartete. »Was soll ich ohne sie tun? Sie war mein Leben – siebenunddreißig Jahre lang. Weißt du, wie wir uns kennenlernten? Ich war vom Pferd gefallen und hatte mir das Handgelenk gebrochen, und sie setzte mich wieder drauf und führte mit einer Hand ihr Pferd am Zügel und mit der anderen meins. Das war ein richtiger Teufel, aber bei ihr ging es lammfromm wie ein Kinderpony. Ich hätte mir eigentlich idiotisch vorkommen müssen, aber ich tat es nicht. Es machte mir überhaupt nichts aus. Und so war es immer mit Bea: Mit ihr machte mir nichts etwas aus, ich verließ mich vollkommen auf sie. Sie war der Boß, kümmerte sich um alles, konnte alles – aber das weißt du ja selbst. Ich hätte es aus eigenem Antrieb nie zu etwas gebracht, aber mit ihr an meiner Seite ging es wie von selbst. Von da an hat es mir an nichts mehr gefehlt, ich war glücklich und zufrieden.« Er blickte auf, sah mir direkt ins Gesicht. Wonach suchte er? Nach Bestätigung? Zustimmung? Ich hätte es nicht sagen können.

»Ich weiß, wie glücklich du mit Beatrice warst«, sagte ich. »Ihr habt großartig zusammengepaßt. Das sagten alle.«

»Wirklich?« Sein Gesicht leuchtete auf, in einer kindlichen Freude, die rührend war.

»Natürlich«, bestätigte ich.

»Jeder liebte und bewunderte sie. Trotz ihrer scharfen Zunge. Sie konnte sagen, was sie dachte, und keiner nahm es ihr übel. Sie hatte so viele Freunde ... Denk doch an all die Leute, die bei der Beerdigung und danach hier waren ... Hast du die vielen Leute gesehen?«

»Selbstverständlich habe ich sie gesehen, Giles. Ich war sehr beeindruckt. Es muß dir eine große Hilfe gewesen sein.«

»Eine Hilfe?« Er sah sich verwirrt im Zimmer um, als wisse er nicht, wo er sich befand, und als sein Blick zu mir zurückkehrte, merkte ich, daß er auch mich einen Moment lang nicht erkannte. »Eine Hilfe?« wiederholte er dumpf.

»Ja – daß so viele Menschen gekommen waren, die Beatrice gemocht haben.«

»Das war keine Hilfe«, sagte er unwillig, als erkläre er es einem begriffsstutzigen Kind. »Sie ist tot, und als sie starb, war ich nicht bei ihr. Sie starb im Krankenhaus, nicht zu Hause, und ich war nicht bei ihr. Ich habe sie enttäuscht. Sie muß geglaubt haben, ich hätte sie im Stich gelassen. Sie hat mich niemals enttäuscht.«

»Nein, Giles, das hat sie bestimmt nicht geglaubt. Hör auf, dich mit Selbstvorwürfen zu quälen.« Nutzlose Worte.

»Aber ich *habe* sie allein gelassen. Als sie starb, war sie mutterseelenallein.«

Ich protestierte nicht mehr, ich sagte überhaupt nichts mehr. Es gab nichts, womit ich ihn hätte trösten können.

»Sie ist tot, und ich weiß nicht, wie ich ohne sie weiterleben soll. Ohne sie bin ich gar nichts. Ohne ihre Hilfe kann ich nichts leisten. Was soll ich tun? Ich kann ohne Beatrice nicht leben, verstehst du – ich kann es nicht.«

Wieder stürzten Tränen aus seinen Augen und strömten über sein Gesicht, und sein Körper wurde von Schluchzern geschüttelt. Ich ging zu ihm, nahm den hilflosen, verzweifelten alten Mann in die Arme, und dann endlich weinte ich auch, mit ihm und um ihn und um Beatrice und um vieles andere, andere Verluste, andere Kümmernisse, und als ich keine Tränen mehr hatte, wiegte ich Giles sanft in meinen Armen und war froh, daß ich ihm helfen, ihm Trost geben konnte, wenigstens ein bißchen Trost in diesem stillen, trauernden Haus.

Nach einer Weile begann er wieder zu sprechen, und es war, als sei ein Damm gebrochen. Er erzählte von Beatrice, von ihren vielen gemeinsamen Jahren, von glücklichen Augenblicken und heiteren Begebenheiten. Er breitete ihr ganzes Leben vor mir aus, schilderte ihre Hochzeit, den Kauf dieses Hauses, Rogers Geburt und Kindheit, sprach von ihren Freunden, den Nachbarn, den vielen Pferden und Hunden, Bridgeabenden, von Dinnerparties, Picknicks, Fahrten nach London, Weihnachtsfesten, Geburtstagsfeiern, und während ich ihm zuhörte, wurde mir irgendwann bewußt, daß er kaum jemals Maxim oder Manderley erwähnte oder irgend etwas, das mit dieser Seite ihres Lebens zu tun hatte. Er vermied das nicht etwa aus Taktgefühl, denn er war viel zu sehr in seinen Erinnerungen versunken, um daran zu denken, und sich kaum meiner Gegenwart bewußt, geschweige denn dessen, was ich repräsentierte. Nein – es war, als ob Manderley und Beatrice' frühe Jahre dort und ihre Familie für ihn kaum eine Rolle spielten und keinen Einfluß auf sein Leben gehabt hätten.

Ich erinnerte mich an jenen heißen Tag vor einer Ewigkeit

und in einem anderen Leben, als ich noch ein unbedarftes junges Mädchen war, an dem ich die beiden auf Manderley kennenlernte. Nach dem Essen hatte Giles schnarchend in der Sonne gelegen, und als ich ihn verstohlen betrachtete, fragte ich mich, was Beatrice um Himmels willen bewogen haben könnte, diesen fetten, häßlichen Koloß zu heiraten, der seine Lebensmitte offensichtlich bereits hinter sich hatte. Es war doch undenkbar, daß sie sich in ihn verliebt hatte! In meiner naiven Vorstellung mußte ein Mann attraktiv und weltgewandt sein wie Maxim, um geliebt zu werden und glücklich verheiratet zu sein. Meine Ahnungslosigkeit von damals trieb mir die Schamröte ins Gesicht, als ich jetzt daran dachte. Ich hatte etwas für Liebe gehalten, das in Wahrheit nicht mehr als eine Schulmädchenschwärmerei gewesen war. Ich hatte nichts von der Liebe geahnt, die mit der Zeit wächst und mit dem Alter reift, von der Liebe, die Elend und Gram überstehen muß, und von Dingen, die die Liebe zerstören oder nähren.

Ich fühlte mich seltsam alt in dieser Nacht, unendlich viel älter als der arme hilflose Giles und viel stärker und weiser. Er tat mir schrecklich leid. Natürlich würde er irgendwie weiterleben, aber es würde nie mehr so sein wie früher. Das Schöne in seinem Leben war mit Beatrice' Tod endgültig zu Ende gegangen, nachdem Rogers Entstellung nach dem Flugzeugabsturz bereits einen dunklen Schatten über ihr Glück geworfen hatte. Aber vielleicht würde die Tatsache, daß Roger aufgrund seiner Invalidität wahrscheinlich für immer zu Hause bliebe, ihm einen Grund geben, weiterzumachen, sich durchzukämpfen, und eines Tages wäre er vielleicht sogar wieder in der Lage zu lachen. Allerdings erwähnte er seinen Sohn mit keinem Wort; in dieser Nacht galten seine Gedanken und Sehnsüchte einzig und allein Beatrice, seiner Frau.

Ich habe keine Vorstellung, wie lange wir da saßen. Giles hatte keinen Moment lang aufgehört zu weinen, seine Erzählung wurde immer wieder von Schluchzern unterbrochen. Er versuchte auch gar nicht, seine Tränen zu unterdrücken, und ich hatte längst begonnen, ihn für die Tiefe seiner Liebe zu Beatrice zu achten. Es rührte mich, daß er sich mir nahe genug fühlte, um seinen Kummer in dieser Weise zu äußern, ihn mit mir zu teilen.

Zwischendurch fragte ich ihn mehrmals, ob ich ihm einen Tee machen oder einen Brandy holen solle, doch er lehnte ab, und so blieben wir mitten in dem Durcheinander verstreuter Kleidungsstücke sitzen, und die Stunden verstrichen.

Die Nacht war schon fast vorüber, als plötzlich Bewegung in Giles kam. Wie jemand, der aus einer Trance oder Ohnmacht erwacht und nicht weiß, wo er ist, blickte er verwirrt im Zimmer umher, dann kramte er ein Taschentuch aus seinem Morgenmantel und putzte sich mit lautem Trompeten die Nase.

»Entschuldige, altes Mädchen«, sagte er. »Tut mir leid, daß du das miterleben mußtest. Aber ich brauchte das.«

»Es ist in Ordnung, Giles, ich verstehe dich.« Ich stand auf. »Ich habe Beatrice auch sehr gemocht.«

»Jeder hat sie gemocht. Alle. All diese Leute, die heute da waren.« Er wischte sich mit der pfirsichfarbenen Stola, die er noch immer mit einer Hand festhielt, über die Augen. »Es gab niemanden auf der Welt, der etwas gegen sie hatte – außer Rebecca.«

Ich starrte ihn erschrocken an, als hätte ich ernsthaft erwartet, diesen Namen nie mehr wieder zu hören. Er klang merkwürdig – wie ein Wort aus einer fremden Sprache. Rebecca. Ein Name aus einem anderen Leben. Maxim und ich hatten ihn seit jener schrecklichen Nacht nicht mehr erwähnt. Ein paar Sekunden lang schien es mir, als habe sich irgendwo im Dunkel dieses stillen Zimmers ein Ungeheuer, das ich längst totgeglaubt hatte, aufgerichtet und warnend geknurrt. Der Laut machte mir angst, doch dann war es wieder still, und von meiner Furcht blieb nur noch die Erinnerung, wie an einen längst vergangenen Schmerz.

»Tut mir leid«, sagte Giles noch einmal. »Tut mir leid, altes Mädchen.«

Ich wußte nicht, ob sich das auf die Erwähnung von Rebecca bezog oder darauf, daß ich seinetwegen so lange aufgeblieben war, um ihm in seinem Kummer beizustehen.

»Giles, ich glaube, wir sollten wieder ins Bett gehen. Ich bin furchtbar müde, und vielleicht ist Maxim aufgewacht und fragt sich, wo ich bin.«

»Ja, natürlich, geh du nur. Guter Gott – es ist schon halb sechs! Tut mir leid ... tut mir leid ...«

»Entschuldige dich nicht. Du hast keinen Grund dazu. Wirklich nicht.«

Als ich die Tür aufmachte, sagte er: »Ich wünschte, ihr würdet zurückkommen.«

Ich schaute ihn fragend an.

»Der alte Julyan hatte recht. Und Beatrice hat immer gesagt: ›Verdammt dumm von ihnen, so lange wegzubleiben, wo sie es doch gar nicht müßten.‹«

»Doch, Giles, wir mußten es, und das weißt du. Die furchtbare Geschichte damals – und dann die Zerstörung von Manderley ...«

»Ihr könntet ein anderes Haus kaufen oder hierherziehen. Es ist genug Platz da. Nein, das würdet ihr nicht wollen. Ich wünschte, sie hätte den alten Maxim noch einmal sehen können. Sie war kein Mensch, der über seine Gefühle sprach, aber ich wußte auch so, daß sie ihn sehr vermißte.«

»Ja«, nickte ich. »Es tut mir auch leid.«

Er schaute auf das pfirsichfarbene Stück Stoff hinunter, das auf seinem Schoß lag. Es schnitt mir ins Herz, wie einsam und verloren er aussah.
»Ich helfe dir morgen, hier Ordnung zu machen«, sagte ich. »Laß jetzt einfach alles liegen. Ich denke, du solltest versuchen, ein bißchen zu schlafen.«
Er hob den Kopf, sah mich unschlüssig an und senkte den Blick dann wieder auf die Stola. »Normalerweise mochte sie so feine Sachen gar nicht. Sie war mehr fürs Einfache, Praktische. Wahrscheinlich hat sie sie von Rebecca bekommen.«
Als er das sagte, erschien ein Bild von Rebecca vor meinem geistigen Auge, so klar und deutlich, als stünde sie mir, die ich Rebecca niemals begegnet war, nicht einmal ein Bild von ihr gesehen hatte, leibhaftig gegenüber. Hochgewachsen, schlank, schwarzhaarig, aufsehenerregend schön, verweilte sie oben an der Treppe von Manderley, eine Hand auf dem Geländer, mit einem bösen Lächeln um die sinnlichen Lippen. Sie schaute mich an, musterte mich, taxierte mich, mit einer Mischung aus Verachtung und Belustigung – und sie trug die pfirsichfarbene Satinstola, die jetzt zerknittert in Giles' wulstigen Händen lag!
Ich floh aus dem Zimmer und rannte wie gehetzt den Korridor entlang. Taumelnd erreichte ich unser Zimmer, machte die Tür hinter mir zu, lehnte mich atemlos dagegen. Ich zitterte am ganzen Körper. Rebecca war wieder da, suchte mich erneut heim, jetzt, da ich geglaubt hatte, sie sei für immer aus meinem Leben verschwunden. Im ersten Morgenlicht, das durch die alten, fadenscheinigen Vorhänge fiel, sah ich, daß Maxim noch genau so zusammengekrümmt dalag wie vor Stunden, als ich das Zimmer verließ. Er durfte auf gar keinen Fall wach werden – er hätte mir sofort angemerkt, daß etwas nicht stimmte. Nein, ich mußte es ganz allein schaffen, das Ungeheuer in seine Höhle

zurückzujagen. Niemals, niemals durfte Maxim von meinen Ängsten erfahren.
Ich setzte mich ans Fenster und schaute durch den Spalt zwischen den Vorhängen in den Garten hinaus. Draußen dämmerte es. In dem fahlen Licht wirkte alles farb- und konturlos, und doch schien es mir wunderschön – und plötzlich hatte ich keine Angst mehr. Statt dessen war ich auf einmal zornig, zornig auf die Erinnerung, auf mich selbst, auf die Vergangenheit, die die Macht hatte, mir all dies Schöne zu vergällen. Aber am zornigsten war ich auf sie, auf das, was sie uns angetan hatte und was nie wiedergutgemacht werden konnte, und auf die Tatsache, daß sie mich auch heute noch, nach all den langen Jahren, in Furcht und Schrecken versetzen konnte. Rebecca.
Allmählich nahmen die Bäume und die Büsche Form an, dann erkannte ich auch die Pferde, um die das Morgenlicht silberne Fäden spann, als sich der Dunst hob, und während ich all das beobachtete, wurde ich immer ruhiger, und Freude wallte in mir auf, Freude über den neuen Tag, über diesen Ort, über meine Heimat, England ... Am liebsten hätte ich das Fenster aufgerissen und weit über das Land gerufen – dorthin, wo sie in ihrer stillen, dunklen Gruft lag: »Ich lebe! Hörst du mich? Ich lebe, und er lebt, und wir sind zusammen. Und du bist tot und wirst uns nie wieder etwas Böses antun. Du bist tot, Rebecca!«

Fünftes Kapitel

Beim Frühstück waren Maxim und ich allein im Eßzimmer. Giles schlief noch, und Roger hatte ich, als ich mich anzog, zu den Pferden hinaufgehen sehen, langsam und schwerfällig. Von hinten glich er mit seinem kurzen dicken Hals und den breiten Schultern seinem Vater. Er war Mitte Dreißig, ein freundlicher, etwas langweiliger junger Mann, der hauptsächlich Hunde und Pferde im Kopf hatte. Ich kannte ihn kaum, er hatte in unserem Leben keine Rolle gespielt. Im Krieg war er bei der Luftwaffe gewesen, Träger des höchsten Verdienstordens für Offiziere, und schließlich abgeschossen und durch Brandwunden bis zur Unkenntlichkeit entstellt worden – und so hätte ich, wenn er sich jetzt umgedreht hätte, nicht in das frische runde offene Gesicht des alten Roger geblickt, sondern in eine erschreckende Fratze aus straff gespannter, feuerrot glänzender Haut mit weißen Flecken dazwischen, und in schmale Augen, die gespenstisch verzerrt zwischen wimpernlosen Lidern lagen. Ich mußte mich jedesmal beherrschen, um bei seinem Anblick nicht zusammenzuzucken, und war außerstande, ihn länger als eine Sekunde anzusehen. Wie sein Körper aussah, wagte ich mir nicht vorzustellen.

Ich hatte ihn leise rufen hören, und dann wartete er geduldig, bis zuerst der Graue und dann der Kastanienbraune zu ihm herantrotteten. Wie wurde er wohl damit fertig, daß er keine Zukunft hatte?

Als ich jetzt an dem altmodischen Eicheneßtisch an meiner Kaffeetasse nippte und Maxim dabei zusah, wie er einen

Apfel schälte, kam mir der Morgen in Erinnerung, als ich ihn zum erstenmal hatte frühstücken sehen: im Hotel in Monte Carlo, als ich krank vor Liebe und Kummer zu ihm gegangen war, um ihm zu sagen, daß ich noch am selben Tag Mrs. Van Hopper nach New York begleiten müsse. Ich wußte noch ganz genau, was er damals aß und trank, wie er gekleidet war und was er sagte – jedes Detail hatte sich unauslöschlich in mein Gedächtnis gegraben.

Maxim legte Obstmesser und Apfel auf den Teller und griff nach meiner Hand. »Mein liebes kleines Mädchen«, sagte er mit einem Lächeln, »du wünschst dir sehnlichst, noch länger hierzubleiben, nicht wahr? Du fürchtest dich davor, daß ich aufstehe und dir sage, daß es höchste Zeit ist, das Taxi zu bestellen und zu packen. Du hast dich verändert, seit wir hier sind, weißt du das? Du siehst anders aus – etwas ist mit deinen Augen geschehen, mit deinem Gesicht ...«

Ich habe bis heute nicht gelernt, meine Empfindungen zu verbergen – Ängste, Hoffnungen, jede Nuance eines Gefühls zeigt sich nach wie vor auf meinem Gesicht wie bei einem Kind. Inzwischen habe ich mich damit abgefunden, und ich weiß, daß Maxim diese kindliche Eigenschaft an mir besonders mochte. Aber in diesem Moment war ich zutiefst bestürzt, daß es mir nicht gelungen war, meine Sehnsüchte vor ihm zu verbergen und meine Angst davor, daß er auf einem unverzüglichen Aufbruch bestehen würde.

Er war aufgestanden und ans Fenster getreten, und jetzt winkte er mich zu sich. Das Koppelgatter stand offen: Roger hatte die Pferde hinausgelassen.

»Hör zu«, sagte Maxim. »Ich kann da nicht hin – das weißt du.«

»Natürlich nicht! Ich würde nicht im Traum darauf kommen, dich darum zu bitten. Ich könnte es auch nicht ertragen, Manderley wiederzusehen.« Doch während ich das im

Brustton der Überzeugung beteuerte, wußte ich, daß ich log: Der Gedanke daran verließ mich nie völlig, geisterte immer irgendwo durch meinen Kopf. Und seit ich wußte, daß wir nach England zurückkehren würden, war es zu einer fixen Idee geworden. Ich träumte davon. Manderley. Es war nicht weit entfernt. Nur am anderen Ende der Grafschaft. Ich brauchte nur das Hochmoor zu überqueren und dann ins Tal hinunterzufahren und dem Flußlauf zu folgen – und schon wäre ich da. Es gehörte zu einem anderen Leben, zur Vergangenheit – und doch war es mir so nah wie mein nächster Atemzug.

War es leer und verlassen? War es bis auf die Grundmauern abgebrannt? Hatte man ein neues Haus erbaut, oder lag alles brach? Wohnten gar wieder Leute dort? Ich wünschte mir brennend, es herauszufinden – und wagte es doch nicht.

»Ich dachte nicht an ... Manderley«, sagte ich. Es fiel mir immer noch schwer, diesen Namen auszusprechen, und ich sah Maxim bei seiner Erwähnung zusammenzucken. »Aber Maxim, es ist so herrlich, wieder in England zu sein. Du empfindest doch genau so, nicht wahr? Das Licht, die Luft, die Landschaft – alles ist so wunderschön vertraut. Können wir nicht noch ein Weilchen hierbleiben, vielleicht ein wenig herumfahren – an Orte, an denen wir noch nie waren, wo uns niemand kennt – und dann zurückkehren und die Erinnerung daran mitnehmen? Sie würde uns trösten, bis irgendwann einmal. Außerdem finde ich, daß wir Giles noch nicht allein lassen sollten. Das wäre grausam.« Ich erzählte ihm von der vergangenen Nacht, allerdings nur in groben Zügen, keine Einzelheiten. »Wir sollten ihm erst noch ein wenig helfen, sich zurechtzufinden, und dann – nun, Frank hat uns nach Schottland eingeladen. Ich würde schrecklich gerne hinfahren – ich war noch nie dort – und seine Familie kennenlernen. Er ist uns ein so treuer Freund, und er würde sich bestimmt freuen, wenn wir ihn besuchten.« Ich redete und redete, und schließlich kamen wir überein, bis Ende der Woche bei Giles und Roger zu bleiben und dann zu den Crawleys nach Schottland zu fahren. Maxim schien mit dieser Lösung recht zufrieden zu sein, denn damit war die Gefahr gebannt, vor der er sich so gefürchtet hatte: Wir würden allem aus dem Weg gehen, was eine Verbindung zur Vergangenheit darstellte, und keine Menschen treffen, die uns kannten oder erkennen könnten.

Es war seltsam, aber bei all seiner Angst vor der Vergangenheit schien er sich in diesem Haus, Beatrice' Haus, wohl zu fühlen. Vielleicht wäre er sogar bald bereit, mit mir die Wege entlangzuschlendern und durch die Wiesen zu streifen – und vielleicht würde er es sogar genießen. Nichts wünschte ich mir mehr.

Ich war überglücklich. Ja, ich durfte noch hierbleiben und dann nach Schottland fahren. Es war doch möglich, daß Maxim seine Furcht soweit verlor, daß er sich bereit erklärte, anschließend die letzten goldenen Herbsttage dazu zu nutzen, mit mir, wie vorgeschlagen, uns unbekannte Winkel der Insel zu erkunden. Wäre England nicht ebenso erholsam und ungefährlich für ihn wie der Aufenthalt auf dem Kontinent, solange wir uns von bekannten Orten fernhielten – und von Manderley?

Als ich die Treppe hinaufging, um mich umzuziehen, trällerte ich vor mich hin, und plötzlich wurde mir bewußt, daß es *Richmond Hill* war, ein Lied, an das ich seit meiner Schulzeit nicht mehr gedacht hatte. Und doch erinnerte ich mich genau an die Melodie und an jedes Wort des Textes.

Ich konnte auch heute Maxim nicht überreden, das Haus zu verlassen. Er sagte, er wolle versuchen, ein sachliches

Gespräch mit Giles zu führen; immerhin bestehe die Möglichkeit, daß es jetzt, nach Beatrice' Tod, Dinge gäbe, die er, Maxim, wissen oder um die er sich kümmern müsse. Das überraschte mich, denn ich hatte geglaubt, er würde es ablehnen, sich mit Dingen abzugeben, die in irgendeinem Zusammenhang mit Manderley stehen könnten. Maxim nahm die *Times* vom Tisch, ging damit ins Morgenzimmer und schloß die Tür hinter sich. Auf dem Weg durch den Garten sah ich, daß er mit dem Rücken zum Fenster saß, und da begriff ich, daß er litt: Es schmerzte ihn, hier zu sein, er konnte es nicht einmal ertragen, Beatrice' Garten und Obsthain von drinnen zu betrachten, obwohl sie nicht im entferntesten mit den Gärten von Manderley zu vergleichen waren.

Er tut es für mich, dachte ich. Er tut es aus Liebe. Und plötzlich stieg eine Welle der Zärtlichkeit in mir hoch – und gleichzeitig war da wieder meine alte Unsicherheit, die Unfähigkeit zu glauben, daß ich von einem Mann geliebt werden könnte, insbesondere von diesem Mann, den ich trotz unserer Jahre im Exil, in denen meine Kraft gewachsen war – hatte wachsen müssen, weil er sich völlig auf mich verließ –, noch immer anbetete wie einen Gott. Ich besaß nach wie vor kein echtes Selbstvertrauen. Manchmal ertappte ich mich noch heute dabei, daß ich auf meinen Ehering hinunterstarrte, als stecke er am Finger einer Fremden, als könne er gar nicht mir gehören, und dann begann ich ihn zu drehen, wie ich es in unseren Flitterwochen in Italien getan hatte, um ihn auch wirklich, wirklich zu spüren, und hörte wieder meine Stimme an jenem sonnigen Monte-Carlo-Morgen sagen: »Sie irren sich in mir. Ich bin kein Mädchen, das man heiratet.«

Ich lächelte über mich selbst, als ich durch das taufeuchte Gras der Koppel auf den Hang und die herrliche offene

Landschaft mit den Bäumen und niedrigen Hecken zuging, die dahinter lag. Eine Weile folgte ich dem Weg, dann verließ ich ihn und ging querfeldein weiter. Ich wünschte, Maxim wäre dabeigewesen, hätte all die Schönheit sehen können. Ich war sicher, er hätte sich dem Reiz der Umgebung nicht entziehen können, die Liebe zu seiner Heimat wiederentdeckt. Ich stellte mir vor, wie er hin und wieder stehenblieb – auf der kleinen Kuppe, die ich gerade überschritt, bei dem Wäldchen, an dem ich vorbeikam – und irgendwann sagte: »Wir müssen zurückkommen. Ich merke jetzt, wie sehr ich England vermißt habe – ich könnte es nicht mehr ertragen, auf dem Kontinent zu leben. Wir werden hierbleiben und nie mehr weggehen, was immer das auch für Folgen haben mag.« Und ich würde ihm versichern, daß alles gutgehen würde, daß niemand uns Schwierigkeiten machen und die Vergangenheit nie mehr ihr häßliches Medusenhaupt erheben würde. »Und wenn doch, werden wir ihr gemeinsam entgegentreten.«
Plötzlich merkte ich, daß ich meine Phantasietexte laut vor mich hin sprach, und mußte lächeln: Es war eine alte Angewohnheit von mir, ich hatte all meine Schulmädchenträume auf diese Weise ausgelebt. Aber in den letzten Jahren hatte ich kaum Zeit dazu gehabt zu träumen – ich war zu sehr damit beschäftigt, erwachsen zu werden, mich um Maxim zu kümmern, ihm beizustehen und die Erinnerungen daran zu hindern, ihn, der jetzt so hilflos war, zu quälen. Doch manchmal hatte ich mich in Gedanken davongestohlen, hatte Spaziergänge über das winterlich kahle Hochland oder durch eine wogende Blumenwiese gemacht, dem Lied einer Lerche gelauscht, die in den Sommerhimmel hinaufstieg, dem nächtlichen Bellen eines Fuchses oder dem Kreischen der Möwen.
Als ich jetzt die Hand ausstreckte und an der hohen Wildro-

senhecke entlangstrich, sah ich uns beide hier dahinwandern und vor uns tollten die Hunde – und, ja, vielleicht auch unsere kleinen Söhne.
Ich erfand Gespräche mit Maxim über die Schäden, die der letzte Sturm angerichtet hatte, darüber, wie gut das Korn stand, ob die Dürreperiode bald enden und ob wir wohl endlich einmal weiße Weihnachten erleben würden. Ich sah ihn ein, zwei Schritte vor mir hergehen, auf dieses und jenes deuten, stehenbleiben, um einem der Hunde einen Dorn aus der Pfote zu ziehen, sich umdrehen und mich entspannt und glücklich wie früher anlächeln. Wir würden einander wieder so nahe sein wie damals am Anfang, so konzentriert aufeinander wie in den Jahren unseres Exils, aber nicht mehr in dieser beengenden Ausschließlichkeit, es würde wieder andere Menschen geben, neue Freunde, Kinder. Wir würden wieder auf der Sonnenseite des Lebens stehen und endlich keinen Grund mehr haben, uns zu verstecken.
So träumte ich vor mich hin und war derart versponnen in meine Pläne und Phantasien, die ich zu einem schimmernden Mantel webte, der mich einhüllte, daß ich nicht wahrnahm, wohin meine Schritte mich führten – bis ich plötzlich vor dem Tor in der niedrigen Mauer stand, die den Friedhof umgab, den Friedhof, auf dem wir tags zuvor Beatrice beerdigt hatten. Zwischen den windschiefen, moosüberwachsenen Grabsteinen konnte ich den frisch aufgeschichteten Grabhügel sehen, überhäuft mit Blumen und Kränzen. Ich lehnte mich auf das Tor und schaute mich um. Niemand war zu sehen, aber plötzlich schoß mit schrillem Gezwitscher eine aufgeschreckte Amsel an mir vorbei dicht über das Gras. Dann war es wieder still. Ich empfand einen tiefen inneren Frieden – und Trauer. Ich vermißte Beatrice, wünschte, ich hätte sie noch einmal sehen, mit ihr sprechen

können, doch meine Trauer war ruhig und sanft, wie dieser Ort. Ich dachte daran, wie verzweifelt Giles letzte Nacht geschluchzt hatte. Der arme, verlassene, hilflose Giles, der plötzlich so alt wirkte. Wäre es nicht Beatrice gewesen, um die er trauerte – sie hätte ihn bestimmt wieder aufrichten und ihm den Lebensmut zurückgeben können.

Wenn ich zurückblicke, sehe ich mich dort in der Morgensonne stehen, die mir so warm ins Gesicht schien wie an einem Sommertag. Es war einer dieser Momente, die sich einem einprägen, als wären sie auf einem Foto festgehalten, das man immer wieder betrachten kann. Oft erscheint mir mein ganzes Leben als eine Reihe solcher Momentaufnahmen, zwischen denen das übrige Geschehen zu einer grauen Masse verschwimmt. Und wie immer in solchen Augenblicken fühlte ich mich ganz ruhig und friedlich, ja glücklich. Ich war gerne allein hier, denn ich hatte eingesehen, daß Maxim noch nicht in der Lage war, in dieser Landschaft mit mir spazierenzugehen und sich frei zu fühlen. Es würde sich schon noch ändern, sagte ich mir, ich müßte ihm nur Zeit geben, dürfte ihn nicht drängen. In diesem Moment jedenfalls war ich voller Zuversicht.

Und so genoß ich meine eigene Gesellschaft, den schönen Tag und die Landschaft, nach der ich mich all die Jahre gesehnt hatte. Meine Trauer um Beatrice war zu einer stillen, herbstlichen Melancholie geworden, die mir nicht die Freude verderben konnte, aber ich hatte deshalb kein schlechtes Gewissen. Wenigstens dieses eine Mal wurde ich nicht von Schuldgefühlen heimgesucht – ich wußte, daß Beatrice mich verstanden hätte. Ich beschloß zu ihrem Grab zu gehen und Zwiesprache mit ihr zu halten, denn dazu hatte mir gestern bei der Beerdigung angesichts der vielen fremden Menschen die Ruhe gefehlt.

Ich ging durch das kleine Tor, schloß es hinter mir und

schlenderte über das Gras zu dem Pfad. Beatrice. Liebe Beatrice. Ich versuchte sie mir hier vorzustellen, aber das Bild blieb unscharf: Dieser Ort war zu eng, zu ernst für sie, sie gehörte ins offene Land, wo sie sich ausleben konnte.

Erst als ich näher kam, sah ich, wie gewaltig das Blumenmeer war, mit dem ihre Freunde sie bedacht hatten. Es waren so viele kunstvolle Gebinde, Kränze und Sträuße, daß sie auch den Boden um das Grab bedeckten und den Weg säumten. Manche der Kränze waren zu straff gebunden, manche Blüten sahen künstlich aus wie aus Wachs oder Glanzpapier und kamen gewiß aus Gewächshäusern, andere stammten offensichtlich aus dem heimischen Garten. Ich beugte mich hinunter, um die Karten zu lesen, fand einige vertraute Namen und viele unbekannte. »In herzlichem Gedenken« ... »In lieber Erinnerung« ... »Mit großer Sympathie« ... »Mit Hochachtung« ... »In Freundschaft« ... »Der geliebten Beatrice« war von uns, »Für meine geliebte Frau« hatte Giles geschrieben, und Rogers letzter Gruß lautete: »Voller Liebe«. Bei einigen Gebinden fehlte die Karte oder war halb verdeckt, ich wagte es nicht, sie herauszuziehen, weil es mir ungebührlich erschien.

Ich richtete mich auf, trat einen Schritt zurück – und da sah ich ihn: einen Kranz aus cremigweißen Lilien, eingebettet in dunkelgrüne Blätter. Er war bei weitem der schönste, teuer, aber nicht prahlerisch, extravagant und dennoch dezent, fraglos der geschmackvollste. Er lag ein wenig abseits, als habe jemand ihn mit Bedacht so plaziert, um die Aufmerksamkeit auf ihn zu lenken.

Ich bückte mich, berührte die kühlen, zarten Blüten, die gerippten schweren Blätter, und ein süßer Duft stieg mir in die Nase, berauschend und gleichzeitig irgendwie warnend, verführerisch, gefährlich. Die Karte war aus schwerem, schwarzumrandetem Bütten. »In tiefempfundener Zuneigung« stand in schwarzer Schrift darauf. Aber es waren nicht diese Worte, die mich entsetzten, die die Welt um mich erstarren ließen und den Himmel wie Glas zersplittern, die das Lied der Amsel im Stechpalmenbusch zum Verstummen brachten und die Sonne verdunkelten. Es war der Buchstabe, der unter dem Text stand: ein merkwürdig schiefes, ausladendes

R

Sechstes Kapitel

Das Schlimmste war – und das wurde mir sofort klar, noch ehe mein Kopf sich mit Fragen füllte wie ein Felsenloch, in das nach einem Gewitter Wasser strömt, ja, noch ehe die Furcht einsetzte –, daß ich dies vollkommen allein würde ertragen müssen, daß es keinen Menschen auf der Welt gab, dem ich es erzählen könnte. Und dann erwachte die Angst, und meine Beine gaben nach, und ich setzte mich zwischen die Blumen neben Beatrice' Grab und legte den Kopf auf die Knie. Mein Herz, das einen Schlag ausgesetzt hatte, begann wieder zu pochen, und die Betäubung wich. Hastig stand ich auf. Wenn mich jemand so gesehen hätte! Ich kam mir idiotisch vor. Aber es war niemand da. Der Friedhof lag ebenso still und verlassen im Sonnenschein wie bei meinem Eintreffen. Nur die Amsel im Busch ließ ab und zu ein zaghaftes Zwitschern hören.

Der Kranz zog mich magisch an. Ich wollte nicht mehr hinschauen, aber ich war machtlos, konnte mich seiner Schönheit nicht entziehen, so perfekt war er, so makellos, so rein. Beim Hinsetzen mußte ich ihn gestreift haben, denn die Karte war verrutscht, und ich konnte die Schrift nicht mehr sehen. Ich wich zurück, als seien die Blüten giftig wie Blumen aus einem Märchen, deren Berührung den Tod brachte, und dann drehte ich mich um, wandte dem Kranz und all den anderen Blumen den Rücken zu und rannte den Kiesweg entlang zur Kirche.

Sie war offen und menschenleer. Es war kalt und schummerig, die Sonne stand noch nicht hoch genug, um die hoch oben eingesetzten Fenster zu erreichen. Ich ließ mich in die letzte Bank sinken. Mir war schrecklich übel, und plötzlich begann ich am ganzen Körper zu zittern. Am schlimmsten zitterten meine Hände und meine Knie, aber alle Versuche, mich zu beruhigen, waren vergeblich. So muß sich jemand fühlen, der einen Geist gesehen hat: entsetzt und verängstigt, ungläubig und verwirrt, als ob jegliche Vernunft, jegliche Erfahrung mit einem Schlag außer Kraft gesetzt wäre. Ich kam mir vor wie eine Puppe, die ein jähzorniges Kind in eine Ecke geschleudert hat – hilflos ausgeliefert.

Der Kranz hatte seltsam geisterhaft und unwirklich ausgesehen, aber ich wußte, wenn ich zu der Grabstelle zurückkehrte, würde er noch da sein. Ja, er war Wirklichkeit, ich hatte ihn gesehen und berührt. Und ich hatte den Buchstaben gesehen. R... R für Rebecca. Geschrieben in der charakteristischen Schrift, die sich wie Säure in mein Gedächtnis gebrannt hatte.

Aber das war unmöglich! Plötzlich kam die Erinnerung zurück wie eine Flutwelle und brachte all den Abfall mit, der jahrelang ruhig auf dem Meeresgrund gelegen hatte. Er wurde aufgewühlt, durcheinandergeworfen, kam an die Oberfläche, wirbelte durch meinen Kopf. Erinnerungen prallten aufeinander, versuchten sich gegenseitig abzudrängen, um in meinem Bewußtsein ganz nach vorne zu kommen.

Rebecca war tot. Begraben. Dieses Kapitel war endgültig abgeschlossen.

Aber wer hatte dann den Kranz geschickt, ihn so sorgfältig ausgesucht, daß er ihrem Geschmack entsprach – und wer hatte das R auf die Karte geschrieben? Jemand, der sich einen sadistischen Scherz erlaubt hatte. Jemand, der uns haßte. Aber warum? Warum nach so vielen Jahren? Was hatten wir getan? Denn eines wußte ich: Obwohl der Kranz neben Beatrice' Grab lag, war er zweifellos für uns gedacht, für Maxim und mich. Giles und Roger hätte man damit nicht treffen können, und es hätte auch niemand einen Grund gehabt, sie treffen zu wollen.

Ich mußte es für mich behalten. Niemand durfte etwas davon erfahren. Ich konnte meine Angst und mein Entsetzen keinem Menschen offenbaren, nicht einmal meinem Mann – nein, *vor allem* ihm nicht! Ich würde bei meiner Rückkehr ausgeglichen und ruhig wirken müssen, Maxim das Selbstbewußtsein und die Stärke vorgaukeln, die er von mir erwartete. Er durfte mir nichts anmerken, weder meinem Gesicht noch meinen Augen, noch meiner Stimme.

Wenn doch Frank nicht abgereist wäre! Ihm hätte ich es vielleicht zu sagen gewagt. Er war der einzige Mensch auf der Welt, dem ich es hätte anvertrauen können – aber er war nach Schottland zurückgefahren, in sein neues Leben. Er war kein Teil des unseren mehr. Nicht wirklich.

Während ich so dasaß und blicklos vor mich hin starrte, wurden Furcht und Entsetzen allmählich von einem anderen Gefühl verdrängt: Zorn. Einem glühenden Zorn auf denjenigen, der uns hatte verletzen wollen – und darüber, daß es ihm so gut gelungen war. Und dann fragte ich mich wieder nach dem Warum. Welches Motiv steckte dahinter? Maxim und ich waren geflohen, wir hatten nichts gewollt, als irgendwo eine stille, gleichförmige, glückliche Ehe zu führen und die Vergangenheit zu vergessen, und im großen und ganzen war unser Wunsch erfüllt worden, und wir waren unaussprechlich dankbar dafür gewesen. Plötzlich jedoch steckte ich wieder mittendrin, die Erinnerungen erhoben ihre Schlangenhäupter, und Szenen, Menschen, Stimmen und Gefühle erwachten zum Leben – und der schrecklichste Geist von allen: Rebecca. Und Manderley ...

Doch seltsamerweise blieben die Bilder unscharf, gewannen

keine Macht über mich; es war die Gegenwart, die mich ängstigte, der Lilienkranz, die Karte, das R.

Als ich nach einer Weile zögernd ins Sonnenlicht hinaustrat, erwachte wieder die Hoffnung in mir, daß der Kranz nicht da sei, nur ein Produkt meiner alten Ängste, die für kurze Zeit Gestalt angenommen hätten; ich hatte schon von solchen Dingen gehört, bisher jedoch starke Zweifel daran gehegt. Aber der Kranz war da. Und wieder zog er meinen Blick magisch an, und ich konnte ihn nicht davon lösen. Wie hypnotisiert starrte ich auf den Blütenkreis hinunter, der sich leuchtendweiß von dem Gras abhob, auf dem er lag.

»Ich dachte nicht an Manderley«, hatte ich zu Maxim gesagt, mit einer klaren, überzeugenden Stimme. »Ich dachte nicht an Manderley.« Aber ich hatte ständig daran gedacht, wahrscheinlich häufiger als Maxim, und obwohl ich es nur kurz und unter so dramatischen Umständen erlebt hatte, war ich jetzt geradezu besessen von dem Gedanken an dieses Haus, und als ich mich auf den Rückweg machte, glaubte ich jeden Moment darauf zu stoßen – hinter jedem Hügel, hinter jeder Wegbiegung. Was wirklich war, die Bäume und Felder, die Wälder und der weite blaue Himmel, nahm ich nicht mehr wahr. Ich sah nur noch Manderley.

Dabei hatte ich es gehaßt! Damals bedrückte es mich und flößte mir Angst ein, ich empfand es als kalt, fremd und verwirrend und hatte das Gefühl, daß es mich ständig überheblich und boshaft angrinste. Nein, ich gehörte nicht dorthin, fühlte mich in dem Gewirr von Treppen und Korridoren, von denen so viele verschlossene Türen abgingen, niemals so heimisch und sicher, daß ich überzeugt gewesen wäre, das Zimmer, das ich suchte, auch tatsächlich zu finden.

Manderley. Es waren nicht die Menschen, die sich vor mein geistiges Auge drängten, um mich zu verspotten, nicht Frith, nicht Robert und auch nicht Clarice, meine kleine

Zofe, nicht Jack Favell oder Mrs. Danvers. Nicht einmal Rebecca. Sie alle spielten in diesem Augenblick keine Rolle für mich – nur das Haus. Ich sehnte mich danach, ich fürchtete mich davor, und es zog mich unwiderstehlich dorthin zurück. Manderley. Ich haßte mich dafür. Ich mußte mich davon befreien, durfte nicht mehr daran denken, sonst würde es uns zerstören. Ich mußte mich einzig und allein auf Maxim konzentrieren. Er hatte doch nur mich, und ich nur ihn. Das war das einzige, was zählte, und ich durfte das Schicksal nicht herausfordern.

Ich war so tief in Gedanken, daß ich erst an der Koppel merkte, wie nah ich schon am Haus war. Ein dünner Rauchfaden stieg aus dem Schornstein auf. Das mußte der Kamin im Morgenzimmer sein, wo Maxim sicher schon ungeduldig auf meine Rückkehr wartete.

Ich wünschte, ich hätte einen Spiegel gehabt, um mein Gesicht zu überprüfen, eine Maske aufzusetzen, wie Maxim es tat, wenn er seine Gefühle verbergen wollte. Ich mußte den Eindruck erwecken, daß alles in Ordnung sei. Was ich gesehen hatte, existierte nicht, was geschehen war, hatte ich mir eingebildet. Wie es mir gelungen war, Manderley aus meinem Kopf zu verbannen, so mußte mir das auch mit jenem weißen Lilienkranz gelingen und mit jener schwarzumrandeten Karte.

Die Pferde waren nach ihrem morgendlichen Training auf die Weide zurückgebracht worden und grasten friedlich. Plötzlich schrillte irgendwo im Haus das Telefon, und die Hunde schlugen an. Als ich beim Haus angelangt war, war es mir gelungen, eine fröhliche Miene aufzusetzen, und so schwer es mir auch fiel, begann ich das gerade Erlebte in die Tiefe meines Unterbewußtseins zu verdrängen, obwohl ich wußte, daß alle Dinge, die dort liegen, nie wirklich verarbeitet oder vergessen werden können.

Auf einmal konnte ich es nicht mehr erwarten, zu Maxim zu kommen, mit ihm irgendwo still in einer Ecke zu sitzen, umgeben von den alltäglichen Geräuschen eines ganz normalen Hauses – dann würde ich mich sicher fühlen.
Ich hatte mir für Maxim eine Geschichte ausgedacht – darüber, wo ich gewesen war und wie ich mit einem alten Mann, der auf seinem Feld arbeitete, über das Wetter sprach. Ihn stattete ich mit einer speckigen Schirmmütze und über den Stiefeln mit einer Schnur zusammengehaltenen Hosenbeinen aus. Außerdem hätte ich eine Frau mit zwei Golden Retrievers getroffen, die Tiere bewundert und ihre Köpfe getätschelt. Als ich mir für sie Namen ausdenken wollte, erkannte ich, daß mir nur ein einziger Hundename einfiel: Jasper. Ja, auch diese Erinnerung müßte in der Versenkung verschwinden.
Als ich die Halle betrat, hörte ich aus dem Arbeitszimmer Giles' polternde Stimme: Er telefonierte. Es roch nach frischem Holzfeuer. Ich schloß die Augen, ballte kurz die Fäuste und atmete tief durch.
Maxim saß noch immer im Morgenzimmer, die Zeitung neben sich auf dem Boden, mit dem Profil zu mir, und ich erkannte, daß er in Gedanken weit, weit weg war, denn er bemerkte mich nicht. Ich betrachtete das edle Gesicht, das noch immer volle, aber ergraute Haar, die Hand mit den langen schlanken Fingern, die auf der Armlehne des Sessels lag, und schon wollte ich zu ihm, überwältigt von Zärtlichkeit und Liebe, als plötzlich wieder diese Stimme durch meinen Kopf dröhnte, wie damals auf dem Grenzbahnhof: »Dieser Mann ist ein Mörder. Er hat Rebecca erschossen. Das ist der Mann, der seine Frau getötet hat.«
Eine Sekunde lang schoß mir der Gedanke durch den Kopf, ob diese Stimme real gewesen war, ob jemand mich systematisch um den Verstand bringen wollte, aber ich schob ihn

unter Aufbietung all meiner Willenskraft beiseite – gerade rechtzeitig, um zu sehen, wie Maxim sich mir zuwandte und mich voller Liebe anlächelte. Wo immer er in Gedanken gewesen war – er war zurückgekehrt und freute sich, mich zu sehen.

Die Haushälterin brachte Kaffee – nicht auf einem Silbertablett, und auch das Geschirr war nicht vornehm, was ich als sehr angenehm empfand. Goldenes Licht strömte durch die hohen Fenster herein. Einer der Hunde hatte sich in einem breiten Sonnenstrahl ausgestreckt, der andere lag zusammengerollt vor dem Kamin. Das Feuer begann ein wenig zu qualmen, und Maxim und ich bemühten uns nacheinander, es wieder richtig zum Brennen zu bringen. Ich war immer noch nervös und angespannt und begrüßte es, eine Beschäftigung zu haben, denn so konnte ich meine Verfassung am besten verbergen.

»Ich hörte Giles telefonieren, als ich kam«, sagte ich. »Hast du ihn heute schon gesehen?«

»Er kam kurz herein, entschuldigte sich unentwegt, putzte sich ein paarmal die Nase und ging wieder hinaus.«

»Der arme Giles. Er tut mir so leid.«

»Ich fürchte, ich war etwas unfreundlich zu ihm. Ich ertrage sein Benehmen einfach nicht. Er macht den Eindruck, als sei er in tausend Stücke zerbrochen. Ich komme nicht damit zurecht, wenn sich ein Mensch dermaßen gehenläßt.«

Maxim klang hart und unduldsam. Ich wußte, daß er sich stets unbehaglich fühlte, wenn er Zeuge von Gefühlsäußerungen wurde, aber ich hätte mir gewünscht, daß er Giles ein wenig Verständnis entgegenbrächte. Diese Kälte und Gereiztheit erinnerte mich schmerzlich daran, wie er manchmal gewesen war, bevor ich die Wahrheit gekannt und er sich mir geöffnet hatte.

Ich kniete vor dem Kamin, ließ mich jetzt aber resigniert auf die Fersen zurückfallen.

»Es ist hoffnungslos«, sagte Maxim. »Das Holz ist feucht.«

»Ja«, nickte ich, blieb jedoch, wo ich war, und beobachtete weiter den dünnen Rauchfaden, der von dem aufgeschichteten Holz aufstieg.

»Ich habe versucht, ein paar geschäftliche Angelegenheiten mit ihm zu besprechen, aber er weiß überhaupt nicht Bescheid.«

Ich erinnerte mich daran, wie Maxim während unserer Zeit auf dem Kontinent die eingegangenen Dokumente unterzeichnet hatte, ohne je mehr als einen flüchtigen Blick darauf zu werfen.

»Ich habe mit der Anwaltskanzlei telefoniert. Sie wollen mit mir sprechen. Es sieht so aus, als könne ich mich der Sache nicht entziehen, verdammt noch mal.«

Mein Herz machte einen Satz. Ich hatte mich auf Manderley nie für Maxims geschäftliche oder finanzielle Angelegenheiten interessiert, aber ich erinnerte mich, daß einmal ein Anwalt aus Kerrith zu ihm gekommen war. Vielleicht würden wir hinüberfahren müssen ...

»Sie sind nicht von der dortigen Kanzlei«, sagte er, als habe er meine Gedanken gelesen. »Sie sitzen in London.«

»In London?« fragte ich, unfähig, meine Erregung zu verbergen. London! Diesmal würden wir in aller Ruhe dorthin fahren, nicht nur schnell, schnell auf der Durchreise zwischen zwei Zügen, gehetzt und mit gesenktem Kopf, und vielleicht würden wir sogar über Nacht bleiben. Das Gespräch mit den Anwälten dauerte sicher nicht den ganzen Tag, wir könnten uns die Stadt ansehen ... O ja, bitte, lieber Gott – laß mich London ein wenig genießen! Nur dieses eine Mal! Ich hatte London eigentlich nie besonders gemocht, war kein Stadtmensch und hätte mich in dieser Umgebung

nicht wohl fühlen können – aber wenn ich in unserem Exil in einer alten Zeitung etwas darüber las, hatte ich mich oft in Tagträume versponnen. Das House of Lords, Old Bailey, das Parlament, Hill Fields, East India Dock, The Mall, St. James's Park, Mansion House, Kensington Gardens – Namen wie diese ließen mich Stunden damit verbringen, in Gedanken durch die Straßen zu schlendern, die Auslagen in den großen Schaufenstern zu bewundern, Tee zu trinken, an einem Frühlingsmorgen das Konzert im Park zu besuchen, eine kleine dickenssche Gasse zu erforschen, in der sich die Dächer der Häuser zueinander neigten und es im Rinnstein nach Druckerschwärze roch. Es war ein angenehmer, unschuldiger Zeitvertreib, der mich gleichzeitig tröstete und mit Wehmut erfüllte.
Ich wußte, daß der Krieg London übel mitgespielt hatte, daß es nicht mehr so aussehen würde wie früher, sondern schäbig und zerstört – und dann erinnerte ich mich plötzlich an jenen schrecklichen letzten Besuch dort, als Maxim, Oberst Julyan, Jack Favell und ich Rebeccas Arzt aufgesucht hatten, und an das Ergebnis jenes Gesprächs. Ich schob die Bilder weg. Sie gehörten der Vergangenheit an, wir würden diese Straße nicht entlangfahren, ja nicht einmal in ihre Nähe kommen müssen. London war groß.
London. Ja, ich war ein Landmensch, brauchte die Natur, den Duft frisch gepflügter Erde und das Gurren der Tauben im kühlen Wald, um zufrieden leben zu können. Die Hektik einer Großstadt, Asphaltstraßen und turmhohe Bauten würden mich verkümmern lassen. Und dennoch wollte ich London wiedersehen – nur für einen einzigen Tag.
Ich wandte mich Maxim zu und hatte die Frage schon auf den Lippen, als er sagte: »Sie werden übermorgen herkommen.«
Seine Stimme klang angespannt. »Ich möchte die Angele-

genheit vom Tisch haben. Das wird einige Stunden dauern. Du wirst dich eine Weile allein beschäftigen müssen, aber ich glaube, das ist dir nicht unangenehm, habe ich recht? Wie ich dich kenne, wirst du bestimmt wieder draußen herumstreifen.« Er hatte in einem Ton mit mir gesprochen, den ich von früher her kannte: nachsichtig, wie mit einem Kind. Seit wir wieder hier waren, kam hie und da der alte Maxim durch. Nicht nur ich hatte mich verändert …

Ich wandte mich wieder dem Feuer zu, nahm den Blasebalg und bemühte mich, der Glut eine Flamme zu entlocken. Der Gedanke an London verblaßte. Wir würden nicht fahren.

»Ich hoffe, daß das alles dich nicht zu sehr aufregt«, sagte ich.

»Ich werde es nicht zulassen. Die Dinge müssen geregelt werden, ein für allemal. Und wenn alles erledigt ist, können wir abreisen.« Er stand auf, trat zu mir und beugte sich herunter. »Gib mir das Ding! Vielleicht erreiche ja ich etwas.«

Ich gab ihm den Blasebalg und stand auf. »Aber nach Schottland fahren wir, oder?«

Er lächelte, und ich sah, wie müde und erschöpft er war. Dunkle Schatten lagen unter seinen Augen. Auf einmal wirkte er wieder so angegriffen, so verletzlich, daß ich mich fragte, warum ich manchmal solche Angst vor seinen Entscheidungen hatte. »Natürlich. Du sollst deinen Willen haben.« Er bückte sich, küßte mich auf die Stirn, ging neben mir in die Hocke und setzte den Blasebalg in Gang.

Siebtes Kapitel

Was immer ich an diesem und am nächsten Tag sah oder hörte oder tat – ich hatte stets das Gefühl, neben mir zu stehen, und obwohl ich mich Maxim gegenüber verhielt wie immer, fühlte ich mich fern von ihm. Alles kam mir unwirklich vor.

Die einzige Realität für mich waren der weiße Kranz neben Beatrice' Grab und der schwarze, geschwungene Buchstabe auf der eleganten Karte. Diese beiden Bilder begleiteten mich auf Schritt und Tritt, sie beobachteten mich, flüsterten, spotteten, hockten auf meiner Schulter und krallten sich fest, ließen mich keine Sekunde mehr los.

Wer? Immer wieder stellte ich mir diese Frage. Wer hatte es getan? Und warum? Wer wollte uns ängstigen? Wer haßte uns? Hatte derjenige mich beobachtet, als ich den Kranz entdeckte? Nein – ich hätte es gespürt, wenn ich nicht allein gewesen wäre, als ich den Friedhof durchquerte, an Beatrice' Grab trat und mir die Blumen ansah und die Karten las. Niemand hatte mich beobachtet.

Ich hatte Angst, aber noch stärker war meine Verwirrung. Wer steckte dahinter? Ich verstand es nicht. Doch das Schlimmste war, daß ich mein Erlebnis vor Maxim verbergen mußte, ihm mit keinem Wimpernzucken, mit keinem Beben der Stimme verraten durfte, daß mich etwas quälte.

Der Kranz und die Karte blieben in meinem Kopf – wie ein Lied, mit dem man morgens aufwacht und das man dann nicht wieder los wird –, aber mit der Zeit akzeptierte ich das,

wehrte mich nicht mehr dagegen und wurde ein wenig ruhiger.
»Du wirst dich eine Weile allein beschäftigen müssen«, hatte Maxim gesagt, »aber ich glaube, das ist dir nicht unangenehm, habe ich recht?«
Diese Worte gingen mir nicht aus dem Sinn, als ich am Toilettentisch saß und meine Haare bürstete. Daß die Rückkehr nach England sich so auf Maxim auswirken würde, daß der stille, geduldige Maxim, an den ich mich in den Jahren auf dem Kontinent gewöhnt hatte, wieder von dem Maxim abgelöst würde, den ich in Monte Carlo kennengelernt hatte, hatte ich nicht geahnt – doch mit jeder Stunde, die wir länger hier waren, veränderte er sich mehr, verwandelte sich in sein altes Ich zurück. Es war, wie wenn man Vorhänge beobachtet, die sich im Wind bauschen und mehr und mehr von dem preisgeben, was dahinterliegt, was nicht zerstört worden, sondern nur verborgen gewesen ist.
»Du wirst dich eine Weile allein beschäftigen müssen ...«
Wäre eine solche Geschäftsbesprechung vor einem Jahr oder auch nur einem Monat nötig geworden, hätte Maxim mit allen Mitteln versucht, ihr aus dem Weg zu gehen, oder zumindest darauf gepocht, daß ich ihn begleitete, die Papiere durchläse und ihm beistünde. Durch die besonderen Umstände, die Beatrice' Tod mit sich brachte, war jedoch alles anders gekommen. Ich hatte mir nicht träumen lassen, daß der alte stolze, unabhängige, erwachsene Maxim wiederauferstehen würde, daß er fähig – und willens – wäre, Dinge selbständig zu bewältigen oder auch nur für einen Augenblick zu wünschen, daß ich nicht bei ihm sei. Für mich war das eine Art Schock – als erlebte man mit, wie ein eben noch hilfloser Invalide zusehends seine Kräfte zurückgewinnt, aufsteht und ungeduldig die fürsorglichen Hände abschüttelt, auf die er noch kurz zuvor angewiesen war.

Ich wußte nicht, was ich genau empfand, aber verletzt war ich nicht. Ich nahm seine kühlen Worte nicht als Zurückweisung, ja, vielleicht war ich sogar ein wenig erleichtert. Außerdem hatte Maxim sich ja nicht gänzlich verändert, vieles war gleichgeblieben.
Der nächste Tag war regnerisch und windig, und so blieben Maxim weitere Versuche meinerseits, ihn zum Spazierengehen zu bewegen, erspart. Dicke graue Wolken jagten über den Himmel, und manchmal hing ein so dicker Dunstschleier über dem Garten, daß man nicht einmal mehr die Pferde auf der Koppel erkennen konnte.
Wir saßen den ganzen Tag lesend am Kamin – diesmal war das Holz trocken, und das Feuer verbreitete wohlige Wärme –, spielten Bezique und lösten die Kreuzworträtsel in den Zeitungen, während die Hunde vor uns auf dem Kaminblech lagen. Giles sahen wir nur zum Essen, und dann saß er zusammengesunken auf seinem Stuhl und starrte mit rotgeränderten Augen vor sich hin. Er kam ungekämmt und zerknittert zu Tisch, wirkte fast verwahrlost: ein gebrochener Mann. Es tat mir weh, ihn so zu sehen, und so lächelte ich ihn aufmunternd an, wenn er einmal aufschaute, streichelte hin und wieder seine Hand. Dabei wußte ich nicht, ob er es überhaupt registrierte. Nach den Mahlzeiten zog er sich sofort wieder in sein Arbeitszimmer zurück. Roger war weggefahren, um Freunde zu besuchen, was ich einerseits bedauerte, denn er war ein angenehmer Gesprächspartner; andererseits war ich erleichtert, denn so blieb mir die Qual erspart, ihn ansehen zu müssen – und das Schuldbewußtsein, das mir mein Abscheu verursachte.
An jenem Tag fühlten wir uns wie außerhalb von Zeit und Raum, wie jemand, der in einem Wartesaal sitzt und nicht weiß, wann und wie die Reise weitergeht. Für einen unbe-

teiligten Betrachter mußten wir ein Bild des Friedens und der Harmonie bieten – doch das Bild täuschte. Wir waren so fremd in diesem Haus, und ich merkte Maxim an, daß er sich ebenso unbehaglich fühlte wie ich. Maxim war sehr schweigsam, und wenn wir spielten, hatte ich das Gefühl, daß er nur mir zuliebe mitmachte, um mich nicht zu enttäuschen. Ich spürte, wie ich langsam wieder in meine alte Rolle zurückrutschte: die des unmündigen Kindes.

Es wurde früh dunkel, und wir zogen uns bald nach dem Dinner zurück.

»Du wirst dich eine Weile allein beschäftigen müssen, aber ich glaube, das ist dir nicht unangenehm ...«

Nein. Es war mir nicht unangenehm. Mein Herz fing plötzlich an, laut zu pochen, als ich vor dem Zubettgehen die Vorhänge schloß. Ich hatte ein Geheimnis, und ich hielt unwillkürlich den Atem an, als ich jetzt daran dachte. O ja, ich konnte mich durchaus eine Weile allein beschäftigen. Ich wußte auch schon, was ich tun würde. Ich schlüpfte ins Bett und drehte mich von Maxim weg, damit er mein Gesicht nicht sah. Ich fühlte mich wie eine Verräterin, wie eine Betrügerin der übelsten Sorte.

Am nächsten Morgen war der Dunst verschwunden, und der Wind blies schneeweiße Wolkenfetzen über den klaren blauen Himmel. Wäre das welke Laub nicht gewesen, das der gestrige Sturm von den Bäumen gerissen und im Garten und vor dem Haus zu Haufen zusammengeweht hatte, hätte man glauben können, es sei Frühling.

Die Anwälte würden mit dem Elfuhrzug ankommen, und Maxim hatte dafür gesorgt, daß ein Taxi sie vom Bahnhof abholte.

Ich saß mit Maxim allein am Frühstückstisch, Giles war noch nicht aufgestanden. Maxim trug einen Anzug und ein weißes Hemd mit gestärktem Kragen und wirkte seltsam fremd auf mich, wie ein Geschäftsmann.

Wieder sah ich den weißen Kranz vor mir, bleich und verschwommen. Wer? Warum? Wann? Was wollte man damit bezwecken?

»Meinst du, Giles würde mir seinen Wagen leihen?« hörte ich mich leichthin fragen. »Die Haushälterin sagte gestern, es sei heute Markt in Hemmock, und ich würde gerne hinfahren.«

Ich hatte kurz nach unserer Abreise aus England den Führerschein gemacht. Allerdings besaßen wir keinen eigenen Wagen, sondern hatten uns von Fall zu Fall einen geliehen, wenn wir einen Ausflug machen oder eine Kirche, ein Kloster oder irgendwelche anderen Sehenswürdigkeiten besichtigen wollten, über die wir gelesen oder von denen wir gehört hatten. Maxim ließ sich gerne von mir chauffieren – auch das ein Zeichen für die Veränderung, die damals mit ihm vorging, denn der *alte* Maxim hätte mich niemals ans Steuer gelassen. Es machte mir Spaß, Auto zu fahren, und ich genoß es auch, diejenige zu sein, die bestimmte, wo es langging, und die die Verantwortung trug. Ich kam mir hinter dem Steuerrad ungeheuer erwachsen vor, eine Empfindung, die Maxim mit einem liebevoll-spöttischen Lächeln quittiert hatte, als ich ihm davon erzählte.

Jetzt blickte er nur kurz von seiner Zeitung auf. »Warum nicht? Giles muß hierbleiben, er wird das Auto also nicht brauchen. Der Markt wird dir sicher gefallen.«

Er hatte seine Meinung also nicht geändert. Er brauchte meine Unterstützung tatsächlich nicht. Als ich dann ging, um meinen Mantel zu holen, hatte ich doch ein schlechtes Gewissen, und ich stand noch einen Moment bei ihm und hielt seine Hand, als wollte ich noch einmal aus seinem

Munde hören, daß er den Anwälten allein gegenübertreten und das Gespräch ohne meine Hilfe bewältigen könne.
»Es ist alles in Ordnung«, beantwortete er meine unausgesprochene Frage. »Du mußt dir keine Sorgen machen.«
Doch, Sorgen mache ich mir schon, wegen des Kranzes, dachte ich, und plötzlich sah ich jenen schwarzen Buchstaben auf Maxims Gesicht geschrieben. R. R wie Rebecca. Ich merkte, daß Maxim mich forschend ansah, und bemühte mich um ein unbekümmertes Lächeln.
»Es kommt mir irgendwo vor wie ein Traum«, sagte er. »Aber kein unangenehmer. Es ist, als beträfe die Sache mich gar nicht, als handelte ich im Auftrag eines anderen. Wie dem auch sei – wenn wir morgen aufwachen, wird der Traum vorbei sein und die Wirklichkeit heraufdämmern, und wir können unser reales Leben wiederaufnehmen. Verstehst du, was ich meine?«
»Ich glaube schon.«
»Hab Geduld mit mir.«
»Liebster – wäre es dir lieber, wenn ich hierbliebe, im Nebenzimmer ...«
»Nein.« Er strich mir leicht mit dem Handrücken über die Wange, und ich nahm seine Hand und drückte sie fest an mein Gesicht. Ich liebte ihn so sehr – und ich fühlte mich schuldig. Entsetzlich schuldig.
»Heute abend rufe ich Frank an«, sagte er lächelnd. »Morgen brechen wir auf.«
In diesem Augenblick kam Giles mit einigen Papieren in der Hand herein. Ich bat ihn um den Wagen, und dann war ich entlassen und konnte losfahren und mich amüsieren ...

Welcher Teufel ritt mich? Warum machte ich diese Fahrt, von der ich gesagt hatte, ich habe nicht daran gedacht? Was versprach ich mir davon? Warum forderte ich das Schicksal heraus? Was ich vorhatte, widersprach jeglicher Vernunft und war zudem noch gefährlich: Im besten Fall würde ich mich elend fühlen und wäre enttäuscht – und im schlimmsten Fall, nämlich wenn Maxim dahinterkäme, könnte ich alles zerstören, unser zerbrechliches Glück, die Liebe und das Vertrauen, die wir mit so viel Sorgfalt und Geduld aufgebaut hatten, ihn, mich und unsere gemeinsame Zukunft.

Trotzdem mußte ich es tun. Das hatte ich schon von dem Augenblick an gewußt, als feststand, daß wir zurückkehren würden. Ich konnte nicht anders. Es war wie eine heimliche, leidenschaftliche Liebesaffäre: Ich träumte davon, sehnte mich danach, es zog mich mit jeder Faser meines Seins dorthin. Ich mußte wissen, was daraus geworden war.

Niemand hatte es mir gegenüber erwähnt, und ich hatte nicht danach zu fragen gewagt. Frank war der einzige Mensch, mit dem ich darüber gesprochen hatte, doch selbst da war der Name nicht über meine Lippen gekommen.

Manderley.

Es gibt Versuchungen, denen man nicht widerstehen kann, Lektionen, die man niemals lernt.

Sosehr ich mich auch davor fürchtete, was ich vorfinden könnte – ich mußte hinfahren, mußte es mit eigenen Augen sehen.

Manderley. Es hielt mich in Bann. Halb liebte ich es, halb fürchtete ich es – aber es hatte mich nie losgelassen, sein Zauber war noch immer übermächtig. Und dieses Zaubers war ich mir bewußt, als ich Giles' alten bulligen Wagen auf die Hauptstraße lenkte und in Richtung Meer fuhr.

Manderley lag etwa fünfzig Meilen entfernt, in der nächsten Grafschaft. Die ersten Dörfer und Marktflecken waren mir unbekannt. Ich fuhr an dem Wegweiser nach Hemmock vorbei, das ich angeblich hatte besuchen wollen, um über den Markt zu schlendern und dann in einem kleinen Gasthaus am Dorfplatz zu Mittag zu essen. Ich hatte ein anderes Ziel.

Ich ließ es erst gar nicht zu, daß ich ins Grübeln kam, sondern konzentrierte mich auf die Fahrt, genoß den Himmel und die Bäume und das weite Moor um mich herum, kurbelte das Fenster herunter, sog den Duft der Herbsterde in mich ein. Ich fühlte mich frei und glücklich, hatte Spaß am Autofahren. Ja, ich war ein junges Mädchen auf einem Ausflug, nichts weiter.

Aber was würde mich am Ende der Fahrt erwarten? Was *wünschte* ich denn vorzufinden? Eine Ruine inmitten der Wildnis, von Schlingpflanzen überwuchert, verkohlte und zersplitterte Balken, abgebröckelte Mauern, kalte Asche, längst in alle Winde zerstreut, und die Auffahrt unter Unkraut erstickt, wie ich es so oft geträumt hatte? Aber ich konnte nicht sicher sein, daß es so war, niemand hatte gewagt, uns zu sagen, wie es heute dort aussah. Nicht einmal der Name Manderley war je gefallen, weder in Gesprächen noch in den wenigen Briefen, die uns in der Fremde erreicht hatten.

Heute denke ich, daß ich die Fahrt damals als eine Art romantische Pilgerfahrt begriff, daß ich glaubte, einem traurigen, bittersüßen Ort voller Melancholie entgegenzufahren, einem verwunschenen Schloß, das dem Verfall preisgegeben ist, und dennoch immer schöner wird. Ich hatte weder böse Vorahnungen noch Angst. Andere Dinge ängstigten mich, als lauere mir irgendwo im Dunkeln eine Raubkatze auf. Der weiße Kranz, die Karte, die schwarze Initiale. Und die gemeine Niedertracht eines Unbekannten. Das alles fürchtete ich. Manderley nicht.

Einmal hielt ich in einem Dorf an und kaufte mir in einem kleinen Laden eine Flasche Limonade. Als ich wieder in den Sonnenschein hinaustrat, brachte das helle Klingeln der Ladenglocke mir urplötzlich etwas in Erinnerung. Blinzelnd schaute ich mich um: Ja, ich war schon einmal hiergewesen, als Schulmädchen, mit meinen Eltern, und seinerzeit hatte ich eine Postkarte für meine Sammlung gekauft, weil mir das Haus darauf so gut gefiel. Das Haus war Manderley.

Als ich jetzt zu der strohgedeckten, weißgetünchten Scheune hinüberschaute, die zu dem Bauernhaus gegenüber gehörte, erkannte ich, daß die Zeit hier stehengeblieben war. Ich tauchte ein in diese Vergangenheit, konnte sie mit Händen greifen, so lebendig war sie. Nichts hatte sich verändert – und vielleicht ich selbst mich auch nicht.

Ich setzte mich in den Wagen, nippte an der warmen Orangenlimonade und vergaß für eine Weile völlig, was seitdem geschehen und weshalb ich hier war, an diesem schönen Oktobertag.

Irgendwann fuhr ich wieder los und ließ meine Kinderzeit in dem verschlafenen Dörfchen zurück. Bald darauf erkannte ich die Straße wieder, und als ich um eine Biegung kam, sah ich den Wegweiser: Kerrith, 3 Meilen.

Ich hielt an und stellte den Motor ab. Die schwache Brise, die durch das Fenster hereinwehte, brachte den salzigen Geruch der See mit. Meine Handflächen wurden feucht, und das Herz schlug mir bis zum Hals. Kerrith. Kerrith. Ich starrte den Namen an, bis die Buchstaben ihren Sinn verloren und vor meinen brennenden Augen verschwammen.

Kerrith. Das Dorf, der Hafen, die Boote, der Strand, die Einfamilienhäuser, das Kopfsteinpflaster am Kai, die im Wind leicht hin und her schwingenden Schilder der Gasthäuser, das schief in den Angeln hängende Friedhofstor –

jede Einzelheit sah ich wieder vor mir, gestochen scharf. Eine Meile weiter, nach einer Kurve, würde ich schon den Hügel sehen mit dem Baumgürtel, der sich bis ins Tal zog, und dahinter in der Ferne die See.

»Da liegt Manderley, das ist unser Wald«, hörte ich Maxim sagen, sah ihn wieder neben mir im Auto sitzen, als er mich nach Manderley brachte an jenem Tag, der zusammen mit so vielen anderen Tagen in meiner Erinnerung verwahrt ist wie ein Strang schimmernder Perlen.

Und dann hörte ich plötzlich eine andere Stimme. Sie gehörte einer Frau in einem rosa-weiß gestreiften Kleid, die ich mit ihrem kleinen Sohn auf den Klippen getroffen hatte, damals, als das Schiff im Nebel auf dem Riff vor Manderley gestrandet war. »Mein Mann hat gesagt, daß alle diese großen Grundstücke eines Tages aufgeteilt und Einfamilienhäuser darauf gebaut werden«, erzählte sie. »Ich hätte nichts dagegen, so ein kleines Haus hier an der See zu haben.«

Auf einmal fühlte ich mich schrecklich elend. Hatte Manderley dieses Schicksal vielleicht tatsächlich ereilt? War der Wald gerodet, die Ruine dem Erdboden gleichgemacht? Standen Dutzende von Einfamilienhäusern mit rosa, hellblau oder grün lackierten Fensterrahmen in dem einstigen Paradies, mit winzigen Vorgärten, in denen die letzten Herbstblumen verblühten? Und die wilde Pracht der Rhododendronbüsche – war davon vielleicht nur noch ein ordentlich beschnittener Rest übrig? Hatte man gar Holzhäuschen mit Veranden und auf die Türen aufgemalten Namen am Strand aufgestellt, und die Boote von Feriengästen lagen in der Bucht?

Ja, vielleicht hatte deshalb niemand Manderley erwähnt – um uns diese Entweihung, dieses schrecklich nüchterne Ende eines Traums zu ersparen.

Aber wenn ich nicht weiterfuhr, würde ich es nie erfahren, also gab ich mir einen Ruck und ließ den Motor an, entschlossen, das Wagnis einzugehen. Da war die Kurve, und dann sah ich den Baumgürtel auf dem Hügel und den sanften Weg hinab ins Tal. Nirgends waren neue Hinweisschilder – und plötzlich wußte ich, daß alles so sein würde wie in meinem Traum: die überwucherte Zufahrt, die bewachsene Ruine, der verwilderte Wald, und irgendwo dahinter der Strand, die Bucht, die Felsen …
Ich hielt an, stieg aus, ging ein paar Schritte – und blieb stehen. Dort, gleich hinter der Kuppe. So nah, daß ich es zu Fuß erreichen könnte. Warum bewegte ich mich nicht? Geh, geh, flüsterte eine Stimme in meinem Kopf, schmeichelnd, verführerisch, beschwörend.
Komm, komm nach Manderley.
Der Boden schwankte unter meinen Füßen, der zartblaue Himmel schien aus dünnem Glas zu sein, das jeden Moment zerbrechen konnte.
Eine leichte Brise strich über das Gras, streichelte mein Gesicht wie eine weiche, zärtliche Hand …

Ich floh.
Floh auf schmalen Feldwegen zurück zu der Landstraße, die über das Moor führte, raste wie eine Verrückte um unübersichtliche Kurven, über Hügel, durch Täler. Einmal wäre ich um ein Haar frontal gegen ein Heufuhrwerk geprallt, sah in dem Sekundenbruchteil, bevor ich das Steuer herumriß, das vor Entsetzen erstarrte Gesicht des Fahrers. In einem Dorf hätte ich beinahe einen Hund überfahren. Die Wegweiser, an denen ich mich vorher orientiert hatte, flogen an mir vorbei. Dann endlich war ich da, preschte durch das offene Tor, die Einfahrt hinauf, kam auf dem Kies vor dem Haus in einer Staubwolke zum Stehen. Ich riß die Wagentür auf

und stürzte hinein. Maxim kam gerade aus dem Arbeitszimmer. Hinter ihm sah ich zwei Männer in dunklen Anzügen. Einer davon stand mit Giles am Kamin.
Ich sagte kein Wort. Ich brauchte nichts zu sagen. Maxim breitete die Arme aus, und ich warf mich hinein, und er drückte mich an sich und streichelte mich, bis ich aufhörte zu zittern und zu weinen. Er wußte, wo ich gewesen war. Er wußte es, aber wir würden kein Wort darüber verlieren. Ich hätte niemals gewagt, ihn zu bitten, mir zu verzeihen, aber er tat es, das spürte ich.
Die Anwälte blieben zum Mittagessen, aber ich mußte nicht dabeisein. Die Haushälterin brachte mir ein Tablett mit Sandwiches und Obst in den Salon, wo ich mich am Kamin niedergelassen hatte. Ich hatte keinen Appetit, aber um sie nicht zu kränken, würgte ich wenigstens ein paar Bissen hinunter und aß einen Apfel. Danach setzte ich mich ans Fenster, schaute in den Garten hinaus und ließ mich von den hereinfallenden Sonnenstrahlen wärmen. Es war ein köstliches Gefühl, und ich spürte, wie sich meine Anspannung löste. Ich war erschöpft, wie nach einer großen körperlichen Anstrengung, aber langsam gewann die Erleichterung in mir die Oberhand. Ich war dem Dämon entronnen, der mich hatte ins Verderben führen wollen. Es war mir nichts geschehen, ich war wieder in Sicherheit, vor allem aber war und blieb die Vergangenheit unangetastet wie ein stiller, einsamer See.
Was immer aus Manderley geworden war – es betraf mich nicht mehr. Es gehörte der Vergangenheit an, und manchmal der Welt meiner Träume.
Ich würde niemals dorthin zurückkehren.
Später, nachdem die Männer abgefahren waren, konnte ich Maxim dazu überreden, das Haus zu verlassen, und wir schlenderten zur Koppel hinauf.

Er berichtete in knappen Sätzen von der Unterredung mit den Anwälten. »Es ist alles erledigt«, sagte er. »Es gibt keine Probleme, nichts, das uns weiter beschäftigen könnte.«
Die Pferde standen weiter oben grasend auf der Weide und hoben nicht einmal die Köpfe, als wir näher kamen. Ich blieb am Koppeltor stehen.
»Morgen fahren wir nach Schottland«, sagte Maxim. »Ich würde gern früh aufbrechen.«
»Ich packe gleich nach dem Abendessen. Viel ist es ja nicht.«
»Hast du genügend warme Sachen, Pullover und dergleichen, oder mußt du dir noch etwas kaufen? Da oben ist es sicher ziemlich kalt.«
Ich schüttelte den Kopf. »Ach, Maxim – ich kann es gar nicht erwarten, hier wegzukommen!«
»Ich verstehe.«
Es stimmte. Ich wollte weg von hier – aber das hatte nichts mit Giles oder Roger zu tun oder damit, daß das Haus ohne Beatrice so leblos und fremd wirkte.
An unsere Rückkehr auf den Kontinent wagte ich gar nicht zu denken; die Vorstellung allein war mir unerträglich. Statt dessen malte ich mir die morgige Zugfahrt durch England aus, die vorbeiziehenden Städte und Dörfer, Wälder und Felder, Flüsse und Hügel, das Land und das Meer und den Himmel. Vor der Abfahrt würden wir uns etwas zu lesen besorgen – für den Fall, daß wir des Schauens müde würden –, wir würden im Speisewagen essen und danach eine Partie Bezique spielen. Jede Minute einer solchen Fahrt war kostbar – und alles, was ich hier erlebt hatte, würde langsam verblassen, in den Hintergrund treten und schließlich im Nebel des Vergessens untergehen.
Zufrieden und schweigsam gingen wir zum Haus zurück, unserem letzten Abend hier entgegen.

Es gab Fisch zum Abendessen. Plötzlich blickte Maxim von seinem Teller auf und sagte: »Ich möchte morgen früh vor unserer Abreise noch einmal zum Grab gehen.«
Ich starrte ihn entsetzt an und spürte, wie mir die Röte ins Gesicht schoß. »Aber ... aber das kannst du nicht!« stammelte ich. »Ich meine ... das würde zu knapp. Wir müssen doch schon um neun zum Bahnhof.«
»Dann werde ich eben so früh losgehen, daß ich um neun wieder zurück sein kann«, erwiderte er gelassen und führte die Gabel zum Mund. Meine Kehle war plötzlich so zugeschnürt, daß ich kaum schlucken konnte. Er durfte nicht gehen, auf gar keinen Fall! Aber wie sollte ich ihn daran hindern? Welches Argument konnte ich anführen, das ihn von seinem Vorhaben abbrächte? Es gab keines.
Ich warf Giles einen Blick zu. Er würde bestimmt mitgehen, dachte ich, und wenn Maxim die Büttenkarte bei dem weißen Kranz nicht bemerkte, dann sah bestimmt *er* sie und würde Maxim darauf aufmerksam machen.
Bei der Erwähnung des Grabes hatte Giles zu weinen begonnen. Maxim warf ihm einen befremdeten Blick zu und schaute rasch wieder auf seinen Teller hinab.
»Tut mir leid.« Giles legte sein Besteck ab, stand auf und suchte verzweifelt nach einem Taschentuch. »Entschuldigt, ich gehe einen Moment hinaus.«
»Was zum Teufel ist denn los mit ihm?« brauste Maxim auf, als sich die Tür hinter seinem Schwager geschlossen hatte.
»Seine Frau ist tot«, antwortete ich. Meine Stimme klang gereizt und ungeduldig, obwohl ich wußte, daß Maxim Giles' Kummer sehr wohl verstand. Er wollte ihn nur nicht mit ansehen.
»Nun ja, er wird lernen müssen, mit dieser Tatsache zu leben. Und je früher wir abreisen, um so eher kann er damit anfangen.«

»Wir könnten uns ja schon um acht Uhr abholen lassen und irgendwo unterwegs frühstücken.« Ich kam mir schlecht und hinterhältig vor. Wie leicht mir die scheinheiligen Worte über die Lippen gekommen waren! Doch dann beruhigte ich mein Gewissen: Ich tat das ja nur zu seinem Besten, wollte ihn beschützen, ihm die Aufregung ersparen. Maxim schüttelte den Kopf. »Nein, wir lassen alles so, wie es ist. Ich möchte das Thema nicht weiter diskutieren.«
Da war er wieder, der alte herrische, ungeduldige Maxim. Ich senkte den Blick und schwieg. Den Rest der Mahlzeit saß ich, von Furcht gepeinigt, am Tisch, schob mit der Gabel mein Essen von einem Tellerrand zum anderen, und in meinem Kopf dröhnte wie ein Riesengong immer wieder die Frage: Was soll ich tun? Was soll ich tun? Was soll ich tun?

Kurz vor Tagesanbruch schlüpfte ich vorsichtig aus dem Bett, zog mich hastig an und verließ das Zimmer – wie eine Frau, die ihrem Liebhaber am Morgen nicht mehr begegnen will. Hinter mir lagen endlose wache Stunden; ich hatte nicht gewagt, die Augen zu schließen, weil ich Angst hatte zu verschlafen. Auf Zehenspitzen, die Schuhe in der Hand, schlich ich den Flur entlang, die Treppe hinunter und über den Rasen zur Straße. Die Welt an diesem frühen Morgen war still und bleich und unbeschreiblich schön, doch ich achtete kaum darauf.
In mir war auch nicht die geringste Spur von Furcht, das weiß ich noch, so sehr lag mir daran, die Sache schnell und unbemerkt hinter mich zu bringen, und so rannte und rannte ich, immer wieder stolpernd, blieb nur hin und wieder stehen, um kurz Atem zu schöpfen.
Einmal schlüpfte ein paar Schritte vor mir ein Fuchs durch eine Lücke in einer Hecke und schoß über den Weg ins

Gebüsch, und kurze Zeit später schaute ich, als ich einmal aufblickte, geradewegs in die riesigen, lichtscheuen Augen einer Eule, die auf einem Ast saß. Es war noch sehr kühl, doch mir lief der Schweiß in Strömen herunter. Was hätte wohl jemand gedacht, wenn er mich gesehen hätte – eine Frau, die im ersten Tageslicht über Wiesen und Feldwege rannte und schließlich den Pfad zum Friedhof entlanghetzte?
Als ich das Friedhofstor hinter mir hatte, blieb ich keuchend stehen, um wieder zu Atem zu kommen. Wenn es denn einen Ort gab, wo man einem Geist begegnen konnte, so war es sicher dieser, aber es begegnete mir keiner. Stattdessen sah ich Beatrice' Grab.
Es war mit Erde aufgefüllt worden, und das Chrysanthemenkreuz von Giles und Roger lag darauf. Die übrigen Blumen waren verschwunden. Als ich um die Kirche herumging, fand ich sie. Der Gärtner hatte den Grabschmuck dort auf einem Holzrahmen aufgehäuft und mit Ästen so dicht zugedeckt, daß nur hier und da eine Blüte hervorleuchtete.
Ich war so erleichtert, daß mir schwindlig wurde. Ich machte mich auf den Heimweg, doch als ich an dem Stechpalmenbusch vorbeikam, der an einer Ecke der Kirche stand, sah ich etwas Helles aus dem dunklen Grün blitzen. Ich streckte die Hand aus, zog es heraus – und starrte wie gebannt auf die schwarzumrandete Büttenkarte und den schiefen, ausladenden Buchstaben am Ende des Textes.

R

Ich hatte mich an einem Stachel des Busches geritzt. Eine Ecke des cremefarbenen Papiers war jetzt blutbeschmiert.

Achtes Kapitel

Auf unserer ganzen Fahrt durch England regnete es. Taubengraue Wolken bauschten sich über der Landschaft, ein Anblick, der selbst mir zwischendurch zuviel wurde, und ich wandte mich meinem Buch oder der Zeitung zu.

Eigentlich hätte ich sehr glücklich sein sollen, doch die Müdigkeit und die Nachwirkungen des Erlebten, das mich bis ins Mark erschüttert hatte, all der Kummer und die Angst, ließen keine freudige Erregung darüber aufkommen, endlich wieder hier zu sein, in England, meiner Heimat. Irgendwo hatte ich mich wohl auch schon daran gewöhnt, nahm es als Selbstverständlichkeit hin. Auch das Gefühl von Freiheit, nach dem ich mich so gesehnt hatte, stellte sich nicht ein, ja, ich fühlte mich sogar bedrückt und kam mir eingesperrt vor. Ich wünschte, ich wäre der Typ Frau gewesen, der stickte oder häkelte – dann hätte ich mich damit beschäftigen können, wenn ich nicht mehr lesen mochte. Es hätte den Eindruck von Gelassenheit erweckt, und ich wußte, daß Maxim das begrüßt hätte: Er schätzte mich als in sich ruhende, souveräne Gefährtin, und es beunruhigte ihn zutiefst, wenn er Nervosität oder Gereiztheit an mir bemerkte.

Die Midlands waren von einem tristen Schiefergrau, die nassen Dächer glänzten schwarz. Schräge Regenwände peitschten die Hügel, deren Kuppen von Nebel umhüllt waren.

Zu Hause, dachte ich, wir sind zu Hause, aber ich empfand es nicht. Nicht in diesem Augenblick.

Maxim las, in einem Buch, in einer Zeitung, und ein paarmal trat er auf den Gang hinaus und schaute dort aus dem Fenster. Ich hatte mich so auf diese Reise gefreut, doch die Freude war verflogen. Maxim schien weit von mir entfernt, und es war meine Schuld, denn ich hatte Geheimnisse vor ihm, und ich mußte sie für mich behalten.

Die Frage, die immer wieder durch meinen Kopf gehallt hatte, war noch zu hören – aber sie war zu einem Flüstern geworden. Wer? Warum? Wie war der Kranz auf den Friedhof gekommen? War er geschickt oder gebracht worden? Was wollte der Unbekannte von uns? Wer war er? Warum der Kranz, warum das R? Warum?

Meine Fragen wurden eins mit dem Rhythmus der Räder. Wieder einmal ging die Abteiltür auf, und Maxim kam zurück.

»Möchtest du Kaffee trinken gehen?« fragte ich.

Er schüttelte den Kopf, setzte sich und verschanzte sich hinter seiner Zeitung. Er mußte sie längst ausgelesen haben, aber so hatte er einen Grund, nicht mit mir zu sprechen. Die Entfremdung ging von mir aus, er reagierte nur. Das wußte ich, aber ich konnte nichts dagegen tun.

Der Zug näherte sich den Borders, und die Hügellandschaft wurde immer kahler und trister. England erschien mir trostlos und leer, ich empfand nichts für meine Heimat. Regen lief an der Fensterscheibe herunter, wie die Tränen, die ich nicht weinen konnte.

Als ich irgendwann zufällig in Richtung Gang schaute, kam gerade eine Frau vorbei und warf einen Blick herein. Sie wollte schon weitergehen, als ein Ausdruck des Erkennens über ihre Züge flackerte, und sie blieb stehen und musterte uns genauer. Ich wandte mich hastig dem Fenster zu, und als ich mich wieder umzudrehen wagte, war sie fort.

Es ist nichts, sagte ich mir, überhaupt nichts. Wir waren seit zehn Jahren nicht mehr in England. Es ist alles vorbei und vergessen. Inzwischen war Krieg, die Menschen sind mit anderen Erinnerungen beschäftigt als an uns. Doch als wir kurz darauf dem ersten Aufruf zum Abendessen in den Speisewagen folgten, erkannte ich, daß ich mir etwas vorgemacht hatte.

Aus dem Augenwinkel sah ich die Frau an einem Tisch auf der anderen Seite des Mittelgangs sitzen. Als der Kellner unsere Suppe brachte, schwappte etwas davon über, weil der Zug plötzlich einen Ruck machte. Unwirsch forderte Maxim ein frisches Tischtuch. Ich versuchte ihn zu besänftigen, und als ich mitten in unserer lächerlichen Diskussion aufblickte, sah ich geradewegs in die Augen der Frau. Ich spürte, wie mir das Blut ins Gesicht schoß, ärgerte mich aber im selben Moment über mein kindisches Verhalten. Der Frau gegenüber saß eine zweite, jüngere Frau, und sie beugte sich zu ihr vor und sagte etwas zu ihr, nur ein paar Worte, unsere Namen vielleicht. Mehr war es nicht, wahrscheinlich würde sie sich die gesamte Enthüllung für später aufheben, wenn sie ungestört in ihrem Abteil säßen.

»Das ist Maxim de Winter mit seiner zweiten Frau. Sie waren viele Jahre im Ausland. Wie es heißt, mußten sie fort. Er war der Besitzer von Manderley. Seine erste Frau hieß Rebecca – vielleicht erinnerst du dich an den Fall ...«

Plötzlich sah ich Mrs. Van Hopper vor mir, wie sie im Speisesaal des Hotels in Monte Carlo ihre Gabel hinlegte und sich zu mir vorbeugte. »Das ist Max de Winter, der Besitzer von Manderley. Sie haben doch gewiß davon gehört ...«

Ich legte meine Hand auf Maxims und machte eine Bemerkung über die Aussicht, über die satten, grünen Weiden, die an uns vorüberzogen, und die vielen Schafe, die dort draußen im Regen grasten, versuchte verzweifelt zu verhindern,

daß er die Frau bemerkte, denn er hatte panische Angst davor, erkannt zu werden. Außerdem hoffte ich ihn durch diese leichte Berührung aus der Reserve zu locken, ihm wieder ein wenig näherzukommen.
Er schaute mich an und lächelte dünn. »Dieser Fisch ist strohtrocken.«
»Mach dir nichts draus«, sagte ich.
»In Ordnung. Schauen wir uns die Schafe an.«
Ich mußte kichern. Er zog amüsiert eine Augenbraue hoch, und ich sah, wie seine Züge sich entspannten. Erleichtert trank ich einen großen Schluck Wein. Draußen wurde es langsam dunkel.
»Wir sind in Schottland«, sagte Maxim kurz darauf, und seine Stimme klang auf einmal fast fröhlich. .
Schottland barg keine Gefahren für ihn.

Wir verbrachten die Nacht in einem kleinen Hotel in Dunaig, einer Stadt, die nicht weit von dem Besitz entfernt lag, auf dem Frank Crawley als Verwalter tätig war. Er hatte gemeint, daß wir nach der langen Bahnfahrt sicherlich keine weitere Strapaze mehr auf uns nehmen wollten, und uns ein Zimmer bestellt. An der Rezeption lag die Nachricht für uns, daß er uns am frühen Vormittag abholen würde.
Auf den letzten Meilen nach Norden war der Regen versiegt, aber es wehte ein heftiger, kalter Wind. Wir waren froh, im Warmen zu sein. Die Hotelbesitzerin hieß uns mit zurückhaltender Freundlichkeit willkommen. Außer uns wohnte nur noch ein anderes älteres Ehepaar in dem altmodischen Haus mit den hohen Räumen. Jetzt konnten wir uns entspannen, denn hier brauchten wir keine Angst zu haben, erkannt zu werden.
Es war wie zu Beginn unserer Flucht: Wieder einmal mußte ich meine Sachen in einen fremden Kleiderschrank hän-

gen, auf gepolsterte Bügel, die vor uns andere Gäste benutzt hatten, wie so oft setzte ich mich auf die Kante eines fremden Bettes, um festzustellen, ob die Matratze hart oder weich war. Ich würde mich in einem fremden Bad waschen, mit Vorhängen abfinden, die zu dünn oder zu dick für meinen Geschmack waren, mit Schubladen, die sich nur mit Mühe auf- und zumachen ließen, mit gluckernden Abflüssen ...

Es ist ja nur für eine Nacht, tröstete ich mich, als wir die Treppe hinaufgingen. Morgen würden wir wieder in einem Privathaus sein.

Aber sosehr ich mich darauf freute, Frank zu besuchen und seine Familie kennenzulernen: Ich hatte nicht nur genug von Hotels, ich hatte auch genug von den Häusern anderer Leute. Ich wollte mein eigenes haben. Ich war es leid, entwurzelt im Exil zu leben, niemals wirklich seßhaft zu werden. Ich war zu alt dazu. Ich hatte nur in meiner Kinderzeit ein Zuhause gehabt, sehr früh begonnen, in Hotels zu wohnen, und mein Aufenthalt in Manderley war zu kurz gewesen, um mich dort heimisch zu fühlen. Ich war mir immer wie eine Besucherin vorgekommen, geduldet, aber niemals wirklich zu Hause.

Ich wußte, daß ich in dieser Nacht kaum Schlaf finden würde; zu schwer wog die Last der vergangenen Tage. Ich befand mich in einem Zustand permanenter Anspannung, lebte ständig in Angst, mich zu verraten. Der Lilienkranz ging mir nicht mehr aus dem Sinn, weiß und schön und elegant stand er vor meinem geistigen Auge. Und nicht nur er verfolgte mich: Als ich in meine Manteltasche faßte, stieß ich an eine harte Kante – ich hatte immer noch die schwarzumrandete Karte! Warum hatte ich sie bloß mitgenommen, anstatt sie in dem vom Friedhofsgärtner aufgeschichteten

Haufen zu verstecken? Dann wäre sie mit den Blumen verbrannt worden.
Auch das Gesicht der Frau aus dem Zug ließ mich nicht mehr los. Wieder und wieder sah ich das Erkennen in ihren Augen aufblitzen, sah, wie sie sich im Speisewagen vorbeugte und mit ihrer Freundin flüsterte.
Maxim hatte recht gehabt. Wir hätten niemals zurückkommen dürfen. Die Furcht davor, daß jemand uns erkennen, ansprechen, Fragen stellen, unseren zerbrechlichen Frieden zerstören würde, war nicht unberechtigt gewesen. Der erste Schritt war bereits getan – es war eine Illusion gewesen, zu glauben, wir wären außer Gefahr. Wir würden niemals wirklich außer Gefahr sein.
Die Verzweiflung, die diese Gedanken in mir weckten, wurde immer größer, als ich Maxim in dem düsteren, nur von einigen Kandelabern erleuchteten Speisesaal des alten Hotels gegenübersaß, und sie verließ mich auch nicht, als wir später in unserem Zimmer waren. Der Wind rüttelte an den Flügelfenstern und warf sich gegen die Mauer. Einen solchen Wind hatte ich seit über zehn Jahren nicht mehr gehört. Zu Hause, brauste er. Aber wo war zu Hause? Nirgendwo.
»Armer Liebling, du bist ja ganz blaß vor Müdigkeit. Es war zu viel für dich, nicht wahr? Ich bin dir überhaupt keine Hilfe gewesen, habe alles dir aufgebürdet. Ich bin schrecklich selbstsüchtig gewesen.« Maxim hielt mich in den Armen, liebevoll, besorgt, zärtlich. Seine Stimmung war von einem Augenblick zum anderen umgeschlagen, wie es so oft geschah, und ich spürte, wie sich die finstere Wolke, die zwischen uns schwebte und mich von ihm fernhielt, für einen Moment lang auflöste. Erst da wurde mir bewußt, daß Maxim recht hatte: Ich war wirklich müde, schwach vor Erschöpfung, und mein Kopf schmerzte.

Als ich bald darauf im Bett lag, schien der Boden unter mir zu schwanken, Wände und Decke wurden zu einer amorphen Masse und flossen ineinander, aber ich wußte, daß ich keine Fieberphantasien hatte, es war nur Müdigkeit, Müdigkeit und ein Gefühl tiefer, köstlicher Erleichterung.
Zum erstenmal seit einer Woche schlief ich fest und traumlos, und als ich aufwachte, wölbte sich ein eisblauer Himmel über der frostüberhauchten Landschaft.
Der Schlaf hatte mir unsagbar gut getan, und Maxim offenbar ebenso. Er war fast heiter, die Linien der Anspannung um seinen Mund und die Augen hatten sich geglättet. Meine Niedergeschlagenheit war verschwunden, als hätte der Wind sie mit den Regenwolken weggeblasen.

Frank kam kurz vor zehn mit einem Landrover, um uns abzuholen und nach Inveralloch zu dem Gut zu bringen, das er verwaltete und auf dem auch sein Haus lag. Im hinteren Teil des alten Wagens, der durch ein Gitter abgetrennt war, stapelte sich Angelzeug, und drei Spaniels begrüßten uns schwanzwedelnd.
»Es tut mir leid«, entschuldigte er sich, als er die Türen für uns öffnete. »Es ist nicht sehr komfortabel, aber hier oben legen wir nicht viel Wert auf Luxus.« Er warf dem wie immer eleganten Maxim einen unbehaglichen Blick zu und musterte seinen hellen Kamelhaarrock, doch wie sich zeigte, hatte er eine saubere Decke über die Rückbank gelegt, so daß seine Sorge gänzlich unbegründet war. »In dieser wilden Gegend braucht man ein strapazierfähiges Fahrzeug, besonders im Winter. Vor und nach Weihnachten sind wir meistens wochenlang eingeschneit.«
Das sagte er gleichmütig, ja sogar fröhlich; und als ich sah, wie entspannt er hinter dem Steuer saß, erkannte ich, daß er seinen Platz im Leben gefunden hatte und glücklich und

zufrieden war. Er hatte die Ereignisse der Vergangenheit hinter sich gelassen und die Fesseln, die ihn an Manderley gekettet hatten, abgestreift.

Die Fahrt erstreckte sich über mehr als vierzig Meilen, und wir sahen kaum ein Haus, abgesehen von einem einsamen Jagdhaus namens Keeper's Cottage. Während die Sonne immer höher stieg, fuhren wir auf einer schmalen, holprigen Straße über immer neue Hügelketten auf das Gebirge zu. Die Erde und die Bäume leuchteten in Farben, die ich in dieser Kombination noch nie gesehen hatte, eine Symphonie aus Tweedgrau, Heidekrautrosa, Torfbraun und dunklem Violett, und in der Ferne schimmerten silbern die Berggipfel. Hin und wieder schaute ich Maxim an und sah, daß er die Umgebung mit größerem Interesse und Eifer betrachtete, als er sie seit unserer Rückkehr bisher gezeigt hatte. Auch für ihn war alles neu hier, eine andere Welt, der er sich ohne Vorbehalte öffnen konnte, denn in ihr gab es keine Erinnerungen.

Vielleicht will er ja hierbleiben, dachte ich, vielleicht können wir hier leben und müssen nie mehr ins Exil zurück. Könnte diese nördliche schottische Landschaft ein Zuhause für uns sein? Nein, im selben Moment schon wußte ich, daß sie das nie sein würde. Wir waren auf Urlaub hier, um uns auszuruhen, zu erholen, irgendwo zwischen Raum und Zeit, aber bleiben konnten wir hier nicht.

Heute jedoch fühlten wir uns wunderbar und genossen diesen Tag und die drei folgenden, während der schottische Herbst mit blauem Himmel und goldenem Sonnenschein auf den Winter zuging.

Ich hatte nicht geglaubt, noch einmal so glücklich sein zu können. Maxim wirkte um Jahre verjüngt. Er verbrachte den größten Teil des Tages im Freien, ging mit Frank zum

Angeln, wanderte mit ihm über den Besitz, der aus mehreren tausend Hektar Moorland, erikabewachsenen Hügeln, Wald und Seeufer bestand, war zu Pferde unterwegs und auf der Jagd, und sein Gesicht leuchtete vor Freude und von der frischen Luft. Der alte, fröhliche Maxim war wieder zum Leben erwacht, aber noch unbeschwerter und gelöster, als ich ihn je gekannt hatte.

Das Haus der Crawleys war ein weißgetünchter, quadratischer Bau und lag an einem sanften Hang, der sich bis zu dem großen See hinunterzog. Von den Fenstern im ersten Stock sah man weit über das Wasser, dessen Farbe sich am Tag ein dutzendmal veränderte, von Hellsilbern über Stahlgrau bis hin zu einem unheilvollen dunklen Grau mit schwarzem Kern. Weiter vorn lag die Öffnung zwischen den Hügeln, wo der Himmel heller wurde, auch eine kleine Insel war zu sehen und die Silberzunge des Kiesstrandes mit einem Landesteg und mehreren Ruderbooten. Heidekraut wucherte auf den Hängen hinter dem Haus bis weit ins offene Hügelland. Bis zum Dorf waren es acht Meilen, und es gab weit und breit keine Nachbarn. Der Besitzer des Anwesens hielt sich die meiste Zeit im Ausland auf und überließ es Frank, das Gut in Schuß zu halten und die Angestellten zu beaufsichtigen.

Die Crawleys führten ein bescheidenes, harmonisches Familienleben. Die Söhne – drahtige, lebhafte kleine Burschen – überwanden schnell ihre anfängliche Scheu und behandelten uns bald wie gute, alte Freunde. Janet Crawley, eine überraschend junge Frau mit wachem Verstand und Humor, strahlte große Wärme aus.

Wir verlebten idyllische Tage, wie in einer Seifenblase, deren durchsichtige Wände uns gegen die restliche Welt abschirmten. Wir fuhren auf den See hinaus, ruderten zu der Insel hinüber. Maxim und Frank tollten mit den Jungen herum, und mir wurde ganz leicht ums Herz, als ich das ausgelassene Treiben beobachtete, denn die Erfüllung meiner Hoffnungen und Pläne schien mir auf einmal in greifbare Nähe zu rücken. Manchmal machten Janet und ich meilenweite Spaziergänge, oder wir gingen alle gemeinsam, wobei die Jungen und die Hunde niemals müde wurden und uns weit hinter sich ließen, und an den Abenden spazierten Maxim und ich allein hinaus, langsam und entspannt, ohne viel zu sprechen. Die Geister der Vergangenheit hatten sich in die Schatten zurückgezogen und wagten nicht, sich zu zeigen.

Ich war diejenige, die sie freiließ, sie hervorzerrte, sie nicht ruhen lassen konnte. Es geschieht nichts aus Zufall, wir bestimmen unser Schicksal selbst – zu dieser Überzeugung war ich damals schon gekommen. Wenn ich nichts gesagt, nicht ständig über die Schulter nach hinten geschaut hätte, wäre der Rest unseres Lebens vielleicht ruhig verlaufen, ohne Störungen. Und doch glaube ich nicht, mir Vorwürfe machen zu müssen. Ich schleppte eine Last mit mir herum, und sie schien im Laufe der Zeit immer schwerer zu werden, wie Lasten das so an sich haben, bis ich sie schließlich entweder abwerfen oder mir beim Tragen helfen lassen mußte. Ich war verwirrt und besorgt und ängstlich, ja, vor allem letzteres, und es fiel mir immer schwerer, es zu verbergen.

»Es ist wunderbar, Maxim so zu erleben«, sagte Frank Crawley.

Wir waren den Weg, der vom Haus zu den höchsten Hügeln des Anwesens führte, hinaufgefahren und ausgestiegen, um ein Stück zu gehen. Frank mußte nach einer Wildherde sehen. Die anderen waren zu Hause geblieben, aber ich war mitgekommen, weil ich anfing, die Gegend liebzugewinnen, und es genoß, sie zu durchstreifen, ihre Stimmungen kennenzulernen, den Wechsel des Lichts und des Wetters, und die Weite der Landschaft und ihre strenge Schönheit auf mich wirken zu lassen.

Nach einer Weile blieben wir stehen, um Atem zu schöpfen, und schauten auf den stillen See hinunter, der in der Nachmittagssonne glitzerte.

»Heute ist er friedlich«, hatte der kleine Fergus beim Frühstück gesagt. »Er wird uns nicht anspringen.«

Ich hatte schon bald nach unserer Ankunft erfahren, daß der See für die Leute hier ein lebendiges Wesen war, ein seltsames, unberechenbares Geschöpf, dessen Launen jeden Tag ihres Lebens beeinflußten.

»Es geht Maxim besser, als ich zu hoffen gewagt hatte«, sagte Frank jetzt. »Er ist so entspannt und sieht richtig gut aus. Jünger, finden Sie nicht? Sie sollten noch ein wenig länger hierbleiben, Mrs. de Winter. Es gibt doch nichts, was dagegen spricht, oder? Das Wetter wird sich noch etwa eine Woche halten, und richtig kalt wird es vor November sowieso nicht.«

Ich antwortete nicht. Ich stand einfach da und betrachtete die Schönheit, die mich umgab, und dabei sehnte ich mich nach etwas, das ich nicht genau definieren konnte – ich glaube, einfach nach so einem bescheidenen und alltäglichen Glück, wie Frank es gefunden hatte.

»Als wir uns nach Mrs. Lacys Beerdigung unterhielten, fragten Sie mich, ob irgend etwas gegen Ihre Rückkehr spräche. Ich habe seitdem viel darüber nachgedacht, mir selbst diese Frage gestellt. Und ich bin zu dem Schluß gekommen, daß es nicht der Fall ist. Sie gehören hierher, besser gesagt, nach England, denn ich glaube nicht, daß ein Leben wie das unsere hier Ihnen und Maxim zusagen würde. Sie dürfen nicht wieder weggehen. Das Leben im Ausland wird Sie auf Dauer nicht befriedigen, auch wenn es unbelastet und ungefährlich für Sie ist. Für mich selbst jedenfalls könnte ich mir das nicht vorstellen. Obwohl Maxim früher ja viel herumgereist ist – und dadurch hat er schließlich dann auch Sie kennengelernt.«

»Ja.«

»Aber wenn ich sehe, wie er sich in den letzten Tagen verändert hat, wie er fröhlich und locker geworden ist, denke ich, daß er nach Hause gehört. Nicht einmal die Trauer über Mrs. Lacys Tod hat ihm die Freude daran nehmen können, nicht wahr? Er hat die Vergangenheit hinter sich gelassen, sie ist jetzt für Sie beide abgeschlossen. Wenn Ihr Besuch hier dazu beigetragen hat, bin ich zufrieden.«

Tief unter uns flog eine Wildente über den See. Am Horizont war der Himmel traubenfarben, und die Sonne spendete immer noch Wärme. Mückenschwärme stiegen in kleinen tanzenden Wolken aus dem Heidekraut auf.

Ich hatte eine Hand in die Manteltasche gesteckt und rieb mit den Fingern über den Rand der Karte, hin und her, hin und her – wie jemand, der ein Loch im Zahn hat und unablässig mit der Zungenspitze daran herumspielt. Ich hatte die Karte die ganze Zeit in der Tasche gelassen, ohne sie jedoch noch einmal anzusehen. Sie irgendwo liegenzulassen wagte ich nicht, denn dann hätte die Gefahr bestanden, daß Maxim sie zufällig fände. Ich hätte sie verbrennen oder in winzige Stückchen zerreißen sollen. Warum hatte ich es nicht getan?

Frank schaute mich schweigend an.

Ich wandte ihm den Rücken zu und schaute zu dem Wild hinauf. Groß und stolz, wie brüniert glänzend, standen die Tiere oben am Hang.

Wenn ich nicht darüber sprach, war es einfach nicht wahr,

bloß Einbildung, irgendein Alptraum. Wir brauchen andere nicht mit unseren schlimmen Träumen zu belasten, denn beim Erwachen verschwinden sie von selbst.
Wenn ich nichts sagte.

Ich sagte nichts. Ich zog die Karte aus der Tasche und gab sie Frank, dann drehte ich mich wieder zu dem Wild um. Ich konnte es nicht ertragen, sein Gesicht zu sehen, wenn er die Karte las.
In diesem Augenblick erblickte ich den Adler. Ich werde diesen Moment niemals vergessen – den blauen Himmel, die Stille, diese erstaunliche, vollkommene Stille, und dann, aus dem Nichts, dieser prachtvolle Vogel hoch über den Felsen. Die Crawleys hatten uns schon kurz nach unserer Ankunft diesen Anblick »mit etwas Glück« in Aussicht gestellt – doch der Genuß war verdorben, es war mir nicht gegönnt, diese seltene und doch so einfache Freude zu genießen. Aber ich empfand nichts, weder Zorn noch Enttäuschung, geschweige denn Überraschung. Daß mir der Gedanke an die Existenz dieser Karte augenblicklich die Laune verdarb, daran war ich inzwischen gewöhnt.
Als ich zu Frank hinüberschaute, sah ich, daß er den Vogel ebenfalls bemerkt hatte, und ein paar Sekunden lang beobachteten wir ihn schweigend, während er träge und scheinbar schwerelos, die ausladenden Schwingen kaum bewegend, seine Kreise zog.
»Woher stammt diese Karte?« fragte Frank schließlich.
»Ich weiß es nicht. Ich ging am Tag nach der Beerdigung noch einmal auf den Friedhof, und da lag ein Kranz samt Karte neben dem Grab im Gras. Er war sehr schön – weiße Blüten, eingebettet in dunkelgrüne Blätter. Er war ... absolut perfekt!«

»Aber er war nicht rechtzeitig zum Begräbnis da. Sonst hätten wir ihn alle gesehen.«

»Nein, er wurde später geschickt – oder gebracht. Ja, gebracht: Jemand hat ihn dort, abseits von den anderen, hingelegt. Mit der Karte. Aber wer, Frank? *Wer?* Und *warum?*« Das waren die Fragen, die seit jenem Tag wie Mücken durch meinen Kopf tanzten.

Frank schaute mit ernstem Gesicht auf die Karte hinunter, drehte sie zwischen den Fingern hin und her.

Mir lief es eiskalt über den Rücken. »Jemand will uns erschrecken, uns etwas Böses antun.«

»Oh, letzteres sicher nicht«, widersprach Frank sofort, wie früher darauf bedacht, mich zu beruhigen. »Welcher Grund sollte denn dahinterstecken?«

»Haß.«

»Niemand haßt Sie oder Maxim. Es ist doch schon so lange her.« Wieder schaute er auf die Karte hinunter.

»Und Rebecca ist tot.«

»So ist es.«

»Frank, wir müssen reden. Sie müssen mir alles sagen, was ich noch nicht weiß.«

Er wirkte plötzlich sehr abweisend und verschlossen.

»Ich muß Bescheid wissen«, sagte ich. »Maxim darf nichts davon erfahren. Aber ich muß herausfinden, was es hiermit auf sich hat.«

»Es gibt nichts zu erzählen, keine Geheimnisse. Aber ich stimme Ihnen zu: Maxim darf nichts von diesem schlechten Scherz erfahren. Er macht einen so glücklichen Eindruck, als ob alle Last der Vergangenheit endlich von ihm abgefallen wäre. Wir müssen dafür sorgen, daß das so bleibt.«

»Sie halten es für einen Scherz?« fragte ich erstaunt.

»Nun ja – für einen besonders üblen.«

»Es ist gemein, gemein und bösartig.«
»Ja, Sie haben recht, aber ich würde nicht zuviel hineingeheimnissen. Soll ich die Karte an mich nehmen und vernichten? Es wäre mit Sicherheit das klügste.«
Ich schaute auf das weiße Rechteck in seiner Hand hinunter. Natürlich wäre es das klügste, sie von ihm beseitigen zu lassen. Lieber, hilfsbereiter, vernünftiger Frank. Auf ihn konnte ich mich verlassen. Aber die Karte zog mich magisch an. Ich starrte auf den schiefen schwarzen Buchstaben wie auf ein Hexenmal.
»Wissen Sie was? Ich denke, dieser falsche Hund, Jack Favell, hat Ihnen den Streich gespielt. Er treibt sich immer noch in England herum. Ich stieß während des Krieges auf seinen Namen, in einem Zeitungsartikel, in dem es um eine Erpressung ging. Die Sache mit dem Kranz würde zu ihm passen – zu seiner vertrackten Denkungsweise und seinem Sinn für schwarzen Humor.«
Jack Favell. Ich drehte mich um und schaute wieder zu den Felsen hinüber, um meine Fassung zurückzugewinnen, in die Realität zurückzufinden, zu dem, was gut und schön und echt war, aber der Adler war verschwunden. Ich werde ihn nie wiedersehen, dachte ich. Und ich würde mich nie daran erinnern können, wie schön er ausgesehen hatte, ohne mich gleichzeitig an die Begleitumstände zu erinnern – an die Karte, Franks Versuch, den Vorfall zum Scherz herunterzuspielen. Und an diesen Namen.
Jack Favell. Rebeccas Cousin, einer ihrer Liebhaber, mit denen sie sich amüsiert und die sie verachtet hatte. Der verkommene, ständig betrunkene, lüsterne Favell. Mir fiel jener Morgen ein, als ich allein auf Manderley war und er plötzlich auftauchte – und ich empfand wieder, was ich damals empfunden hatte, als er mich unverfroren von oben bis unten musterte und sagte: »Ich wünschte,

ich hätte eine so junge Frau, die zu Hause auf mich wartet.«

»Frank«, bat ich, »schonen Sie mich nicht, sagen Sie mir die Wahrheit.«

»Das habe ich doch immer getan.«

»Verschweigen Sie mir irgend etwas über ... Rebecca?«

»Nein. Darauf gebe ich Ihnen mein Wort.«

»Wird ... wird diese Geschichte« – ich deutete auf die Karte – »Einfluß darauf haben, was Sie mir geraten haben? Bewirkt sie, daß wir nun doch nicht nach Hause zurückkommen können?«

Ich wünschte mir so sehr, daß er alles ins Lot brächte und unsere Zukunft für uns sicherte, wünschte mir, daß es stimmte, was er gesagt hatte, daß der Kranz und die Karte nur ein schlechter Scherz wären. Ja, es konnte nur Jack Favell gewesen sein. Frank hatte recht: Eine solche Idee sah ihm ähnlich. Ich stellte mir Favell vor, wie er vor Vergnügen über seinen Plan lachte, wie ihm Speichel aus dem Mund rann, als er die Karte schrieb, sie an dem Kranz befestigte und jemanden mit der Auslieferung beauftragte; denn ich glaubte nicht, daß er ihn selbst zum Friedhof gebracht hatte.

Jack Favell. Ja, natürlich.

Frank schüttelte den Kopf. »Nein, machen Sie sich keine Sorgen.«

»Sie glauben nicht, daß wir etwas zu befürchten haben?«

Wolken hatten sich vor die Sonne geschoben, und ein kalter Wind fegte über das Heidekraut. Wir machten uns auf den Rückweg zum Jeep.

»Nein, ich sehe keinen Grund zur Beunruhigung. Geben Sie Maxim noch ein bißchen Zeit, bleiben Sie hier, solange Sie wollen, und dann ... warum mieten Sie nicht einen Wagen und fahren ein wenig in England herum, um sich wieder an alles zu gewöhnen, und besuchen Orte, an denen Sie noch nie gewesen sind?«

»Daran hatte ich auch schon gedacht. Und Sie halten es nicht für gefährlich?«

»Nein, durchaus nicht.« Er lächelte freundlich und beruhigend, während er mir beim Einsteigen half.

»Danke«, sagte ich, und plötzlich war ich so froh und erleichtert, daß ich mich vorbeugte und ihn auf die Wange küßte, denn er hatte mir meinen Seelenfrieden wiedergegeben, die Angst war gewichen, und die Zukunft lag sicher vor uns.

Er wurde dunkelrot und schlug hastig die Autotür zu. Ich mußte lächeln. Ich wünschte, ich hätte es Maxim erzählen können, was natürlich unmöglich war. Aber das war auch nicht wichtig. In diesem Moment zählte nur eins: Frank hatte mir das Gefühl vermittelt, daß uns keine Gefahr drohte; es handelte sich wirklich nur um einen zwar denkbar schlechten, aber harmlosen Scherz.

»Ich freue mich so, daß wir den Adler gesehen haben. Maxim wird neidisch sein«, sagte ich.

»Das glaube ich auch.«

»Ich wünschte nur, der Zeitpunkt wäre ein anderer gewesen.«

»Ja.«

»Und daß er dabeigewesen wäre.«

»Ich verstehe.«

»Frank – glauben Sie, daß noch etwas geschehen wird?«

»Favell wird keine Gelegenheit mehr haben, Ihnen übel mitzuspielen.«

»Wenn es wirklich Jack Favell war.«

»Darauf wette ich.«

»Ja. Ja, ich glaube, Sie haben recht.«

»Denken Sie nicht mehr daran. Sie müssen diese Geschichte

vergessen. Lassen Sie nicht zu, daß Favells Geschmacklosigkeit Ihnen die Freude am Leben vergällt. Dann hätte er sein Ziel ja erreicht.«

»Ich werde es versuchen. Ich danke Ihnen, Frank.«

»Ist Ihnen jetzt ein wenig leichter ums Herz?«

»Ja«, nickte ich. »Ja, natürlich.«

Und in dem Moment, als ich es sagte, glaubte ich es auch.

Während wir den steilen Weg zum See hinunterfuhren, ballte sich über uns ein Unwetter zusammen, und als wir vor dem Haus der Crawleys aus dem Auto stiegen, regnete es so stark, daß man den See kaum noch sehen konnte. Maxim saß am Kamin und las *Der Monddiamant*, die kleinen Jungen bauten unter der Treppe in der Halle ein Piratenversteck. Später würde Frank mit Janet nach Dunaig zum Einkaufen fahren. Was für ein friedliches und glückliches Leben die Crawleys doch führten – ganz auf sich konzentriert und durch keine Gefahren bedroht. Auch ich fühlte mich sicher hier wie in Abrahams Schoß, niemand konnte uns etwas anhaben. Am liebsten wäre ich für immer geblieben, aber das war natürlich nicht möglich – und außerdem hatte Frank mir meine Idee wieder in Erinnerung gebracht, mit Maxim durch England zu fahren und Orte zu erkunden, die wir noch nicht kannten. Ja, das wollte ich: herumstreifen und mich umschauen, bis wir einen geeigneten Platz fanden, an dem wir bleiben konnten. Ich hatte keine Vorstellung, wo er liegen könnte – aber ich wußte, daß ich ihn sofort erkennen würde.

Ich wartete auf den richtigen Moment, um Maxim meinen Vorschlag zu unterbreiten. Noch nicht, dachte ich, während er mir, in sein Buch vertieft, gegenübersaß. Aus dem Gang, wo die Jungen spielten, hörte man Schritte, Rufe, übermütige Stimmen. So wird es sein, dachte ich, so werden wir es auch haben. Maxim schaute auf und lächelte mich an, doch ich erkannte an seinen Augen, daß er noch in seiner Lektüre gefangen war, nicht bereit für die Art von Gespräch, die ich im Sinn hatte. Und der Zeitpunkt mußte stimmen, sonst würde er womöglich gleich ablehnen, in seiner knappen barschen Art, und all meine Hoffnungen und Wünsche zerplatzen lassen wie Seifenblasen, weil die Vergangenheit ihn wieder einholte und ihn daran erinnerte, warum wir nicht bleiben durften, weshalb wir wieder auf der Flucht waren.

Neuntes Kapitel

Doch vorerst holte uns die Vergangenheit nicht ein. Noch nicht. Das Schicksal gewährte uns Aufschub, schenkte uns noch ein paar Tage auf der Sonnenseite des Lebens. Ich hegte meine Träume und Hoffnungen wie ein winziges Flämmchen, das man behutsam mit den Händen umschließt, um es gegen Lufthauch zu schützen.
Ich glaube, ich war in dieser Woche so glücklich wie nie zuvor. Jeden Morgen, wenn ich die Augen aufschlug, und jeden Abend, bevor ich sie schloß, nahm ich meine ganze Willenskraft zusammen, um alle Gedanken an den Kranz und die Karte aus meinem Kopf zu verbannen, und schon nach kurzer Übungszeit fiel es mir zusehends leichter, mich abzulenken und auch nicht durch andere unliebsame Erinnerungen beunruhigen zu lassen. Jetzt ist jetzt, sagte ich mir, unser gegenwärtiges Glück ist zu kostbar, um durch die Vergangenheit beeinträchtigt oder gar zerstört zu werden. Genieße, was du hast.
Und das tat ich. Die Tage trieben gemächlich dem Winter entgegen wie die letzten Blätter, die von den Bäumen taumelten, noch lag sanftes Sonnenlicht auf der Landschaft, schickte seine Strahlen zwischen den kahlen Ästen hindurch, umgoß die Gebäude mit einem weichen Schein. Bei Tagesanbruch wallten zarte Nebel von den Bächen, dem Moor und den Wiesen auf, nachts glitzerte Rauhreif im fahlen Licht des zunehmenden Mondes, neben dem hell der Abendstern strahlte. Es gab pastellfarbene Sonnenun-

tergänge und stille Nächte, in denen wir wach lagen und den Schreien der Eulen lauschten.
Maxim war wieder jung, fröhlich und gelöst, wie ich ihn kaum je erlebt hatte, und ich teilte seine Stimmung, fühlte mich unbeschwert und ohne Angst.
Wir blieben eine Nacht länger als geplant bei den Crawleys und nahmen dann, wie Frank vorgeschlagen hatte, einen Mietwagen. Maxim hatte plötzlich genug von Schottland, sagte er, und so durchquerten wir es zügig. Zurück in England, verlangsamten wir das Tempo, hielten uns abseits der Hauptstraßen und machten halt, wo immer es uns gefiel. Die offenen Hügel und Moore der nördlichen Grafschaften, typisches Weideland für Schafe, wurden von lieblicheren und üppigeren Wiesen und Wäldern abgelöst und dann, südlich davon, erstreckten sich große leere Landstriche. Hier und da luden putzige Dörfchen und Marktflekken, aus grobem Stein gebaut, zum Rasten ein.
Es überraschte mich, wie wenig Maxim von England kannte, wie wenig er in dem Land gereist war, das Manderley umgab; viele Orte im Ausland kannte er bedeutend besser. Auch ich war fast noch nirgends gewesen, und so machte es großen Spaß, dies alles gemeinsam zu erkunden und entdecken.
Ich sprach nicht über die Zukunft. Ich glaubte, daß ich es nicht müßte, daß Maxim ohnehin wußte, was ich wollte, und je weiter die Woche fortschritt, um so stärker wurde mein Eindruck, daß er sich das gleiche wünschte. Meine Pläne wurden von Tag zu Tag greifbarer, waren bald viel mehr als nur Träume.
Wir würden nach England zurückkehren, ganz sicher, es war alles in Ordnung. Es bestand keine Gefahr, kein Grund für Zweifel. Bald würden wir für immer hierbleiben.
Noch war dies kein Thema für uns – aber ich hatte auch nicht damit gerechnet, daß wir den Platz, der unser Zuhause

werden würde, so schnell finden würden. Es geschah aus heiterem Himmel, so wie ich mich damals verliebt hatte – und Liebe war es, Liebe auf den ersten Blick.

Wir waren in jenen Teil Englands gekommen, der im Schutz der schmalen, hohen Hügelkette der Cotswold Hills liegt, einer Gegend mit vielen Bäumen, schachbrettartig angeordneten Feldern und saftigen Weiden, durch die kleine Bäche fließen, und verschlafenen Ortschaften, in denen das Leben seinen eigenen Rhythmus hat. Zu diesem Zeitpunkt der Reise waren wir noch vollkommen zufrieden, nichts beunruhigte uns. Die einzigen Schatten, die es gab, waren die von Wolken, die über die Landschaft hinwegzogen. Maxim fuhr in gemächlichem Tempo, den Ellbogen lässig im heruntergekurbelten Fenster, und wir unterhielten uns über kleine heitere Begebenheiten, zeigten einander dieses hübsche Cottage oder jenes besonders schöne Fleckchen, scherzten und lachten wie Kinder. Heute erscheint es mir, als seien wir damals wirklich Kinder gewesen, als holten wir all die Jahre nach, in denen wir hatten ernst und erwachsen sein müssen.

Nur einmal brachte eine Bemerkung Maxims etwas tief in mir zum Klingen wie das mahnende, weit entfernte Läuten einer Glocke.

Wir stiegen am späten Nachmittag vor dem kleinen Hotel aus dem Wagen, für das wir uns entschieden hatten, und als ich Maxim meine Reisetasche abnahm und den Blick über die buttergelben Steinhäuser gleiten ließ, die den Marktplatz säumten, und den dahinter aufragenden Kirchturm, sagte ich: »Oh, ich finde es wunderschön hier! Ich liebe diesen Teil von England so sehr!«

Maxim sah mich an und lächelte.

»Dir geht es doch genauso, nicht wahr?» fragte ich.

»Ja. Weil er so weit wie irgend möglich von der See entfernt

ist.« Damit wandte er sich abrupt ab und ging vor mir ins Hotel.
Ich stand einen Augenblick wie erstarrt und schaute ihm bestürzt nach, denn ich verstand nicht, weshalb er so plötzlich auf diesen Gedanken gekommen war. Aber vielleicht war es gar nicht so plötzlich. Hatte ihn etwa die ganze Zeit über die Vergangenheit beschäftigt, die Bucht von Manderley, das Boot, Rebeccas Tod? Doch als ich dann in die kühle, dunkle, mit Steinfliesen ausgelegte Hotelhalle trat, in der es nach Holzfeuer roch, die Hand auf seinen Arm legte und in sein Gesicht schaute, wirkte es völlig entspannt. Maxim hielt meinem Blick gelassen stand und sagte fröhlich, wie hübsch er diesen Ort fände, an dem wir zufällig gelandet waren.
Wie hätte es uns dort auch nicht gefallen können? Wenn ich mich jetzt daran erinnere, was mir ganz leicht fällt, weil mein Gedächtnis für Orte viel besser ist als das für Gesichter, selbst von Menschen, die mir sehr nahegestanden haben, stehe ich wieder vor dem polierten Tisch, der als Rezeption diente, sehe die kleine Messingglocke und das in grünes Leder gebundene Gästebuch, und dann weiß ich, daß diese Erinnerung vollkommen wäre – hätte uns das Schicksal nicht kurz darauf einen schrecklichen Streich gespielt.
Das Dorf war ziemlich groß und um einen leicht abfallenden Anger gruppiert, in dessen Mitte zwei mächtige, majestätische Eichen standen, und an einer Seite lief ein breiter, klarer Bach unter der Brücke hindurch, die nahe dem Hotel die Straße überspannte.
Wir waren inzwischen versierte Hotelbewohner, daran gewöhnt, Zimmer einzuschätzen und entweder das mit der besten oder ruhigsten Lage auszuwählen oder das, in dem wir am ehesten unbehelligt blieben; auch um einen Tisch zu bitten, der weit entfernt von der Tür stand, in einer Ecke,

wo wir uns nicht aufdringlichen Blicken ausgesetzt fühlen würden, war uns längst zur Gewohnheit geworden, die wir auch jetzt nicht ablegten, und manchmal haßte ich sie und wäre am liebsten mitten im Geschehen gewesen, trotzig, mit hoch erhobenem Kopf, denn wofür mußten wir uns eigentlich schämen, was hatten wir zu verbergen? Aber natürlich äußerte ich diesen Wunsch niemals. Maxim fürchtete sich so sehr vor jedem Blick, jedem Stirnrunzeln, jedem eingebildeten Aufblitzen des Erkennens in den Augen von Leuten, daß ich es niemals gewagt hätte, unnötig die Aufmerksamkeit auf uns zu ziehen.

Das Hotel hatte nur acht Zimmer, aber das Restaurant wurde, wie man uns sagte, auch von auswärtigen Gästen frequentiert. Der Speisesaal lag ein paar Stufen tiefer als die Halle und ging auf einen Garten hinaus, in dessen Mitte sich ein kleines, steinernes Wasserbecken befand. Wunderschöne Herbstrosen rankten sich an den hohen Mauern empor. Es gab kleine versteckte Aufenthaltsräume mit alten, bequemen Sesseln und tiefen Sofas, gemauerten Kaminen und Sitzbänken an winzigen Bleiglasfenstern, eine Uhr, die laut schlug, und eine andere, die laut tickte, und einen alten weißgesichtigen Labrador vor dem Kamin, der sich aufrappelte und geradewegs zu Maxim ging, die Nase in seine Hand bohrte und sich an ihn drückte. Das war auch etwas, das ihm fehlte, dachte ich, und mir ging es ebenso: Ich hätte schrecklich gerne wieder einen Hund gehabt, mit dem ich durch die Gegend streifen könnte und der neben mir am Feuer läge. Es gab so vieles, was wir wieder haben könnten, und ich betete darum, schickte ein Stoßgebet zum Himmel.

Laß uns zurückkommen. Laß uns zurückkommen.

Ich hatte Maxim bisher noch nicht gefragt, wie unsere Pläne aussähen. Wahrscheinlich würden wir irgendwann noch einmal zu Giles und Roger fahren, um uns von ihnen zu verabschieden. Ich wußte, daß wir ins Ausland zurückkehren mußten – schließlich befand sich fast unsere ganze Habe in dem verschlossenen Zimmer des Hotels am See, aber insgeheim träumte ich davon, nur kurz hinzufahren, alles zusammenzupacken und nach Hause schicken zu lassen – ohne zu wissen, wo dieses Zuhause sein würde. Aber das spielte keine Rolle: Wir würden uns irgendwo einmieten, bis wir endgültig etwas gefunden hätten. Das einzig Wichtige war, daß wir nach England zurückkehrten. Aber ich traute mich nicht, meinen Traum in Worte zu fassen, beschränkte mich darauf, zu hoffen, und auf gelegentliche stille, aber inbrünstige Gebete.

Wir verbrachten drei friedliche, zufriedene Nächte in unserem Hotel, in denen man nur das Plätschern des Baches über die Steine hörte, und tagsüber gingen wir spazieren, schauten uns die nähere Umgebung an, schlenderten im spätherbstlichen Sonnenschein dahin.

Am vierten Tag nahmen wir den Wagen und fuhren fünfzehn, zwanzig Meilen auf schmalen, sich dahinwindenden Sträßchen zwischen niedrigen Hecken, schauten über die Felder auf Buchen, Eichen, Kastanien, Eschen und Ulmen, von denen einige bereits völlig kahl waren, während sich an andere noch die letzten Blätter klammerten. Hügelauf, hügelab ging unsere Fahrt, ohne bestimmtes Ziel. Um die Mittagszeit hielten wir in einem kleinen Dorf an, aßen in dem einzigen Gasthaus Brot und Käse, dösten ein wenig auf der Bank vor dem Haus und fuhren dann weiter. In den Hecken glänzten dicke, dunkelrote Brombeeren und blauschwarze Schlehen, das Getreide war längst geerntet und die Erde wieder braun. Hier und dort stand ein gelber Heuschober, und in den Gärten der kleinen Häuser sahen wir im Vorbeifahren Rankgestelle mit Bohnen, deren Spitzen

durch den Frost der letzten Nacht erfroren und schwarz geworden waren, und Männer, die Kartoffeln ausgruben. Überall brannten Unkrautfeuer.
Wir fuhren einen schmalen Weg entlang, der von großen Bäumen gesäumt war, die hoch über uns aufragten, aber zwischen den grauen Stämmen hindurch konnten wir immer noch die Landschaft, den blauen Himmel und die Sonne sehen.
»Wo sind wir?» fragte Maxim, als wir zu einer Kreuzung kamen. Er hielt an.
»Ich weiß es nicht.«
»Wir sind an einem Wegweiser vorbeigekommen.«
»Tut mir leid, ich habe nicht darauf geachtet.«
Er lächelte. Er weiß es, dachte ich, ich brauche nichts zu sagen. Er kennt meinen Traum.
Die Straße stieg vor uns ziemlich steil an und entzog sich unserem Blick dann durch eine Biegung. Rechts führte ein noch schmalerer Weg zwischen hohen, moosbewachsenen Böschungen aufwärts ins Unbekannte.
»Da entlang«, sagte ich. Es gab keinen vernünftigen Grund für diese Entscheidung, aber ich wußte, daß sie richtig war, als würde ich von einer höheren Macht geleitet.
»Sollen wir das wirklich wagen? Wir kennen uns ja jetzt schon nicht mehr aus«, wandte Maxim ein.
»Wir müssen uns nur merken, wie wir hierher zurückkommen. Das letzte Dorf liegt nur ein paar Meilen hinter uns, und von dort ist der Weg gut beschildert.«
»Was man von dem hier nicht behaupten kann.« Maxim ließ den Motor wieder an.
»Ach, das macht doch nichts.« Ich fühlte mich plötzlich unbeschwert und leichtsinnig. »Laß uns einfach weiterfahren.«
Nach einer Kuppe wurde der Weg erneut schmaler und

stieg dann wieder ziemlich steil an. Hier waren die Bäume noch höher als zuvor; im Sommer würde das Laub an den ineinandergreifenden Ästen ein dichtes Dach bilden und die Straße in Dämmerlicht tauchen.
Ganz plötzlich kamen wir auf eine halbrunde Lichtung. Bei einem hölzernen Wegweiser, dessen Beschriftung auf der abblätternden Farbe fast völlig zugewachsen war, hielt Maxim an. Ich stieg aus dem Auto, schaute zu dem Pfosten hoch. Es war kein Laut zu hören, außer dem gelegentlichen leisen, seidigen Rascheln trockener Blätter, wenn sich an einem Baum ein Zweig oder eine Nuß lösten und zu Boden fielen.
In diesem Moment wußte ich es, mit diesem seltsamen sechsten Sinn, diesem absoluten, aber unerklärlichen, nicht greifbaren Wissen um die Zukunft, das mir manchmal gegeben ist. Ich hatte nichts gesehen außer einem Hinweisschild in einer Gegend, die ich nicht kannte. Und doch wußte ich es. Freudige Erregung stieg in mir auf. Es ist hier, wir haben es gefunden, hinter der nächsten Biegung, nah, ganz nah.
Der Wegweiser zeigte auf einen Pfad, der kaum mehr war als ein schlammiger, laubbedeckter Hohlweg zwischen den Bäumen.
»Nach Cobbett's Brake.«
Ich sprach den Namen leise vor mich hin.
Cobbett's Brake.
Ich wußte es.
Ich kehrte zu Maxim zurück und bat ihn auszusteigen.
Wir folgten dem abschüssigen Weg etwa hundert Meter weit, mußten uns manchmal gegenseitig stützen, um nicht auf dem glitschigen Blätterteppich auszurutschen. Einmal hüpfte ein Eichhörnchen direkt vor uns von einem Ast zum anderen. Kein Laut war zu hören, abgesehen von den Ge-

räuschen, die wir selbst verursachten, und nichts bewegte sich ringsum.
Ich mußte mich so auf den Weg konzentrieren, daß ich dessen Ende erst daran erkannte, daß plötzlich Sonnenlicht durch die bereits entlaubten Äste auf den Waldboden fiel. Ich schaute auf.
Ein kurzer, steiniger Pfad führte zu einem Tor mit Flügeltüren aus filigranem Schmiedeeisen, die hoch zwischen zwei Steinpfeilern aufragten. Atemlos gingen wir darauf zu. Und dann blieben wir stehen, schweigend, und schauten hinunter.
Unter uns, am Ende einer Zufahrt, stand, in eine Mulde aus grasbewachsenen Hängen gebettet, das schönste Haus, das ich je gesehen hatte, viel schöner als Manderley, denn es war nicht so imposant, nicht so erschreckend groß und vornehm, sondern ein Haus, das schon in der ersten Sekunde mein Herz eroberte. Ich schloß die Augen, weil ich glaubte zu träumen und das Haus sei nur eine Ausgeburt meiner Wünsche, doch als ich die Augen wieder öffnete, war es noch immer da, ein verwunschenes Haus wie aus einem Märchen, aber kein Phantasieschloß mit Türmchen und Zinnen, sondern ein elisabethanisches Backsteinherrenhaus mit vielen kleinen Zuckerbäckerschornsteinen, umgeben von Rasenflächen und Rosenbeeten und Pergolen, Springbrunnen und kleinen Zierteichen. Alles wirkte vernachlässigt, aber nicht gänzlich ungepflegt, so als hätten die Bewohner sich redlich bemüht, die Arbeit zu bewältigen, es aber ohne Hilfe nicht geschafft. Das satte Grün der Mulde und die Farbenpracht des Hauses – weiches Ockergelb, Geranienrot, Perlmutt, Lederbraun und Apricot – vermischten und überlagerten sich wie die Schattierungen einer sonnenbeschienenen italienischen Stadt.
Nirgendwo ein Lebenszeichen, keine Stimmen, keine bel-

lenden Hunde, kein aus den Schornsteinen aufsteigender Rauch. Cobbett's Brake stand im Augenblick leer, aber ich glaubte nicht, daß es für immer verlassen worden war. Es war kein aufgegebenes, ungeliebtes, vergessenes Haus.

Wir standen Hand in Hand da, staunend und atemlos wie Kinder im Zauberwald, erfüllt von einer Mischung aus Ehrfurcht und Verwunderung. Wir hatten auf unserer Reise viele prächtige Häuser gesehen, Villen, Herren- und Gutshäuser, pompöse, prachtvolle Landsitze, und ich hatte kaum mehr als einen Blick für sie übrig. Solche Gebäude bedeuteten mir nichts, und das Leben, das in ihnen geführt wurde, war nichts für uns.

Dieses Haus jedoch war von anderer Art. Es war recht groß, ohne Wichtigkeit auszustrahlen, es zog an, lud ein, hieß willkommen. Obwohl es leer stand und ein wenig verwildert und still war, wirkte es anheimelnd und verbreitete heitere Gelassenheit.

Ich begann zu träumen, während ich so dastand, und in meinem Traum hüllte das Haus uns alle ein, ich sah Maxim die Zufahrt entlangschlendern, sah die Kinder die grasbewachsenen Hänge hinaufklettern, bis dorthin, wo die Schafe weideten, hörte ihre hellen, fröhlichen Stimmen, sah sie zu mir herunterwinken, die ich im Garten kniete und ein Blumenbeet vom Unkraut befreite. Ich sah Rauch aus den Zuckerbäckerschornsteinen aufsteigen und ein kleines, braunes, zotteliges Pony hinten an dem alten Zaun stehen. Ich würde hier vollkommen glücklich sein, das wußte ich mit Sicherheit, denn ich würde dieses Haus zu meinem machen und auf meine Weise führen – mit Maxims Segen. Wieder einmal wurde mir bewußt, daß ich nie ein eigenes Haus gehabt hatte, aber dieses endlich würde mir gehören. Manderley dagegen war seit Generationen im Besitz von Maxims Familie gewesen, und darüber hinaus hatte es der

Öffentlichkeit gehört, der halben Grafschaft, den Dienstboten. Mrs. Danvers. Rebecca. Mir hatte es niemals gehört. Doch an diesem Nachmittag kümmerte mich das nicht. Manderley verlöschte wie eine Kerze und versank im Nebel des Vergessens. Dieses Haus, dachte ich, während ich auf das schöne Gebäude hinunterschaute und beobachtete, wie das Licht weicher und dunkler wurde und die sanft schimmernden Farben der Mauern sich veränderten – dieses Haus würde meines sein. Hier würden wir wohnen. Ich wußte es.

Es war Phantasterei, eine Art Wahnvorstellung, die mehr Macht über mich hatte als die Wirklichkeit, aber ich hatte keine Angst, sondern fühlte mich ruhig und sicher. Meine Zuversicht und die Überzeugung, daß, nachdem ich das Haus gefunden hatte, alles eines Tages in Ordnung kommen würde, waren unerschütterlich.

»Ich möchte hinein«, sagte ich.

»Das können wir nicht. Das Tor ist mit einem Vorhängeschloß gesichert.«

»Aber der Zaun ist an einigen Stellen kaputt, schau, da und dort drüben.«

»Nein, trotzdem nicht.«

Aber er machte auch keine Anstalten zu gehen. Er stand hinter mir, eine Hand auf meiner Schulter, und plötzlich wußte ich, daß er ebenso empfand wie ich. Ich hatte nicht den geringsten Zweifel.

»Komm mit«, forderte ich ihn auf und ging am Zaun entlang, ohne das Haus auch nur eine Sekunde aus den Augen zu lassen. Als ich mich kurz umdrehte, sah ich, daß Maxim mir folgte und dabei ebenso wie ich nicht den Blick von dem Haus wenden konnte. Oh, was für Träume hegte ich an diesem Tag, was für eine Welt hatte sich mir eröffnet! Und was für Hoffnungen brannten auf einmal in meinem Herzen!

Wir gingen um die Ostseite des Hauses herum, wo der Garten am verwildertsten war. Auf zwei Seiten lief eine brüchige Pergola entlang, an der Überreste von Schlingpflanzen, Kletterrosen und Geißblattranken hingen, an einer weiteren kletterten verholzt und unbeschnitten Glyzinien hinauf, und eine Kolonnade führte zwischen ihnen hindurch zu einem geschlossenen Tor. Die Blumenbeete und Begrenzungen waren überwuchert, aber ich glaubte dennoch, daß es noch nicht sehr lange her war, seit jemand hier gegärtnert hatte. Nein, es würde nicht allzuviel Arbeit machen, diesen Garten wieder zu einem Schmuckstück zu machen. Ich sah mich schon planen, hier etwas herunternehmen, dort etwas reparieren, an einigen Stellen zusätzlich etwas pflanzen, vielleicht mit der Hilfe eines Mannes aus der Gegend, der das Anwesen kannte. Innerhalb von zwei Sommern würde der Besitz wieder in alter Pracht dastehen.

Auf der Rückseite des Hauses lagen die Stallungen und ein gepflasterter Hof mit der Statue eines knienden Kindes in der Mitte. Ein alter Handwagen und ein kaputter Karren standen herum, es gab ein Gewächshaus mit zerbrochenen Scheiben, und ein Rotkehlchen schmetterte uns von einem Ast aus sein Lied entgegen.

Ich schaute zu den kleinen Bleiglasfenstern hinauf, die ganz oben in die Mauer eingelassen waren. Die Sonne stand schon tief, große Teile des Hauses lagen bereits im Schatten.

»Maxim ...«

»Sie sind höchstwahrscheinlich nur kurz unterwegs.«

»Nein«, widersprach ich, »das sind sie nicht. Ich glaube, sie waren bis vor kurzem hier, aber jetzt sind sie fort.«

Als ich ihn anschaute, sah ich Trauer und Resignation auf seinem Gesicht. Er hatte sich wieder in diese negativen Gefühle zurückgezogen, sah auf einmal erschreckend alt

aus. Er würde niemals fähig sein, sich von der Vergangenheit zu lösen – weil er es nicht wollte.
Cobbett's Brake lag jetzt ganz im Schatten, die Backsteinmauern und steinernen Wege schimmerten in einem zarten Violett, das sich allmählich zu Grau verdunkelte, und in diesem Augenblick wallte nicht nur Liebe in mir auf, sondern noch etwas anderes: eine eiserne Entschlossenheit. Was ich jetzt wollte, wollte ich für mich, und ich war erschrocken über meinen Trotz, ja, er ängstigte mich sogar.
Maxim hatte mich stehengelassen und ging mit langsamen Schritten davon, den Kopf gesenkt, ohne noch einmal zum Haus zurückzublicken. Er ist nicht bereit, darüber zu sprechen, dachte ich, wir werden einfach weggehen, wieder ins Auto steigen und losfahren und morgen oder übermorgen für immer fort sein. Dabei wird er mir nichts verweigern, sondern meinen Traum schlicht nicht zur Kenntnis nehmen, und wir werden niemals mehr über dieses Anwesen sprechen. Das ist seine Art von Bewältigung. Auflehnung und Verbitterung und heftiges Selbstmitleid begannen in mir zu rumoren. Ich begann jetzt schon meinen Verlust zu spüren, ihn zu betrauern. Auf einmal hatte ich jeden Bezug zur Wirklichkeit verloren, war unfähig, vernünftig zu denken.
Der Rückweg zum Auto war steil und mühsam. Maxim war die ganze Zeit über weit voraus. Einmal, nur einmal, blieb ich stehen, um Atem zu schöpfen, und erlaubte mir einen Blick zurück, über die Lichtung, zwischen den Bäumen hindurch. All meine Freude und Hoffnung waren endgültig der Verzweiflung gewichen. Plötzlich war mir kalt.
Auch im Wagen war es kalt. Ich verschlang die Finger ineinander, damit Maxim nicht sah, wie ich zitterte. Er hatte noch kein Wort gesprochen, saß da, als warte er auf etwas.
»Wir werden wohl zu spät zum Tee kommen«, sagte ich

tonlos. »Ich möchte ein heißes Bad nehmen, wenn wir wieder im Hotel sind.«
Maxim nahm meine Hände zwischen seine und drückte sie. »Armes, kleines Mädchen«, sagte er sanft und schaute mich mit der unendlichen Zuneigung und Zärtlichkeit an, die ich von früher her kannte. »Du gibst dir so viel Mühe, mich abzuschirmen und zu beschützen, aber das ist wirklich nicht nötig. Warum versuchst du mit aller Gewalt, deine Wünsche und Empfindungen zu verbergen?«
»Was soll das heißen?« fuhr ich auf, plötzlich zornig und den Tränen nah – Tränen der Enttäuschung, auch über meine eigene Unzulänglichkeit. »Was soll das heißen? Laß uns fahren, ich friere.«
»Ich kenne dich.« Noch immer hielt Maxim meine Hände fest. »Ich kenne dich so gut.«
»Sprich nicht mit mir, als sei ich dumm, als sei ich ein närrisches kleines Ding, mit dem man Nachsicht üben muß.«
»Es stimmt, das habe ich getan. Entschuldige bitte.«
»Maxim ...«
»Nein, nein, du hattest vollkommen recht zu protestieren.«
»Es ist nur ...«
»Ich weiß.«
»*Was* weißt du?«
»Cobbett's Brake«, sagte er, und dann, nachdenklich: »Ein merkwürdiger Name. Was meinst du, wer war dieser Cobbett?«
Ich antwortete ihm nicht. Nein, ich hatte keine Lust, müßige Spekulationen über das Anwesen anzustellen, als hätten wir es nur besichtigt wie Touristen, die eine fremde Stadt besuchen, ohne sich wirklich dafür zu interessieren. Wir würden wegfahren, wir würden Cobbett's Brake nicht wiederse-

hen – aus und vorbei. Es wäre netter gewesen, Gott, wenn du es mich nicht hättest finden lassen.
»Du hast recht mit dem Tee«, sagte Maxim.
»Es ist unwichtig.«
»Ja, obwohl ich gestehe, daß ich gerne welchen getrunken hätte.«
»Tut mir leid. Es ist meine Schuld ...«
»Ist es das? Warum?«
»Wir haben uns so lange hier aufgehalten. Du hättest es mir sagen sollen, mich zum Aufbruch drängen.«
»Aber das wollte ich nicht. Nun ... nachdem wir keinen Tee mehr bekommen, können wir die Zeit anderweitig nutzen.«
»Was meinst du damit?«
Er gab meine Hände frei und ließ den Motor an. »Erinnerst du dich, wir sind vorhin an einer Farm vorbeigekommen: etwa eine Viertelstunde vor der Kreuzung, wo wir überlegt haben, wie wir weiterfahren sollen. Auf dem Schild stand ›Home Farm‹.«
Er wendete routiniert den Wagen. »Wir fahren mal hin. Ich nehme an, dort wirst du alles über das Haus erfahren, was du wissen möchtest.«

Sie servierten uns Tee, guten, starken Tee, in ihrem besten Porzellan, das sie eigens aus dem »guten Zimmer« holten, und Scheiben warmen Früchtebrots mit Butter. Wir seien sehr willkommen, sagten sie, es kämen nicht viele Besucher vorbei. Ja, es sei still bei ihnen, immer still. Das würde mir gefallen, hätte ich beinahe gesagt, wir sind ruhige Menschen, wir sind daran gewöhnt.
Maxim unterhielt sich mit dem Farmer über die Ernte, über die Schafe und die Milchkühe, darüber, wie dringend die Bäume beschnitten werden müßten und daß es seit dem Krieg keine Hilfskräfte mehr gäbe, über die Pacht und die

Jagd, wanderte mit ihm über den Hof zu den Feldern hinauf. Jetzt ist er wieder in seinem Element, dachte ich. Genau das hatte er in Manderley geliebt – mit Frank die Pächter, die Farmen und die Unterkünfte der Landarbeiter zu besuchen, wobei er instinktiv den richtigen Ton mit den Leuten traf und so locker mit ihnen umging, wie ich in meiner Unbeholfenheit und Unsicherheit es niemals gekonnt hätte.

Ich war bei Mrs. Peck in der Küche geblieben, wärmte mir die Hände an der Teetasse und fühlte mich auf einmal wieder unbeschwert und glücklich, denn ich wußte, daß alles in Ordnung kommen würde. Ich wußte es. Draußen im Hof gackerten Hühner, und ein kleiner Junge stolperte auf stämmigen Beinchen zwischen ihnen herum. Wir werden oft hierherkommen, dachte ich, ich werde die Kinder mitbringen, sie werden etwas über die Tiere lernen, beim Schweinefüttern helfen und draußen auf der Weide mit den neugeborenen Lämmern spielen. Die Pecks werden unsere Nachbarn sein.

Die Bäuerin goß mir Tee nach. »... Ja, und dann kam der Krieg, und die Lage verschlechterte sich, und dann wurden die Männer eingezogen, und es blieben nur die Jungen da. Später hatten sie für eine Weile ein paar Kriegsgefangene als Helfer, aus dem Lager drüben. Es waren Italiener, die kein Wort Englisch konnten, und nur ein oder zwei davon schienen es lernen zu wollen. Ich denke, das lag daran, daß hier alles fremd für sie war – und an dem Schock, nicht mehr in ihrem eigenen Land zu sein. Sie müssen sich entwurzelt gefühlt haben.«

O ja, dachte ich, das haben sie sicher. Ich kenne das.

»Einer von ihnen pflanzte einen Weinstock, vielleicht haben Sie ihn gesehen, seitlich am Haus, wo es windgeschützt ist. Der Gefangene hat den Stock liebevoll gepflegt, und er ist auch ordentlich gewachsen, aber trotzdem waren die Trauben nur kleine schwarze bittere Dinger, wissen Sie …«

»Werden sie denn zurückkommen? Werden sie versuchen, das Anwesen wieder zu bewirtschaften?«

Die Küchenuhr tickte laut, im Takt meines Herzschlages.

»Das alte Ehepaar? Nein, nein. Ich hatte schon lange, bevor sie es sich selbst eingestanden, gesehen, daß sie allein nicht zurechtkommen würden, aber natürlich sagte ich nichts. Das mußten sie selbst einsehen, es ging mich ja nichts an.«

Die Bäuerin hatte ein offenes, hübsches Gesicht mit einem zarten Heiligenschein hellkastanienbrauner Haare. Ich mochte sie. Schon sah ich mich hier sitzen, den Nachmittag verschwatzen, mich mit ihr anfreunden, Dinge über das Haus, den Garten und die Kinder lernen, denn ich würde soviel wie möglich allein machen, nur mit einem Mädchen aus der Gegend und einer Köchin als Hilfen. Ich wollte nicht, daß Heerscharen von Bediensteten meinen Haushalt führten, wie sie es in Manderley getan hatten, eine einschüchternde, erschreckende Armee.

»Nein, sie werden nicht zurückkommen«, wiederholte sie.

Mein Herz machte einen Satz.

»Aber sie haben einen Sohn, Mr. Roderick. Ich nehme an, wenn er seinen Militärdienst beendet hat, wird er das alte Haus wieder bewohnen. Er hat noch eine Schwester, aber die ist verheiratet und hat selbst ein Haus, ich glaube nicht, daß sie interessiert ist. Nein, ich denke, Mr. Roderick wird herkommen. Er schreibt uns ab und zu, bittet uns, drüben dies oder das zu machen – und natürlich Mr. Tarrant, der Gutsverwalter.«

Plötzlich ertönte draußen im Hof ein Aufschrei: Der kleine Junge war auf dem Pflaster ausgerutscht und hingefallen, und seine Mutter lief hinaus, hob ihn hoch und tröstete ihn. Ich sah, daß Maxim und der Farmer von ihrem Spaziergang

zurückgekommen waren; sie standen am Tor und unterhielten sich. Der Himmel war enteneiblau mit brombeerschwarzen und pflaumen- und indigoblauen Wolkenstreifen, die Sonne sank schnell. Auf der anderen Seite des Hofes wühlte das Schwein grunzend an seinem Trog herum.
Ich wollte nicht weg von hier, wollte nicht, daß der Tag endete. Als wir losfuhren, drehte ich mich zu den Bauersleuten um und winkte, und ich schaute noch immer, als sie schon längst außer Sicht waren.

Zehntes Kapitel

Während der ersten Wochen unserer Ehe hatte ich Maxim jeden Morgen beim Frühstück gegenübergesessen und jeden Abend beim Dinner – und es war mir so unwirklich vorgekommen, daß ich oft auf der Suche nach etwas Vertrautem auf mein Handgelenk oder meine Finger hinunterblicken mußte, oder ich entschuldigte mich und schaute in der Toilette des Hotels, in dem wir gerade waren, in den Spiegel, um in meinem Gesicht nach einem altbekannten Zug, einer Einzelheit zu suchen, an der ich mich festhalten konnte, denn ich hatte ständig das Gefühl zu schweben. Ich war nicht in der Lage gewesen, es als selbstverständlich zu akzeptieren, daß ich an all diesen Orten war, daß Maxim mich geheiratet hatte und ich nun Mrs. de Winter war. Ich erinnere mich an Tische an Fenstern, von denen aus man eine herrliche Aussicht auf die Lagune von Venedig hatte, Tische in Straßencafés auf kopfsteingepflasterten Plätzen, Tische mit Kerzenbeleuchtung, an sonnenbeschienene Tische, an Tische, die mit den zitternden Schatten der Blätter überhängender Äste gesprenkelt waren, und an die Farben von einzelnen Mahlzeiten auf weißen Tellern, die Borte an der Jacke eines Kellners. Es kann nicht wahr sein, dachte ich damals, wer bin ich? Wo bin ich? Ich kann nicht hier sein, ich bin nicht mehr ich, ich kann unmöglich so glücklich sein. Mit der Zeit gewöhnte ich mich an das Gefühl, aber es legte sich nie völlig, und als wir dann schließlich nach Manderley kamen, erwachte ein anderer Eindruck der Unwirklichkeit.

Jetzt saß ich wieder Maxim gegenüber an einem Tisch, nicht weit von einem großen, roh gemauerten Kamin, in dem ein Feuer brannte, in unserem Dorfhotel, im Lichtkreis einer pergamentbeschirmten Lampe, und hatte das altbekannte Gefühl, ich befände mich in einem Traum und versuchte verzweifelt zu begreifen, was mir widerfahren war. Wir versteckten uns nicht länger in einem fremden Land, aßen keine langweiligen Hotelmahlzeiten mehr, klammerten uns nicht mehr schutzsuchend aneinander, immer voller Angst vor jedem falschen Wort, vor Fremden, vor der Vergangenheit. Wir waren frei von alledem, aus dem Schatten in den Sonnenschein getreten. Wir würden nach Hause kommen, das wußte ich. Wir brauchten nicht wieder davonzulaufen. Maxim war gezwungen gewesen, sich dem allem zu stellen, aber das Schlimmste war überstanden. Er hatte den Stachel der Erinnerung herausgezogen, alles war gut.

Irgendwo weit hinten in der Landschaft meines Denkens lag Cobbett's Brake, ziegelrot und schön in seiner grasbewachsenen Mulde, und wieder und wieder drehte ich mich um, um es anzusehen, und Freude stieg in mir auf. Ich hatte keinen Grund anzunehmen, daß es uns jemals gehören würde, aber ich *wußte*, daß es so sein würde, ich *wollte* es, und die Kraft meines Wunsches würde es möglich machen. Ich war noch nie von etwas so überzeugt gewesen. Ja, ich würde es schaffen – das glaubte ich mit der ganzen Leidenschaft und Inbrunst eines Menschen, den man zu einem neuen Glauben bekehrt hat.

An diesem Abend schmeckte das Essen köstlich, und im Unterschied zu jenen ersten Mahlzeiten in unserer jungen Ehe, bei denen ich zu verzückt gewesen war, um zu essen, aß ich jetzt mit einem gesunden Appetit, der meiner inneren Sicherheit entsprang. Es gab Forelle vom Rost, anschließend gebratenen Fasan mit dunkler, knuspriger Haut; die

Kartoffeln waren flaumig weich und schmeckten würzig nach Petersilie, und zum Nachtisch servierte man herrlich süßen Apfelpudding, der von Rosinen strotzte.
Wir aßen langsam und genießerisch und tranken einen hervorragenden Bordeaux dazu. Zwischen den Gängen plauderten wir, schauten, ein jeder in Gedanken versunken, ins Feuer oder betrachteten die Drucke von Jagdszenen und die beiden Ölbilder von Hunden über der Anrichte. Nichts konnte uns die Laune verderben, obwohl die Kellnerin langsam und behäbig war und wir darum bitten mußten, Salz auf den Tisch zu bekommen. Immer wieder schaute ich auf meine Hände hinunter, auf die alte weiße Narbe neben dem Fingernagel, auf den nun so lange vertrauten Ehering, und dachte, dieses tiefe, üppige, sichere Glücksgefühl, dieser neue Anfang könne nicht wirklich sein, und wenn ich blinzelte, würden wir wieder in jenem anderen, schmucklosen, langweiligen Speisesaal sitzen, in unserem Hotel an dem fremden See. Aber wenn ich dann Maxim ansah, wußte ich, es war wirklich, es war wahr. Ich sah es auf seinem Gesicht: Wir hatten es geschafft, wir waren frei.
Nur wenig später fiel das Beil.

Von Zeit zu Zeit sprachen wir an diesem Abend über das Haus, nur beiläufig und vage. Würde es jemals verkauft werden? Oder vielleicht vermietet? Würde das alte Ehepaar zurückkommen oder der Sohn es bewohnen? Wie könnten wir es erfahren? Wie sah es innen aus? Würden Reparaturen nötig sein? War es schäbig, ungemütlich, lieblos eingerichtet?
Ich brauchte das alles nicht zu wissen. Das Haus würde meinen Vorstellungen entsprechen, dessen war ich sicher. Viel mehr beschäftigte mich die Tatsache, wie wir das Haus gefunden hatten, wie es dort versteckt auf uns gewartet hatte

und wir zufällig genau den Weg nahmen, der uns zu ihm führte.
Ich brauchte Maxim nicht zu sagen, was ich mir wünschte, und ihn auch nicht zu bitten. Vielleicht wagte ich es auch nicht, hatte Angst davor, daß er … Manchmal war er immer noch reizbar, fuhr mich an, manchmal war er ungeduldig oder wandte sich abrupt ab, zeigte mir die kalte Schulter. Ich wollte nicht riskieren, daß das jetzt geschähe. Das Haus und das was es bedeutete – oder was ich ersehnte, daß es bedeuten möge –, waren mir zu wichtig.
Konnte es denn sein, daß ich mir ein gewaltiges, vielstöckiges Kartenhaus baute? Ein Luftschloß? Ja, flüsterte eine leise, bösartige Stimme, ja, aber ich verschloß die Ohren vor ihr und lachte über sie, kühn und trotzig. Wir waren nach Cobbett's Brake geführt worden, mit jeder Etappe unserer Reise, vielleicht nicht erst in dieser Woche, sondern schon seit Jahren. Das glaubte ich mit einer glühenden, fast abergläubischen Überzeugtheit, die völlig uncharakteristisch für mich war.
Und dann bekam ich eine Warnung, flüchtig, wie hingehaucht, eine böse Vorahnung, doch ich schob sie sofort beiseite.
Ich war ins Zimmer hinaufgegangen, um Maxims Buch zu holen, und als ich unsere Tür aufmachte, sah ich, daß sich der Mondschein in einem bleichen Lichtsee auf meine Bettdecke ergoß. Augenblicklich stand das Bild des weißen Lilienkranzes vor meinen Augen, und mein Magen krampfte sich vor Angst zusammen. Die Blüten schienen zum Greifen nah, ich spürte die Kante der cremeweißen Karte zwischen meinen Fingern, starrte auf den schiefen, ausladenden Buchstaben. R.
»Nein«, flüsterte ich heftig in das leere Zimmer hinein. »Nein!« Ich knipste rasch das Licht an, und der Kranz

verschwand. Das Buch war schnell gefunden, und ich hatte es eilig, wieder hinunter zu Maxim zu kommen, aber obwohl ich das Bild immer noch im Kopf hatte, es vielleicht niemals loswerden würde, fühlte ich mich in diesem Moment stärker als je zuvor. Irgendwie hatte der Anblick des Hauses mir eine ungeheuere, fast magische Kraft verliehen; der Kranz und die Karte konnten mir nichts mehr anhaben, sie waren nichts weiter als ein alberner, schlechter Scherz. Kaum stand das ruhige, klare Bild des Hauses vor meinem inneren Auge, fühlte ich mich erfrischt und voll neuem Mut, und dafür war ich zutiefst dankbar.

Am Eingang zum Aufenthaltsraum blieb ich stehen und betrachtete die Szene, die sich mir bot, voller Liebe und Zufriedenheit. Der Kaffee war gekommen, Kannen und Tassen standen auf dem niedrigen Tisch vor dem Kamin. Maxim saß vorgebeugt in seinem Polstersessel und streichelte den Labrador, der lang ausgestreckt dalag und genießerische Laute von sich gab. Niemand sonst war da, der Raum hätte ein Zimmer in unserem eigenen Haus sein können, nicht in einem Hotel.

Ich hatte ein Buch dabei, aber keine Lust zu lesen. Ich war viel zu glücklich über die Gegenwart und über die Welt, die ich mir ausmalte, um mich in eine andere zu versenken. Und so saß ich eine ganze Weile nur einfach bei Maxim, nippte an meinem Kaffee, genoß die behagliche Wärme des Feuers, hörte die Uhr ticken und dann schlagen, und nichts berührte mich, konnte mich berühren. So schien es mir.

Nach einiger Zeit jedoch sah ich mich doch nach einer Beschäftigung um. Wie schon öfter stieg der Wunsch in mir auf, häkeln oder sticken zu können, und ich nahm mir fest vor, es endlich zu lernen. Wenn wir erst ein Haus hatten, würde es auch einen Korb mit Flickwäsche geben; ich sah ihn schon vor mir, einen runden Korb, mit Baumwollstoff

ausgeschlagen und mit einem Porzellanknopf auf dem Deckel.
In der Ecke des Kaminzimmers stand ein Schrank, dessen Tür einen Spaltbreit offen war. Ich schaute hinein und fand allerlei Spiele, Dame, Schach, »Mensch ärgere dich nicht« und das Leiterspiel, Puzzles, bei denen man Don Quijote, eine Glockenblumenwiese und eine Jagdszene legen konnte, ein altes Postkartenalbum, mehrere Landkarten der Gegend und ein Ortslexikon, doch nichts davon vermochte mich lange zu fesseln. Eigentlich wäre ich auch vollkommen zufrieden damit gewesen, untätig dazusitzen, doch ich wußte, daß das Maxim irritierte, denn er blickte immer wieder von seinem Buch auf und warf mir einen tadelnden Blick zu. Schließlich holte ich mir einen Stapel Zeitschriften von dem Tisch in der Mitte des Raumes. Es waren hiesige Illustrierte aus der Vorkriegszeit, chronologisch geordnet und offenbar sehr sorgsam behandelt, wahrscheinlich, weil derlei Luxusblätter lange Zeit nicht zu bekommen gewesen waren.
Ich begann sie durchzublättern, betrachtete aus der Mode gekommene Kleider und Anzeigen mit merkwürdiger, altmodischer Schrift, Bilder von Jagdbällen und Frauen im Damensattel, las einen Artikel über die St. Paul's Cathedral und einen anderen über Hasen. Es war ein nostalgisches Vergnügen; die Hefte erinnerten mich an die Magazine, die ich manchmal in unserem Exil gelesen hatte, alte Exemplare von *The Field*, daran, wie ich manche Seiten fast auswendig gelernt hatte, und wie die Beschreibungen und Zeichnungen, selbst die kleinsten Details der englischen Landschaft meine Sehnsucht für eine kurze Weile gestillt hatten. Vor Maxim hatte ich sie stets versteckt, aus Angst, Erinnerungen und Sehnsüchte in ihm zu wecken, ihn zu verletzen.
Im Kamin prasselte das Feuer, Funken stoben auf. Der

Labrador rekelte sich, grunzte, schlief weiter. Irgendwo aus den Tiefen des Hauses klang eine Stimme herüber, dann eine zweite, kurzes Gelächter, das Klappern von Tellern, schließlich herrschte wieder Stille. Die übrigen Gäste aus dem Speisesaal waren auf ihre Zimmer gegangen oder hatten das Hotel verlassen. Maxim blickte einmal auf, um mich anzulächeln, erhob sich kurz, um Holz nachzulegen. Das ist Glück, dachte ich, das jetzt ist Glück. Und das Haus, Cobbett's Brake, lag friedvoll und abwartend da, wie ein verankertes Schiff schaukelte es im Mondlicht.
Ich blätterte um.
Der Schock war unbeschreiblich.

Das Magazin war mehr als fünfzehn Jahre alt. In jener Zeit vor dem Krieg legten die Leute viel Wert auf Pracht und Pomp.
Es war ein ganzseitiges Foto. Sie stand oben an der Freitreppe, eine Hand ruhte leicht auf dem Geländer, die andere auf ihrer Taille. Es war die gekünstelte Pose eines Mannequins, perfekt berechnet, und der Scheinwerfer war so plaziert worden, daß er sie aufs vorteilhafteste beleuchtete. Sie trug ein dunkles ärmelloses Satinabendkleid mit geruschtem Oberteil und schmalem, matt schimmerndem Rock, eine schmale Stoffbahn war über die linke Schulter drapiert, und eine Zobelstola schlängelte sich lässig um ihre Handgelenke. Der leicht zurückgebogene Kopf brachte den langen weißen Hals optimal zur Geltung, das schwarze Haar fiel in glänzenden, weichen Wellen über die Schultern herab.
»Haben Sie sich ihre Bürsten angesehen?« flüsterte die Stimme. »Als sie heiratete, ging ihr das Haar noch bis zu den Hüften. Damals hat Mr. de Winter es immer gebürstet.«
Ich sah die Galerie hinter ihr, die Balustrade und den Korridor, der sich in der Dunkelheit verlor.

Plötzlich wurde mir bewußt, daß ich noch nie eine Abbildung von ihr gesehen hatte. Alle hatten über sie gesprochen, alle hatten sie beschrieben. Ich wußte bis ins Detail, wie sie aussah, wie groß sie war, wie schlank, wie elegant, wie blaß ihre Haut war und wie schwarz ihr Haar, daß sie eine Schönheit gewesen war – aber es hatte nirgends ein Foto, eine Zeichnung oder ein Ölporträt von ihr gegeben. Und so hatte ich sie bis heute nie wirklich gesehen.
Wir starrten einander an, und jetzt sah ich ihre Schönheit und Arroganz, das trotzige Blitzen in ihren Augen, die Gefühlskälte und die Willensstärke. Sie musterte mich von ihrem erhöhten Standpunkt aus mit einer Mischung aus Belustigung und verächtlichem Mitleid.
»Glauben Sie, daß die Toten wiederkommen und die Lebenden beobachten?« fragte die Frauenstimme flüsternd.
Ich wich dem provozierenden, amüsierten, triumphierenden Blick hastig aus und las die Bildunterschrift, harmlose, ganz normale schwarze Worte, wie sie Woche für Woche unter irgendeinem Society-Foto standen.

MRS. MAXIM DE WINTER IN MANDERLEY

Nur ein paar Sekunden vergingen, während ich das Foto in mich aufnahm, fasziniert davon, sie endlich zu sehen, und von ihrem Anblick, und entsetzt darüber, daß es hier auf mich gewartet hatte zwischen all den anderen Zeitschriften auf dem Tisch, in diesem abgelegenen Hotel.

MRS. MAXIM DE WINTER IN MANDERLEY

Ich klappte die Zeitschrift zu, sprang auf und fiel beinahe über meine Handtasche, die ich an meinen Sessel gelehnt hatte. Maxim schaute verwundert auf. Ich sah, daß er mir eine Frage stellen wollte, doch ich wartete sie nicht ab – ich hätte sie nicht beantworten können. Er darf sie nicht sehen, er darf es nicht wissen. Ich stolperte die Treppe hinauf, mein Herzschlag donnerte in meiner Brust und in meinem Kopf wie die Brandung gegen die Felsen von Manderley, und sie war bei mir, ihr blasses, hochmütiges, lachendes Gesicht mit dem leicht verächtlichen Ausdruck sah mich an, sah mich an, und sie warf ihr schwarzes Haar nach hinten und legte die Hand lässig auf das Treppengeländer. Rebecca. Immer hatte ich mir gewünscht, sie zu sehen, jahrelang hatte sie mich gleichzeitig abgestoßen und angezogen, aber sie war tot, und ich hatte geglaubt, frei von ihr zu sein. Er darf das Foto niemals sehen.

Ich machte unsere Zimmertür hinter mir zu und wollte die Seite aus der Illustrierten reißen, doch meine Hände zitterten, das glänzende Papier war rutschig und steif und saß fest, ich schaffte es nicht. Das einzige, was ich zuwege brachte, war, die Fotografie quer durchzureißen; jetzt lief ein gezackter Riß durch einen Arm und die eine Seite ihres eleganten, enganliegenden Kleides, alles andere war unversehrt. Ihr Gesicht hatte ich nicht verletzt, sie blickte mich immer noch an, aufreizend, verächtlich lächelnd, herrisch – und plötzlich flog die Tür auf.

Es war furchtbar. Mit einem Ratsch riß die Welt entzwei wie das glänzende, mondäne Foto. Dann gab es nur noch meine Furcht und Maxims Zorn und seinen Rückzug in sich selbst. Er benahm sich, als sei ich schuld, hätte es absichtlich getan. Ich hatte nicht mehr die Zeit, die Zeitschrift oder den Papierfetzen zu verstecken. Er riß mir beides aus der Hand, und ich sah, wie alles Blut aus seinem Gesicht wich und er die Lippen zusammenpreßte, als er kurz darauf hinunterschaute.

Wenn ich das alles hätte vorhersehen können und gefragt worden wäre, wie er reagieren würde, hätte ich vielleicht gesagt sanft, besorgt um mich, daß er mich zärtlich in die Arme nehmen und mir sagen würde, ich solle nicht mehr daran denken, mich nicht davon beunruhigen lassen, denn es sei nichts, es sei alles vorbei, sie könne uns nicht mehr schaden.

Aber er verhielt sich völlig anders, und ich erkannte, daß sie noch immer eine ebensolche Macht über ihn hatte wie über mich, daß ich mir all die Jahre etwas vorgemacht, in einem trügerischen Paradies gelebt hatte, einem Narrenparadies. In dieser Nacht schlug eine Tür zu und verschloß uns den Weg in die Zukunft, die ich für uns geplant hatte. Es war das Ende aller Hoffnungen, aller Träume, allen Glücks.

Ich fühlte mich krank, mein Magen schmerzte, und ich begann wieder an meiner Nagelhaut herumzubeißen, wie ich es früher getan hatte, wenn ich nervös war. Maxim bemerkte es und wandte sich verärgert ab.

Er knüllte den herausgerissenen Teil des Fotos fest zusammen, behielt ihn jedoch in der Hand. Das Magazin schleuderte er quer durchs Zimmer in den Papierkorb.

»Fang schon mal an zu packen«, sagte er zu mir. »Es ist noch nicht allzu spät. Ich werde sehen, ob ich heute noch die Rechnung kriegen kann.«

»Wohin fahren wir?« fragte ich. »Was werden wir tun?«

»Hier verschwinden.«

»Und wann?«

»So bald wie möglich, noch vor dem Frühstück, wenn es geht. Wir können ja unterwegs irgendwo anhalten, wenn du Hunger hast.«

Ich wagte nicht weiterzufragen. Ich nahm an, daß dies das

Ende unserer Reise wäre und wir zu Giles zurückfahren würden. Aber was dann? Ich wollte nicht daran denken.
Er ließ mich allein, die zusammengeknüllte Fotografie noch in der Hand. Wahrscheinlich würde er sie unten ins Kaminfeuer werfen und zusehen, wie sie zu einem Häufchen Asche verbrannte, und plötzlich wurde ich von dem abergläubischen Impuls ergriffen, ihm nachzulaufen und ihn daran zu hindern. Ich fürchtete mich davor, daß sie uns etwas antäte, sich rächen würde.
Sei nicht kindisch, sei keine Närrin, sagte ich mir, als ich die Koffer aus dem Garderobenschrank zerrte, sie ist tot. Es ist nur ein altes Foto, sie kann uns nichts mehr anhaben.
Aber sie hat es getan, dachte ich kummervoll, als ich Kleider, Schlafanzüge und Socken zusammenlegte und die Dinge heraussuchte, die wir am nächsten Morgen brauchen würden. Sie hat meine Hoffnungen zerschmettert, die zarte, durchscheinende Seifenblase meiner Träume von der Zukunft zum Platzen gebracht. Wir würden nicht in Cobbett's Brake wohnen, wir würden niemals in diesen Teil Englands zurückkehren. Auch er war jetzt besudelt, Maxim würde keinen dieser Orte jemals wiedersehen wollen.
Wo sollten wir hin? Ich drückte einen Stapel Taschentücher flach. Zurück zu Giles? Aber was dann? Sicher gab es irgendwo einen Winkel, in dem wir uns verstecken könnten. Ich versuchte mich krampfhaft daran zu erinnern, ob wir auf unserer Reise von Schottland hierher durch einen hübschen abgelegenen Ort gekommen waren, der uns beiden gefallen hatte, aber es fiel mir keiner ein. Ich hatte das Haus gefunden, das ich haben wollte, neben ihm könnte kein anderes bestehen, dachte ich, und so würde es immer sein. Es war mehr als ein Haus, und jetzt, weil wie niemals dorthinziehen, es nie wiedersehen würden, erschien es mir in meiner Erinnerung noch vollkommener, wurde zum verlo-

renen Paradies, zu dem mir der Zugang auf ewig versperrt war. Ich würde für den Rest meines Lebens dazu verdammt sein, an jenem verschlossenen Tor zu stehen und auf die unerreichbare, backsteinrote Schönheit jenes Hauses hinunterzuschauen, die gefangen war in der zeitlosen Gegenwart jener grasbewachsenen Mulde.

In jener Nacht schlief ich unruhig, von wirren Träumen heimgesucht, wachte vor Tagesanbruch auf und starrte schwach vor Elend und Enttäuschung in die Dunkelheit. Maxim hatte kaum ein Wort mit mir gesprochen, dumpf brütend am Fenster gestanden, während ich fertigpackte. Die Rechnung war bezahlt, es gab nichts mehr, was uns hätte aufhalten können.
»Es hat mir hier sehr gefallen«, sagte ich irgendwann.
»Ja.«
»Maxim …«
»Nein.« Er kam zu mir und schaute mir ins Gesicht. Seine Haut war grau, die Linien, die von der Nase zu den Mundwinkeln liefen, schienen in den letzten Stunden tiefer geworden zu sein. An seinen Augen sah ich, daß er weit, weit weg war.
»Es ändert doch nichts«, sagte ich.
»Wo wir auch hingehen«, sagte Maxim mit leiser, brüchiger Stimme, »was wir auch tun – es wird immer dasselbe sein. Solange wir hier sind, werden wir keine Ruhe finden. Wir können es nicht riskieren, es wird immer etwas wie … wie dieses auf uns lauern, eine Falle, jederzeit bereit zuzuschnappen, und dabei war das hier nichts … harmlos … andere Dinge könnten nicht so …« Er brach ab.
Ich nahm seine Hand und drückte sie an meine Wange, verzweifelt darum bemüht, noch etwas zu retten, ihn zu bitten …

»Wir verhalten uns feige und schwach«, sagte ich. »Es ist doch albern, Maxim ... Wir sind erwachsene Menschen ... Wir können doch nicht wegen, ja, du hast recht, wegen nichts davonlaufen, wegen eines lächerlichen, unbedeutenden Zwischenfalls. Wir sind zusammen, es wird alles gut.«
»Nein.«
»Nichts kann uns etwas anhaben.«
»Das stimmt nicht, und das weißt du auch genau, nicht wahr?«
Sanft entzog er mir seine Hand. Ich konnte ihn nicht ansehen, aus Angst, in Tränen auszubrechen. Nun war also wirklich alles, alles aus, wir würden niemals zurückkommen. Und plötzlich loderte ein glühender Haß in mir auf, auf sie, auf das, was sie gewesen war, aber – und das erschreckte mich – auch auf Maxim, weil er mir das antat. Was war mit mir geschehen? Ich hatte immer nur Liebe für ihn empfunden. Nein – Liebe *und* Furcht.

Wir reisten kurz nach Tagesanbruch ab, als die Sonne aus zarten Nebelschleiern aufstieg. Ich saß stocksteif neben Maxim und starrte unverwandt geradeaus, weil ich es nicht ertragen hätte, auch nur einen Blick zurückzuwerfen auf die kleinen Steinhäuser, die den Dorfanger einfriedeten. Es war uns niemand begegnet, wir hatten nur unsere dicke Kellnerin die Frühstückstische decken sehen, als wir gingen. Auf dem Weg nach draußen hatte ich einen Blick in den Aufenthaltsraum geworfen: Der Kamin war saubergemacht worden, und es lagen bereits frische Scheite darin. Der Stapel Zeitschriften lag ordentlich aufeinandergeschichtet auf einem Fensterbrett. Der Hund war nirgends zu sehen.
»Laß mich ans Steuer«, bat ich. Ich wollte möglichst langsam fahren, die Reise durch meine Finger gleiten lassen, und außerdem kam ich nicht zum Nachdenken, wenn ich fuhr.

Aber Maxim wollte nichts davon wissen, zeigte wortlos auf den Beifahrersitz und startete bereits den Motor, bevor ich richtig im Auto saß. Voller Ungeduld trommelte er mit den Fingern auf das Lenkrad.
Und dann konnte ich auf einmal nicht mehr schweigen, nicht mehr geduldig sein. Der Schmerz über unsere Abreise und mein Kummer und meine Enttäuschung wallten in mir hoch und brachen sich Bahn. »O warum, warum muß es so sein? Warum muß alles verdorben sein? Wir können nicht unser ganzes Leben lang davonlaufen und davonlaufen. Ich weiß, daß es dich sehr getroffen hat, das Foto zu sehen, und mir ging es ebenso, es war ein schrecklicher Schock … aber es war doch nichts, Maxim – ein Foto, nichts sonst, nichts Schlimmes, nur ein altes Foto in einer alten Zeitung.«
Er antwortete nicht, sondern schaute nur stumm geradeaus. Er fuhr sehr konzentriert, sehr sicher, sehr schnell. Wir hatten die sanften Cotswold Hills bereits hinter uns gelassen und waren in Richtung Westen abgebogen.
»Ich finde es schrecklich, daß das alles so endet und weggewischt wird, als hätte es nie stattgefunden.«
»Was?«
»Diese Woche. Schottland. Diese Reise …«
»Nun – es ist zu Ende.«
»Muß es das denn wirklich sein?«
Vor uns wurde eine Schafherde über die Straße getrieben, von einer Weide zur nächsten, wie ein langsam fließender, sich hebender und senkender schmutzigweißer Strom. Wir mußten anhalten. Im Ausland sieht man nie richtige Schafe, dachte ich, nur komische kleine Ziegen und zottige, magere, hüpfende Dinger. Keine stämmigen, cremefarbenen, sympathischen englischen Schafe.
An den Hängen über der Mulde von Cobbett's Brake hatten auch Schafe geweidet.

Tränen stiegen mir in die Augen.
»Ich habe vorhin noch versucht, Giles anzurufen, um ihm mitzuteilen, was wir vorhaben«, sagte Maxim, als wir wieder anfuhren, »aber es ging niemand ans Telefon. Ich werde es von unterwegs noch einmal probieren.«
Ich starrte mit in Tränen schwimmenden Augen aus dem Fenster. Ein schwarzweißer Hund folgte den Schafen, sprang hin und her und dirigierte sie geschickt durch das neue Gatter. Ich kurbelte das Fenster ein Stück herunter. Er heißt sicher Shep, dachte ich – Shep oder Lad. Aber als wir an dem Farmer vorbeirollten, der grüßend die Hand hob, hörte ich ihn rufen: »Jess! Komm schon, Junge! Jess!«
Ich wollte nicht fragen, was er Giles erzählen würde. Maxim hatte entschieden, was wir tun würden, und ich mußte mich fügen. Er fuhr jetzt wieder sehr schnell, schaute unverwandt geradeaus, als trüge er Scheuklappen, und sein Gesicht war angespannt, unnahbar.
»Cobbett's Brake«, sagte ich, nein, ich flüsterte fast.
»Wie bitte?«
»Das Haus.«
»Was ist mit dem Haus?«
»Ich habe es vom ersten Augenblick an geliebt. Und noch nie habe ich ein Haus so sehr haben wollen ... noch nie das Gefühl gehabt, als ... als sei es für mich bestimmt. Kannst du das überhaupt begreifen?«
Ich wartete, doch es kam keine Antwort. Hätte ich Vernunft besessen und Einfühlungsvermögen und auch nur einen Anflug von Nachsicht und Güte, hätte ich nun den Mund gehalten, aber ich konnte es nicht. Ich war verletzt und zornig und gänzlich ungütig. »Du hattest Manderley. Du liebtest es mehr als irgend etwas sonst, du liebtest es leidenschaftlich – verstehst du, was ich dir klarzumachen versuche?«

»Müssen wir über all das sprechen?«
»Aber *mir* hat es nie gehört, ich war dort nicht zu Hause. Nicht wirklich.«
»Nun, jetzt ist niemand mehr dort zu Hause.«
»Ich möchte ein Haus, das mir gehört – uns –, wo wir uns niederlassen können und hingehören, und ...« Ich schaute ihn flehend an.
»Es tut mir leid. Es kommt nicht in Frage.«
»Warum nicht? Warum kommt es nicht in Frage? Bist du in dieser letzten Woche nicht glücklich gewesen? Hast du es nicht genossen, zu Hause zu sein – in England zu sein? Ich denke doch.«
»Ja«, antwortete er sehr leise. »Ja, ich bin glücklich gewesen, glücklicher, als ich es sagen oder ertragen kann. Aber es war ein Glück, dem keine Dauer beschieden ist.«
»Aber das Haus ...«
»Das Haus war ein Traum, ein Märchen, nichts sonst. Du mußt es vergessen.«
Wir waren in eine Stadt gekommen, und Maxim hielt vor einem Hotel an. »Das sieht recht ordentlich aus. Gehen wir frühstücken. Such uns einen schönen Tisch im Speisesaal, ich werde noch mal versuchen, Giles zu erreichen. Wenn er immer noch nicht da ist, schicke ich ihm ein Telegramm.«
Gehorsam stieg ich aus und tat wie mir befohlen. Im Speisesaal war es ungemütlich kühl, die Kellner wirkten steif und aufgeblasen. Auf der Anrichte standen Platten mit Essen. Ich setzte mich an einen der Tische, bestellte Kaffee und Toast für mich und ein warmes Frühstück für Maxim. Ich würde nichts essen können; den Toast brauchte ich nur, um meine Hände zu beschäftigen, und weil ich immer noch eine latente Angst vor Kellnern hatte und stets bestrebt war, ihr Wohlwollen zu erringen. An einigen Tischen

saßen Männer und kauten, in ihre Zeitungslektüre versunken, vor sich hin. Der Kaffee kam, als Maxim den Speisesaal betrat.

»Ich habe mit ihm gesprochen«, berichtete er und schüttelte seine Serviette aus. »Er klang auf erschreckende Weise ruhig, wie abwesend. Offenbar steht er immer noch unter Schock.«

Ich trank meinen Kaffee, weil ich nicht reden wollte, und starrte unglücklich auf das Tischtuch. Ich konnte es einfach nicht ertragen, ihn anzusehen. Ich fühlte mich wie jemand, der am Ende einer Liebesgeschichte steht und die letzten Einzelheiten vor der Trennung regelt. Nichts interessierte mich mehr, alles Leben und alle Farben waren aus der Welt gewichen.

»Er wird wieder an die Arbeit gehen müssen. Ich riet ihm, eine Woche nach London zu fahren, wieder anzufangen, sich mit etwas zu beschäftigen.«

»Du bist mir so fremd«, sagte ich. Und nun schaute ich ihn doch an. Er bestrich mit schnellen, geübten Bewegungen seinen Toast mit Butter und schnitt ihn in vier Quadrate, wie ich es ihn elf Jahre lang jeden Morgen hatte tun sehen.

»Wie bitte?«

»Du bist mir so fremd. Wer bist du? Ich verstehe nicht, was mit dir geschieht.«

Und so war es wirklich. Etwas hatte ihn verändert, wieder seine harte, kalte Art zutage gefördert, die ich verschwunden geglaubt hatte und die nur eine Waffe gegen alten Kummer war – eine Waffe, die längst ihre Berechtigung verloren hatte.

»Du klingst gefühllos und gleichgültig, du sprichst in abwertender Weise von Giles, als verachtetest du ihn. Und was ist mit Beatrice? Sie war deine Schwester. Ich dachte, du lieb-

test sie. Ich tat es jedenfalls. Ich liebte sie und ich vermisse sie und ich begreife, was Giles empfindet. Ich finde es schrecklich, daß du nicht ...«
»Es tut mir leid.« Er legte sein Messer weg und streckte die Hand nach meiner aus. Zum erstenmal zögerte ich einen Augenblick, bevor ich sie ihm überließ. »Es geht nicht darum, daß ich nicht begreife, was Giles empfindet. Ich ertrage es nur nicht, wie er sich fallen läßt.«
»Wie er seine Empfindungen äußert?«
»Ja.«
»Wovor fürchtest du dich, Maxim?«
Er setzte sein Frühstück fort. »Vor nichts«, erwiderte er. »Vor gar nichts. Iß deinen Toast.«
»Ich habe keinen Hunger.«
»Ich möchte nicht noch einmal anhalten müssen.«
»Bis wir dort sind?« Ich goß mir Kaffee ein. Maxim hatte recht, es würde eine lange Fahrt werden, und ich sollte wenigstens etwas trinken.
»Wir fahren nicht zurück«, eröffnete Maxim mir. »Ich habe Giles gebeten, die paar Kleinigkeiten, die wir dagelassen haben, einpacken und uns nachschicken zu lassen. Ich sah keinen Sinn darin, noch einmal zu ihm zu fahren. Es wird alles gut, du wirst sehen. Ich verspreche es. Wenn wir wieder weg sind, wird alles gut.«
»Wieder weg«, sagte ich tonlos. Die Worte kamen undeutlich aus meinem Mund, als seien meine Lippen steif gefroren und ich könne sie nicht richtig bewegen.
»Ja.«
Ich schaute durch die Halbgardinen aus Gaze auf die Straße hinaus. Ein kleines Kind in einem blauen Hut ließ sich mit Wutgeheul mitten auf dem Bürgersteig hinfallen und strampelte mit den Beinen. Hilflos und verlegen stand seine Mutter neben ihm. Ob komisch oder traurig, der Vorfall da

draußen interessierte mich nicht, es gab nichts mehr, was mich interessierte. Ich darf mir nichts daraus machen, dachte ich, ich darf mir nichts daraus machen. Ich bin mit Maxim zusammen, muß mich um ihn kümmern, seine Gefühle teilen.

»Wo fahren wir hin?« gelang es mir zu fragen, als ein schwacher Hoffnungsstrahl durch die Wolken brach: Vielleicht würde ja wirklich alles gut, wie er gesagt hatte.

Er blickte überrascht auf, hielt mir seine Kaffeetasse zum Nachschenken hin.

»Ach so«, sagte ich schnell. »Natürlich.« Ich griff nach der silbernen Kanne, und für einen Augenblick warf sie unser Spiegelbild zurück, verzerrt, fratzenhaft. »Wie dumm von mir. Natürlich weiß ich sehr gut, daß wir zurückfahren.«

»Es gibt einfach keine andere Möglichkeit. Das siehst du doch ein, mein Liebling, das verstehst du doch, nicht wahr?«

Ich sah ihn an und lächelte, ein süßes, falsches, unehrliches Lächeln. »Ja«, antwortete ich. »Ja, Maxim, natürlich.«

Unsere Flucht war eine schnelle, einfache Sache. Wir fuhren und fuhren, spulten das restliche England ab wie ein altes Band, das man zerknittert hinter sich läßt. Wie Maxim beabsichtigt hatte, hielten wir nicht mehr an – außer zum Tanken – und erreichten Dover bereits am späten Nachmittag. Er hatte dafür gesorgt, daß wir den Wagen bei einer Werkstatt stehenlassen konnten. Ich nahm an, er würde später dort abgeholt, fragte aber nicht danach. Maxim hatte telegrafisch die Tickets bestellt und den Rest der Reise organisiert.

»In Calais steigen wir in den Schlafwagen«, erklärte er. »Ich

habe uns ein Abteil reservieren lassen, du kannst dich gleich nach dem Abendessen hinlegen.«
Hinlegen, dachte ich. Bett. Schlafen. Abendessen. Alles ist arrangiert, alles wird klappen, als sei es eine ganz normale Reise. Mich kümmerte nichts mehr. Ich hörte auf zu fühlen, hörte auf zu denken, spürte nur noch meine Müdigkeit. Die vergangene Woche war ein Durcheinander der widersprüchlichsten Erlebnisse gewesen, voller Höhen und Tiefen, verwirrend, beunruhigend. Ich konnte all diese Empfindungen nicht mehr voneinander trennen, nicht mehr feststellen, welches Gefühl wichtig war – ob der eisige Schrecken oder die tiefe Furcht, ob all das Schöne oder der Schmerz.
Wir gingen früh an Bord der Abendfähre. Außer uns waren nur wenige Passagiere am Kai. Maxim ging mit schnellen Schritten die Gangway hinauf, stur geradeaus blickend und den Gepäckträger, der den Karren mit unseren Koffern zog, ungeduldig zur Eile ermahnend. Erst als er bald darauf im Aufenthaltsraum saß und die erste Ausgabe der Abendzeitung las, die ein Junge verkauft hatte, sah ich wieder Erleichterung auf seinem Gesicht, und die feinen Linien der Nervosität und der Furcht vor dem Unvorhersehbaren hatten sich geglättet.
Ich ging hinauf an Deck, trat an die Reling und beobachtete die Vorbereitungen fürs Ablegen. Und dann gestattete ich es mir, zum letztenmal, wie ich mir sagte, mich umzudrehen und es zu betrachten. Cobbett's Brake lag wie ein verankertes Schiff auf ruhigem Wasser, unendlich schön – und dann erschien plötzlich ein anderes neben ihm, prächtiger, strenger, doch auf seine ernste Art ebenfalls schön: Manderley. Silbergrau und geheimnisvoll lag es im Mondschein.
In diesem Augenblick fühlte ich mich alt, als sei bereits mehr als die Hälfte meines Lebens vorüber, als lägen alle

wichtigen Dinge hinter mir und nicht vor mir. Alt, bevor ich jemals wirklich jung gewesen war.
Ich lehnte mich auf die Reling, schaute hinunter, bis die Sirenen heulten und wir uns in Bewegung setzten, und dann starrte ich den immer größer werdenden Spalt zwischen dem Kai und der Fähre an, sah, wie das Wasserband immer breiter und breiter wurde, sah England von mir wegtreiben, außer Reichweite, und bald darauf, als es dunkel wurde, auch außer Sichtweite.

II. Teil

Elftes Kapitel

Nun war also alles vorbei, und sehr bald hatte ich mich damit abgefunden und kehrte meinem Traum von dem Haus endgültig den Rücken. Cobbett's Brake zerfiel in Trümmer und schwand dahin, und als ich bald darauf einmal versuchte, es mir vorzustellen, merkte ich, daß ich es nicht mehr konnte.

Wie schnell wir uns auf neue Gegebenheiten einstellen können!

Wir blieben nur lange genug in unserem alten Hotel, um unsere restlichen Sachen einzupacken und unsere Schulden zu bezahlen. Der Geschäftsführer war ausgesprochen ungehalten, weil er nun eine Einnahmequelle verloren hatte, mit der er für den Winter gerechnet hatte, aber wir störten uns nicht daran.

»Ich möchte dir so viel zeigen«, sagte Maxim. »Armes Mädchen – du warst wie eine Gefangene, die in einer dunklen Zelle eingesperrt ist, und hast alles mit so viel Geduld ertragen. Nun, ich werde dich dafür entschädigen. Wir sollten nicht unser Leben lang Trübsal blasen.«

Er war ganz aufgeregt und voller Pläne, und ich ließ mich gern von seiner Stimmung anstecken, denn es war eine Erleichterung, zu wissen, daß unsere Zeit jetzt ausgefüllter sein würde, aber noch schöner war es, ihn wieder nach außen blicken zu sehen, fröhlich und kühn. Das Hotel am See erschien uns plötzlich schäbig und drittklassig, unser Zimmer eng und schmuddelig. Ohne zu zögern, schloß ich die Tür zum letztenmal – der Raum war für mich, trotz der langen Zeit, die wir darin gewohnt hatten, ebenso anonym geworden wie all die anderen Hotelzimmer, nichts von Bedeutung war hier geschehen, außer in unserer letzten Nacht, als wir die Nachricht von Beatrice' Tod erhielten, einer Nacht, die ich ganz schnell vergessen wollte. Das Zimmer würde mir natürlich im Gedächtnis bleiben, und ab und zu würde es im Meer meiner Erinnerung an die Oberfläche treiben und plötzlich dasein, während ich gerade irgend etwas tat, das in keiner Beziehung zu ihm oder dieser Zeit stünde. Ich hatte immerhin einen Teil meines Lebens hier verbracht, eine Zeit, die nie zurückkommen würde. Ich sollte diesem Zimmer dankbar sein, dachte ich, es war eines der Zimmer in meinem Leben gewesen, in dem es bis auf jene letzte Nacht keine Furcht, keinen Kummer, keine Bedrohung gegeben hatte. Wir waren vollkommen zufrieden darin gewesen, auf bescheidene Weise zufrieden.

Wir reisten ab. Nirgends blieben wir lange, ständig hielten wir Ausschau nach neuen Eindrücken. Kaum saßen wir in einem Café, brüteten wir schon über Reiseführern und Landkarten, deuteten auf bestimmte Punkte, suchten Routen heraus und zogen Fahrpläne zur Rate. Es war, als hungere Maxim nach neuen Orten, stehe unter dem Zwang, weiterzufahren, alles zu genießen, ja nichts zu versäumen. »Laß uns dahin fahren ...«, sagte er, oder: »Komm, ich zeige dir ...«, oder: »Ich war noch nie in ...«, und schon waren wir wieder unterwegs. Die vielen Hotels, Pensionen und gepflegten kleinen Gästehäuser, in denen wir Quartier nahmen, sind heute nur noch eine verschwommene Masse, ich werde mich nie an ein einzelnes erinnern, höchstens an das Muster eines Vorhangs, den Gesichtsausdruck eines Kellners, das Quietschen eines Fensters, als ich es schloß.

Wir sahen schöne Dinge, atemberaubende, unvergeßliche, sahen Häuser und Gärten und Berge und Paläste, Meere und Himmel und Kirchen und Seen, wir fuhren auf einem altmodischen Dampfer, ganz in Mahagoni und Gold gehalten, den Rhein hinunter, standen an der Reling oder saßen stundenlang im Salon und betrachteten die blassen Türme und Türmchen von Märchenpalästen, die sich am Ufer aus den dunkelgrünen Wäldern erhoben, Schlössern aus Grimms Märchen, die sich im Wasser spiegelten. Ich konnte mich nicht satt sehen daran, wahrscheinlich weil sie so ganz anders waren als das, was ich geliebt oder für mich angestrebt hatte, sich in jeder Hinsicht von allem unterschieden, was ich bisher gesehen hatte oder wovon ich träumen konnte. Ich wünschte, die behagliche Flußfahrt würde niemals enden.

Maxim fürchtete sich immer noch davor, auf jemanden zu treffen, der uns erkennen könnte, aber außer uns waren alle Passagiere Deutsche oder Niederländer, und niemand außer uns sprach englisch. Wir kamen einander wieder näher, wurden wieder ein eingespieltes Team, was während der kurzen Zeit zu Hause nicht der Fall gewesen war, gingen an Deck spazieren oder saßen einfach still und einträchtig beieinander. Nur einmal, als wir an der Reling standen und der Dampfer an einem verwunschenen Wald vorüberglitt, schaute ich ohne einen bestimmten Grund auf Maxims Hand mit den langen Fingern hinunter, die lose das Messinggeländer umfaßte, und eine Stimme in meinem Kopf sagte: »Das ist die Hand eines Mörders. Diese Hand hat eine Waffe gehalten. Dieser Mann hat seine Frau ermordet, Rebecca«, und fast hätte ich aufgeschrien vor Schreck, aus Kummer und Verwirrung, aus Angst vor dem, was mich in den Tiefen meines Unterbewußtseins offenbar quälte.

Wie es schien, müßte ich auch dies akzeptieren wie alles andere. Wohin wir auch fliehen würden, wo immer wir wären, es würde niemals vorüber sein, niemals vergessen, wir könnten niemals endgültig entkommen.

Und noch ein weiteres Mal in jener Zeit gab es einen schlimmen Augenblick, der die Vergangenheit wiedererstehen ließ, der ein grausames Spiel mit meinen schlafenden Ängsten trieb und sie zu zerstörerischem Leben erweckte.

Auf der Fahrt den Rhein hinunter war es ziemlich kalt gewesen, doch von dort ging es nach Italien, und wir erwischten noch die letzten Ausläufer des Sommers. Hier schien die Sonne, wärmte sogar, zumindest um die Mittagszeit, während man morgens und am späteren Nachmittag bereits eine wärmere Jacke brauchte. Man konnte sogar noch Zugvögel sehen: Mauersegler und Schwalben stiegen in den blauen Himmel hinauf, tauchten ab, schossen aus Mauerspalten hervor.

Ich will mich an all das hier erinnern, dachte ich, und um das zu tun, muß ich hier glücklich sein, denn wer weiß, ob ich es noch einmal wiedersehen werde. Und ich dachte darüber nach, wie mein Leben verlaufen wäre, wenn Maxim mich damals nicht »gerettet« hätte. Ich wäre gewiß noch weiter herumgekommen, als ich es jetzt war, hätte die frühen Jahre meines Frauenlebens als bezahlte Begleiterin einer schrecklichen, reichen, vulgären »Dame« nach der anderen damit verbracht, mich lustlos um die Welt zu schleppen, hätte dann, Jahre später, beim Blick in den Spiegel erste Fältchen entdeckt und die erste kalte Angst vor der Einsamkeit und Öde eines wohlgesitteten, aber in Armut verbrachten Alters gespürt. Wenn diese Gedanken kamen, verachtete ich mich selbst für die Momente der Undankbarkeit gegenüber Maxim, die es gegeben haben mochte, für jeden Anflug von Langeweile oder Unzufriedenheit, und dankte Gott voller Inbrunst und Erleichterung.

Am Morgen jenes Tages waren wir von den belebten sonnenbeschienenen Straßen und Plätzen einer italienischen Stadt in prachtvolle kühle Gebäude gekommen, dunkle Kirchen mit gewölbten und vergoldeten Decken, in deren Nischen Engelscharen auf gefächerten Flügeln in den Himmel hinaufflogen. Feierlich hallten unsere Schritte in den stillen Korridoren von Galerien wider, wo wir zwischen blassen, milde lächelnden Götter- und Menschengestalten hindurchschritten, zwischen Heiligen und Jungfrauen mit ernsten, undurchdringlichen Gesichtern, zwischen entrückten Engelchören und gütigen, marmorfleischigen Cherubim. Der Anblick all dieser Figuren erfrischte mich in einem tief verborgenen Teil meines Selbst, und mein kleines Leben und meine trivialen Belange schienen mir wenigstens für diese paar Stunden in eine größere, zeitlosere Perspektive gestellt.
»Ich finde es herrlich hier«, sagte ich, als wir das Ende eines langen Kreuzganges erreichten, der uns wieder in die Welt entließ. »Ich würde gerne noch hierbleiben. All das veranlaßt mich, darüber nachzudenken, was wirklich wichtig ist, und der Rest ist nichts als ein Ärgernis, wie eine herumsummende Fliege.«
»Dann sollten wir gehen.«
»Warum?«
»Um nicht durch Schwelgerei den Effekt zu verderben – große Kunst, große Leidenschaft und Feierlichkeit muß man in sorgfältig bemessenen Dosen genießen, damit sie am besten wirken.«
Er brachte mich zum Lachen, wie er da so träge bei der Marmorsäule stand und in der lässigen Arroganz der Engländer zu mir sprach, in die ich mich als erstes verliebt hatte, und aus der plötzlichen Freude heraus, daß er wieder mehr und mehr zu jenem Menschen von früher wurde, war ich

auf einmal ganz erfüllt von Liebe zu ihm und hängte mich bei ihm ein, als wir aus dem Schatten in den strahlenden Sonnenschein hinausschlenderten.

»Wenn wir nicht hierbleiben, was machen wir dann?«

»Zu Mittag essen und danach einen Garten besichtigen.«

Ausnahmsweise gingen wir zum Essen nicht in ein kleines, in einer Seitenstraße verstecktes Café; es sollte ein Festmahl werden.

»Ich bin es müde«, sagte Maxim. »Komm.« Und ich wußte, daß er das Sichverstecken damit meinte, unsere Angewohnheit, jedesmal das Gesicht abzuwenden, wenn jemand auf uns zukam und die Gefahr bestand, daß er uns eventuell erkannte. Auch ich hatte längst genug von der Furcht und der Scham und fühlte mich auf einmal so erleichtert, daß ich vor Übermut am liebsten im Kreis gerannt oder lachend die Straße hinuntergetanzt wäre.

Wir aßen in einem Hotel, unter einer Markise auf einer Terrasse, und es standen Blumen auf dem glatten, schweren weißen Tischtuch, die Stile der Gläser waren zerbrechlich wie Zweige, und die Schalentiere, die wir bestellten, schmeckten köstlich nach Meer. Nichts konnte uns die Freude verderben. Irgendwann sagte ich: »Ich habe solches Glück. Ich hatte es ganz vergessen, aber jetzt habe ich mich erinnert.« Und er lachte, und als ich ihn anschaute, glaubte ich nur Zufriedenheit auf seinem Gesicht zu sehen.

Das hier wird genügen, um mich glücklich zu machen, dachte ich, wenn ich das andere nicht haben kann, dann wird es genügen: der Sonnenschein, die Wärme, die Entspanntheit, all die herrlichen Orte, und ich dachte daran, wie viele, viele Menschen uns darum beneiden würden.

Das Geheimnis ist das Jetzt, sagte ich mir, schaute in mein Glas, schmeckte die schwach zitronige Frische des Weines

auf der Zunge. Das Geheimnis ist das Heute: Wir dürfen nicht über das Gestern, aber auch nicht über das Morgen und den Rest unseres Lebens nachdenken. Am besten war es, sich erst gar nicht damit zu befassen.
Glücklich und zufrieden genossen wir fast zwei Stunden lang das Mittagessen, aßen mehr, als wir gewohnt waren, und gingen anschließend zu dem kleinen, überfüllten Bus und fuhren ein Stück aus der Stadt hinaus, in die sanften Hügel hinauf, die sie umgaben. Die letzte Meile gingen wir zu Fuß, und es war wundervoll still, als wir in der Spätnachmittagssonne die Alleen hinaufstiegen.
Das Geheimnis ist das Jetzt, sagte ich mir wieder, das Jetzt, und ich dachte, wie gerne ich hiergeblieben wäre, um ruhig an diesem schönen Ort zu leben, in einem kleinen weißen hübschen Haus mit Fensterläden und Blumen in Töpfen, die die Treppe säumten.
»Da!« Maxim blieb stehen und nahm meine Hand. »Schau!«
Die Villa lag direkt vor uns. Am Ende des letzten Hanges erhob sie sich über einer breiten Allee, umgeben von sorgfältig gestalteten Gärten. Es war ein graziles Haus, elegant, anmutig; eine geschwungene Steintreppe führt von beiden Seiten hinauf und vereinigte sich vor dem säulenumrahmten Portal.
»Ich habe es zum erstenmal gesehen, als ich siebzehn war«, erzählte Maxim. »Ich werde jenen Tag nie vergessen, nie vergessen, wie ich durch diesen Anblick plötzlich die Proportionen der Dinge erkannte. Es erfreute mein Auge mehr als jedes andere Haus, das ich je gesehen hatte – außer natürlich Manderley.«
Ich sah zu der Villa hinauf, aber ich war mir nicht sicher, ob ich Maxims Meinung war. Ich konnte mich nicht dafür erwärmen. Die Villa erschien mir zu formell, zu streng, als

hielte sie mich auf Armeslänge von sich weg und blicke streng auf mich herunter.

Während wir die sanften Kieswege emporstiegen, betrachtete ich die Gärten zu beiden Seiten, und auch sie waren mir zu akkurat und allzu gepflegt. Wasser floß in langen steinernen Kanälen und sprudelte in zarten, sorgfältig bemessenen Fontänen aus den Springbrunnen. Ich sah Reihen von Zypressen und untadelig beschnittene kleine Hecken, und die Pappeln und Stechpalmen warfen lange, kalkulierte Schatten. Abgesehen von einigen weißen Geranien in großen Schalen zu beiden Seiten der Treppe, schien es keine Blumen zu geben. Hinter dem Haus jedoch gingen die angelegten Gärten in verwilderte Hänge mit Oliven- und Orangenbäumen über, kleinen, krummen, liebenswerten Bäumchen im hohen Gras.

»Du solltest es im Frühling sehen«, sagte Maxim. »Dann breitet sich hier ein Teppich aus blauen und cremeweißen Blumen aus – und darüber die Bäume mit ihren dicken Blüten, wie Schneeflocken. Wir müssen dann einmal wiederkommen.«

Frühling. Ich wollte nicht so weit denken, wollte überhaupt nicht vorausdenken – aus Angst, daß ich enttäuscht sein würde, wenn es nicht klappte.

Nach einer Weile begann ich freilich doch zu begreifen, worin der verführerische Reiz der Villa lag, und ich konnte mich ihren vollkommenen, kühlen Linien, ihrer Förmlichkeit, die in sich selbst zu ruhen schien und deshalb eine große Gelassenheit ausstrahlte, nicht länger entziehen. Ob man es wollte oder nicht, das Haus zog einen in seinen Bann. Vielleicht ändere ich mich zu guter Letzt doch, dachte ich, vielleicht bin ich endlich erwachsen geworden, und der Gedanke erschien mir gar nicht närrisch oder lächerlich. Ich war nie ein junger Mensch gewesen, obwohl ich natürlich eine Kindheit gehabt hatte – vor langer, langer Zeit, so fern, daß ich sie auch in einer Geschichte hätte gelesen haben können –, aber ich war nie jung gewesen, nicht auf eine sorglose, alberne, leichtsinnige Weise. Ich hatte Maxim geheiratet, mich in ihm verloren und in Manderley und darin, was uns dort widerfahren war, doch ich wußte, daß ich auf eine sehr tief gehende, grundlegende Weise nicht erwachsen war, nicht reif, keine erwachsene Frau, obwohl ich mich oft wie in mittleren Jahren oder sogar noch bedeutend älter fühlte – ein seltsamer Zustand. Ich war Maxim eine Ehefrau und ein Kind zugleich, und in unserem Exil hatte ich mich wiederum wie eine Mutter gefühlt, die ihn fürsorglich an der Hand führte.

Wir schritten gemächlich durch die Gärten, die einen auf geheimnisvolle Weise dazu veranlaßten, langsam zu gehen; man konnte sich nicht vorstellen, hier herumzurennen, vergnügte Unterhaltungen oder Kinderlachen zu hören. Wie Manderley, dachte ich. Das ist der Grund, warum er hier glücklich ist, warum das Haus ihm so gefällt, es ist wie Manderley: grau und riesig, ja übermächtig, aber auch harmonisch und still.

Es schlenderten noch einige andere Leute herum wie wir, feierlich dreinblickende Paare, die kaum miteinander sprachen, und als wir wieder auf der Vorderseite der Villa anlangten, sahen wir, daß sie sich alle am Fuß der Treppe zu einer Gruppe zusammenfanden.

Maxim schaute auf seine Uhr. »Vier Uhr. Es wird eine Führung durch das Haus gemacht. Wir können uns ja anschließen. Das Haus ist ein bißchen überladen, aber es gibt ein paar wunderschöne Dinge – auch Bilder, glaube ich. Ich erinnere mich nicht an alles.«

Ich hatte keine große Lust, das Innere der Villa zu besichtigen, viel lieber wäre ich weiter die Kieswege zwischen den

Springbrunnen entlanggewandert. Und ich wunderte mich, daß Maxim eine solche Tour vorschlug; vor gar nicht langer Zeit wäre er ihr mit Sicherheit aus dem Weg gegangen, denn unter den Leuten, die solche Besichtigungen machten, konnten immer welche sein, die uns erkannten und anstarrten. Jetzt jedoch schien er sich deswegen nicht die geringsten Sorgen zu machen.
Eine junge Frau stand an der Treppe vor dem Eingang zur Villa: hochgewachsen, schlank, mit makelloser italienischer Eleganz gekleidet, das Haar straff aus dem schmalen Gesicht gekämmt und mit einem schwarzen Kamm zusammengehalten. Sie war die Art Frau, die mir sofort das Gefühl gab, fade und schlecht angezogen zu sein, und mir die zerbrochenen Knöpfe an meiner Strickjacke und meine schlechte Körperhaltung bewußtmachte.
Ich fürchtete Frauen wie sie nicht aus einer Unsicherheit heraus, die Maxim betraf – der Gedanke, daß er sich für eine andere interessieren könnte, war mir niemals gekommen. In keinem Moment unserer Ehe hatte ich befürchtet, er könne mir untreu werden, obwohl ich mich manchmal immer noch fragte, warum er mich geheiratet hatte, warum er anscheinend ganz zufrieden war und mich so liebte wie ich ihn. Ich starrte oft in den Spiegel und verstand es nicht. Es gab nur eine Frau, vor der ich mich geängstigt hatte, nur eine Rivalin, aber das war lange vorüber.
Doch der Anblick dieser Italienerin, die jetzt leichtfüßig und anmutig wie ein Vogel die Treppe hinauflief, erinnerte mich daran, und das Foto von Rebecca erschien vor meinem geistigen Auge, und ich stellte mir vor, wie sie zu der Balustrade hinauflaufen würde, als sei sie die Herrin der Villa.
Wir trotteten gehorsam hinter ihr die Stufen hinauf, eine Gruppe von etwa zwölf interessierten und höflichen Leuten, und weil Maxim hineingehen wollte, folgte ich, aber als wir

dann die riesige, schattige Halle betraten, war ich sicher, daß mir hier nichts gefallen würde: Alles wirkte bedrohlich auf mich, vollgestopft mit schweren, kalten, unpersönlichen Dingen. Und so war es auch. Die Führerin sprach mit einer harten, hohen, schnellen Stimme italienisch, und ich verstand kein Wort, aber auch Maxim schien verwirrt: Wenn sie auf dieses oder jenes deutete, wandte er den Blick ab und betrachtete einen anderen Teil des Raumes. Ich fragte mich, weshalb er hatte hierherkommen wollen – vielleicht wirklich einfach aus Nostalgie. Er hatte erzählt, er habe die Villa zum erstenmal mit siebzehn gesehen; wie er wohl damals gewesen war – jungenhaft, unbeholfen? Aber ich konnte es mir nicht vorstellen.
Wir gingen von einem hohen Raum in den nächsten; unsere Schritte hallten auf den Böden, die in strengen Mustern gefliest waren, und es gab bemalte Decken und geschnitzte Girlanden aus Früchten und Weinreben und Efeu, die sich um die Türstöcke rankten. Ich stellte mir vor, daß Leute hier Musik gehört und in Grüppchen zusammengestanden und geplaudert hatten. Sie hatten an üppig gedeckten Tischen gegessen und niemals impulsiv gehandelt, waren nie unkorrekt gekleidet. Und niemals hatten sie all die normalen, alltäglichen Dinge getan wie lachen, herumrennen, streiten, kein Geschirr war klirrend zu Bruch gegangen, keine Kinder hatten gelärmt.
Je tiefer wir in dieses beeindruckende und vollkommene Haus vordrangen, um so mehr stieß es mich ab. Ich mochte es nicht, aber immerhin fürchtete ich mich nicht im geringsten davor, es schüchterte mich nicht ein, und darauf war ich stolz.
Ich folgte an Maxims Seite etwa eine halbe Stunde lang der Führung, aber da ich immer gelangweilter und ruheloser wurde und viel lieber wieder hinaus in den sonnenbeschie-

nenen Garten wollte, blieb ich allmählich zurück und bog in einen Korridor ab, während die anderen zu einer entfernteren Galerie davoneilten. Der Anblick der nichtssagenden Drucke von Amphitheatern und dem Kolosseum, die hier an den Wänden hingen, wirkte merkwürdig besänftigend auf mich, und meine innere Unruhe schwand dahin.
Die Stimme der Führerin und die Schritte verklangen. Niemand hatte mein Zurückbleiben bemerkt, aber ich nahm an, daß Maxim mich bald suchen würde. Einige Meter vor mir, am Ende des breiten leeren Ganges, führte eine Treppe nach oben. Als ich die Stufen hinaufstieg, vorbei an geschlossenen Türen, fühlte ich mich wie ein Kind in einem Traum, das alleine durch ein Haus wandert und jemanden oder etwas sucht, ohne zu wissen, wen oder was. Da ich niemandem begegnete, nahm ich an, daß die Villa unbewohnt und verlassen war, abgesehen von dem gelegentlichen Zustrom von Führern und Besuchern.
Die Treppe verengte sich, und das letzte Stück war ziemlich steil. Es war dunkler hier, weil durch die schmalen Oberlichter nur feine Pfeile staubigen Sonnenlichts drangen, aber es gab auch weiter nichts zu sehen, keine Bilder, keine Möbelstücke. Zuerst wollte ich ganz hinaufsteigen, weil ich den abergläubischen Zwang verspürte, zuerst den Fuß auf die oberste Stufe setzen zu müssen, bevor ich den Rückweg antrat, doch als ich es tat, sah ich vor mir ein Lichtrechteck, das auf den kahlen Boden fiel, und bemerkte, als ich darauf zuging, daß zwei Fensterläden halb offenstanden, in der Mitte aneinandergelehnt. Ich drückte sie sanft auf und sah, als mehr Licht einfiel, daß ich in einer Art kleinem Erker stand. Das Fenster war nicht verglast, das Ganze also ein offener Raum wie ein Balkon mit einem Sims darum, Teil einer ganzen Reihe von offenen Erkern, die sich an der Rückseite der Villa entlangzog.

Was ich sah, überraschte mich; mir schien, als hätte ich endlich den Sinn des Hauses entdeckt. Direkt unter mir lagen der Obstgarten und der Olivenhain, die gepflegten Gärten wirkten wie ein exakt gemusterter Teppich, und jenseits davon, zur Zufahrt und den großen Torflügeln abfallend, erstreckten sich die baumbestandenen Hänge, die wir auf dem Herweg erklommen hatten. Dahinter, in der Ferne, lagen, blau und grau und violett am Ende des Tages, die Dächer und Kuppeln, die Türmchen und Campanili der Stadt und, kaum noch auszumachen, der Fluß, der sie durchfloß.
Es war wunderschön, atemberaubend – und es gehörte mir ganz allein in diesem Moment, wie ein Geheimnis, das ich entdeckt hatte und für mich in Anspruch nahm, indem ich mir einredete, es sei noch niemals jemand vor mir hiergewesen. Ja, er war einzigartig, der Blick von hier oben, unvergleichlich viel schöner als die langweiligen, pompösen Räume und Statuen und kalten Korridore der übrigen Villa.
Doch dann, als ich mich vorbeugte und gerade nach unten schaute, war auf einmal alles ganz anders. Plötzlich schien die steinerne Terrasse mit ihren Pflanzschalen, Löwen und Kübeln mit beschnittenen kleinen Bäumen auf mich zu warten, auffordernd, verführerisch. Ich begann zu zittern, die Kehle wurde mir eng, meine Handflächen waren feucht und rutschig, als ich den Sims packte.
Die Gärten waren leer, ganz leer, die Schatten lagen lang und dunkel da wie die Schatten hochgewachsener Frauen, die dort standen, streng, abwartend. Und dann kam die Stimme, flüsternd. Ich spürte beinahe ihren Atem auf meinem Nacken, sah die schwarze Seide ihres Ärmels, ihre Hand auf dem Fensterladen neben mir ruhen. Wenn ich mich umschaute, würde ich sie sehen.
»Es hat keinen Sinn, nicht wahr? Sie werden sie niemals

besiegen können; sie ist noch immer die richtige Mrs. de Winter – nicht Sie. Und was ist mit ihm? Sie kennen die Wahrheit, nicht wahr, und ich kenne sie auch, und Sie können sie nicht vergessen. Wir werden Sie sie niemals vergessen lassen. Sie wird es nicht zulassen. Sie ist noch da, sie ist immer da. Sie dachten, sie sei in die Vergangenheit entschwunden, daß sie Ruhe geben und still bleiben würde, aber sie wird niemals still bleiben, das werde ich nicht zulassen. Sie will, daß ich ihr helfe, und ich werde es tun. Ich habe sie niemals im Stich gelassen, niemals, und ich werde sie auch jetzt nicht im Stich lassen. Ich werde hiersein, ich werde für sie sprechen, weil sie es nicht kann. Er hat sie umgebracht, nicht wahr? Wir wissen es alle. Ich weiß es. Sie weiß es. Sie wissen es. Er hat sie ermordet. Maxim de Winter erschoß seine Frau, schaffte ihre Leiche auf das Boot und fuhr hinaus und brachte es zum Sinken, damit es wie ein Unfall aussähe. Aber es war kein Unfall. Es war Mord. Sie ist nicht ertrunken. Ich kenne die Wahrheit, wissen Sie. Ich habe es von Anfang an vermutet, und jetzt weiß ich es. Und Sie wissen es auch, und es ist schlimm für Sie, nicht wahr? So schwer. Sie müssen den Rest Ihrer Tage damit leben, und Sie können es niemals *nicht* wissen, niemals entkommen, gleichgültig, wohin Sie gehen, zu einem anderen schönen Ort, einer ruhigen, abgelegenen kleinen Stadt, es spielt keine Rolle. Sie müssen damit leben – und mit ihm. Jeden Morgen, wenn Sie aufwachen, müssen Sie ihn ansehen, und dann erinnern Sie sich. Dieser Mann ist ein Mörder. Dieser Mann hat seine Frau erschossen. Er tötete Rebecca. Er ist jetzt Ihr Ehemann. Wenn Sie abends schlafen gehen, sehen Sie ihn neben sich, und es ist Ihr letzter wacher Gedanke, und er folgt Ihnen in Ihre Träume, und sie sind grauenvoll und beängstigend!«

Die Stimme hörte nicht auf, sie verstummte nicht, sie stieg

nicht an, sie senkte sich nicht. Monoton und leise reihten sich die Worte unaufhörlich aneinander, verführerisch wie Musik, der ich einfach lauschen mußte.

Die Stimme war in meinem Kopf, doch sie war auch außerhalb von mir, separat. Ich fühlte mich schrecklich schwach, und doch konnte ich nicht das Bewußtsein verlieren, es gab keine Möglichkeit, auf diese Weise zu entkommen.

Ich öffnete meine Augen, die halb geschlossen gewesen waren, und schaute wieder hinab. Das Licht hatte sich verändert, war zu Abendlicht geworden, wunderschön bernsteinfarben und rosa, ein duftendes, durchsichtiges Sonnenlicht, das mich zu sich hinzog.

»Ja«, flüsterte die Stimme. »Das ist der Weg, nicht wahr? Sie wissen es jetzt, Sie erinnern sich. Sehen Sie dort hinunter. Es ist ganz einfach. Warum springen Sie nicht? Es tut gar nicht weh, wenn man sich das Genick bricht. Es ist ein ganz schneller, freundlicher Tod. Warum versuchen Sie es nicht? Warum gehen Sie nicht? Es würde alles lösen. Sie brauchen sich nie mehr zu erinnern, niemand könnte Sie dort erreichen. Haben Sie keine Angst. Ich werde Ihnen keinen Stoß geben. Ich habe Sie auch das letzte Mal nicht gestoßen, nicht wahr? Ich werde Ihnen doch nicht noch helfen. Sie können von selbst springen. Er wird nie erfahren, weshalb, es wird wie ein schrecklicher Unfall aussehen, und das wird es auch sein, nicht wahr? Er wird nicht erfahren, daß ich hier war. Er glaubt, ich sei tot. Und Sie glauben es auch. Alle glauben es. Mrs. Danvers, so tot wie ihre Herrin. Warum verlassen Sie uns alle nicht für immer? Sie wollen es doch, nicht wahr? Sie haben nie gewagt, es ihm zu sagen – daß Sie sich manchmal vor ihm fürchten, weil er ein Mörder ist. Sie werden niemals glücklich mit ihm sein, wie weit Sie auch laufen, und auch nicht, wenn Sie zurückgehen und versuchen, das neue Leben zu beginnen, von dem Sie dachten,

daß Sie es wollten. Sie können uns nie abschütteln. Warum springen Sie nicht und machen allem ein Ende?«
»Nein«, flüsterte ich zurück. »Nein. Lassen Sie mich in Ruhe. Sie sind nicht real, keine von Ihnen beiden. Sie kann mir nichts tun, und Sie können es auch nicht. Verschwinden Sie, Mrs. Danvers!« Und dann schrie ich auf und trat zurück, und meine Stimme folgte mir wie ein Echo, das hohl aus den Tiefen der See heraufdringt. »Nein, nein, nein«, rief ich, als ich fiel.

Alle waren fürsorglich und hilfsbereit, und Maxim war am besorgtesten von allen. Die Erinnerung an seine Zärtlichkeit sollte mich in den nächsten Tagen wärmen, während ich in einem kleinen, sonnigen Wohnzimmer saß, das auf den Innenhof unserer Pension und auf eine Seitenstraße hinausging. Die Signora hatte darauf bestanden, mich dort unterzubringen; ich dürfe nicht den ganzen Tag auf unserem Zimmer sein, das wäre bedrückend, und meine Stimmung sollte doch gehoben werden. Nein, sie werde nicht zulassen, daß ich Trübsal blies. Schließlich sei ich nicht krank, sondern brauche lediglich Ruhe und Fürsorge, müsse mich verwöhnen lassen. Tagtäglich kam und ging sie auf leisen Sohlen und bemutterte mich, brachte mir kleine Teller mit verführerischem Obst, reifen Feigen und den letzten Pfirsichen, Mineralwasser und kleine Mandelplätzchen, aber ich begriff erst nach einer Weile, daß sie dachte, ich erwarte ein Kind. Auf ihrem Gesicht stand eine Mischung aus mütterlicher Besorgnis, Schüchternheit und Mitgefühl, die mich rührte. Ich hätte ihr gerne die Freude gemacht, ihr sagen zu können: Ja, ja, so ist es.
Auf der anderen Seite des Innenhofs war ein Tor in die Mauer eingelassen. Es führte zu einer Gasse, an deren Ende sich, wie ich erfuhr, ein Konvent befand. Darin war

auch ein Kinderhort untergebracht, und mehrmals am Tag hörte ich die hohen, klaren Stimmen der Kinder wie schwatzende, kleine Vögel, die sich zu Schwärmen zusammenscharten, um zur Schule zu gehen, die lachten, riefen, jauchzten. Durch ein offenes Fenster klangen der Singsang von Abzählreimen und ihr liebliches, herzerwärmendes Singen.

Ich sah die Kinder nie, aber das war auch nicht nötig, ich konnte sie mir sehr gut vorstellen. Dabei war ich nicht sicher, ob ihre Gegenwart mich glücklich machte oder meinen Kummer noch verstärkte.

Ich war nicht krank, das mußte ich immer und immer wieder beteuern. Es war mir entsetzlich peinlich gewesen, als man mir die Stufen hinuntergeholfen und mich dann in der Eingangshalle auf einen Stuhl gesetzt hatte, der mit seiner hohen Lehne fast wie ein Thron wirkte. Eiswasser wurde geholt, nach einem Wagen geschickt, und ich bemerkte die verstohlenen Blicke der Leute, bevor sie sich abwandten.

Es sei mir nur schwindlig geworden, sagte ich, es habe an der Höhe gelegen oder an der plötzlichen Helligkeit, als ich ans Fenster getreten sei; vielleicht hätte ich auch zum Mittagessen ein Glas Wein mehr getrunken, als vernünftig war, zumal ich kaum etwas vertrug. Auf dem Korridor, im Wagen und in der Pension hatte Maxim mich mit so viel Liebe, mit solch besorgter Zärtlichkeit angesehen; immer wieder erschien sein Gesicht vor meinem geistigen Auge, und wenn es geschah, empfand ich Schuldbewußtsein und Scham darüber, was ich über ihn gedacht, was ich der Stimme in meinem Kopf weiter und weiter zu flüstern gestattet hatte, denn sie hatte nur in meinem Kopf existiert, das wußte ich. Ich hatte sie mir eingebildet, war einer Sinnestäuschung erlegen, aber hatte nichts getan, um sie zum Schweigen zu bringen. Ja, ich war so fasziniert von ihr gewesen, daß ich es auf eine entsetzliche Weise beinahe genoß, ihr zu lauschen.

Ich wünschte, ich hätte jemanden zum Reden gehabt, und indem ich mir diesen Wunsch eingestand, wurde mir klar, daß ich keine Freundinnen hatte, niemals gehabt hatte – nicht die Art von verständnisvollen, fröhlichen Vertrauten, wie andere Frauen sie stets haben, ehemalige Schulkameradinnen, Schwestern oder Cousinen, die Ehefrauen von Kollegen ihrer Männer ... Ich hatte nie Freundschaften gepflegt; als Einzelkind ohne nähere Verwandte aufgewachsen, war ich als bezahlte Gesellschafterin zu Mrs. Van Hopper gekommen, doch auch das war keine Freundschaft gewesen, ich hätte niemals über etwas Persönliches mit ihr sprechen können, und solange ich bei ihr war, hatte ich Geheimnisse vor ihr gehabt, Dinge vor ihr verborgen. Schließlich war Maxim in mein Leben getreten, und danach hatte ich niemanden mehr gebraucht, hätte gar keinen Raum in meinem Herzen dafür gehabt. Es waren zwar Horden von Besuchern zu uns nach Manderley gekommen, endlos viele Bekannte und Nachbarn, aber allesamt waren sie älter als ich gewesen, und keiner von ihnen stand mir auch nur im geringsten nahe, keiner war an mir interessiert, außer vielleicht aus Neugier. Nur Frank Crawley hätte ich als einen Freund bezeichnen können – loyal gegenüber Maxim, absolut diskret, ein Fels in der Brandung, wenn ich einen brauchte, um mich daran zu klammern – aber kein Freund in dem Sinn, wie ich es jetzt meinte und brauchte. Und dann Beatrice – mit ihr hätte ich sprechen können, dachte ich, sie mochte mich. Aber Frank war Maxims Angestellter gewesen und Beatrice seine Schwester, keiner der beiden hatte einfach mir gehört, auf meiner Seite gestanden, obwohl es keine Sache von »Seiten« sein sollte, das wußte ich – und daß ich in solchen Bahnen dachte, war ein weiterer Grund, mich schuldig zu fühlen.

In jenen paar Tagen begann ich mich selbst zu bedauern, und das machte mich krank. Eines Nachmittags ertappte ich mich dabei, wie ich in meinem Selbstmitleid schwelgte, mich darüber grämte, daß ich nie eine Jugend gehabt hatte oder Freunde, daß ich dazu gezwungen gewesen war, Maxim zuliebe auf das zu verzichten, was ich so sehr gewollt hatte; und daß ich mir Kinder wünschte und keine bekommen hatte, es vielleicht nicht könnte.
Maxim hatte mich allein gelassen, um eine seiner Lieblingsgalerien noch einmal aufzusuchen, deren formstrenge, gekünstelte Bilder mir nicht besonders gefielen. Er war ohne mich gegangen, obwohl ich angeboten hatte, ihn zu begleiten, um nicht ständig untätig herumzusitzen.
»Ich bin nicht krank«, hatte ich gesagt. »Ich bin vollkommen in Ordnung, Maxim. Ich hätte nie gewollt, daß soviel Aufhebens gemacht wird. Ich muß nicht wie eine Invalide behandelt werden.«
Er stand vor mir und schaute auf mich herunter, sanft und nachsichtig, aber genau das erzürnte mich, ich fühlte mich von oben herab behandelt, wieder zum unmündigen Kind degradiert.
»Geh nur«, sagte ich. »Ich treffe dich später. Wir können in dem Café an dem alten Brunnen ein Eis essen.«
»Wirst du schlafen?«
»Ich bin nicht müde.« Und schon wieder fühlte ich mich schuldig, weil ich seine Besorgnis zurückwies. »Ich könnte es tun, aber ich bin nicht krank. Bitte glaube mir, es war wirklich nichts, überhaupt nichts.«

Es war Nachmittag. Still lag der Herbstsonnenschein auf den alten Mauern des Innenhofs. Ich hörte, wie die Signora vorne im Haus mit jemandem sprach, dann hinausging und die Tür schloß. Von den Kindern im Konvent war nichts zu hören, wahrscheinlich hielten sie ihren Nachmittagsschlaf. Ich fragte mich, wie lange wir wohl noch so weitermachen und ob wir uns bis ans Ende unseres Lebens auf der Flucht befinden würden. Mittlerweile glaubte ich es wirklich. Mit Maxim konnte ich darüber nicht sprechen. Wir waren wieder weit voneinander entfernt, dachte ich plötzlich, aber ich wußte nicht, warum oder wie es dazu gekommen war. Einst waren wir durch Stürme in ruhige Gewässer gelangt und einander viele Jahre so nahe gewesen, wie zwei Menschen es sein können. Jetzt war diese Einheit zerstört, und ich fragte mich, ob es in einer Ehe vielleicht ganz normal sei, daß sie einen ständig in Bewegung hielt und Veränderungen aussetzte, daß sie einen hierhin und dorthin trug, zusammenführte und dann wieder trennte, fast willkürlich, als triebe man auf einem Meer – oder waren wir ganz und gar nicht machtlos, sondern taten es willentlich, verursachten selbst all die Unruhe in unserem Leben durch das, was wir wollten und dachten und sagten und taten? War unser Willen nicht ebenso entscheidend wie äußere Ereignisse, die Wechselfälle des Lebens? Ich verbrachte eine Stunde oder mehr damit, mir all diese Fragen zu stellen, darüber nachzugrübeln, aber schließlich war meine Verwirrung größer als vorher, und ich wußte nicht mehr, wozu all das Grübeln überhaupt führen sollte. Warum konnte ich nicht einfach in Ruhe leben, ohne quälende Gedanken und Ängste, die mich durcheinanderbrachten und verunsicherten – und Maxim dadurch ebenfalls.

Vielleicht täuschte ich mich, und ich war gar nicht »vollkommen in Ordnung«. Ich fühlte mich sehr müde, gleichgültig und lustlos. Vielleicht hatte ich deshalb diese flüsternde Stimme gehört und war ohnmächtig geworden. Wie ein immer schneller werdendes Karussell kreisten die Fragen und Gedanken in meinem Kopf, sie kreisten und kreisten und ich mit ihnen, hilflos ausgeliefert, und nach einer Weile fiel ich in jenem stillen Haus in einen kurzen, unruhigen Schlaf.

Als ich aufwachte, nicht ruckartig, sondern ganz sanft, war es später Nachmittag, und mein Blick fiel auf die gegenüberliegende Mauer. Ich nahm an, daß ich sie angeschaut hatte, bevor ich einschlief, ohne jedoch bewußt wahrzunehmen, was ich sah, doch das Bild hatte sein Werk getan, und ich wußte auf einmal die Antwort auf etwas, das mich mehr beunruhigt haben mußte, als ich dachte, ganz klar und deutlich stand sie mir vor Augen.

Eine Kletterpflanze wuchs an der alten Mauer empor, streckte nach links und rechts ihre Triebe aus – wie Menschenarme – und hangelte sich über dem Tor entlang. Es war eine hübsche Pflanze mit dunkelgrünen, gefiederten Blättern und übersät mit Hunderten sternförmiger, reinweißer Blüten, deren süßer Duft vom Wind schwach zu mir herübergetragen wurde. Ich wußte nicht, wie sie hieß, aber ich erinnerte mich jetzt, daß ich sie bei der Villa über einen Torbogen hatte wachsen sehen.

Weiße Blüten auf Grün: Ich mußte sofort wieder an jene anderen Blüten denken, und in diesem Augenblick war ich überzeugt davon, daß es dieses Bild war, das mich tief in meinem Innern gequält und verwirrt hatte, daß es der Grund für beunruhigende Träume und flüsternde Stimmen war, und schuld an dem, was in der Villa geschehen war.

Frank Crawley hatte versucht, mich zu beruhigen. Er hatte

meine Besorgnis wegen des Kranzes, den jemand neben Beatrice' Grab gelegt hatte, beiseite gewischt, sich bemüht, mich davon zu überzeugen, daß er nicht von Bedeutung war, hatte ihn und die Karte als makaberen Scherz abgetan. Jack Favell sei der Übeltäter gewesen, hatte er entschieden erklärt; der Mann sei noch in der Gegend, es habe etwas über ihn in der Zeitung gestanden. Ja, er müsse es gewesen sein, das passe zu ihm, so etwas würde ihm Vergnügen bereiten. Und ich solle die Geschichte einfach ignorieren, vergessen. Sie sei nicht von Bedeutung.

Aber nein, dachte ich jetzt. Nein, es war nicht Jack Favell gewesen, es sah ihm ganz und gar nicht ähnlich. Jack Favell war ein schwacher, unangenehmer, verkommener Mensch, ein Feigling, ein verderbter Lügner, ein Schmarotzer und ein Schwindler, aber nicht bösartig. Ich sah ihn vor mir, groß und stämmig, offensichtlich ehemals leidlich gutaussehend, ein weicher, haltloser Mann mit einem schwachen Kinn und Whiskyatem, lüstern und anzüglich. Rebecca hatte ihn verachtet, und Maxim ebenfalls. Und ich auch, obwohl ich ihn gleichzeitig gefürchtet hatte – aber in jenen Tagen hatte ich jeden gefürchtet. Heutzutage würde ich Jack Favell nicht mehr fürchten.

Nein, der Kranz stammte nicht von ihm. Er besaß nicht den Geschmack und auch nicht die Heimtücke und die Schlauheit, er würde so etwas niemals zustande bringen, wenngleich ihm die Idee dazu gekommen sein mochte. Er hätte niemals mit solcher Sorgfalt so makellose Blumen ausgewählt, niemals mit solcher Durchtriebenheit dafür gesorgt, daß der Kranz neben Beatrice' Grab plaziert wurde. Er wäre vielleicht auf der Beerdigung erschienen – ja, jetzt wurde mir bewußt, daß ich es fast erwartet hatte. Ich wäre nicht überrascht gewesen, ihn an jenem Nachmittag hinten in der Kirche zu entdecken, wenn ich mich umgeschaut hätte, und er hätte mich mit wäßrigen Fischaugen angesehen, Jack Favell mit inzwischen schütterem Haar und Doppelkinn. Aber er war nicht gekommen, hatte wahrscheinlich gar nichts von Beatrice' Tod gewußt.

Nein, der Kranz war nicht sein Werk. Er konnte das R, eine so originalgetreue Kopie ihrer Handschrift, nicht auf die cremefarbene Karte geschrieben haben. Solches Feingefühl besaß er nicht, seine Methoden waren viel durchsichtiger, derb und tölpelhaft.

Es gab nur eine Person auf der Welt, die einen solchen Kranz ausgesucht und das R auf der Karte gefälscht haben konnte. Und nur eine Person war in der Lage, einen so gerissenen, grausamen Streich auch auszuführen.

Die Kinder kamen aus dem Hort. Ihre Stimmen flossen in einem silbrigen Strom über die Mauer, ich hörte ihre trappelnden Schritte, die allmählich verebbten, und dann lag der Hof wieder friedlich da. Doch sie war da. Sie war in meinem Kopf und vor meinen Augen und überschattete sogar diesen unschuldigen, versteckten Ort.

Ich sah sie, wie immer in schwarze Seide gekleidet, mit langen knochigen Händen, die wie Klauen aus den schmalen, schwarzen Ärmeln ragten, sah ihr Totenschädelgesicht mit den vorstehenden Backenknochen und den tief in den Höhlen liegenden Augen. Ich sah das straff zurückgekämmte Haar, flach und glänzend am Kopf anliegend wie das der Führerin in der Villa, und die gefalteten Hände, sah den Ausdruck, mit dem sie mich musterte, verächtlich, hochmütig, oder wie bei anderen Gelegenheiten, wenn Haß darin aufflammte und Abscheu, wenn sie mich demütigte und verspottete und auf so viele feinsinnige und bösartige Weisen versuchte, mein zerbrechliches Glück zu zerstören, und das spärliche Gefühl von Frieden und Sicherheit, an das ich mich geklammert hatte.

Ich sah sie an der Spitze der Dienstboten stehen, die auf der Treppe von Manderley aufmarschiert waren, um mich bei meiner Ankunft als neue Ehefrau formell zu begrüßen; sah sie auf der obersten Stufe der Treppe neben der Galerie stehen und mit ausdrucksloser Miene auf mich herunterschauen, und in der Tür zu Rebeccas Schlafzimmer, wo sie mich ertappt hatte; sah den eigenartigen, fast krankhaft erregten Ausdruck in ihrem Gesicht, ihren triumphierenden, hämischen Blick; und ich sah die boshafte Schadenfreude, die aus ihren Augen leuchtete, als ich an dem Abend des Kostümballs in Manderley so arglos in die Falle getappt war, die sie mir gestellt hatte.
Und ich hörte sie auch, wieder flüsterte ihre Stimme, vertraulich, unangenehm, leise wie eine Schlange.
Ich wußte nicht, wo sie jetzt war. Wir hatten sie nicht wiedergesehen, nachdem wir in jener entsetzlichen letzten Nacht von London nach Manderley gefahren waren. Es hieß, sie habe ihre Sachen gepackt und sei gegangen, ihr Zimmer sei am Nachmittag leer vorgefunden worden. Und danach war der Brand ausgebrochen. Ich hatte nie wissen wollen, was aus ihr geworden war, hatte sie aus unserem Leben tilgen wollen und aus meinem Kopf, damit ihr bedrohlicher Schatten niemals auf meinen Weg fiele oder zwischen Maxim und mich trete.
Mrs. Danvers hatte zu Rebecca gehört, zu ihr und zu Manderley. Ich wollte nichts von ihr. Aber Mrs. Danvers hatte den Kranz geschickt. Ich wußte es. Ich wußte.

Ich verließ das Haus, ohne meine Jacke oder die Handtasche mitzunehmen, rannte fast aus der Pension und die schmale Seitenstraße hinunter zum Brunnen. Maxim war bereits da, saß mit übereinandergeschlagenen Beinen, ein Glas Tee vor sich, an einem der Tischchen.

»Maxim!« rief ich außer Atem, aber bemüht, mir nichts anmerken zu lassen und so unbekümmert und locker zu sein wie er.
»Es geht mir wunderbar«, sagte ich strahlend. »Ist es nicht schön? Es ist immer noch ziemlich warm in der Sonne. Ich bin wirklich vollkommen in Ordnung.«
Ich sah ihn leicht die Brauen runzeln, einen Ausdruck der Verwirrung auf seinem Gesicht. Warum war ich so bemüht, ihn zu beruhigen, warum mußte ich sofort und so eindringlich und fröhlich beteuern, daß es mir gutgehe?
Ich bestellte mir Tee und Zitroneneis. Betont langsam nippte ich an meinem Getränk, aß winzige Portionen des Eises von dem schlanken Löffel mit dem Elfenbeinstiel, und dazwischen lächelte ich Maxim an. Schließlich sagte ich: »Laß uns bald abreisen. Ich hätte gerne eine Veränderung, du nicht? Bestimmt können wir uns anderswo amüsieren, bevor der Winter kommt.«
Wir hatten noch nicht darüber gesprochen. Ich nahm an, wir müßten uns irgendwo niederlassen, wenn das Wetter schlechter würde, doch es war mir nicht wichtig erschienen, wo. Und das tat es immer noch nicht. Ich wollte nur unbedingt von hier fort, denn dieser Ort war jetzt besudelt, ich könnte hier nicht länger entspannt sein, nicht mehr durch die Straßen und über die Plätze schlendern, ohne das Gefühl zu haben, über meine Schulter blicken zu müssen. Wir mußten wieder weiter, einen Platz finden, der noch nicht verdorben war. Jetzt war *ich* die Ruhelose, diejenige, die davonlaufen mußte, immer weiter und weiter, obwohl es zwecklos war, und wovor ich davonlief, war in mir selbst, ich würde es mit mir tragen, wie weit wir auch reisen würden.
Maxim beobachtete mich. Das kalte Eis schmerzte in meinem Hals, wenn ich es herunterschluckte.
Ich durfte nicht noch einmal darum bitten, dachte ich, er

würde mißtrauisch werden und mir Fragen stellen, und ich könnte nicht antworten. Ich könnte niemals ihren Namen aussprechen – keinen jener Namen aus jener anderen Welt. Und dann lächelte er. »Ja«, sagte er, »ich dachte, wir fahren wieder nach Venedig.«

Als wir zur Pension zurückgingen, wurde es dunkel, die Luft war kalt. Aus einer Laune heraus nahm ich nicht den Vordereingang, sondern führte Maxim ein paar Meter weiter und die Gasse hinauf, die zu dem Hoftor führte.

»Ich möchte dir etwas zeigen«, erklärte ich ihm. »Ich hatte es vorher nicht richtig wahrgenommen, doch dann, als ich heute nachmittag aufwachte, sah ich es. Es ist entzückend, und es duftet so süß – aber ich weiß nicht, was es ist.«

Warum wollte ich ihn dort stehen sehen, bei der Kletterpflanze? Ich würde ihm nicht von dem Kranz erzählen, und doch, sie ihm zu zeigen schien eine Möglichkeit, es zu erzählen, eine Möglichkeit, beides in meinem Kopf zu verbinden, und das Bedürfnis, das zu tun, war so stark, daß es mich ängstigte.

»Schau.«

In der Dämmerung trat das Blattwerk in den Hintergrund, und die winzigen Blüten hoben sich bleich und geisterhaft dagegen ab. Ich streckte die Hand aus und berührte eines der Blütenblätter mit dem Finger. Maxim stand mit dem Profil zu mir. Sein Gesicht war ebenfalls bleich.

»Ja«, sagte er. »Ein hübsches Ding. Man sieht sie häufig in den Mittelmeerländern – eine letzte Blütenpracht vor dem Winter.« Er brach einen Trieb ab und hielt ihn mir hin. »Das ist Echter Jasmin, der wächst nur hier im Süden.« Und er wartete, so daß ich schließlich gezwungen war, den Zweig zu nehmen und ins Haus zu tragen.

Als wir zwei Tage später ankamen und endlich über das offene Wasser der Lagune auf jene magische Stadt zufuhren, waren Sommer und Herbst dem Winter gewichen, ohne eine Spur zu hinterlassen. Der Wind war kalt, peitschte das Wasser und blies uns ins Gesicht, so daß wir unter Deck flüchteten, und als wir an der Haltestelle San Marco ausstiegen, glänzten die Steine der Straßen und der Platz vor uns regennaß. Es herrschte kein Touristenrummel, nur Venezianer verließen das Boot mit uns: Männer mit Aktentaschen, die ihren Mantelkragen hochschlugen und heimwärts eilten, und einige alte Frauen in Schwarz, die Köpfe gesenkt, mit Einkaufstaschen aus Raphiabast.

Venedig war auch im Winter schön, dachte ich, es konnte einen nie enttäuschen. Staunend blickte ich über das Wasser hinter mir zu S. Maria della Salute und weiter hinaus zu der Insel, von der sich der so vollkommene Turm von San Giorgio erhob, dann nach links den Canal Grande hinunter, so weit ich konnte, bevor er in der Dämmerung zwischen den hoch aufragenden Häusern verschwand. In mir war nicht nur Freude, sondern auch ein seltsames Gefühl der Unwirklichkeit, als könne ich die Szenerie mit einem Augenzwinkern wegzaubern. Als wir das letzte Mal hierherkamen, war Frühling gewesen, die Gebäude hatten in dem zarten, blassen, frühen Sonnenlicht geglitzert, aber auch damals hatte ich dieses Gefühl der Unwirklichkeit gehabt, nur noch stärker, denn ich war frisch verheiratet mit Maxim und völlig durcheinander, überrumpelt durch die neue Situation und die Geschwindigkeit, mit der alles geschah, hingerissen von ihm und all dem Schönen, für das unsere junge Ehe mir die Augen öffnete.

Ich erinnerte mich an so wenig aus jener Zeit, hatte es nie getan, denn im nachhinein sah ich es immer als Intermezzo, als Zeit sorgloser Freude und Freiheit von Verantwortung, bevor wir in die reale Welt zurückkehrten und der Alltag uns einholte. An alles, was folgte, in Manderley, erinnerte ich mich bis in jedes Detail, es war wie ein Film, den ich jederzeit wieder ablaufen lassen konnte. Was dagegen Venedig und die anderen Orte betraf, die wir damals – davor – besucht hatten, waren es nur kleine unwichtige Dinge, die aus dem verschwommenen Nebel von Optimismus und Leichtsinn ragten, der über jenen ersten Wochen lag.

Jetzt sah ich Venedig als einen völlig anderen Ort als den, an den ich mich erinnerte; in meinen Augen trug es ein ernsteres, düsteres Gesicht. Ich bewunderte es, ich betrachtete es voller Ehrfurcht, doch als wir dem Gepäckträger, der unsere Koffer schleppte, eine schmale Gasse hinunterfolgten, die an einem Kanal entlangführte, schauderte ich – nicht nur, weil ich müde und durchgefroren war, sondern auch, weil ich mich vor dieser alten, verwinkelten, geheimnisvollen Stadt fürchtete, die uns nie ein wahres Gesicht zu zeigen schien, sondern nur eine Reihe von Masken, die sie je nach Laune wechselte.

Wir hatten wieder eine ruhige, bescheidene Pension gefunden – dafür besaßen wir eine ausgeprägte Begabung, dachte ich, die Quartiere paßten so gut zu uns und zu der Art, wie wir immer auf dem Rückzug zu sein schienen, stets bedachtsam unsere Gesichter abwendend. Ich war inzwischen daran gewöhnt, aber als ich Kleider aufhängte, Dinge zusammenlegte, schwere Schubladen aufzog, stieg plötzlich wieder eine schmerzhafte Sehnsucht in mir auf – nach eigenen Zimmern, nach eigenen Möbeln, nach einem Heim –, und ich schwelgte darin, und Cobbett's Brake erschien wieder vor meinem geistigen Auge, still und ruhig und gelassen. Diesmal wollte ich mich nicht zu schnell von dem geliebten Trugbild trennen, und ich bemaß die Zeit, die ich mir damit

zu verbringen gestattete, reichlich, bevor ich mich auf die Suche nach Maxim machte.
Wir lebten uns recht schnell ein. Wir würden hierbleiben, erklärte Maxim, überwintern – und warum auch nicht? Wir hatten ja wirklich genug Sonnenschein genossen.
Ich war überrascht, wie leicht wir uns auch wieder an das Zusammenleben auf engem Raum gewöhnten, wie wir in eine Routine verfielen, morgens die Zeitung holten, ein spätes Frühstück einnahmen, spazierengingen, interessante Viertel erkundeten, Galerien und Kirchen besichtigten, Menschen beobachteten, den Booten nachschauten, die lautlos über das seidige schwarze Wasser glitten, das Morgen- und Abendrot über dem Campanile genossen. Als wir das letzte Mal hiergewesen waren, hatten wir nur einander angesehen, die Stadt hatte ich gar nicht recht wahrgenommen – nur Maxims Gesicht.
Das Wetter war meistens unfreundlich, der Wind fegte bitter kalt durch Gassen und über offene Plätze, trieb uns nach drinnen. Aber manchmal klarte es auf, und dann spiegelten sich die Häuser leuchtend im Wasser, und die Goldverzierungen an den Wänden und die bemalten Kuppeln funkelten. Auch Nebel gab es, und dann klangen die Schritte, die in Venedig niemals verhallen, die Glockenschläge und das Eintauchen der Ruder gedämpft, und wir verließen den dunklen rotplüschigen Aufenthaltsraum im Hotel nicht, außer um in unser verstecktes Café zu gehen. An solchen Tagen schlich die Zeit dahin, dann sehnte ich mich nach freien, weiten Himmeln, ich dachte an umgepflügte Felder und kahle Bäume und träumte manchmal davon, auf den Klippen über Kerrith zu stehen und zuzuschauen, wie die Brecher heranrasten und über die schwarzen Klippen schäumten..
Eine Weile war Maxim wieder wie früher, in unseren ersten

Jahren im Exil; immer wollte er mich bei sich haben, er las viel, interessierte sich brennend selbst für die belanglosesten Neuigkeiten in den Zeitungen aus der Heimat, die stets ein paar Tage verspätet kamen. Wir lernten Venedig kennen und eine große Anzahl seiner Kunstwerke, auch die Gepflogenheiten des Alltagslebens und einige der Einwohner. Und wir selbst wurden bald zu Experten, die ihre Reiseführer kaum noch zu konsultieren brauchten. Oft machten wir uns einen Spaß daraus, uns gegenseitig über Daten, Geschichte, Dogen und Maler auszufragen – eine angenehme und gleichzeitig lehrreiche Methode, sich die Zeit zu vertreiben.

Ab und zu ertappte ich Maxim freilich dabei, wie er mich anschaute und sein Gesicht sich verfinsterte, aber ich wußte nicht, was er dachte. Wenn ich dann spürte, wie er sich von mir abkapselte, zog ich mich meinerseits zurück, was mir nicht schwerfiel, denn ich hatte meine Träume, in die ich mich versenken konnte, um ein paar Minuten der Nostalgie und hinfälligen Glücks zu genießen.

Briefe trafen ein. Wir hörten von Giles, einmal schrieb Frank, manchmal mußten geschäftliche Schreiben beantwortet werden, aber sie schienen von nur geringer Bedeutung zu sein und Maxim keinen Kummer zu bereiten. Er verbrachte höchstens ein, zwei Stunden mit der Erledigung, an einem Tisch am Fenster in unserem Zimmer, manchmal ging er danach noch aus, alleine, um durch die Straßen von Venedig zu streifen oder mit einem Vaporetto den Canal Grande hinauf- und hinunterzufahren – ein billiges und harmloses Vergnügen.

Weihnachten kam, und es würde ebenso seltsam und fremdartig sein, wie es das in jedem Jahr unseres Exils gewesen war, aber ich war daran gewöhnt und dachte, ich würde es auch dieses Jahr nicht anders empfinden als sonst. Wir würden unsere Geschenke austauschen, das essen, was man zu Weihnachten eben hier aß, und ich würde in eine ausländische Kirche gehen und die Messe hören, in einer Sprache, die ich nicht verstand, aber ansonsten würde der Tag ähnlich vergehen wie alle anderen.

Die Messe hörte ich nicht in einer der prächtigen Hauptkirchen mit den herausgeputzten Menschenmassen, San Marco oder S. Maria della Salute, denn ich war nicht mehr erpicht auf öffentliche Zurschaustellung als sonst. Statt dessen stand ich früh auf, verließ den noch schlafenden Maxim und ging durch Seitenstraßen und über abgelegene menschenleere Plätze, bis ich hinter der Rialtobrücke zu einer Kirche kam, die ich eines Tages bei einem meiner Spaziergänge entdeckt und die mir gefallen hatte, weil sie still war und schlichter als in Venedig üblich, nicht üppig vergoldet oder voller kostbarer Gemälde, sondern eine bescheidenere, eine bodenständigere Kirche, wie mir schien. Hier kam niemand her, um zu sehen oder gesehen zu werden, und ich in meinem grauen Mantel mit dem Pelzkragen und dem Hut würde überhaupt nicht auffallen.

Maxim wollte von Kirchgängen nichts wissen. Er glaube nicht, sagte er – abgesehen von »einigen Wahrheiten« –, und ich war nie weiter in ihn gedrungen. Tatsächlich war ich nicht ganz sicher, was ich selbst glaubte; ich war in religiösen Dingen ebensowenig bewandert wie in den meisten anderen Dingen, obwohl ich Religionsunterricht gehabt hatte und all die Geschichten aus der Bibel kannte. Aber gebetet hatte ich in diesen letzten Jahren, so viele verzweifelte Gebete, und als Antwort hatte Gott uns jene Gnadenfrist gewährt, die es uns in all den Jahren ermöglicht hatte, einander nah zu sein und ein Leben in Frieden zu führen.

Ich mischte mich unter Familien und alte Frauen in schwarzen Mänteln, die Arm in Arm dahinschlurften, nickte, wenn mich ein Blick oder ein höfliches Lächeln traf, schlüpfte in die Kirche und nahm auf einer der hinteren Bänke Platz. Und während ich dasaß, zwischen großen Krügen mit Zweigen und Wachsblumen, warm beschienen von frisch angezündeten Kerzen, und der sich hebenden und senkenden Stimme des Priesters und den gemurmelten Antworten der Gemeinde lauschte, betete ich darum, erlöst zu werden von den bösen Gedanken und Erinnerungen, den flüsternden Stimmen, betete, endlich vergessen zu können. Ich hatte Gott auch bitten wollen, er möge mir helfen, mit dem zufrieden zu sein, was wir hatten, dafür dankbar zu sein – doch als ich mich hinkniete, erkannte ich, daß ich es nicht konnte. Ich fühlte eine ungeheuere, wilde Wut in mir aufwallen: Da lag es vor mir, Cobbett's Brake, und wieder war in mir dieses große Sehnen, und ich konnte den Blick nicht davon wenden.

Ich wollte Weihnachten so verbringen, wie es sich für ein Paar wie Maxim und mich gehört hätte: Weihnachten in unserem eigenen Haus, mit großen grünen Zweigen, die hereingebracht und um den Kaminsims drapiert worden waren oder auf dem Feuerrost brannten, mit den scharlachroten und weißen durchsichtigen Beeren von Stechpalme und Mistel, den Symbolen englischer Weihnacht, mit den alten englischen Segenswünschen, den vertrauten Liedern, den Tellern voll heißem, üppigem Essen, so gut, wie es nur zu Hause schmeckte. Die Sehnsucht in mir war so groß, daß sie mich bitter machte und meine Gebete versiegen ließ. Ich saß stumm da, sah die endlosen Reihen von Menschen, die zur Kommunion zum Altar schlurften, lauschte dem Gesang und dem Klirren der Kette, während der Weihrauchkessel hin und her schwang, und wartete darauf, daß es vorbei wäre und ich gehen dürfte.

Nebel war von der Lagune hereingekrochen und sickerte in die Durchlässe zwischen den schmalen alten Häusern, hing übelriechend und schwefelig über dem schwarzen Wasser des Kanals, und ich ging, den Kopf gesenkt, schnell zu unserer Pension zurück. Maxim stand in der Halle und unterhielt sich in seinem fließenden Italienisch, ein Glas in der Hand, gutgelaunt mit dem Geschäftsführer.
»Da bist du ja«, sagte er und streckte mir den Arm entgegen, das Gesicht strahlend vor Freude über meine Rückkehr, und wer an meiner Stelle wäre nicht glücklich gewesen über einen so herzlichen Empfang, wäre nicht schnell zu ihm gelaufen, mit keinem anderen Gefühl im Herzen als Liebe? Ich tat es, und ein zweites Glas wurde gebracht, und der Hotelbesitzer küßte mir die Hand, und wir wünschten einander frohe Weihnachten, in einer fremden Sprache, und ich lächelte, und es war überhaupt nicht wie Weihnachten.

Meine Stimmungen waren einem ständigen Auf und Ab unterworfen, so wie es mit allen Dingen im Leben ist, aber ich behielt sie ausnahmslos für mich. Es war mir zum Prinzip, ja, zur Ehrensache geworden, Maxim nicht wissen zu lassen, was ich empfand – obwohl mir natürlich klar war, daß ich ihn damit hinterging. Aber damals schien es mir das beste.
Und so gingen unsere Tage wieder ihren gleichförmigen Gang, und sie waren anspruchslos, friedlich, angenehm, und wir gewöhnten uns sogar schnell an jene bizarre, außergewöhnliche Stadt und nahmen sie am Ende kaum noch wahr, wie eine Selbstverständlichkeit, als wären wir an einem x-beliebigen Ort.
Daß Maxim jetzt ebenfalls Geheimnisse zu haben schien, daß ich ihn immer wieder dabei ertappte, wie er mich seltsam fragend ansah, daß er manchmal eine Weile allein

unterwegs war, um geschäftliche Dinge zu erledigen, beunruhigte mich nicht, aber es überraschte mich. Ich war froh darüber, ich dachte, es müsse bedeuten, daß er an etwas Interesse hatte, das außerhalb unserer abgeschlossenen, nach innen blickenden Welt lag.

Der Januar verging in Düsternis. Es wurde spät hell und früh dunkel, unaufhörlich regnete es, und ein kalter Wind fegte über die Lagune. Das Wasser stieg und stieg, überflutete Anlegestellen und Landungsstege, kroch an den Mauern der Häuser hinauf, überspülte die Piazze. Ein fauliger, dampfiger Geruch stieg uns in die Nasen, sobald wir das Haus verließen, und tagein, tagaus brannte künstliches Licht.

Als die Erlösung kam, brachte sie nicht nur den Anblick der Sonne nach Wochen der Dunkelheit, nicht nur den Hauch von etwas Sauberem und Neuem in der Luft, der uns daran erinnerte, daß es wieder Frühling werden würde, sondern auch etwas ganz anderes und völlig Unerwartetes. Sie kam mit übersprudelndem Glück und einer Erinnerung an jene vergangenen Tage, als ich Maxim kennengelernt hatte, Tage, die noch nichts von den traurigen und unerfreulichen Zeiten ahnten, die später kamen. Sie brachte die frühe Glut unserer Liebe und meine Unschuld zurück und führte mir erneut vor Augen, wie gut es war, daß Maxim mich gerettet hatte.

Es war mein Geburtstag, ein glücklicherer Tag als Weihnachten, denn Maxim versuchte immer, mir nicht nur ein Geschenk zu überreichen, sondern mir irgendeine wundervolle Überraschung zu bereiten, ein Vergnügen, das ich nicht vorausgeahnt haben konnte. Er war sehr gut in solchen Dingen, und so erwachte ich an meinem Geburtstag jedesmal mit diesem kindlichen Gefühl der Vorfreude und voll vibrierender Erregung.

Die Sonne strahlte, und wir gingen sehr früh aus, denn wir würden nicht, wie üblich, bescheiden in unserer Pension frühstücken, sondern im Café Florian, und als wir über die Brücke und hinunter auf die Piazza zugingen, inmitten der zur Arbeit eilenden Venezianer, der Frauen mit kleinen Kindern und Babys, der kleinen Jungen, die zur Schule rannten, leuchtete der Himmel in dem Emailleblau, das man von Renaissancegemälden kannte, und tatsächlich schien mir Renaissance das rechte Wort zu sein für einen solch herrlichen Tag. »Eine Wiedergeburt«, sagte ich, während wir gemächlich dahinschlenderten. »Ein neuer Anfang.«

Maxim lächelte, und plötzlich sah ich sein Gesicht, wie ich es zuallererst gesehen hatte, als er vor so vielen Jahren in dem Hotel an der Côte d'Azur auf dem Sofa saß. Damals war es mir in einer seltsamen Weise mittelalterlich erschienen, wie ein Portrait aus dem fünfzehnten Jahrhundert, ein Gesicht, das in eine befestigte Stadt wie diese, voll von schmalen, holprigen Straßen, gehörte. Und tatsächlich paßte er perfekt hierher, in diese strenge und elegante Stadt, obwohl er ganz und gar nicht aussah wie die Venezianer mit ihren Adlernasen und roten Haarschöpfen.

Der Kaffee schmeckte besser als jeder andere Kaffee seit langem, echter, starker, italienischer Kaffee, ein Kaffee wie in den Jahren vor dem Krieg und vor all den Entbehrungen. Überall sonst war Kaffee ein dünnes, graues, haferschleimähnliches Zeug geworden, aber dieser hier war duftend, stark und schwarz, und die Tassen waren groß, mit einem zarten Goldrand. Als wir uns hinsetzten – nicht im Freien, dazu war es noch zu kalt und zu früh, sondern auf die Plüschbänke neben dem Fenster –, flog ein Schwarm Tauben auf und kreiste um die glitzernden Kuppeln von San Marco, ganz und gar heimisch zwischen den massigen Lö-

wen und den paradierenden Pferden. Wieder und wieder kreisten sie, dann fielen sie auf das Pflaster zurück.
Maxim lehnte sich zurück und schaute mich an, sein Gesicht drückte Belustigung aus. »Es bleibt dir nicht mehr viel Zeit«, sagte er, »mach das Beste daraus.«
Ich wußte sofort, was er meinte.
»Was wirst du tun?« fragte ich. »Wir sollten lieber Pläne machen. Du wirst mich nicht mehr haben wollen.«
»Natürlich nicht. Ich werde dich Schlag Mitternacht verleugnen und dich davonjagen.«
Als ich Maxim kennengelernt hatte, waren wir an einem jener berauschenden, unvergeßlichen ersten Tage in seinem Wagen nach Monte Carlo zurückgefahren. Etwas, irgendeine Bemerkung, hatte mich in die Wirklichkeit zurückgebracht, und vor lauter Kummer und Enttäuschung hatte ich hervorgestoßen: »Ich wünschte, ich wäre eine Frau von sechsunddreißig in einem schwarzseidenen Kleid und mit einer Perlenkette!«
Denn das erschien mir vom Alter und der Weltgewandtheit und Eleganz her der Typ Frau, den Maxim de Winter vorziehen würde, und ich war damals doch soviel jünger, so linkisch und schulmädchenhaft, unerfahren und dumm. Doch mich hatte er geheiratet, mich hatte er gewollt, so erstaunlich und unglaublich es auch gewesen war – und immer noch war, dachte ich jetzt, als ich ihn über das rosa Tischtuch bei Florian hinweg anschaute, ja, immer noch war. Eine Frau von sechsunddreißig in einem schwarzseidenen Kleid und mit einer Perlenkette war genau das gewesen, was er verabscheute, vor dem er hatte fliehen wollen, eine Frau wie Rebecca. Das hatte ich längst begriffen.
Aber in ein paar Jahren würde ich wirklich sechsunddreißig sein. Ich würde zwar niemals schwarze Seide tragen, doch Perlen hatte ich mir insgeheim tatsächlich manchmal ge-

wünscht, denn sie waren schmeichelnd, sanft und weicher als die meisten Edelsteine, die mir seit jeher spröde und abweisend erschienen waren.
Das Alter spielte keine Rolle. Ich wußte inzwischen, daß ich an manchen Tagen älter war, als meine Mutter es gewesen war, so alt, wie es nur möglich war, und an anderen, sehr seltenen Tagen – heute war einer von ihnen – war ich so alt wie damals, als ich Maxim kennengelernt hatte, als würde ich mich nie verändern oder älter werden. Die meiste Zeit jedoch, wenn ich überhaupt darüber nachdachte, war ich von einem langweiligen, unbestimmbaren mittleren Alter.
Aber an diesem Morgen, meinem Geburtstag, war ich ebenso neugeboren wie der Tag, und der Sonnenschein, die Luft, die glitzernde Stadt erfüllten mich mit Freude. Ich würde nie wieder jammern, sagte ich mir, ich würde nie wieder unzufrieden sein, nie wieder nach verlorenen Dingen schmachten, den Blick sehnsüchtig rückwärts gewandt. Das hatte ich nicht nötig.
Der Tag brachte viele kleine Vergnügen, aber die größte Überraschung hob Maxim sich bis zum Abend auf, als er mir sagte, ich solle ein Abendkleid und ein Pelzcape anziehen, und mich dann allein ließ, um sich seinerseits umzuziehen. Ich hatte angenommen, daß wir zu einem unserer kleinen Lieblingsrestaurants in der Nähe der Rialtobrücke spazieren würden, doch er ging nur die Seitenstraße hinunter bis zum Landesteg, und dort wartete eine Gondel wie ein eleganter schwarzer Schwan auf dem schimmernden Wasser, mit Fackeln beleuchtet und am Bug golden glänzend. So waren wir gefahren, als wir das letzte Mal hiergewesen waren, auf unserer Hochzeitsreise; Maxim hatte mich damals oft mit solch romantischen Gesten überrascht, aber das war lange her. Jetzt war ich nicht mehr daran gewöhnt,

unser Leben war einfach nicht so, und ich hatte vergessen, wie gut er in solchen Dingen war.
Ich wollte, daß die Zeit stehenbliebe, daß unsere Fahrt auf dem Kanal, dieses seidige Dahingleiten, ewig währte. Diesmal schaute ich nicht zurück, sehnte mich nach nichts anderem. Ich wollte nur die Gegenwart, an diesem Ort – solche Zeiten sind um so kostbarer, weil sie so selten sind.

Aber es dauerte nicht lange. Bald schon schwebte die Gondel auf einen Landesteg zu, und ich sah die Eingangstüren eines Hotels, die von Türstehern geöffnet wurden, sah den Laternenschein auf dem Wasser hüpfen.
Ich hatte elegante Orte wie diesen nie wirklich gemocht, davon hatten wir beide genug, und doch, ab und zu, war es erregend, ein kurzes, aufregendes vergnügliches Intermezzo, sich festlich anzuziehen und unter Kronleuchtern zu sitzen und sich bedienen zu lassen, ein vollkommen harmloses Vergnügen, denn jetzt war es nur ein Spiel, kein Ausdruck von Lebensstil, kein Mittel zur Selbstdarstellung, wie es das, wie ich wußte, für so viele Leute war, die Maxim früher gekannt hatte – die Maxim und Rebecca gekannt hatten.
Er hatte solche Orte lange Zeit gemieden, denn er fürchtete, daß man ihn sähe und mit Fingern auf ihn zeigte, und ebenso fürchtete er, alte Erinnerungen zum Leben zu erwecken, die so schmerzlich für ihn waren. Deshalb war ich jetzt auch überrascht, daß er mich in das älteste und eleganteste Hotel Venedigs ausführte.
»Du verdienst etwas Besonderes«, sagte er. »Damit habe ich dich wahrlich nicht verwöhnt. Ich war zu langweilig für dich.«
»Aber nein. Ich mag es so und nicht anders. Das weißt du.«

»Jedenfalls habe ich mich viel zu sehr in mich zurückgezogen. Aber ich will mich ändern.«

Wir waren dabei, das Hotel zu betreten, und ich blieb zwischen den betreßten Portiers stehen, die die Glastüren für uns aufhielten. »Nein, ändere dich nicht. So etwas wie das hier wollte ich gar nicht immer.«

»Gewiß. Ich bin auch viel zu alt, um mich zu ändern.«

»Aber ich freue mich so. Wie oft bin ich hier vorbeigegangen und habe hineingeschaut! Es ist so schön – wie ein Palazzo, nicht wie ein Hotel.«

»Das war es ursprünglich auch.«

Wir gingen hinein, betraten den dezent gemusterten, flauschigen Teppich.

»Es ist sehr unwahrscheinlich, daß wir jemanden treffen – falls die Leute immer noch Notiz von solchen Dingen nehmen. Es ist noch keine ›Saison‹ in Venedig.«

Das mochte ja stimmen, aber es waren an diesem Abend dennoch ausgesprochen elegante Leute in dem Hotel, hauptsächlich ältere, auf eine langweilige, altmodische Weise reich, Frauen mit Pelzstolen und Smaragden, in Begleitung glatzköpfiger Männer, Paare, die selbstzufrieden vor sich hin starrten und kaum ein Wort sprachen. Wir gingen unbemerkt zwischen ihnen hindurch, und ich fragte mich, ob wir wohl ebenfalls alt wirkten, ob überhaupt jemals junge Menschen hierher kämen.

Und dann sah ich einen. Er kam über den flauschigen Teppich auf uns zu, zwischen den brokatbezogenen Sofas, den tiefen, rubinroten Sesseln, und ich konnte nicht umhin, ihn anzustarren, weil er jung war, so jung wie die Pikkolos, aber ein Typ, den ich nicht kannte, nicht einordnen konnte. Er war sehr schlank, mit schön gewelltem, dunklem Haar, das aussah, als hätte er es erst Augenblicke zuvor frisch gekämmt. Er trug ein Dinnerjackett und eine schwarze Seidenkrawatte, über die Maxim wahrscheinlich die Stirn runzeln würde, weil sie eine Spur zu breit war; denn das war die Art von Dingen, die er nach all den Jahren außerhalb der Gesellschaft immer noch registrierte und als wichtig betrachtete, ein kleiner, angeborener Snobismus, den ich mir offenbar auch angeeignet hatte. Ich begutachtete den hübschen jungen Mann mit einem ebenso kritischen wie neugierigen Blick. Er verhielt für eine Sekunde den Schritt, um unserem Ober Zeit zu geben, zurückzutreten, damit er seinen Weg fortsetzen könne, und ich sah, was für einen schön geschwungenen Mund, was für einen makellosen Teint er hatte, doch ich bemerkte auch einen unzufriedenen, leicht herablassenden Ausdruck in seinem Gesicht. Wohl ein jüngerer Sohn oder Enkel, mutmaßte ich, der einen Urlaub mit älteren Verwandten ertragen mußte und sich nach nichts anderem sehnte, als von ihnen wegzukommen, jedoch verpflichtet war, dabeizusitzen und zuzuhören, wenn sie sich über Leute unterhielten, die ihn nicht interessierten, Bridge zu spielen, langsam in Venedig herumzuspazieren und niedere Dienste zu leisten – denn er hielt ein Kuvert in der Hand und ein Brillenetui, die, dessen war ich sicher, nicht ihm gehörten. Wahrscheinlich rechnete er sich Chancen auf eine Erbschaft aus und mußte deshalb parieren, sorgsam darauf bedacht, keinen Unwillen zu erregen, damit man ihn nicht aus dem Testament strich.

All meine Spekulationen nahmen nur einen Augenblick in Anspruch; der junge Mann war schnell charakterisiert, eingeordnet, nicht mehr von Interesse. Dennoch schämte ich mich für mein voreiliges Urteil, so daß ich, als er zu uns herüberschaute und meinen Blick auffing, halb lächelte, bevor ich verlegen wieder wegschaute. In seinen Augen flackerte es auf, vielleicht zuckten seine Mundwinkel leicht,

bevor er weiterging. Maxim schaute mich mit einer hochgezogenen Augenbraue an, begriff sofort, was ich gedacht hatte und zu welchen Schlüssen ich gekommen war. Er stimmte vollkommen mit mir überein, ich wußte es, er brauchte es nicht auszusprechen. Er sah belustigt aus.
Im selben Moment hörte ich eine Stimme von dem Sofa in der Ecke direkt hinter uns, eine laute Stimme, griesgrämig, vorwurfsvoll, eine Stimme, die mich trotz all der Jahre, die vergangen waren, auf der Stelle in ein linkisches, schlecht angezogenes Mädchen von einundzwanzig Jahren zurückverwandelte.
»Meine Güte, Sie haben sich aber Zeit gelassen, was immer Sie auch getan haben. Ich kann mir nicht erklären, warum Sie sie nicht auf Anhieb gefunden haben.«
Maxim und ich starrten einander an, unsere Augen weiteten sich vor Unglauben.
»Jetzt setzen Sie sich wieder hin, stehen Sie nicht blöd herum, das kann ich nicht leiden. Nein, nicht da – dort. Genau. Und jetzt geben Sie mir den Umschlag, ich bin sicher, er enthält den Ausschnitt, um den es mir geht. Es war eine Fotografie im *Paris Soir* – oh, ich weiß, es war eine alte, aus den Jahren vor dem Krieg, und es wäre möglich, daß er es nicht ist, es wäre möglich, daß er tot ist wie all die andern auch. Es kam mir nur etwas an seinem Hinterkopf so bekannt vor, ich könnte schwören, es war der Compte … er hatte so viel Stil, Sie können es sich nicht vorstellen … nein, das *können* Sie nicht. So französisch – jedesmal, wenn wir uns begegneten, küßte er mir die Hand so formvollendet – nur französische Männer bringen das zustande, sie wissen genau, wie man Frauen behandelt. Was um Himmels willen ist denn eigentlich los mit Ihnen, warum zappeln Sie so herum? Wir gehen in zehn Minuten zum Dinner.«

Das letzte Mal, als ich Mrs. Van Hopper gesehen hatte, teilte sie mir, während sie sich die Nase puderte, mit, daß sie es für einen großen Fehler hielte, Maxim zu heiraten, einen Fehler, den ich noch bitter bereuen würde. Sie hatte meine Fähigkeit, meine Pflichten als Herrin von Manderley zu erfüllen, in Zweifel gezogen, hatte Verachtung über meine Hoffnungen und Träume ausgegossen, hatte mich mit einem prüfenden, unangenehmen Blick gemustert, als hätte ich mir etwas zuschulden kommen lassen. Aber es hatte mich nicht gekümmert. Ich war in der Lage gewesen, mich ihr gegenüber zu behaupten und alles zu ignorieren, was sie sagte – zum erstenmal, seit ich als bezahlte Gesellschafterin bei ihr in Stellung war, denn jetzt wurde ich geliebt, ich würde heiraten, ich würde Mrs. de Winter werden und könnte es mit jedem aufnehmen, dachte ich. Mrs. Van Hoppers Macht über mich hatte sich innerhalb eines Augenblicks verflüchtigt, ich wurde nicht mehr von ihr bezahlt und nicht länger dazu genötigt, mich minderwertig, dumm, unfähig, ungeschickt, als Nichtperson zu fühlen. Die schrecklichen Wochen der Verlegenheit und der Erniedrigung und der Langeweile waren vorüber, die endlosen Bridgeparties und Cocktails in ihrer Hotelsuite, die niederen Dienste, die Mahlzeiten, bei denen ich von den Kellnern mit kaum verhohlener Verachtung behandelt wurde und mich mit Mrs. Van Hoppers sonderbaren, egozentrischen Gedankengängen herumplagen mußte – all das war vorüber, und ich war gerettet, in Sicherheit.
Ich hatte das Zimmer verlassen, war ins Foyer hinuntergegangen, wo Maxim ungeduldig auf mich wartete, und hatte sie nie mehr gesehen und auch nichts mehr von ihr gehört. Nur einmal, als ich auf Manderley nichts Besseres zu tun hatte, schrieb ich ihr einen kurzen Brief. Sie hatte nicht geantwortet, und danach wurde ich von all den schreckli-

chen Ereignissen überspült, die heranrollten wie Wogen einer Sturmflut und unser Leben unter sich begruben. Ich glaube nicht, daß ich in den ruhigen Jahren, die danach kamen, mehr als ein paar flüchtige Gedanken an diese Frau verschwendet habe; nie fragte ich mich, wo sie war oder ob sie überhaupt noch lebte. Sie hatte nichts mit mir zu tun, sie war an jenem Tag im Hotel Côte d'Azur in Monte Carlo aus meinem Leben verschwunden. Doch falls wir Menschen, die so wichtig für uns gewesen sind, unsere Gedanken schulden, dann hätte ich wohl schon an sie denken sollen. Wäre ich nämlich nicht ihre Begleiterin geworden und wäre sie nicht süchtig danach gewesen, unentwegt auf Beute auszusein und erbarmungslos jeden zu stellen, den sie für vornehm und einer Bekanntschaft wert hielt, würde ich jetzt nicht hier sein, jedenfalls nicht als Mrs. de Winter, und mein Leben wäre in jeglicher erdenklichen Hinsicht anders verlaufen.

Ich nahm an, daß Maxim vermeiden wollte, Mrs. Van Hopper zu treffen, und daß wir deshalb mit eingezogenen Köpfen auf unseren hochlehnigen Sofas sitzen und abwarten würden, bis sie zum Essen in den Speisesaal gegangen wäre, um dann das Hotel zu verlassen und in einem weniger illustren Rahmen zu essen, doch etwas von dem alten Selbstvertrauen, sogar ein Anflug von Arroganz, war zu Maxim zurückgekehrt, vielleicht war es ihm gleichgültig, vielleicht fühlte er sich auch weniger verwundbar. Jedenfalls beugte er sich vor, immer noch amüsiert lächelnd, und flüsterte mir zu: »Trink dein Glas aus. Ich glaube, jetzt können wir hineingehen.«

Ich schaute ihn überrascht an, sein Lächeln war jetzt boshaft. Auf einmal begriff ich, daß er nicht nur beabsichtigte, dem Augenblick zu trotzen, sondern ihn regelrecht zu genießen, und ich erinnerte mich, auf welch grausame, aber

subtile Weise er damals mit Mrs. Van Hopper umgegangen war.
Jetzt stand er auf. Sein Gesicht war eine perfekte Maske. Ich hatte große Mühe, nicht loszukichern.
»Schau nicht hin«, sagte er. Der Ober kam, um uns zum Speisesaal zu geleiten.
Schau nicht hin. Ich tat es nicht. Aber so einfach würden wir natürlich nicht davonkommen. Als wir an Mrs. Van Hoppers Ecke vorbeieilten, stur geradeaus blickend, mit gleichmütigem Gesichtsausdruck, hörte ich, wie sie nach Luft schnappte – und dieses schreckliche Geräusch, das mich wieder in die Vergangenheit zurückkatapultierte, das Zuklappen ihres Lorgnons.
»Aber das ist ... mein Gott ... schnell, halten Sie sie auf, stehen Sie auf, bewegen Sie sich ... dummer Junge ... es ist ... tatsächlich, Maxim de Winter!«
Natürlich wünschte sie sich nichts so sehr, wie an unseren Tisch eingeladen zu werden, aber sie wußte, daß das nicht geschehen würde. Sie hatte sich nicht verändert, war immer noch so durchschaubar, so manipulierbar wie eh und je: Ihr Trick war, *uns* zu bitten, an *ihren* Tisch zu kommen.
»So viele Jahre, so alte, alte Freunde! Wie könnte ich mir diese Chance entgehen lassen – ich werde unter keinen Umständen ein Nein als Antwort akzeptieren.«
Doch sie war dazu gezwungen. »Es tut mir leid«, sagte Maxim, charmant, untadelig höflich, »aber es ist ein besonderer Abend. Wir sind nur für ein paar Tage in Venedig, meine Frau hat heute Geburtstag, und wir werden an einem ganz bestimmten Tisch sitzen. Ich bin sicher, Sie werden uns vergeben.«
Das würde sie nicht. Ich sah, wie sich ihr Mund öffnete und schloß, während sie verzweifelt nach den richtigen Worten

suchte, um uns aufzuhalten, uns zu einer Sinnesänderung zu veranlassen.

Maxim kam ihr zuvor. »Aber wir würden uns sehr freuen, wenn Sie nach dem Essen den Kaffee mit uns nähmen – Sie«, sein Blick flackerte kurz, fragend, zu dem jungen Mann hinüber, der halb aufgestanden war, als wir stehen blieben, inzwischen jedoch wieder saß und schmollte, »und Ihr Freund.« Und ohne ihr Gelegenheit zu einer Antwort zu geben, legte er zärtlich die Hand unter meinen Ellbogen und führte mich in den Speisesaal. Ich hätte mich zu gerne umgedreht, um ihren Gesichtsausdruck zu sehen, aber ich wagte es nicht. Ich wußte jedoch, daß der junge Mann nicht linkisch und schüchtern war und sich nicht von ihr in Verlegenheit bringen ließ wie ich damals; es war deutlich zu erkennen, daß er eine dünkelhafte und hochmütige Art an sich hatte, die ich nicht mochte, und deshalb empfand ich kein Mitleid mit ihm, fühlte gar nichts für ihn. Statt dessen spürte ich einen merkwürdigen Anflug von Mitgefühl, ja sogar von Zuneigung für Mrs. Van Hopper, denn ich glaubte nicht, daß der junge Mann ihr bleiben würde, und auch nicht, daß er sehr nett zu ihr wäre. Sie hatte seine Gesellschaft gekauft, wie sie seinerzeit meine gekauft hatte, aber unsere Vereinbarung war eine geschäftliche gewesen, damals durchaus üblich, und wenn ich ausgenutzt worden war, so war in einer solchen Situation auch das üblich gewesen. Menschen wie ich waren eine Art von Dienstboten, die mit derlei rechnen mußten. Diesmal aber, dachte ich, war es vielleicht umgekehrt.

Mrs. Van Hopper war eine alte Frau, übertrieben gekleidet, übertrieben geschminkt; ihre Kopfhaut schimmerte rosa durch die dünnen, weißen Haare, ihre vielen Ringe an den kleinen, dicken Händen schnitten ins Fleisch. Die Augen wirkten merkwürdig flach, lagen tief in den Höhlen. Anson-

sten aber war Mrs. Van Hopper unverändert, so vulgär, neugierig, unsensibel wie früher.
Sie wurden zu einem Tisch am anderen Ende des Speisesaals geführt, genau gegenüber, was sie offensichtlich ärgerte und enttäuschte, denn ich sah, daß sie umgehend den Oberkellner zu sich zitierte und begann, in Richtung anderer Tische zu gestikulieren, aber ohne Erfolg. Er schüttelte nur kurz den Kopf und ging davon. Und so blieb ihr nichts anderes übrig, als während des Essens mehrfach durch ihr Lorgnon zu uns herüberzustarren.
»Ich frage mich, wie lange unser junger Mann – ja Mann, schlicht und einfach, denke ich, aber sicherlich kein Herr – sich schon in ihrem Schlepptau befindet«, sagte Maxim. »Arme Mrs. Van Hopper – von dir, einer untadeligen kleinen Vertrauten des Herzens, zu ihm. Was meinst du, welche Schritte führten zu diesem Abstieg?«
»Er gefällt mir nicht«, sagte ich.
»Das hoffe ich. Sie ist ein schrulliger alter Snob, aber ihn hat sie nicht verdient.«
Aus dem Augenwinkel sah ich, wie sie sich umdrehte, um ein älteres Paar anzustarren, das den Raum gerade betrat, doch das Lorgnon wurde fast sofort wieder gesenkt und die Neuankömmlinge aus ihrer Interessensphäre entlassen. Ich dagegen beobachtete die beiden aus irgendeinem Grund weiter, als sie an einem Tisch ganz in unserer Nähe Platz nahmen. Der Mann war zierlich, seine Haut, wie vergilbtes Pergament, spannte sich straff über seinen Schädel und die langen, knochigen Hände; seine Augen glänzten feucht, offenbar infolge einer Erkältung. Seine Begleiterin behandelte ihn fürsorglich und liebevoll, half ihm beim Hinsetzen, nahm ihm den Stock ab und legte ihn auf den Boden, sagte etwas zu ihm über den Tisch hinweg, brachte ihn zum Lachen. Sie war seine Frau, das konnte ich sehen; sie war

viel jünger, aber nicht jung genug, um seine Tochter sein zu können, und außerdem bestand eine Zärtlichkeit zwischen ihnen, eine lange Vertrautheit von Blicken und Gesten, die nicht zu einer Vater-Tochter-Beziehung zu passen schien. Er würde bald sterben, dachte ich, denn er besaß die seltsame Durchsichtigkeit, wie sie bei sehr alten Menschen kurz vor ihrem Tod zu beobachten ist, diesen Ausdruck leichter Entrücktheit und Verträumtheit, als ob sie die Welt bereits verlassen hätten. Ich schaute von ihnen zu Maxim hinüber und sah uns in dreißig Jahren, noch immer in Liebe verbunden, und doch auf die Trennung durch den Tod wartend, immer noch im Exil, nur in Hotels zu Hause und kinderlos – wie das Paar dort drüben vermutlich auch. Schnell blickte ich aus dem Fenster, zu der Lampe auf einer Gondel, die langsam vorbeihüpfte. Nein, ich würde heute nicht daran denken, würde nicht über all das nachdenken, was geschehen war. Schließlich hätte ich ebensogut auch auf der anderen Seite des Raumes sitzen können, als Begleiterin von Mrs. Van Hopper.

Beim Kaffee in der Lounge behandelte Maxim meine frühere Arbeitgeberin mit ausgesuchter Höflichkeit, nahm neben ihr auf dem Sofa Platz, reichte ihr die Tasse, aufmerksam und galant, und sie setzte sich errötend in Positur, tippte ihn neckisch mit ihrem Lorgnon an. In diesem Moment fühlte ich mich sehr ruhig und stark und tolerant. Maxim verstand es hervorragend, Mrs. Van Hopper dazu zu veranlassen, von sich zu erzählen, darüber, wo sie lebte, über ihre Familie, sogar über ihren glücklosen Neffen Billy, den sie damals als einen fadenscheinigen Grund benutzt hatte, um uns kennenzulernen.

Und natürlich schwafelte sie über ihre Reisen. »Es ist eine solche Erlösung, wieder nach Europa zurückzukönnen, nach all den trostlosen Jahren, in denen ich in Amerika festsaß und niemals wegkam. Ich sehnte mich so nach all den Städten hier, nach Paris und Rom und London und Monte, danach, wieder ein bißchen Stil und Leben genießen zu können. Zu erfahren, in welcher Trübseligkeit und welchem Elend Sie während des Krieges hier gelebt haben, war wirklich unerträglich.«

»Ja«, sagte Maxim, »es muß schrecklich gewesen sein.«

Ich schaute schnell weg und wandte mich dem jungen Mann zu. Er war Amerikaner und, wie er sagte, »Modeschöpfer«, ließ sich jedoch nicht weiter darüber aus und machte auch sonst kaum einen Versuch, höflich zu mir zu sein. Ich war für ihn nicht von Interesse, erkannte ich, eine unscheinbare, langweilige Frau Anfang Dreißig, ohne Bedeutung. Aber ich sah, daß er Maxim verstohlen musterte, wie er seine Kleidung begutachtete und dabei aufmerksam dem Gespräch lauschte, jede Einzelheit sorgfältig registrierte.

Irgendwann schickte Mrs. Van Hopper ihn weg; ihr sei kühl, und er solle ihr einen Schal holen. Sie sagte es befehlend und doch in einem schmeichelnden, unangenehm bittenden Ton, nicht ganz in der gebieterischen Weise, in der sie mich weggeschickt hätte. Der junge Mann ging ohne ein Wort, zeigte jedoch deutlich, daß er sich ebenso dazu entschieden haben könnte, es nicht zu tun, und ich mochte ihn noch weniger und bedauerte Mrs. Van Hopper noch mehr um diesen unerfreulichen Begleiter.

Und dann plötzlich, so wie eine Katze, blitzschnell und ohne die ahnungslose Beute vorzuwarnen, die Klauen in ihr Opfer schlägt, wandte sie sich an Maxim: »Sie müssen ja am Boden zerstört gewesen sein, als Manderley in Flammen aufging. Wir haben natürlich darüber gelesen, es war in aller Munde. So eine schreckliche Tragödie!«

Ich sah, wie er die Kiefer zusammenpreßte. Eine kaum wahrnehmbare Röte überzog sein Gesicht.

»Ja«, sagte er.
»Erzählen Sie es mir, bitte! Was um Himmels willen ist denn passiert? War es Brandstiftung? Nein, sicherlich nicht, wer sollte etwas so Furchtbares tun? Ein Unfall, nehme ich an, ein unvorsichtiges, dummes Dienstmädchen, das einen Kaminschirm nicht aufgestellt hatte – ich hoffe, es hat dafür gebüßt. Alles, was Sie besaßen, ein Raub der Flammen – all diese unbezahlbaren Schätze!«
»Ja.«
»Und ist jemand bei lebendigem Leibe verbrannt? Ich denke, daß zu der Zeit Leute dort waren.«
»Glücklicherweise nein, niemand wurde verletzt.«
»Aber Sie waren nicht dort, hieß es, Sie waren – wo? In London, stimmt's? Alle möglichen Geschichten waren im Umlauf, ich wüßte gar nicht, wo ich mit dem Erzählen anfangen sollte.«
Sie schaute den jungen Mann an, der nach Erledigung seines Auftrags wieder neben mir saß. »Gehen Sie noch mal hinauf und bringen Sie mir die Krokodilledertasche, die mit all meinen Zeitungsausschnitten. Ich weiß, daß ich sie bei mir habe – gehen Sie schon, los.« Sie wandte sich wieder an Maxim. »Es stand so viel darüber in der Presse, und natürlich alles über die Untersuchung. Wie entsetzlich muß das gewesen sein, und ich muß sagen, wirklich recht bizarr. Ich nehme nicht an, daß Sie auch nur die Hälfte von dem gelesen haben, was damals geschrieben wurde, Sie reisten ja in aller Eile weiß Gott wohin, wahrscheinlich, um den Schock zu überwinden. Nicht daß Davonlaufen auf lange Sicht etwas helfen würde, man nimmt seine Sorgen ja mit, ich denke, Sie haben das selbst auch herausgefunden. Aber sagen Sie, es wurde doch auf Selbstmord erkannt – aber warum in aller Welt sollte eine schöne, reiche, junge Frau, die alles besaß, was sie sich nur wünschen konnte, ein

prächtiges Haus, einen attraktiven Ehemann, eine Frau, der die Welt sozusagen zu Füßen lag, warum sollte sie sich umbringen? Das ist einfach nicht glaubwürdig.«
Plötzlich konnte ich es nicht mehr ertragen. Es war mir egal, ob sie mich immer noch verachtete und deshalb so tat, als ob ich nicht existierte, denn sie hatte kaum ein Wort an mich gerichtet. »Mrs. Van Hopper, bitte hören Sie auf ...« , sagte ich, aber in diesem Moment stand Maxim auf und blickte mit einem Abscheu auf sie hinunter, der nur notdürftig durch kalte Höflichkeit überdeckt war. »In Ihrer Welt mag man denken, was man will«, sagte er, »aber Meinungen und Klatsch zählen nicht das geringste gegenüber der Wahrheit, ich bin sicher, Sie geben mir da recht. Wenn Sie uns jetzt bitte entschuldigen wollen – es war mir eine außerordentliche Freude, Sie wiederzusehen.«
Das letzte, was ich von ihr sah, war ein Ausdruck hilfloser Wut und Empörung auf ihrem Gesicht, darüber, daß man sie einfach sitzenließ, sie zum Narren machte, ohne daß sie das geringste dagegen tun konnte. Sie wollte sich noch aufrappeln und uns verfolgen, aber Maxim war zu schnell, und sie war kraftlos und alt und fett und hatte, wie ich erst jetzt sah, einen Stock neben sich. Der junge Mann, der vorhin bei ihrem zweiten Auftrag natürlich alles andere getan hatte, als aufzuspringen und ihn auszuführen, wie ich es stets ängstlich getan hatte, saß ungerührt da und ignorierte Mrs. Van Hoppers Wutausbruch mit impertinenter Gelassenheit.
Das Personal konnte unsere Mäntel nicht finden, und schließlich ging Maxim ungeduldig zur Garderobe, um sie selbst zu suchen. Während ich wartete, betrachtete ich das Exemplar einer alten Karte von Venedig an der Wand hinter einer der dicken Marmorsäulen, und so kam es, daß Mrs. Van Hopper und der junge Mann mich nicht sahen, als sie –

sie humpelnd und an seinem widerstrebenden Arm hängend – aus der Lounge kamen.
»Er war früher so ein bezaubernder Mann, eine recht gute Partie, aber aus irgendeinem seltsamen Grund, den ich nie verstanden habe, heiratete er dieses farblose Mäuschen, und jetzt schauen Sie sich an, was aus ihnen geworden ist, mein Gott, was für ein langweiliges, trostloses Paar, und wenn Sie mich fragen, steckt viel mehr hinter der Geschichte mit seiner ersten Frau, als je herauskam. Ziehen Sie nicht so, ich komme ja gar nicht mit.«
Und so gingen sie weiter, und ich hörte noch eine Weile ihre näselnde, verdrossene Stimme, während sie durch das Foyer auf die Lifte zugingen.
»Es tut mir so leid«, sagte ich zu Maxim, als wir das Hotel verließen. »Es tut mir so leid.«
»Was in aller Welt meinst du denn?«
»Nun, diese fürchterliche Frau ... die Dinge, die sie gesagt hat ...«
»Und das war deine Schuld?«
»Nein, natürlich nicht, ich weiß, aber ...«
Ich hatte das Gefühl, daß ich Mrs. Van Hopper hätte zum Schweigen bringen, ihn vor ihr beschützen müssen, denn ich wußte, ich könnte es nicht ertragen, wenn er verletzt worden wäre und wieder in dumpfes Brüten verfiele.
Maxim hielt meinen Ellbogen fest umschlossen, als wir in die Gondel stiegen, diesmal eine schlichte, ohne die zusätzliche festliche Beleuchtung. Plötzlich fegte ein kalter Wind heran, der nach Meer roch.
»Vergiß es«, sagte er. »Sie ist eine dumme alte Frau, und sie verdienen einander.«
Aber ich konnte es nicht vergessen. Ich mußte daran denken, daß sie gesagt hatte, sie besitze eine Tasche voller Zeitungsausschnitte über den Prozeß und den Brand, über

die sie mit all ihren Freunden gesprochen hätte, und ich hörte wieder den mißtrauischen Unterton in ihrer Stimme, als sie gesagt hatte: »… viel mehr hinter der Geschichte mit seiner ersten Frau, als je herauskam«, und: »Warum sollte sie sich umbringen? Das ist einfach nicht glaubwürdig.«

Nein, dachte ich, natürlich war es das nicht – weil es nicht wahr war. Für Mrs. Van Hopper war es offensichtlich, und ich kannte die Wahrheit. Rebecca hatte sich nicht umgebracht. Maxim hatte sie ermordet.

Und ich betrachtete sein Profil, als die Gondel einen Schwenk machte und in den Canal Grande einbog, wo eine Bö sie traf und leicht schüttelte. Maxims Gesicht war wie versteinert, ich konnte nicht erkennen, was er dachte oder wie er sich fühlte, er hatte mich wieder einmal ausgeschlossen. Ich schaute zu den schwarzen Häusern mit den geschlossenen Fensterläden hinauf, und plötzlich waren die Stimmen wieder da, kamen flüsternd, flüsternd aus der Dunkelheit.

Vielleicht liegt es nicht in der Natur des Menschen, mit dem zufrieden zu sein, was er auf dieser Welt hat, so gut es auch sein mag. Vielleicht müssen wir, weil das Leben ein Prozeß des Wandels und des Fließens, des Wachsens und Verfallens ist, ruhelos sein, müssen unsere Erfahrungen mit Wünschen und Hoffnungen und Enttäuschungen machen, und dem Drang, weiterzuziehen, ohne dagegen anzukönnen.

Ich konnte auch nicht dagegen an, mir, wenn ich an dem schmalen Fenster in unserem Zimmer stand und zu den gegenüberliegenden Gebäuden oder auf den Kanal hinunterschaute, etwas anderes zu wünschen, einen anderen Ort, wider alle Vernunft. Aber rückblickend weiß ich, daß ich die Gegenwart nicht genügend genoß, daß ich nicht oft genug dankbar für das war, was ich hatte, daß ich nicht froh war, wie ich es eigentlich hätte sein sollen, darüber, daß wir Mrs. Van Hoppers »langweiliges, trostloses Paar« geworden waren. Denn es dauerte nicht an, es konnte nicht andauern, einfach, weil nichts andauert, aber noch mehr, weil ich wollte, daß es nicht andauerte, und ich sollte meinen Willen bekommen. Ich erinnere mich, wie jemand einmal, als ich noch ein Kind war und dieses oder jenes forderte, zu mir sagte: »Hüte dich davor, etwas zu sehr zu wollen – du könntest es bekommen«, und ich nicht verstand. Jetzt verstehe ich es.

Ist das alles? fragte ich mich. Wird es wirklich nicht mehr geben als dieses sinnlose Nomadenleben, dieses Dahintreiben, Jahre, Jahrzehnte, bis man alt und hinfällig wird und schließlich stirbt? Ist das alles?

Nein, es war nicht alles.

Es ist gut, daß wir nicht in die Zukunft schauen können. Das wird uns erspart. Wir haben schon an der Vergangenheit genug zu schleppen.

Maxim schien plötzlich wieder dringende geschäftliche Angelegenheiten erledigen zu müssen, schrieb Briefe, schickte Telegramme, war geistesabwesend. Ich fragte ihn nicht, worum es ginge, aber es beunruhigte mich, daß er es mir nicht erzählte – nicht aus dem echten Wunsch heraus, die Einzelheiten zu erfahren, sondern weil er auf einmal Geheimnisse vor mir hatte.

Endlich ging der Winter zu Ende und wich auf wundersame Weise dem Frühling. Venedig erwachte wieder zum Leben, es war wieder »Saison«. Wir verließen es und reisten gen Osten, nach Griechenland, wo es Berge gab, die mit Blumen bedeckt waren, und Luft, die nach Honig duftete. Ich war glücklich darüber weiterzuziehen, denn so hatte ich

keine Zeit zum Grübeln, es gab zu viel Neues, das mich ablenkte.
Es war Mai, als wir nach Istanbul aufbrachen. Eigentlich wollte ich nicht dorthin, irgendwie schreckte mich die Vorstellung einer so völlig fremden, in jeder Hinsicht so fremdartigen Stadt, denn mir war wohl an Abwechslung und neuen Eindrücken gelegen, aber nur innerhalb gewisser Grenzen. Daß Maxim in letzter Zeit so verschlossen war und weit weg von mir, durch irgend etwas abgelenkt, machte die Sache natürlich auch nicht leichter für mich. Ich wagte nicht, ihn nach dem Grund zu fragen, es schien mir das sicherste, nichts zu wissen, aber Spekulationen stellte ich trotzdem an: daß es mit dem zusammenhinge, was Mrs. Van Hopper gesagt hatte, oder daß es, nach Beatrice' Tod, Probleme in der Familie gäbe, vielleicht sogar finanzielle Schwierigkeiten.
Unsere letzten beiden Tage in Griechenland verbrachten wir in seltsam angespannter und bedrückter Stimmung, die Kluft, die Maxim zwischen uns geschaffen hatte, schien größer denn je. Wir sprachen ruhig miteinander, kühl, unterhielten uns über das, was wir auf der Reise sahen, über unsere nächsten Ziele, und dabei sehnte ich mich nach der früheren Nähe, der Art,wie er von mir abhängig gewesen war. Aber vielleicht wird man mit zunehmendem Alter auch geduldiger; jedenfalls sagte ich mir, daß das früher auch schon passiert war, und ich würde es durchstehen. Maxim würde aus seiner Selbstversunkenheit zurückkehren.
Aber ich hätte mir nicht träumen lassen, wie.

Das Wetter war perfekt: warmer, duftender, herrlicher Frühling, die Welt wie blankgeputzt. Den ganzen Tag über war es schön gewesen, nur morgens und abends war es noch frisch, so daß ich einen großen Teil unserer Fahrt auf dem

Deck des Dampfers verbracht hatte, der uns den Bosporus hinunter auf Istanbul zutrug. Und jetzt waren wir fast da. Ich sah die Kuppeln der alten Stadt auf uns zukommen, die zu schweben schienen, unwirklich glitzernd im Licht der sinkenden Sonne, die wie Blattgold auf der ruhigen Wasseroberfläche lag.

Maxim stand schweigend neben mir. Das Licht veränderte sich. Im Westen glühte der Himmel blutrot. Die Silhouette der Stadt wurde dunkler und flacher, und die Kuppeln, Türmchen und Minarette wirkten wie Scherenschnitte auf buntem Stoff.

Ich hatte nicht erwartet, diese Stadt zu mögen, hatte gedacht, alles daran würde mir fremdartig erscheinen, und sobald wir an Land gingen, war es vielleicht auch wirklich so, aber jetzt, als ich schaute und schaute, wurde ich von ihr gefangengenommen und war so bewegt, wie ich es beim bloßen Anblick von etwas kaum je gewesen war.

Abgesehen von dem Haus. Dem ziegelroten Haus.

»Und jetzt schau«, forderte Maxim mich auf.

Ich folgte seinem Blick. Über den Umrissen der Stadt und über den Farben des Sonnenuntergangs begann der Nachthimmel, wundersam dunkel, und darauf, gestochen scharf, eine Mondsichel, ein schmaler, strahlender Silberspan.

Wenn ich die Augen schließe, sehe ich ihn jetzt vor mir, steht das Bild absolut klar vor meinem geistigen Auge, ebenso ein Trost wie ein Schmerz, und ich ruhe mich darauf aus und zehre davon, und ich höre wieder Maxims Stimme, die nächsten Worte, die er sprach.

»Hier«, sagte er. Ich sah, daß er mir ein Kuvert hinhielt. »Jetzt ist der Moment, in dem du das lesen solltest.« Und dann wandte er mir den Rücken zu und ging zur anderen Seite des Schiffes.

Ich spüre den Umschlag heute noch zwischen den Fingern, glatt, aber an der Oberkante zerrissen, wo er geöffnet worden war. Ich stand da und hielt ihn in der Hand und schaute zum Himmel hinauf, aber die Sonne war verschwunden und der letzte Fleck leuchtender Farbe verblaßt, die Kuppeln von der Dunkelheit verschluckt. Nur der Mond blieb, eine reine, schimmernde Sichel.

Mein Herz raste. Ich hatte keine Vorstellung, was das Kuvert enthalten könnte, was mich erwartete. Ich wollte es nicht lesen, wollte unwissend bleiben, wollte, daß diese Zeit stillstand, in der alles noch sicher war und ich mich vor nichts zu fürchten brauchte.

Aber ich fürchtete mich ja.

Alles wird sich ändern, sagte ich mir. Dies wird auf irgendeine Weise den Dingen, wie sie jetzt sind, ein Ende bereiten. Und so war es.

Ich setzte mich an Deck auf eine unbequeme Holzbank. Über mir hing eine Sturmlaterne, die einen schmutzig orangefarbenen Schimmer auf das Papier warf, gerade genügend Licht zum Lesen.

Ich fragte mich, warum Maxim mich wohl allein gelassen hatte und was er fürchtete. Es mußte sich etwas Entsetzliches in diesem Umschlag befinden, etwas, das er nicht in Worte fassen konnte. Es konnte nicht einfach nur eine schlechte Nachricht sein, über eine Krankheit oder einen Unglücksfall, denn sonst wäre er bestimmt bei mir geblieben, hätte es mir erzählt, hätte mir beigestanden. Aber wir waren weit voneinander entfernt in diesen Tagen. Ich spürte, wir mir Tränen in die Augen stiegen, kleine, bittere Tränen, keine Tränen, die leicht vergossen wurden und einem Erleichterung und Trost verschafften.

Ein Mitglied der Mannschaft ging vorbei, sein Matrosenkäppi hob sich knochenbleich gegen die Dunkelheit ab. Er warf mir einen neugierigen Blick zu, blieb jedoch nicht stehen. Von dort, wo ich saß, konnte ich den Mond nicht mehr sehen, nur ein paar entfernte, helle Lichter vom Ufer. Ich roch das Öl der Maschinen, hörte den Lärm, den sie machten, während sie hinter mir rhythmisch vor sich hin hämmerten.

Bitte, sagte ich, aber ich wußte nicht, worum ich so verzweifelt bat. Bitte. Ein Hilfeschrei.

Und dann zog ich das einzelne Blatt aus dem Kuvert und hielt es ins Licht.

Inveralloch, Mittwoch.

Mein lieber Maxim,

ich beeile mich, Dir das endgültige Ergebnis mitzuteilen. In der Hoffnung, daß dieser Brief Euch noch vor Eurer Abreise von dort erreicht, schicke ich ihn per Expreß und postlagernd nach Venedig. Ich habe heute morgen erfahren, daß mein in Deinem Auftrag gemachtes Gebot für Cobbett's Brake akzeptiert worden ist. Sobald Du dieses Schreiben erhalten hast, telegrafiere mir bitte die endgültige Bestätigung; ich werde dann nächste Woche Archie Nicholson in London aufsuchen, um ihn die Verträge und Urkunden ausfertigen zu lassen, damit sie bei Eurer Rückkehr zur Unterschrift vorliegen. Ich wüßte gerne das endgültige Datum. Es gibt noch einige Einzelheiten zu besprechen, aber sobald die Dokumente unterzeichnet sind, gehört das Haus Euch, und Ihr könnt einziehen, sobald es Euch nach Eurer Rückkehr nach England recht ist. Ich freue mich, daß es geklappt hat, und hoffe, daß es Euch beiden ebenso geht.

Immer Dein
Frank

Meine Hände zitterten, ich mußte das Papier fest packen, weil ich fürchtete, daß es mir sonst aus den Fingern gleiten und davongeweht würde.

Ich schaute auf. Maxim stand vor mir.
»Wir sind fast da«, sagte er.
Und so gingen wir gemeinsam über das Deck und stellten uns an die Reling und fuhren langsam in den Hafen, dorthin, wo die alte geheimnisvolle Stadt uns die Arme entgegenstreckte, um uns zu begrüßen.

III. Teil

Zwölftes Kapitel

Wir kamen im Mai nach Cobbett's Brake, wie damals nach Manderley, aber es war ganz anders, anders in jeder Hinsicht: ein neuer Anfang.

Wann immer ich mich daran erinnere, auch wenn es im Licht dessen ist, was später geschah, *ist* es das Licht, es gibt kein Dunkel, keine Schatten, und all meine Erinnerungen an jene Zeit sind vollkommen und von Glück erfüllt, ich bereue nichts. Ich hätte es nicht anders haben wollen.

Wenn ich an Manderley denke, was ich immer noch tue, erinnere ich mich daran, wie fehl am Platze ich mich fühlte, wie unzulänglich, und ich erinnere mich an die peinlichen Situationen und die Art, wie das Haus mich einschüchterte. Als ich zum erstenmal dorthin kam, zitterte ich vor Erwartung, ungläubig, daß ausgerechnet mir solches Glück widerfuhr, aber dieses Gefühl wurde fast augenblicklich zu schierer Furcht, als ich erst einmal da war. Nach Cobbett's Brake dagegen kam ich getragen von einer mächtigen Woge der Zuversicht und Erlöstheit, erfüllt von neuentfachter, intensiver Liebe zu Maxim, der dies getan hatte, voll Optimismus und Überzeugung. Ich hatte das Gefühl, jahrelang darauf gewartet zu haben, daß mein Leben endlich anfinge, daß alles andere nur eine Vorbereitung gewesen war, aber auch etwas, bei dem ich Zuschauer gewesen war, ein Theaterstück, in dem alle anderen richtige Rollen hatten, ich jedoch nur stumm auf der Bühne herumgeschubst wurde, ohne Text, ohne Einfluß auf die Handlung. Alle hatten mich angestarrt, manchmal, wenn ich im Scheinwerferlicht

erschienen war, trat seltsame bedrohliche Stille ein, und doch war ich von keinerlei Bedeutung gewesen.
Jetzt war es kein Theaterstück, es war das Leben, und ich stürzte mich mit ungeheurem Eifer hinein und ließ mich von ihm mitreißen.
Für den Rest der Zeit, die uns im Ausland geblieben war, hatten wir auf zwei Ebenen gelebt. Da war zum einen die Ebene, die sich mit unserer Rückkehr beschäftigte; Briefe und Telegramme waren in beiden Richtungen geflossen, zwischen Frank Crawley, Maxim, den Gutsverwaltern und Anwälten, Giles, den Leuten von der Farm. Maxim verbrachte oft Stunden an einem Ende einer schlechten Telefonverbindung, brüllte Instruktionen, versuchte herauszufinden, ob dieses oder jenes erledigt würde. Gleichzeitig aber befanden wir uns noch mitten in dem geheimnisvollen, exotischen Trubel des Lebens in Istanbul, bereisten auch noch einige ländliche Gegenden der Türkei, und ich liebte dieses fremde Land, es ängstigte mich nicht im mindesten, im Gegenteil: Ich bewunderte alles daran und fühlte und sah und hörte und merkte es mir mit durchdringender Intensität, weil ich wußte, daß ich bald abreisen würde und diese Tage die letzten unseres Exils waren. Nur war es jetzt kein Exil mehr, es war reines Vergnügen, und danach würden wir nach Hause fahren, und unser Leben würde endlich beginnen.
Wir wanderten durch die von Menschen und Tieren, Händlern und Kunden, Bettlern, Alten und Kindern verstopften Straßen, gingen in Moscheen voll monotoner Gebetsstimmen, rochen berauschende, überwältigende Düfte, auch merkwürdige, unangenehme, jedenfalls anders als alles, was ich in der Zukunft riechen würde. All das ist jetzt irgendwie auf ewig in einer Kassette eingeschlossen, zu der ich keinen Schlüssel habe, und wenn ich einen hätte, wenn die Kassette

aufgehen würde, würden jener Ort, jene Zeit, jene Erinnerungen, die mit den Gerüchen so fest verbunden sind, mich überwältigen. Es gab auch Geschmacksnoten, süße, würzige, rauchige, die uns noch lange auf der Zunge blieben, und manchmal schmecke ich eine schwache Spur davon, wenn ich ein Fleischgericht oder ein Stück Backwerk esse, was mich nach einem Augenblick der Verwirrung jedesmal in jene Tage und Nächte zurückkatapultiert.
Es gab keine Mißverständnisse und kein Schweigen mehr zwischen uns, es gab nur Liebe und Entschlossenheit und köstliches Glück, untrennbar verbunden mit Zeit und Ort. So kam es, daß ich weinte, als wir Istanbul verließen. Seine Schönheit war mehr als konkret, sie berührte mich zutiefst in ihrer Zerbrechlichkeit und Vergänglichkeit. Als wir abreisten und die glitzernde, bunte Stadt schließlich außer Sicht war, glaubte ich, daß sie sich vielleicht wirklich einfach aufgelöst und zu existieren aufgehört hatte, weil wir sie nicht mehr sehen konnten.

Wir reisten in recht gemächlichem Tempo durch Europa, ließen die Zeit langsam auslaufen, kosteten jede Stunde davon aus. Frank hatte sich um die letzten Einzelheiten des Kaufes gekümmert, aber wir würden nicht vor unserer Rückkunft, und, bevor wir das Haus besichtigen konnten, wissen, wieviel Arbeit hineingesteckt werden müßte, ob wir etwas von dem Mobiliar würden behalten wollen, das im Kaufpreis inbegriffen gewesen war. Nachdem das alte Ehepaar in das Haus nicht zurückkehren wollte, hatte ihr Sohn, gerade aus dem Militärdienst entlassen, nur die persönlichen Dinge und Wertgegenstände herausgeholt, während ein Großteil der Einrichtung dageblieben war. Frank hatte zwar keine Zeit für eine ausführliche Inventur gehabt, ging jedoch offenbar davon aus, daß nur wenig davon zu gebrauchen wäre. Er hatte in der Nähe ein kleines Haus für uns gemietet, wo wir für eine kürzere oder längere Zeit würden wohnen können – aber ich wußte, daß ich nirgendwo anders sein wollte als in Cobbett's Brake, selbst wenn wir gezwungen sein sollten, das gesamte Haus auszuräumen und zu renovieren. Dann würden wir uns eben auf ein paar provisorisch eingerichtete Räume beschränken müssen. Wir gehörten dorthin, nirgendwo sonst, und ob es vorübergehend unbequem oder unbehaglich sein würde, spielte keine Rolle.

Es sei der wärmste Mai seit Jahren, sagten die Leute. Eigentlich ginge es nicht an, daß es so früh im Jahr schon so warm sei, niemand wisse, was noch aus dem Wetter werden würde, aber »nützen wir es aus und freuen uns daran, solange wir können«.

Und das taten wir, oh, das taten wir. England duftete nach Frühling, nach Blumen und Gras; die Zeit der Glockenblumenblüte war fast vorüber, aber hier und da kamen wir an einem Wald oder einem stillen Dickicht vorbei und sahen noch dieses unvergleichliche Blau aufblitzen, tief unter den ersten frischen Blättern, und manchmal hielten wir auf dem Weg zweimal an, um über einen Zaun zu klettern und es von nahem zu bewundern. Über unseren Köpfen hing ein Netzwerk aus Himmel und Ästen, und die Blumen zu unseren Füßen waren feucht und kühl. Ich bückte mich und tauchte die Arme hinein, schloß die Augen und ließ mich von dem Duft überwältigen.

»Es hat keinen Sinn, sie zu pflücken«, sagte Maxim, »sie wären innerhalb einer Stunde verwelkt.«

Und ich erzählte Maxim von den Büscheln blasser, gelbgrüner dahinsiechender Stengel, die im Korb meines Fahrrads hin und her fielen, nachdem ich als Kind nicht hatte widerstehen können, sie zu pflücken. Ich hatte sie meiner Mutter

geben wollen, damit sie sie in Vasen stellte, denn ich war überzeugt davon, daß sie auf irgendeine magische Weise die Macht hätte, sie wieder zum Leben zu erwecken.
»Aber natürlich hatte sie die nicht«, sagte ich jetzt und stand auf.
»Und du lerntest deine Lektion.«
»Vielleicht.«
Und als er so dastand und mich anschaute, fiel mir auf, wie sein Gesicht sich in den letzten Wochen verändert hatte, weicher und lebhafter geworden war, wie er plötzlich jünger schien – sogar um Jahre jünger als bei unserem Kennenlernen, aber damals hatte er natürlich aufgrund seiner schlechten Verfassung besonders ernst und gesetzt gewirkt.
Die Osterglocken- und die Apfelblüte waren vorüber, aber im Garten jedes Häuschens leuchtete ein Fliederbaum, weiß oder blaßviolett, und die Weißdornhecken an der Straße waren Bänder aus staubigem Weiß. Wann immer wir aus dem Wagen stiegen, rochen wir diesen seltsamen, bitteren Duft, gedörrt in der Hitze der Nachmittagssonne, und das war ein weiterer Duft aus meiner Kinderzeit, ich erinnerte mich lebhaft, wie ich mit fünf oder sechs Jahren im Garten irgendeiner alten Frau unter einem großen Weißdornbusch gesessen, Zweige mit den kleinen Blütenbüscheln abgerissen, mit ihnen gespielt, sie auf der Erde ausgebreitet und Muster damit gelegt hatte. Es war, als würde mir meine Kindheit, jene frühen Jahre, die durch den Tod meines Vaters ein so jähes Ende fanden, jetzt zurückgegeben, sie waren deutlicher und näher denn je; die Jahre dazwischen, die Zeit vor Maxim, dann die mit Maxim auf Manderley und danach, alle Jahre bis jetzt, waren in den Hintergrund gerückt, verschwommen und schattenhaft. Der Frühling hatte über sie hinweg eine Brücke geschlagen zu jener weit zurückliegenden glücklichen Zeit.

Als wir tiefer ins Landesinnere fuhren, erkannte ich, daß alles weiß war: die Lämmer und die hohen, cremeweißen Köpfe des Wiesenkerbels, die aus jedem Straßengraben aufschossen, und die Maiglöckchen in den schattigen Winkeln von Gärten, über niedrigen Steinmauern. Ich fühlte mich wieder wie damals, als ich frisch verheiratet auf dem Weg nach Manderley gewesen war, aber als ich zu Maxim hinüberschaute, der am Steuer saß, sagte ich es nicht, weil ich nicht wollte, daß irgendeine Erwähnung oder eine Erinnerung an jene Zeit auch nur den schwächsten Schatten auf diesen Tag würfe. Wir beeilten uns nicht, denn es gab keinen Grund zur Eile. Bei jedem Anblick, bei jeder Einzelheit verweilten wir; noch am letzten Tag nahmen wir ein gemütliches, spätes Mittagessen zu uns, hielten kurz darauf an, um eine Kathedrale zu besichtigen, in der wir herumschlenderten und zu den Fenstern und dem Dach, den herrlichen Steinbögen hinaufschauten wie Besucher, die dergleichen nie zuvor gesehen hatten. Als wir herauskamen, hatte sich das Licht verändert, lag blaßzitronengelb auf den Gebäuden.

Auf den letzten Meilen bat ich Maxim, langsamer zu fahren. Ich wollte, daß wir den Weg aus dem Gedächtnis fanden, wollte mir alle Straßen einprägen. Wir hatten veranlaßt, daß Mrs. Peck, die Frau von der Farm, das Haus für uns aufschloß. Wir würden uns vorerst nur kurz umsehen und dann gleich am nächsten Morgen zurückkommen, um mit dem Prozeß des Entscheidens, Planens und Organisierens zu beginnen. Diesmal würde uns niemand erwarten, keine Reihen uniformierter Dienstboten auf den Stufen und in der Einfahrt, keine glotzenden, neugierigen Augen, die mir folgten – keine Mrs. Danvers. Diesmal waren wir ganz für uns, nur Maxim und ich.

Wir erreichten die Lichtung, auf der wir damals angehalten hatten, unter dem hölzernen Wegweiser.
»Halt hier«, bat ich. Ich öffnete die Tür, und in der leisen, tickenden Stille, nachdem der Motor abgestellt worden war, hörte ich das tiefe Gurren von Waldtauben hoch in den Bäumen über unseren Köpfen. Die Luft war wie Balsam, so weich und duftend und feucht. »Nimm du den Wagen.« Ich stieg aus. »Ich möchte laufen.«
Ich wollte nicht großspurig vorfahren, sondern mich dem Haus schrittweise nähern, fast wie zufällig, um es wieder vom Rand der grasbewachsenen Mulde aus zu sehen, in der es lag, dann ganz ruhig den Hang hinabsteigen und durch eine kleine Seitentür ins Haus schlüpfen. Ganz plötzlich wollte ich das nicht einmal mit Maxim teilen: Der sehnliche Wunsch, das Haus für eine kurze Zeit ganz allein zu besitzen, erfüllte mich mit flammender Intensität.
Er verstand. Er lächelte, wendete den Wagen, fuhr langsam im Rückwärtsgang den Weg zurück, und dann war ich allein. Ich stand mit geschlossenen Augen da, fühlte meinen Herzschlag, hörte es in des Ästen rascheln, als ein Vogel dazwischen umherflog. Und dann setzte ich mich in Bewegung. Vorsichtig arbeitete ich mich den Weg hinunter, der jetzt mit wildem Knoblauch und hohen Brennesseln, mit Gras und wuchernden Wurzeln überwuchert war, die ich beiseite schieben mußte. Es war eine Stimmung wie unter Wasser, aber nichts wirkte bedrohlich oder unheimlich. Hier ragten keine blutroten Rhododendren über meinen Kopf, dieser Wald war frisch und unschuldig und vertraut. Ein Kaninchen hoppelte über den Pfad. Eine Sekunde traf mich sein Blick aus großen, feuchten, erschrockenen Augen, dann verschwand es in einem Erdloch.
Als ich das letzte Mal hiergewesen war, war das Licht fast ungebrochen durch die kahlen Äste gedrungen, so daß ich

zumindest ein kleines Stück voraussehen konnte, doch jetzt waren die Bäume so dicht belaubt, daß ich in einem grünen Tunnel eingeschlossen war, bis ich endlich einen letzten tiefhängenden Ast beiseite schob und in das abendliche Sonnenlicht hinaustrat. Und da lag es, Cobbett's Brake, gelassen und still und schön.

Ich sah es in seiner Ganzheit, denn es war nicht zu groß, um mit einem Blick erfaßt zu werden. Und so nahm ich es in mich auf: das Tor, die Zufahrt, die Mauern und Schornsteine, die Fenster und Giebel, den es umgebenden Garten. Es war, wie wenn man jemanden, in den man sich verliebt hat, nach einer Weile wiedertrifft, und all die Zweifel und die Unsicherheit, ob die Liebe diese Zeit überdauert hat, sind beim ersten neuerlichen Anblick weggewischt, und es gibt nur noch Gewißheit.

Ich begann, halb rutschend, halb kletternd, zwischen den weidenden Schafen hindurch den Hang hinabzusteigen, zum Eingang des Hauses, wo Maxim schon auf mich wartete.

Ein Krug mit Feldblumen stand in der Halle und ein zweiter, kleinerer, auf dem Küchentisch, neben Eiern und Milch und einem Früchtekuchen; in den Kaminen war Holz aufgeschichtet, aber nicht angezündet, der Boiler war beschickt. Es war ein fremdes Haus, das wir nie zuvor betreten hatten, die zurückgelassenen Möbelstücke waren alt und unvertraut, und doch fühlten wir uns nicht wie Eindringlinge. Es war vom ersten Moment an ein Heim, unser Heim.

»Am liebsten würde ich hierbleiben«, sagte ich, »gleich jetzt hier wohnen. Es besteht keine Notwendigkeit, irgendwo anders hinzuziehen.«

Wir gingen schweigend von Zimmer zu Zimmer. Das Haus war geputzt, auf Hochglanz gebracht und aufgeräumt worden, aber noch mehr als das: Man merkte, daß es in vergangenen Jahren geliebt und gepflegt worden war, obwohl einige der Räume offensichtlich seit langem nicht benutzt waren. Doch auch sie hatten nichts Formelles oder Kaltes an sich, nichts, das ich nicht mochte. Gewiß, hier mußte ein Sessel neu bezogen werden, dort die Aufhängung einer Tür erneuert werden, und wir brauchten Bilder, um die kahlen, hellen Flächen an einigen der Wände zu überdecken, aber nichts mußte dringend getan werden, und es gab nichts, das mir entschieden mißfiel.

»Wir werden es zu unserem Haus machen, in aller Ruhe«, sagte ich. »Es besteht kein Grund zur Eile.«

Wir besaßen nichts mehr, das Feuer hatte unseren gesamten Besitz verbrannt. Wir würden also ganz von vorne anfangen müssen, aber ich war glücklich darüber. All die schönen, kostbaren Dinge, das Porzellan und die Bilder, das Silber und die wertvollen Möbelstücke – ich hatte mich mit ihnen niemals heimisch gefühlt. Sie hatten Maxims Familie gehört – und Rebecca. Die Dinge, mit denen Cobbett's Brake ausgestattet war, hatte ich zwar auch nicht selbst ausgesucht, aber das war etwas anderes. Ich hatte jetzt sogar das Gefühl, daß wir sie eher geerbt als gekauft hatten; sie waren Teil der Struktur des Hauses, und wir waren verpflichtet, sie zu erhalten und zu pflegen, wie das Haus selbst.

Wir stiegen ins Dachgeschoß hinauf; die Zimmer waren staubig, die weißen Wände kahl, aber ich richtete sie im Geiste bereits ein für die Kinder, die wir vielleicht einmal haben würden, räumte Wäsche in die Schränke und Geschirr und Gläser in die Vitrinen.

Ich drehte mich zu Maxim um und sah ihn an, ganz erfüllt von meiner wiederentdeckten Freude und Begeisterung. »*Jetzt* bin ich glücklich. Verstehst du das?«

Doch gleich darauf bereute ich die Worte und hätte sie am liebsten zurückgenommen, denn vielleicht war *er* sich nicht so sicher, vielleicht hatte er dies nur für mich getan und würde hier niemals wirklich Fuß fassen; es war schließlich nicht Manderley.

»Komm mit hinaus«, sagte Maxim.

Es war immer noch warm, aber die Luft duftete jetzt nach Abend, eine Drossel schmetterte ihr Lied aus einem Fliederbusch. Wir begannen, durch den Garten zu schlendern, unter einer alten Pergola, die an der Südseite des Hauses entlanglief. Rosen und Klematis rankten sich wild wuchernd daran empor und hingen wie eine wirre, ungekämmte Haarmähne über unseren Köpfen herab. Man mußte sie in Form bringen und zurückschneiden, um sie zu zügeln, doch für den Augenblick waren sie ein herrlicher Anblick, die Klematissterne in ihrer weißen Pracht, die Rosen in üppiger Knospenfülle.

Wohin das Auge auch blickte, entdeckte man verwilderte Blumenbeete, Büsche und Kletterpflanzen, aber mich machte es glücklich, den Garten in diesem Urzustand zu sehen, denn so konnte ich von Grund auf und Schritt für Schritt planen, wie ich ihn zähmen würde. Ich wollte keinen überordentlichen, akkuraten, sterilen Garten, gepflegt von einem Stab von Gärtnern, an die ich kaum das Wort zu richten wagte, aus Angst, ich könne sie beleidigen oder meinen mangelnden Sachverstand enthüllen. Denn ich selbst hatte wenig Erfahrung mit dem Gärtnern, aber mein Vater hatte einen Garten gehabt, und ich erinnerte mich noch daran. Ich würde es schnell lernen, das wußte ich, es lag mir im Blut.

»Ich dachte«, sagte Maxim jetzt, »daß dies der Ort sei, den *du* wolltest, aber jetzt ist er auch das, was *ich* will. Als ich ihn heute wiedersah und ins Haus ging, erkannte ich, daß auch ich hier zu Hause sein werde.«

Er blieb stehen und ließ den Blick langsam über die grasbe-

wachsenen Hänge wandern, über die Schafe, die darauf weideten, und die Bäume dahinter. »Ich habe nie geglaubt, daß ich fähig sein würde, den Geist von Manderley zu besiegen – aber es wird mir gelingen. Hier wird es mir gelingen. Manderley ist Vergangenheit, aus und vorbei.« Er schaute mich an. »Über zehn Jahre hat es gedauert, es tut mir leid, daß es sich so lange hingezogen hat.«
Ich schwieg. Wir spazierten weiter und betrachteten die Umgebung, und Maxim sagte, er ziehe in Erwägung, etwas von dem umliegenden Land dazuzukaufen, vielleicht eine Farm.
»Ich werde versuchen, Frank wieder zurückzulocken. Wir könnten die Farm gemeinsam führen.«
»Er wird Schottland niemals verlassen wollen.«
»Wir werden sehen.«
Ich hielt es freilich auch für möglich, daß Frank zurückkehrte, denn seine absolute Loyalität und Ergebenheit hatten nicht so sehr Manderley gegolten als vielmehr Maxim, und vielleicht würde er wieder mit ihm zusammenarbeiten wollen.
Und so schmiedeten wir glücklich unsere kleinen Pläne, während das Licht verblaßte und die Nacht sich um das Haus und den Garten schmiegte, und nichts als Freude lag vor uns.

Dreizehntes Kapitel

Maxim sagte, ich sei wie ein Kind, das mit seinem Puppenhaus spiele, und tatsächlich widmete ich mich mit solcher Hingabe und Begeisterung unserem Einzug in Cobbett's Brake, der Überprüfung der Räume und des Inventars, daß es wie ein Spiel aussehen mochte. Dabei fühlte ich mich, trotz allen Vergnügens, das ich hatte, als lebte ich zum erstenmal das wirkliche Leben. Die Gegenwart war wichtiger als jede Vergangenheit, und die Zukunft war nur insofern von Bedeutung, als sie eine Fortführung dieser Gegenwart darstellte.

In der ersten Zeit half mir Mrs. Peck von der Farm, sooft sie konnte, und nach ein paar Wochen fand sie eine junge Frau, Dora, die jeden Tag mit dem Fahrrad aus dem nächsten Dorf kam und bereit war, alle im Haus anfallenden Arbeiten zu erledigen. Ich konnte ungezwungen mit ihr umgehen, wahrscheinlich, weil sie jung war und nicht im mindesten schwierig oder gar einschüchternd; sie war nur freundlich und eifrig darauf bedacht, meine Erwartungen zu erfüllen. Während wir Listen aufstellten, Vorhänge herunternahmen oder den Inhalt von Schränken inspizierten, empfand ich sie nicht als Dienstbotin; wir kicherten oft miteinander, und sie erzählte mir von ihrer Familie. Nur wenn Maxim auftauchte, verstummte sie – in Ehrfurcht, wie es schien. Ein- oder zweimal ertappte ich sie dabei, wie sie uns verstohlen musterte; vielleicht verwirrte sie der Altersunterschied zwischen uns oder unsere Verschiedenheit überhaupt. Ich jedenfalls hatte jeden Tag beim Aufwachen das Gefühl,

jünger zu werden, die Jahre, die ich verloren hatte, aufzuholen und die ersten Anzeichen des Älterwerdens einfach abzuschütteln. Ich trällerte den ganzen Tag vor mich hin, war übermütig und unbeschwert.
Und Schritt für Schritt machte ich mir das Haus zu eigen, ich lernte seine Eigenheiten kennen, erfuhr, welche Tür nicht richtig schloß, durch welche Fenster es zog, wo die Morgen- und die Abendsonne hereinfiel, wie uneben die Fußbodenbretter auf dem ersten Treppenabsatz waren. Maler kamen, strichen Zimmer um Zimmer; einige Teile der wurmstichigen Kücheneinrichtung und ein paar alte, fadenscheinige Teppiche wurden weggeworfen, und ich beschloß, neue Sessel für den hübschen, langgestreckten, hellen Salon anzuschaffen, der auf den schönsten Teil des Gartens hinausging. Jeden Morgen freute ich mich aufs neue an dem freundlichen Charakter von Cobbett's Brake, wenn ich in der Frühe darin herumwanderte, von der Küche zum Eßzimmer zur Halle, Fenster und Türen öffnete, auf die grasbewachsenen Hänge hinausschaute, die um uns herum anstiegen, und immer hatte ich das Gefühl, daß es mich willkommen hieß, beinahe, als hätte es auf uns gewartet.
Maxim hatte begonnen, den Bezirk zu durchstreifen, mit Farmern und Grundbesitzern zu sprechen, herauszufinden, welches Land er erwerben könnte, welche Farm zu pachten war. Er wolle Schafe haben, sagte er, und reichlich Wald, eine Herde Milchkühe und gutes Weideland, aber er wolle sich beraten lassen und die Sache langsam angehen. Außer der Home Farm gehörten vier Cottages zu Cobbett's Brake, wo Landarbeiter wohnen konnten, und er begann sich nach Arbeitskräften umzusehen, sich mit den Männern im Dorf bekannt zu machen. Verglichen mit Manderley war Cobbett's Brake kein großer Besitz, aber da wir nicht annähernd

so viel Personal haben wollten, bliebe für Maxim mehr zu tun. Ich konnte förmlich zusehen, wie er immer jünger wurde, wenn er mit ausholenden Schritten die Zufahrt entlangkam oder mühelos die Hänge hinaufkletterte. Sein Gesicht hatte schon nach ein paar Tagen eine gesunde Farbe angenommen, denn es war ein warmer, trockener Frühsommer wie im Bilderbuch. Maxim ging es blendend, und damit war unser Glück, so dachte ich, perfekt.

Doch etwas fehlte uns dennoch, und obwohl wir nie darüber sprachen, wurde es mir in jenen Tagen mehr und mehr bewußt, während die Rosenknospen sich öffneten und über jede Mauer, jeden Sims und jeden Zaun herrliche üppige Blüten lugten, rosé, perlmutt, kräftig rot und in Wogen von reinstem Weiß, und das dichte Laub der Bäume saftig glänzte. Es war ein berauschender, hinreißender Sommer, aber im Herzen der Dinge klaffte ein leerer Raum.

Ende Juni wachte ich eines Morgens um fünf Uhr früh auf und konnte nicht mehr einschlafen. In der Nacht war es drückend heiß und stickig gewesen, ich fühlte mich wie zerschlagen, und meine Augen waren geschwollen. Der Duft der Rosen, die sich in ausladenden Ranken von dem niedrigen Dach unter unserem Schlafzimmerfenster ergossen, hing moschussüß, überwältigend schwer im Raum. Ich ging leise die Treppe hinunter und schlüpfte durch die Seitentür ins Freie. Hier war die Luft frisch und recht kühl, die Schafe lagen schläfrig und still an den Hängen verstreut. Ich wanderte durch den Laubengang und auf den Weg hinaus, der zu dem großen, erhöht liegenden, runden Teich führte. Wir hatten noch keine Möglichkeit gehabt, ihn reinigen oder den Springbrunnen reparieren zu lassen, und ich blickte auf das dunkle Wasser hinunter, auf dem ein Geflecht aus alten, weit offenen Seerosen schwamm, und fragte mich, ob sich wohl irgendwo in diesem geheimen, verwinkelten Reich noch Fische tummelten. Ich setzte mich auf den flachen, steinernen Rand des Beckens. Der Himmel war perlgrau, das Gras dunkel von Tau.

Dies ist Glück, dachte ich, und ich bin mittendrin. Hier. Jetzt.

Und als ich aufschaute, sah ich sie durch den Garten und die grasbewachsenen Hänge heruntertollen, sah sie so deutlich, als seien sie tatsächlich da, drei Jungen – so wie ich mir auf Manderley immer Jungen vorgestellt hatte –, zwei davon älter, kräftig, stämmig, lebhaft, jauchzend und einander schubsend, und der kleine, stiller, nachdenklicher, in sich gekehrter. Sie rannten über das Gras, den Kiesweg entlang, einer riß an einer Blüte, ein anderer schwang einen Stock über seinem Kopf durch die Luft. Ich sah ihre strahlenden Gesichter, sah, daß sie offene und gutmütige Züge hatten, sah ihre zerzausten Haarschöpfe und die wohlgestalteten Köpfe, so edel geformt wie der Maxims. Ich sah sie so deutlich, daß ich glaubte, ich brauchte nur die Arme auszubreiten, und sie würden sich hineinstürzen, übereinander purzelnd, und ein jeder wollte der erste sein, um mir dieses zu erzählen, mich über jenes zum Lachen zu bringen. Ich spürte ihre kleinen, warmen Körper, wußte, wie ihr Haar sich anfühlte, dick, leicht spröde, federnd, wenn ich es berührte. Ich schaute zu dem Kleinen hinüber, winkte ihn zu mir, und er lächelte, sehr ernst, aber er würde bis später warten, wenn die anderen davongetollt waren und wir mehr Ruhe hatten. Dann würden wir vielleicht hier sitzen und in das dunkle, tiefe Wasser des künstlichen Teiches hinunterstarren und darauf warten, einen hellen Streifen zu sehen, das Glänzen eines Fischleibes. Er würde nicht sprechen oder herumzappeln, sondern sehr still und sehr geduldig sein, gänzlich zufrieden damit, einfach nur bei mir zu sein und zu warten, und das Lärmen seiner Brüder würde vom

Ende der Zufahrt herüberschallen, wenn sie wieder davonstürmten.
Ich blieb sitzen, tauchte eine Hand ins Wasser und ließ es zwischen meinen Fingern hindurchrieseln, während die Sonne langsam über den Horizont kletterte, schräge, blaßgoldene Strahlen wie Finger auf das Gras legte und schließlich auch die Blütenblätter der Albertine-Rose berührte, die die Ostmauer überwucherte. Ich hatte jeden Abend der letzten Woche damit verbracht, Pläne für den Garten zu entwerfen, Listen zu erstellen, Zeichnungen davon anzufertigen, wie es hier und da und dort drüben in ein paar Jahren aussehen sollte, und jetzt sah ich, wie ich vorher die Kinder gesehen hatte, den Garten, wie er sein würde, und sehnte mich auch *danach*. Doch die Gestaltung eines Gartens war schließlich nur eine Frage von Zeit und Fleiß. Ich hörte, wie sich oben ein Fenster öffnete, das schwache Rauschen laufenden Wassers. In ein paar Minuten würde Maxim zu mir herauskommen, und wir würden gemeinsam durch den Garten schlendern, und ich würde ihm von meinen Ideen berichten: Dies würden wir abnehmen, jenes zurückschneiden, hier ein neues Beet anlegen, das Spalier reparieren, ich mußte mich um den Springbrunnen kümmern, und Mr. Peck würde jemanden für den Gemüsegarten schicken, vielleicht käme er heute schon.
All das war einfach, darüber konnte ich fröhlich sprechen, Zuversicht empfinden – aber die Kinder, über sie konnte ich nicht sprechen. Aus irgendeinem Grund hatte ich schreckliche Angst, daß es Unglück brächte, wenn ich das Thema Maxim gegenüber anschnitt, und daß mein Wunsch dann nie in Erfüllung ginge. Rebecca hatte keine Kinder bekommen können, das hatte sich am Ende herausgestellt. Aber ich war nicht wie Rebecca, durfte es nicht sein.
Ich stand auf. Plötzlich war mein Kopf ganz klar, die Ent-

scheidung gefallen. Ich konnte nicht mit Maxim sprechen, jedenfalls nicht zu diesem Zeitpunkt, aber ich wollte auch nicht Monate und Jahre dahintreiben, hoffend, auf das Glück vertrauend, ohne etwas zu unternehmen. Ich hatte immer angenommen – wir hatten es beide getan –, daß wir Kinder haben würden, und soviel ich wußte, gab es keinen Grund, weshalb einer von uns es nicht sollte, aber Gewißheit hatte ich in diesem Punkt nicht. Ich wußte nur sehr wenig über meinen Körper, ich war nie krank, hatte kaum je einen Arzt aufgesucht. Jetzt, da ich meinen Entschluß gefaßt hatte, wurde mir bewußt, daß ich gar keine Ärzte kannte. Der letzte, den ich aus der Nähe gesehen hatte, war der Spezialist in London gewesen, zu dem wir alle an jenem schrecklichen, stickigen Nachmittag gegangen waren, als wir eine Information über Rebecca brauchten. Dr. Baker. Ich sah ihn jetzt vor mir, wie er ins Zimmer kam, in weißen Tennishosen und blauer Sportjacke, mitten aus einem Match herausgerissen.
Zu ihm konnte ich nicht gehen. Aber zu wem dann? Wie fand man einen guten Arzt? Ich kannte niemanden, den ich fragen konnte. Wenn einer von uns beiden krank würde, könnte ich natürlich sofort den Namen des hiesigen Arztes erfahren, von Dora oder Mrs. Peck. Aber ich scheute mich davor, jemanden aufzusuchen, dem ich dann vielleicht eines Tages auf gesellschaftlicher Ebene wieder begegnete – denn wir würden Leute kennenlernen, ich wollte Freunde gewinnen, mich in unsere Nachbarschaft eingliedern, und dann war es sehr naheliegend, auch den ortsansässigen Arzt einzuladen.
Nein, ich würde nach London fahren, dachte ich, so wie Rebecca es getan hatte, würde auf unpersönlicher Ebene ganz formell jemanden konsultieren, der nichts über mich wüßte. In früheren Tagen hätte ich Beatrice um Rat fragen

können. Jetzt hatte ich niemanden. Ich fühlte mich hilflos und ängstlich, spürte zum erstenmal, seit wir wieder in England waren, wie isoliert Maxim und ich lebten, wie abgeschnitten von der Welt.

Maxim trat aus der Tür, blieb ein paar Sekunden stehen und schaute sich um, und ich sah die Freude, die sein Gesicht erhellte, den Ausdruck der Zufriedenheit, als er das Haus, den Garten, die grasbewachsenen Hänge in sich aufnahm. Er war so glücklich, wie ich es war, er liebte Cobbett's Brake. Nein, wir durften nicht für den Rest unserer Tage allein vor uns hin leben. Es hatte so wenig Sinn, alles herzurichten, Land dazuzukaufen, den Besitz aufzubauen, bloß um dann im Alter wie die Vorbesitzer alles der Verwahrlosung preiszugeben und es schließlich leer zurückzulassen, weil wir die Arbeit nicht mehr bewältigen konnten und es niemanden gab, der es weiterführte. Ich muß Kinder bekommen, muß diese Jungen haben, dachte ich mit glühender Entschlossenheit. Ich muß, ich will sie haben, für mich, aber noch mehr für Maxim – und für Cobbett's Brake.

Und ich ging den Weg entlang, auf ihn zu, und die Kinder folgten mir knapp außer Sichtweite.

Vierzehntes Kapitel

Ich hatte die Antrittsbesuche vergessen, jenen schrecklichen alten Brauch auf dem Land, der mir in Manderley so viel Verlegenheit und Unbehaglichkeit beschert hatte. Aber sie waren alle gekommen, jeden Tag ein neuer Besucher, schien es, aufdringliche Frauen und manchmal auch ein Ehemann, neugierig auf die neue Mrs. de Winter. Ich hatte in unserem offiziellen Empfangssalon auf einer Stuhlkante gesessen, mußte Konversation treiben und versuchen, ihre Fragen zu beantworten, und, was noch schlimmer war, die Besuche erwidern, wobei ich nie wußte, was ich sagen sollte, und nur darauf wartete, daß die Zeit verging und meine Qual endlich ein Ende hatte. Aber das lag ein Lebensalter zurück. Wir waren so lange fort gewesen, und dann war der Krieg gewesen, der so vieles verändert hatte – das stellte ich bereits in jenen ersten Wochen in Cobbett's Brake fest. Einige der alten Formalitäten, Zwänge und gesellschaftlichen Barrieren bröckelten ab, und ich war erleichtert und froh darüber, daß diese Dinge zusehends weniger starr und reglementiert verliefen. Ich war in Manderley selten wirklich entspannt gewesen, weil ich nie sicher war, ob ich mich den Regeln entsprechend verhielt, dabei hatte Maxim in jenen Tagen so viel Wert auf all das gelegt, und ich war so ängstlich darauf bedacht gewesen, ihn nicht zu enttäuschen.

Ich wußte, daß er sich ein paar Grundbesitzern und den ortsansässigen Farmern vorgestellt hatte, und war auch sicher, daß Mrs. Peck und Dora über uns gesprochen hatten, obwohl ich ihnen zu erklären versucht hatte, daß wir sehr zurückhaltende Menschen seien, die am liebsten für sich waren und ein ruhiges Leben schätzten. Ich wollte nicht riskieren, daß die Nachricht von unserer Ankunft sich zu weit verbreitete; es war zwar unwahrscheinlich, daß die Leute hier unsere Geschichte kannten, aber es konnte immer sein, daß sich jemand erinnerte, eine alte Zeitung ausgrub, vielleicht mit einem Verwandten aus unserer früheren Gegend sprach.

Und so war ich sofort alarmiert, als ich das Motorgeräusch eines fremden Wagens, das Knirschen von Reifen auf dem Kies vor dem Haus hörte. Ich hatte gerade mit Ned Farraday, der jetzt im Garten arbeitete, darüber gesprochen, ob es sinnvoll sei, eine alte, verfallene Mauer, die die Südseite des Grundstücks begrenzte, wieder aufzubauen, oder ob sie zu kaputt sei und ersetzt werden sollte. Zu Manderley-Zeiten wäre es natürlich Frith gewesen, der mir den Besucher ankündigte, indem er in seiner feierlichen, würdevollen Art auf mich zukam, mit einem Silbertablett in der Hand, auf dem eine weiße Visitenkarte lag, aber jetzt schaute Ned zur Zufahrt hinüber und sagte: »Ach, Mrs. Butterley! Haben Sie sie schon kennengelernt?«

»Nein«, antwortete ich und merkte, daß sich ein nervöses Brennen in meinem Magen ankündigte und ich meine Finger fest in meinen Handflächen zusammenballte.

»Nein, ich glaube nicht. Ist sie eine Nachbarin, Ned?«

»Könnte man sagen«, grinste er. »Ist mit dem alten Oberst verheiratet, drüben in Thixed, aber im Umkreis von vierzig Meilen ist für diese Mrs. Butterley jedermann ein Nachbar.«

»Ich verstehe.«

Ich sah dem unerwarteten Besuch voller Unruhe entgegen, entwarf im Geiste bereits die höflichen Floskeln, die ausweichenden Antworten, ja, ich nahm es dieser Mrs. Butterley richtig übel, daß sie uns störte. Meine – unsere – Tage auf Cobbett's Brake erschienen mir einfach zu kostbar, um sie mit jemandem zu teilen. Ich hatte das Gefühl, daß die Zeit uns entglitt, daß wir sowieso schon zuviel davon verloren hatten, und ich konnte es nicht ertragen, noch mehr davon an Leute zu verschwenden, die ich nicht kennen mußte. Ich wollte das Haus in Ordnung bringen, den Garten herrichten, mit Maxim zusammensein, das war alles. Und grübeln wollte ich, träumen, Pläne schmieden. Ich fühlte mich wie eine alte, abweisende Einsiedlerin, ängstlich darauf bedacht, unsere Privatsphäre zu bewahren.

»Guten Tag«, sagte ich und brachte ein Lächeln zustande, das mir steif und unehrlich vorkam. »Wie reizend von Ihnen, uns zu besuchen.« Und ich ging auf sie zu, um sie zu begrüßen. Aber schon, während ich das tat, während ich sprach, noch bevor sie etwas sagte, wußte ich, daß ich unrecht hatte, vollkommen unrecht, und ich spürte eine Mauer in mir einstürzen und all meine Vorbehalte sich in Luft auflösen. Ich blickte in ihr offenes, klares, lebhaftes Gesicht und sah das einer Freundin, eines Menschen, von dem niemals eine Bedrohung ausgehen könnte.

Sie war eine hochgewachsene Frau, breitschultrig, mit einer ungeordneten Flut kastanienbraunen Haares, das an den Schläfen schon grau wurde. Sie hatte einen in Zeitungspapier eingeschlagenen Armvoll Rosen dabei, und noch etwas, in ein Geschirrtuch eingewickelt.

»Nun«, rief sie und brach in schallendes Gelächter aus, »wie ich sehe, trage ich Eulen nach Athen! Ich hätte mir denken können, daß all die alten Rosen wiedergekommen sind – aber es scheint ihnen hier zu gefallen, und außerdem haben Rosen sowieso ihren eigenen Kopf und blühen, wo sie blühen wollen. Trotzdem, hier sind ein paar von unseren, man kann nie zu viele haben. Ich mag Schalen voll, überall im Haus verteilt. Sie nicht?«

Ihr Händedruck war angenehm fest. »Guten Tag, wie geht es Ihnen?! Ich bin Bunty Butterley, wir sind Nachbarn, mehr oder weniger. Natürlich kannten wir die alten Dennises gut, die armen Seelen. Sie haben sich viel zu lange hier abgestrampelt, ich bin nur froh, daß sich wieder jemand um das Haus kümmert, ihm viel Liebe und Zuwendung schenkt. Das ist alles, was ein Haus braucht, nicht wahr? Liebe – wie die Alten und die Jungen, wirklich ...« Sie drehte sich um und betrachtete Cobbett's Brake voller Wohlgefallen.

»Und mein Gott, was für ein Haus – es ist wirklich vollkommen, nicht wahr? Nichts stört daran. Sie sollten unser viktorianisches Ungeheuer sehen – ich liebe es natürlich auf seine Weise, möchte nirgendwo anders leben, aber es ist einfach häßlich und hat so manche Unbequemlichkeit, mit der man sich abfinden muß. Hier dagegen haben Sie nichts anderes zu tun, als zu bewundern und zu genießen und es in der alten Weise weiterzuführen.«

»Möchten Sie nicht hereinkommen? Ich wollte gerade Kaffee trinken. Dora wollte mich in fünf Minuten rufen.«

»Richtig, Sie haben ja diesen Engel, Dora Ruby. Salz der Erde, diese Familie ...«

Sie folgte mir durch die Seitentür ins Haus und steuerte unter lauten Entzückensrufen auf die Küche zu. Ich wußte, daß es in Ordnung war, daß ich nicht besorgt sein mußte – sie war eine Freundin, keine »Antrittsbesucherin«, und ich konnte sie unbesorgt in jedes Zimmer führen.

»Ich habe Ihnen einen Kuchen mitgebracht, aus so einer Art Fütterinstinkt, nehme ich an, und außerdem ist es eine Freude, Essen herschenken zu können, nachdem wir alle während jener trostlosen Jahre so knickerig und geheimnistuerisch sein mußten und alles in unseren kleinen Vorratskammern horteten. Allerdings brauchen Sie ja mich und meine Gaben eigentlich nicht, wo Sie Dora haben – hallo, Dora, meine Liebe, Sie wußten bestimmt, daß ich irgendwann herkommen würde. Ich nehme nicht an, daß Mrs. de Winter von Besuchern überschwemmt worden ist, wir haben derlei ziemlich eingeschränkt, und das ist auch gut so. Wir sind jetzt alle vollauf beschäftigt und machen Besuche nur, wenn wir wollen, nicht weil wir denken, daß wir es tun sollten.«

Sie ist wie Beatrice, dachte ich, während ich lächelnd ihrem fröhlichen Redeschwall lauschte. Wie meine Schwägerin schien sie einen Raum sofort mit ihrer Persönlichkeit auszufüllen, sie hatte die gleiche unbekümmerte, offene Art, mit Menschen umzugehen, und bei ihr gab es keine Angeberei, keine Falschheit. Kein Wunder also, daß ich mich auf Anhieb wohl und entspannt bei ihr fühlte.

Ich trat vor und nahm Dora das Tablett ab. »Ich bin so froh, daß Sie gekommen sind«, sagte ich. »Ich hatte mich schon gefragt, wann ich jemanden zum Plaudern finden würde.« Und ich erkannte, daß das die Wahrheit war: Ich hatte Lust, mit Mrs. Butterley zu reden, ihr Fragen zu stellen, ihre Gesellschaft zu genießen.

»Bunty Butterley«, sagte sie, als sie mir in den kleinen Salon folgte, der um diese Tageszeit am sonnigsten war. »Ist das nicht ein lustiger Name? Ursprünglich hieß ich Barbara Mount – viel gesetzter, nicht wahr? –, aber irgendwie wurde in der Generation meiner Mutter aus jeder Barbara eine Bunty, und dann setzte ich noch eins drauf, indem ich Bill heiratete und den Nachnamen Butterley an Land zog. Natürlich habe ich mich inzwischen daran gewöhnt.«

Sie ließ sich in den Sessel neben dem Fenster fallen und sah sich ausgiebig in dem Raum um. »Ja. Sie lieben dieses Haus, das kann ich sehen. Sie erneuern und verschönern manches, halten aber sein Herz und seine Seele intakt. Das gefällt mir.«

»Jede Einzelheit schien ihre Berechtigung zu haben, als wir hierherkamen. Ich wollte nicht viel verändern. Regelrecht verliebt habe ich mich aber in das Äußere des Hauses.«

»Wer würde das nicht? Hier drin war es ziemlich trostlos geworden, wissen Sie – wir kamen im vorletzten Winter eines Nachmittags her, und es war kalt wie in einer Gruft, und alles war so schäbig und, um die Wahrheit zu sagen, auch ein bißchen schmuddelig. Man sah sich den Löffel genau an, bevor man seinen Tee damit umrührte, und wischte ihn verstohlen mit einem Rockzipfel ab. Wir fragten uns alle, wer es wohl übernehmen würde, nachdem klar war, daß Mr. Roderick nicht interessiert war – er hat sich nach seinem Militärdienst bei der Armee verpflichtet, kann wohl den nächsten Krieg kaum erwarten, wenn Sie mich fragen. Bill war nie so, obwohl er Oberst war. Er ist Jahre älter als ich, wissen Sie, ich bin seine zweite Frau. Die erste starb schon ein paar Monate nach der Hochzeit, das arme Ding, und dann hatte er die Armee und so weiter – ich war schon ziemlich alt, gut über dreißig, als er mit mir anbändelte, aber wir haben es trotzdem zu vier Töchtern gebracht. Natürlich sind sie alle längst flügge, aber sie kommen an diesem Wochenende wieder mal nach Hause, mit Freunden und wer weiß wem, das wird eine Plackerei. Aber wir würden es nicht anders haben wollen – solange sie uns ansonsten in Ruhe lassen. Ihre sind im Internat, ja?«

»Nein«, erwiderte ich rasch. »Nein, wir haben keine Kinder, es ...«

»O Gott – ist das ein Problem? Verzeihen Sie mir, meine Liebe, wie ungeheuer taktlos! Es geht mich nicht das geringste an, vergessen Sie, daß ich es gesagt habe.«

»Nein.« Ich stand hastig auf und goß mir Kaffee nach. Die

Sonne durchflutete den behaglichen, kleinen Raum, und ich verspürte plötzlich den Drang zu erzählen, mir all das, was ich an Gefühlen und Sorgen jahrelang fest in mir eingeschlossen hatte, einmal von der Seele zu reden. Ich hatte außer Beatrice noch nie jemanden gekannt, bei dem ich mich sofort so wohl gefühlt hatte – und so voller Vertrauen. Mrs. Butterley war gewiß keine besonders tiefgründige oder sensible Frau, aber sie war freundlich, warmherzig, großzügig, ich hatte nicht das Gefühl, daß sie abweisend ober herablassend reagieren würde, wenn ich ihr mein Herz ausschüttete.

»Nun …«, begann ich, »um die Wahrheit zu sagen, es *ist* ein Problem. Es ist sehr schwierig. Könnten Sie mir vielleicht einen Arzt nennen, zu dem ich gehen kann? Wir waren lange im Ausland, und ich kenne keinen und wüßte auch nicht, wie ich den richtigen finden sollte. Aber … ich möchte nicht, daß darüber geredet wird.«

Ich spürte, wie mir die Röte ins Gesicht stieg. Sie schaute mich offen an, ihre Augen waren ernst. »Aber das ist doch ganz selbstverständlich. Es wird Sie vielleicht überraschen, aber ich bin sehr gut im Nichttratschen – das hat mir mein Vater beigebracht. Du darfst jederzeit über irgendwelche unwichtigen Dinge schwatzen, sagte er, aber plaudere niemals etwas aus, das von Bedeutung ist. Ich habe immer versucht, mich daran zu halten.«

»Ja«, sagte ich, »das glaube ich. Ich danke Ihnen.«

»Und was den Arzt für Sie betrifft, werde ich ein paar diskrete Nachforschungen anstellen müssen. Ich hatte keine Probleme mit dem Kinderkriegen, wissen Sie, da reichte es, daß sich der ortsansässige Doktor, der alte Broadford, um mich kümmerte. Er ist inzwischen natürlich im Ruhestand, die Praxis führt jetzt ein forscher junger Mann, den ich nicht besonders mag, aber er versteht sich auf die

Behandlung der Husten und Erkältungen und der Arthritis von Bill. Wir sind nicht oft krank, doch ich denke, man muß sich mit dem Gedanken befassen, daß das Alter näherrückt. Aber ich habe eine Nichte und eine Schwester in London, die mir weiterhelfen können. Ich werde es Sie wissen lassen, es wird bestimmt nicht lange dauern. Ach, wollen wir ein wenig hinausgehen und uns die Rosen anschauen? Ich kann Ihnen sagen, wo man durch gute Pflege etwas retten kann, oder vielleicht möchten Sie an den Stellen ja etwas anderes pflanzen. Bestimmt haben Sie Ihre eigenen Ideen, und sicherlich auch die richtigen. Gärtnern Sie denn gern? Wir sind leidenschaftliche Hobbygärtner.«
Und damit setzte sie sich in Bewegung, verließ mit großen Schritten das Haus, rief nach Ned. Ich fragte mich, wie sie Maxim gefallen würde, ob er sie anstrengend fände, aber es spielte keine Rolle. In diesem Moment tat sie mir gut, ihre geradlinige Art war genau das, was ich brauchte. Und sie hatte keine einzige Frage über Maxim und mich gestellt, uns anscheinend sofort als das akzeptiert, was wir waren.
Wir traten hinaus in den sonnenbeschienenen Garten.

»Sein Name ist Lovelady.« Mrs. Butterley hatte mich früh an jenem Abend angerufen. »Das ist, da müssen Sie mir zustimmen, der denkbar göttlichste Name für einen Gynäkologen, und meine Nichte meint, er sei der absolute Spitzenmann, sie würde keinen anderen in Betracht ziehen. Sehr einfühlsam, was Ihnen sicherlich wichtig ist, aber nicht gefühlsduselig. Sagt einem gleich, was Sache ist.«
»Ich glaube, das wäre mir auch lieber.«
»Natürlich. Sie wollen doch wissen, woran Sie sind. Er sitzt auch nicht in der Harley Street, was ein Segen ist, würde ich sagen, es ist eine so trostlose Straße. Seine Praxis liegt in Kensington, an einem hübschen, ruhigen Platz.« Sie gab

mir Adresse und Telefonnummer. »Ich würde Ihnen ja anbieten, Sie zu begleiten, ich hätte nichts gegen einen Tag in der Stadt, und natürlich brauchen Sie es nur zu sagen, aber ich glaube, Sie gehen lieber allein hin, habe ich recht?«
»Ja, das wäre mir in der Tat lieber, Bunty. Aber ich danke Ihnen.«
»Nicht der Rede wert. Und machen Sie sich keine Sorgen, es kommt, wie es kommt. Regen Sie sich nicht auf – aber natürlich habe ich leicht reden. Viel Glück.«
Ich hatte den Namen und die Nummer auf ein Stück Papier geschrieben, und als ich jetzt Maxim auf der Treppe hörte, stopfte ich es hastig in meine Tasche, als wäre ich mir einer Schuld bewußt. Und ich fühlte mich tatsächlich schuldig. Ich wußte nicht, warum, aber ich wollte das alles heimlich tun, ihm nie davon erzählen. Falls der Arzt sagte, er wolle Maxim ebenfalls untersuchen, würde ich einfach behaupten, das sei unmöglich, und die Angelegenheit auf sich beruhen lassen. Es schien mir fast eine Ehrensache zu sein, daß ich mich allein darum kümmerte. Wir hatten schon lange nicht mehr über Kinder gesprochen.
Ich versuchte, sehr sorgfältig zu planen, wie ich Maxim das Thema einer Reise nach London präsentieren würde, wälzte Formulierungen und Gründe in meinem Kopf herum, sprach sie sogar vor mich hin. Ich mußte den richtigen Moment wählen, es vielleicht sagen, wenn ich gerade das Zimmer verließ, so ganz nebenbei, als sei es von keiner besonderen Bedeutung, eine spontane Eingebung.
Aber seit Bunty mir den Namen des Arztes genannt hatte, konnte ich an nichts anderes mehr denken, es erschien mir so dringend, ich konnte nicht warten.
Mitten beim Essen sagte ich: »Maxim, ich möchte nach London fahren«, stieß es so unvermittelt hervor, daß er erstaunt aufblickte.

»Du willst doch nie nach London fahren. Du haßt London, besonders bei diesem Wetter.«
»Ja, ich weiß … Was ich meine, ist, ich muß hin, ich muß mir ein paar Sommersachen kaufen, ich habe kaum etwas, und dann sind da noch Dinge für das Haus …« Jetzt konnte ich nachempfinden, wie sich eine Frau fühlt, die lügt, um ihren Geliebten treffen zu können. Ich war sicher, daß Maxim mißtrauisch würde. Bitte, flehte ich, bitte.
»Willst du, daß ich mitkomme?«
»O nein«, antwortete ich, viel zu schnell. »Nein, du würdest dich schrecklich langweilen.«
»Ja – kann sein.«
»Sei nur so nett und fahr mich zum Bahnhof, ich möchte früh los – irgendwann nächste Woche.«
»In Ordnung. Ich wünschte, Frank würde schreiben. Ich möchte endlich wissen, ob er herkommt und die Farm und das zusätzliche Waldland mit mir in Augenschein nimmt. Ich brauche seinen Rat.«
Zutiefst erleichtert stürzte ich mich in eine Diskussion über den geplanten Landkauf, eifrig bemüht, Interesse zu zeigen, um sicherzustellen, daß das Thema London nicht mehr angeschnitten wurde. Es war überraschend einfach gewesen.
Nicht so einfach war es, sofort einen Termin zu bekommen. Dr. Lovelady war restlos ausgebucht, erfuhr ich, als ich am Morgen des folgenden Tages anrief, er habe für fast einen Monat keinen Termin frei.
»Oh – damit hatte ich nicht gerechnet«, sagte ich. »Natürlich verstehe ich das, aber gibt es nichts, keine Möglichkeit … ich … ich … es ist wirklich dringend.«
Beschämt hörte ich, wie meine Stimme alles verriet: meine Ängste, meinen Kummer und meine Aufregung. Ich hatte nicht gewußt, wie viel mir an diesem Arztbesuch lag. Jetzt,

da ich den Entschluß gefaßt hatte, konnte ich den Gedanken nicht ertragen, noch mehrere Wochen zu warten.

»Bitte bleiben Sie dran.« Sie legte den Hörer hin, ich hörte ihre Schritte, Stimmen in einem anderen Zimmer. Ich stellte mir vor, wie sie sagte: »Sie klingt sehr beunruhigt, da scheint ein ernstes Problem vorzuliegen. Meinen Sie, Sie könnten es ermöglichen, sie sich anzusehen?« Ich kam mir idiotisch vor.

»Mrs. de Winter – Dr. Lovelady wird Sie nach seiner Visite in der Klinik am Donnerstag empfangen. Können Sie um drei Uhr hiersein?«

»Ja. Ja, natürlich! Oh, ich bin Ihnen so dankbar.«

Ich wollte weinen und tanzen und zu Maxim laufen, rufen: »Es wird alles gut, wir können noch Kinder bekommen«, und wieder sah ich sie über den Rasen stürmen, die Ponys von der Weide holen. Denn in meiner Phantasie war ich der Zeit weit voraus, alle Probleme waren gelöst, ich hatte jetzt keine Angst mehr. Alles würde gutgehen, so wie es mit dem Haus gutgegangen war.

Ich hörte, wie Dora ankam und wenig später fröhlich singend das Steingutgeschirr ins Spülbecken stapelte.

»Ich fahre nach London hinauf, Dora«, sagte ich kurz darauf zu ihr. »Am Donnerstag. Ich werde erst spät zurückkommen. Könnten Sie Mr. de Winter vielleicht ein leichtes Abendessen zubereiten?« Und wir diskutierten, ob es Forelle oder Lachs sein sollte und ob die Tomaten bald reif sein würden, und während wir das taten, erkannte ich, daß ich mich irgendwie anders fühlte, zuversichtlich – erwachsen. Endlich.

»Du bist ja ganz aufgeregt«, stellte Maxim belustigt fest. »Du siehst aus, als würdest du zu einem Rendezvous fahren.«

Ich spürte, wie mein Gesicht brannte.

»Ich gönne es dir, du brauchst mal einen Tag Abwechslung. Schade, daß du keine alte Freundin hast, die dich begleitet.«
»Ich bin vollkommen zufrieden allein, Maxim. Es wird mir so viel besser gefallen.«
»Nun, versprich mir, daß du dir ein besonders schönes Mittagessen gönnen wirst.«
»O nein, ich werde nur irgendwo ein Sandwich essen – ich würde mich schrecklich unbehaglich fühlen, allein in einem Restaurant.«
Nein, das ist nicht der Grund, dachte ich, als ich in den Zug stieg und zu Maxim hinausschaute, ihm winkte, als der Zug losfuhr. Nein, ich würde keinen Bissen hinunterbringen, bevor ich bei dem Arzt gewesen war, bevor ich gehört hatte, was er mir zu sagen hatte, nicht, bevor ich wieder auf die Straße hinaustrat und Bescheid wußte.
An diesem Tag erschien London mir besonders schön, die Straßen glänzten im Sonnenlicht, das die Fenster der Busse und Taxis wie blitzende Spiegel reflektierten, und nur unter Bäumen war ab und zu ein schattiges Plätzchen, wo ich stehenblieb, um Luft zu schnappen und mich abzukühlen. Die Gebäude sahen noch eleganter und würdevoller aus, als ich sie in Erinnerung hatte, selbst der Rücken von Prinz Albert, der ernst in seinem Denkmal saß, schien mir einen besonders anmutigen Bogen zu beschreiben. Ich sah ihn – wie alles hier – mit anderen Augen. Während ich durch den Park wanderte, seilspringende Kinder und Kindermädchen in Marineblau betrachtete, die auf den Bänken beieinandersaßen und schwatzten, während ich den Vögeln und den Segelbooten zusah, war mein Herz so leicht wie eine Feder, denn auch ich würde Babys haben, die zu stämmigen, sonnengebräunten Kindern heranwuchsen wie die-

se hier, die ihre Drachen in den strahlenden Himmel steigen ließen, mit fröhlichen Gesichtern und leuchtenden Augen.

Vorher hatte ich einige Geschäfte aufgesucht, schließlich mußte ich ein paar Röcke, Blusen und Stoffmuster mit nach Hause bringen, als Rechtfertigung für meine Reise. Aber ich hatte mich damit beeilt, wahllos etwas herausgegriffen, und war lieber noch durch die Kinderabteilung gebummelt, hatte mir Wickelkommoden und Wiegen angesehen und, ein Stockwerk höher, Kricketschläger und Puppenhäuser. So manches stellte ich mir schon in Cobbett's Brake vor, und dann lächelte ich die Verkäuferinnen an, als teilten wir ein Geheimnis.

Dies alles hätte ich nicht so genießen können, wenn ich nicht allein gewesen wäre. Ich verbrachte den Tag damit, das Vergnügen fest an mich zu drücken, es auszukosten, auszudehnen. Diesen Tag werde ich nie vergessen, dachte ich. Wenn ich an ausgebombten Grundstücken vorbeikam, sah ich weder die rußgeschwärzten Ruinen noch den Unrat und die tiefen Krater, die die Bomben gerissen hatten – nur die wilden Blumen, die zwischen den geborstenen Mauern und Steinhaufen emporwuchsen.

Es war sehr heiß, aber ich merkte es gar nicht, denn ich schwebte zwei Zentimeter über dem Boden, und der Spaziergang strengte mich überhaupt nicht an.

Der Platz war groß und von hohen, pastellfarbenen Häusern umrandet. Kastanienbäume und Platanen warfen tiefe Schattenteiche. In der Mitte lag ein eingezäunter Garten, in den Kinder zwischen großen, grünen Büschen spielten. Wieder Kinder, überall in dieser Stadt begegnete ich Kindern.

Und dann das Haus mit dem Messingschild, das glänzte wie Gold, und darauf die magischen Worte.

Ich fuhr mit einem alten Lift, der sich gemächlich aufwärts bewegte, durch das schattige, stille Haus.
»Würden Sie sich bitte ins Wartezimmer setzen, Mrs. de Winter? Dr. Lovelady wird bald kommen.«
Aber das Warten machte mir nichts aus, ich war glücklich, einfach hier zu sitzen. Es war ein Raum mit hoher Decke, erfüllt von dem Ticken einer Uhr und dem schwach aus der Ferne heraufklingenden Lärmen der Kinder auf dem Platz, und es roch ein wenig aseptisch und eine Spur nach Lavendel-Möbelpolitur. Mich reizten weder die aufgestapelten Magazine noch die ordentlich zusammengefalteten Zeitungen, ja, nicht einmal die Zeichnungen an den Wänden betrachtete ich. Ich wollte nur dasitzen, in dem Bewußtsein, wo ich war und weshalb, und diesen Moment festhalten wie einen kostbaren Gegenstand.
»Mrs. de Winter?«
Er war jünger, als ich erwartet hatte, massig und mit sandfarbenem Haar. Sein Blick war direkt, prüfend, und ich hatte einen Moment lang das Gefühl, in der Falle zu sitzen. Die Stunde der Wahrheit war gekommen.
Ich setzte mich. Mir war plötzlich sehr flau. Ich spürte, wie sich die Hände in meinem Schoß ineinander verflochten. Dann begann ich seine Fragen zu beantworten.

Fünfzehntes Kapitel

An einer Straßenecke in der Nähe der Untergrundbahn saß eine Frau geduldig auf einem kleinen Segeltuchhocker, hielt das Gesicht der Sonne entgegen und verkaufte Veilchen. Ich nahm ihr ein Sträußchen ab, schenkte ihr das Wechselgeld und steckte die Blumen mit der Brosche, die ich trug, an den Aufschlag meines Mantels. Sie würden welken und sterben, bevor der Nachmittag zu Ende war, doch das kümmerte mich nicht, denn jetzt waren sie feucht und frisch und dufteten süß. Sie erinnerten mich an den Wald oberhalb des Hauses und die steilen, kühlen Ufer beiderseits des Baches, der den Hügel hinab- und unterhalb des Gartens entlangfloß.

Wieder ging ich durch die heißen Straßen dieses strahlenden Frühnachmittags, ich ging, aber ich wollte tanzen und rennen und herumwirbeln, Passanten aufhalten und es ihnen erzählen, sie dazu bringen, sich mit mir zu freuen, mit mir zu tanzen.

»Haben Sie denn irgendwelchen Kummer?« hatte er gefragt. Ich hörte seine Stimme jetzt noch, freundlich, gelassen, fast beiläufig. »Abgesehen von Ihrer verständlichen Sorge darüber, nicht empfangen zu haben.«

»Nein«, antwortete ich. »Keinerlei Kummer.«

Denn es gab keinen, keinen realen zumindest. Das Unbehagen wegen des Lilienkranzes, die flüsternden Stimmen – das alles war vorüber, ich hatte es als Phantastereien abgetan, denen ich zuviel Bedeutung beimaß, und an jenem Abend, als Maxim mir Franks Brief, Cobbett's Brake betreffend, gegeben hatte, war es, als hätte ich sie über die Reling des Schiffes in das schwarze Wasser des Bosporus gleiten und untergehen sehen. Seitdem hatte ich keinen Gedanken mehr an sie verschwendet.

»Sie essen gut, schlafen, haben genügend Dinge, die Ihnen Vergnügen bereiten – dergleichen?«

»O ja.« Ich hatte ihm vom Haus erzählt und vom Garten, und wieviel Freude ich daran hatte, und er hatte anerkennend genickt und sich eine Notiz gemacht. Ich hatte das Gefühl, daß er guthieß, was ich tat, und irgendwie war mir das wichtig, als verfüge er über magische Kräfte und schon allein seine Billigung erhöhe die Wahrscheinlichkeit eines positiven Bescheids.

Ich war nervös gewesen, nicht wegen der Untersuchung oder der Fragen, sondern wegen der Bedeutsamkeit des Urteils, das dieser Arzt fällen würde. Alles schien an einem hauchdünnen Faden zu hängen in jenem dämmerigen, stillen Raum mit seiner Stuckdecke, den hohen, mit Vorhängen versehenen Fenstern, dem wuchtigen Schreibtisch. Der Doktor nahm sich viel Zeit für mich. Zwischendurch hatten wir auch geschwiegen, indes er über etwas nachdachte, das ich ihm erzählt hatte, oder sich eine Notiz machte.

Während ich nun auf dem breiten Bürgersteig an den prächtigen Fassaden der Museen und der Brompton-Kapelle entlangging, ließ ich die Szene beim Arzt im Geiste wieder und wieder Revue passieren, wie einen Film, den man sich mehrfach ansieht. Ich konnte nicht genug davon bekommen, wollte sicher sein, daß die Szene auf ewig in mein Gedächtnis eingegraben wäre. Wohl wußte ich, wo ich war, aber ich ging einfach vor mich hin, ohne etwas zu sehen, ohne etwas wahrzunehmen.

Er hatte sich in seinem Sessel zurückgelehnt, die Fingerspitzen aneinandergelegt. Es waren sehr saubere Fingerspitzen, makellos geformte Nägel. Es waren schöne Hände, angenehm anzuschauen.

»Natürlich«, hatte er gesagt, »gibt es keine Gewißheit. Ich bin sicher, daß Sie das verstehen. Es handelt sich schließlich um sehr fein ausgewogene, sehr empfindliche Mechanismen – ich frage mich oft, ob es nicht, wenn die Umstände stimmen, ebensosehr eine Sache reinen Glücks ist wie alles andere auch. Aber Sie müssen bedenken, die Natur ist auf Ihrer Seite, und sie ist eine ungeheuer mächtige Kraft. Sie steht auf der Seite des Lebens, sie will, daß Sie Kinder bekommen – es liegt schließlich in ihrem Interesse. Sie will, daß wir alle fruchtbar sind und uns mehren, das ist ihr Daseinszweck.«

Mir kam der Gedanke, daß er diese Rede wahrscheinlich schon öfter gehalten hatte – vielleicht hielt er sie fast täglich –, aber ich lauschte jedem Wort, als sei es eine göttliche Offenbarung und unfehlbar.

»Ich möchte Sie gleich beruhigen. Ich habe bei Ihnen nichts festgestellt, das nicht in Ordnung wäre, keinen körperlichen und auch keinen anderen Grund, warum Sie kein Kind empfangen können sollten – Kind*er.* Natürlich gibt es Dinge, deren ich mit dieser Art der Untersuchung nicht sicher sein kann, und in einiger Zeit, falls die Dinge sich nicht planmäßig entwickelt haben, kann ich weitere Tests machen, aber ich vermute, sie werden nicht notwendig sein. Ich möchte Sie jedenfalls wirklich dazu ermutigen, optimistisch zu sein. Machen Sie sich einfach keine *Sorgen* deswegen. Ich habe das Gefühl, daß jetzt, da Sie glücklich und zur Ruhe gekommen sind, alles seinen Lauf nehmen wird – und daß Sie in nicht allzulanger Zeit wieder zu mir kommen werden und ich die gute Nachricht bestätigen werde. Ich weiß es.«

Ich wußte es auch, oh, ich wußte es auch; er hatte mir gesagt, daß er sicher sei, also mußte es wahr sein.
Plötzlich fühlte ich mich erhitzt und müde – und sehr durstig. Offenbar hatte ich meine Kräfte überschätzt. Ich hielt ein Taxi an und bat den Fahrer, mich in eine Straße hinter dem Piccadilly zu bringen, in der, wie ich wußte, ein ruhiges Hotel lag, in dem ich Tee trinken könnte. Als ich in den Fond stieg, roch ich den schwachen Duft der Veilchen und wußte, daß er für immer mit diesem Tag verbunden sein würde, diesem Gefühl der Zuversicht und des Neubeginns.
Am Ende der Straße blockierte ein Bierwagen die Fahrbahn, und der Taxifahrer mußte anhalten, aber ich beschloß, die paar Meter zum Hotel zu Fuß zu gehen. Es war jetzt wirklich sehr heiß, die Bürgersteige kochten, hier und dort schmolz der Straßenbelag und roch durchdringend. Ich hatte ursprünglich mit dem Gedanken gespielt, weiterzugehen, zu den Geschäften am Piccadilly, oder mich zwischen die Brunnen des Trafalgar Square zu setzen, doch jetzt wollte ich nur noch ausruhen und meinen Tee trinken und dann zum Bahnhof und nach Hause fahren. Ich sehnte mich nach dem Garten in den letzten Strahlen der Abendsonne, dem Duft der Rosen, danach, auf dem Rand des Teiches zu sitzen, die Hand in dem kühlen Wasser, und mich mit Maxim zu unterhalten.
Ich ging um den Bierwagen herum, und die Männer, die die großen, mit Eisenreifen beschlagenen Fässer über Planken hinunter in die schwarzen Keller unter dem Bürgersteig rollten, machten mir fröhlich rufend Platz.
Und dann hörte ich eine andere Stimme, eine andere Art von Rufen.
Da war eine Telefonzelle, deren Tür halb offenstand, weil der Mann darin sich mit dem Rücken dagegen lehnte, und

ein Koffer ragte aus der offenen Tür hervor, ein lädiertes, altes, fleckiges Pappding, das in der Mitte mit einem abgeschabten Lederriemen zusammengebunden war. Dinge quollen daraus hervor, schmutzige Stoffetzen und etwas, das aussah wie vergilbte Zeitungen.

Der Mann fuchtelte mit dem Telefonhörer herum wie mit einer Waffe, während er hineinbrüllte. Was er sagte, klang wirr, unzusammenhängend, und als ich vorbeiging, fragte ich mich, ob er einer der Verrückten war, die über dem Krieg den Verstand verloren hatten und denen man überall in London begegnen konnte, erschreckende, seltsame Gestalten, die nur noch in ihrer eigenen, abgeschotteten Welt lebten, und ich trat instinktiv zurück, aus Angst, er könnte einen Schritt auf die Straße machen und über mich stolpern, aber ich konnte dennoch nicht umhin, ihn mir anzusehen, als ich vorbeiging. Er trug einen Regenmantel und abgetragene braune Hosen, das Haar hing ihm lang und ungepflegt über den Kragen.

Er trat zwar nicht aus der Zelle heraus, aber in dem Moment, als ich an der halboffenen Tür vorüberging, drehte er sich um und schaute mir geradewegs ins Gesicht. Ich kannte sie, diese wilden und blutunterlaufenen Augen.

Ich begann zu laufen, über meine eigenen Füße stolpernd, die vom vielen Gehen angeschwollen waren, und nur darauf bedacht, wegzukommen, bevor er mich erkennen und verfolgen würde. Endlich kam das Hotel in Sicht, und ich drängte mich hastig in die Drehtür, um ins Foyer zu gelangen.

Jetzt war ich in Sicherheit. Es war ruhig und dämmerig, die Empfangsdame blickte auf und lächelte.

»Guten Tag, Madam.«

Erleichtert ging ich zu ihr, sagte, daß ich gerne Tee trinken würde.

»Natürlich. Der Boy wird Sie in die Blue Lounge führen. Es ist dort sehr kühl und ruhig, wirklich angenehm bei dieser Hitze.«
»Ich danke Ihnen. Oh – und dürfte ich Ihr Telefon benutzen? Ich habe in einem Geschäft etwas vergessen.«
Ich hatte früher am Tag aus einem Impuls heraus ein Seidentuch gekauft, um es Mrs. Butterley zu schenken, als Dankeschön, und schon in der Arztpraxis festgestellt, daß ich es auf dem Ladentisch hatte liegenlassen.
Es dauerte eine Weile, zu der richtigen Abteilung in dem Geschäft vorzudringen und mich verständlich zu machen, aber am Ende wurde das Tuch gefunden, und ich gab meinen Namen und meine Adresse an, damit es geschickt werden konnte. Es ärgerte mich, daß das eine Verzögerung bedeutete, denn ich wollte Bunty am liebsten gleich sehen und ihr das Tuch schenken. Ich empfand eine so große Zuneigung für sie, weil ich mit ihr sprechen und mich ihr hatte anvertrauen können, und sie hatte auch umgehend den Arzt für mich gefunden.
»Ich wäre Ihnen sehr dankbar, wenn Sie es heute noch wegschicken könnten. Es ist ein Geschenk, ich möchte nicht gerne lange darauf warten«, sagte ich und wiederholte die Adresse langsam. Es werde in Ordnung gehen, versicherte mir die Verkäuferin, sie würden den Lehrling sofort beauftragen, es einzupacken und wegzuschicken, und ich müßte das Tuch am kommenden Morgen haben.
»Danke«, sagte ich, »ich danke Ihnen sehr«, legte den Hörer auf, drehte mich um – und fand mich Jack Favell gegenüber, dem Mann mit dem Koffer. Er stand direkt vor der Telefonkabine, so daß ich keinen Fluchtweg hatte, keine Möglichkeit, ihm zu entkommen.
Es waren die Augen, die ich erkannt hatte, die Augen, die ich zum erstenmal an jenem Nachmittag im Salon in Man-

derley gesehen hatte; doch jetzt waren es wahnsinnige, wilde, blutunterlaufene Augen, das Weiß von einem ungesunden gelblichen Ton, die Pupillen starr. Es waren hypnotische Augen, ich konnte nicht umhin hineinzuschauen – und auch er ließ mich keine Sekunde aus den Augen, fesselte mich mit seinem Blick.

»Ach, schau an«, sagte er. »Schau an, schau an, Mrs. de Winter«. Und es lag Hohn in seiner Stimme, aber auch etwas anderes, beinahe Triumphierendes. »Wie außerordentlich seltsam, hier auf Sie zu stoßen.«

»Ist es das?« Meine Stimme war rauh vor Nervosität. »Ja, ich denke, das muß es wohl sein.«

Ich machte Anstalten, mich an ihm vorbeizudrängen, hinaus in den neutralen, offenen Raum des Foyers, aber er ließ mich nicht, sein großer, massiger Körper in dem schäbigen Regenmantel und der Koffer versperrten mir den Weg. Ich fühlte mich gefangen, ängstlich, wie ein Tier, das in der Falle sitzt.

»Seltsam, als Sie da draußen vorbeigingen, schaute ich Sie an, nicht wahr? Sie erkannten mich; ich dachte, allmächtiger Gott, die kleine Lady – hätte nie einen solchen Glücksfall erwartet.«

»Glücksfall?«

»O ja.« Er musterte mich lüstern. Sein Mund stand halb offen, so daß ich sehen konnte, wie schlecht seine Zähne geworden waren. Seine Wangen waren eingefallen, die Haut über den Kinnbacken war faltig und zerknittert, schlaffes Fleisch mit einem bläulichen Bartschimmer. Favell hatte einmal gut ausgesehen, auf eine sehr gewöhnliche Weise allerdings – ich hatte ihn nie attraktiv gefunden –, doch jetzt tat er das nicht mehr, er war nur abstoßend, alt, heruntergekommen. Und verrückt, dachte ich, und mußte wieder in diese Augen blicken. Er hat in der Telefonzelle draußen mit

gar niemandem gesprochen, dachte ich plötzlich, er hat in einen leeren Hörer getobt, irgendeine paranoide Phantasie ausgelebt.
»Würden Sie mich entschuldigen«, sagte ich verzweifelt, denn er hatte sich noch immer nicht von der Stelle gerührt. »Ich muß etwas mit der Empfangsdame besprechen.«
Er dachte kurz nach, trat dann eine Spur zur Seite, aber als ich an ihm vorbeiging, folgte er mir auf dem Fuße, so daß er, kaum daß ich die Rezeption erreichte, schon dicht neben mir stand.
»Haben Sie alles regeln können, Madam?«
»Ja. Ja, danke, es ist alles in Ordnung.«
»Dann sind Sie jetzt sicherlich bereit für Ihren Tee. Der Boy wird Sie in die Lounge bringen.«
»Tee!« sagte Favell. »Das nenne ich eine verdammt gute Idee! Ich könnte einen Teller mit anständigem Toast und ein paar Sandwiches vertragen. Ja, ich werde Sie zum Tee begleiten, wir haben eine Menge zu bereden.«
»Wenn ich es recht bedenke«, sagte ich und griff nach meiner Handtasche, »glaube ich nicht, daß ich überhaupt noch Zeit habe. Ich werde mir ein Taxi kommen lassen und zum Bahnhof fahren. Mein Mann wird schon warten.«
»Nein.« Favell hob seinen scheußlichen Koffer auf. »Ich bestehe darauf. Natürlich werden Sie Tee trinken – wollen Sie denn nicht hören, wie es Ihrem lang vermißten Freund ergangen ist?«
»Eigentlich nicht, wenn Sie die Wahrheit wissen wollen.«
»Ah.« Er trat in die Tür zur Lounge. »Die Wahrheit. Nun, wir alle erinnern uns diesbezüglich an ein, zwei Dinge, nicht wahr?«
Ich spürte, wie mir die Röte ins Gesicht stieg.
»Ich glaube, Sie werden Tee trinken«, sagte er leise, »mei-

nen Sie nicht auch?« Und er ging weiter zu ein paar Stühlen in der anderen Ecke des Raumes, wo gedämpft plaudernde, ältere Paare und einzelne Damen saßen, die der Hitze entflohen waren, vor sich silberne Kannen und Krüge und weiße Teller mit Scones. Es war mir schrecklich peinlich, mit Favell hierzusein. Alles blickte auf, starrte uns an – und schaute hastig wieder weg. Am liebsten hätte ich auf dem Absatz kehrtgemacht und wäre davongelaufen, aus dem Hotel und auf die Straße. Aber Favell hielt meinen Ellbogen umklammert, und der Kellner war bereits erschienen, rückte mir den Sessel zurecht. An Flucht war nicht mehr zu denken.

»Tee«, bestellte ich. »Chinesischen Tee ...«

»Mit Sandwiches oder Kuchen, Madam?«

»Ich ... ich bin nicht ...«

»O ja, das ganze Angebot«, sagte Favell und lachte, ein unangenehmes, lautes, peinliches Lachen, und ich spürte, wie sich wieder die Köpfe drehten.

»Den ganzen Krempel, Muffins, Teekuchen, aber ich nehme einen Whisky-Soda, keinen Tee. Den Drink können Sie schon vorab bringen.«

»Tut mir leid, Sir, ich fürchte, die Bar ist um diese Zeit nicht geöffnet.«

»Nicht geöffnet? Zur Hölle! Was für ein Service ist das an einem heißen Tag?«

»Es tut mir sehr leid, Sir.«

»Ja, nun, aber Sie können doch ... Sie wissen schon ...« Er blinzelte dem Mann zu und bedeutete ihm mit einer Geste, daß ein gutes Trinkgeld für ihn herausspringen würde. Ich wäre vor Scham am liebsten im Boden versunken. Aber ich war auch älter und reifer geworden, das merkte ich, und wußte besser mit solchen Dingen umzugehen. Mir war wieder mein Besuch beim Arzt eingefallen und daß ich glücklich war, daß alles in Ordnung kommen würde. Nein, Jack Favell konnte mir gar nichts anhaben.

»Danke«, sagte ich gelassen zu dem Kellner. »Tee wird genügen, und nur ein wenig zu essen.«

»He, geben Sie mir eine Chance! Ich habe den ganzen Tag noch nichts gegessen.«

»Nun gut, dann also ein paar Sandwiches. Nur für eine Person.«

Ich versuchte mit einem charmanten Lächeln, den Ober für mich zu gewinnen, aber es gelang mir nicht, sein Gesicht war erstarrt, verbarg kaum seinen Abscheu und seine Mißbilligung.

Favell sah aus wie ein Landstreicher. Seine Hosen waren alt und ausgebeult, die Schuhe an den Spitzen abgewetzt und die Vorderteile der Sohlen hatten sich gelöst. Sein Kragen war speckig, das Haar nicht geschnitten, ungewaschen. Ich dachte voller Entsetzen, daß er vielleicht tatsächlich auf der Straße lebte oder in einem schmuddeligen Obdachlosenasyl, mit dem Pappkoffer als seinem einzigen Besitz.

»O ja«, sagte er jetzt und starrte mir mit seinen wilden, blauen Augen ins Gesicht. »Schauen Sie genau hin. Während Maxim und Sie behaglich in Ihren hübschen kleinen Verstecken im Ausland lebten, haben einige von uns harte Zeiten durchgemacht. Er hat eine Menge gutzumachen, das können Sie ihm von mir ausrichten.«

»Ich fürchte, ich weiß nicht, was Sie meinen.«

»O doch, das tun Sie. Schauen Sie mich nicht so blöd an, wie eine Kuh, wenn's blitzt.«

»Wie können Sie es wagen, derartig unverschämt mit mir zu reden? Und was in aller Welt sollten wir Ihnen angetan haben?«

»Sie? Nun, ich gebe zu, daß Sie eigentlich wirklich nichts

getan haben. Sie waren gar nicht da, kannten ihn damals nicht einmal, oder? Unschuldig waren Sie, ich gebe zu, daß man das juristisch so sehen kann. Aber schlau waren Sie auch, und gerissen – alles andere als die Unschuld vom Lande, als die Sie sich mit Vorliebe darstellten. Sie haben die Wahrheit schließlich erfahren; er hat sie Ihnen erzählt, nicht wahr? Und damit sind Sie mitschuldig, Sie sind seine Komplizin.« Seine Stimme war lauter geworden.

»Mr. Favell ...«

»Ich habe einen Großteil der letzten zehn Jahre, auf jeden Fall seit dem Ende des verdammten Krieges, damit zugebracht, etwas auf die Beine zu stellen. Kein Glück. Keine Freude. Nichts. Bis heute. Und *was* für ein Glück ich heute habe! Es entschädigt mich beinahe für alles.«

»Würden Sie *bitte* Ihre Stimme dämpfen – die Leute schauen schon her.«

»Oh, das können wir natürlich nicht ertragen. Liebe Güte, nein.« Er beugte sich vor, die Beine gespreizt, die Hände auf den Knien. Es waren geschwollene Hände, rissig an den Gelenken, die Fingernägel schmutzig. »Haben Sie Zigaretten?«

»Ich fürchte, nein. Ich rauche nicht.«

»Nein, natürlich nicht, Sie haben ja nie etwas Derartiges getan, ich erinnere mich. Na, macht nichts.« Er drehte sich in seinem Sessel herum und begann sich im Raum umzusehen. »Vielleicht kann ich bei einem der alten Knaben hier eine schnorren. Geld habe ich nämlich keins.«

»Bitte tun Sie das nicht, bitte! Hören Sie«, ich öffnete meine Handtasche, »kaufen Sie sich welche ... hier ... bitte gehen Sie zu niemandem hin.«

Er grinste mit den fauligen Zahnstümpfen in dem schlaffen, weichen, rosa Mund und griff nach der Pfundnote.

»Danke«, sagte er lässig und stand auf, hielt aber noch inne und schaute auf mich herunter. »Gehen Sie nicht weg«, sagte er. »Wir haben einiges zu besprechen.«

Ich beobachtete, wie er auf der Suche nach Zigaretten durch die Halle schlenderte. Den Koffer hatte er neben seinem Stuhl abgestellt; er hätte von einer Müllhalde stammen können, die Scharniere waren rostig und gesprungen, die Ecken aufgeplatzt. Wahrscheinlich enthielt er nichts, dachte ich, außer alten Zeitungen, Lumpen und ein paar Habseligkeiten. Favell war völlig mittellos und halb verrückt. Er würde mich in irgendeiner Weise unter Druck setzen, das war mir klargeworden.

Ich beschloß, ihm Geld zu geben; ich hatte ein Scheckbuch bei mir und ein wenig Bargeld. Es würde einfach sein: Ich würde ihn fragen, wieviel er dafür verlange, zu verschwinden. Wo wir wohnten, wußte er nicht, und wenn ich später hier wegginge, würde ich mich vergewissern, daß er mir nicht folgte. Er hatte etwas von der Wahrheit gesagt, aber ich erinnerte mich daran, wie er sich nach der Untersuchung von Rebeccas Tod und dem Urteil verhalten hatte, das von Selbstmord ausging: Alles, was er damals gewollt hatte, war Geld.

Der Kellner kam mit dem Teetablett. Während er es vorsichtig abstellte und das Geschirr auf dem Tisch verteilte, erinnerte ich mich daran, wie Frith und Robert uns in Manderley jeden Nachmittag den Tee brachten, an das aufwendige, steife Ritual, an die Silberkannen und die Teller, auf denen dreieckige Sandwiches, heiße, mit Mehl bestäubte Scones, dick mit schmelzender Butter bestrichene Toastscheiben, Muffins und mehrere Kuchensorten aufgetürmt waren. Das Tablett hier war bescheidener, aber der Duft des heißen Tees, der aus der Tülle dampfte, und des warmen Toasts brachte mir die alte Szene in Erinnerung. Der Ober trug eine überhebliche Miene zur Schau, nicht unähnlich der von Frith. Ich sah, wie er, den Mund vor Ekel verzogen, den leeren Sessel mir gegenüber und den Koffer mit einem Blick streifte, und ich versuchte, seinen Blick zu erwidern, um ihm zu zeigen, daß ich seinen Abscheu teilte und Favell alles andere als ein Freund sei, daß ich alles lieber täte, als mit ihm hierzusein, aber nicht anders könnte, doch er schaute mich nicht an.

»Danke«, sagte ich. Er deutete eine Verbeugung an und wandte sich ab.

Ich würde Maxim nichts erzählen, dachte ich, als ich mir eingoß. Der Tee sah gut aus, stark und heiß. Ich trank gleich einen Schluck, verbrühte mir den Mund, aber das kümmerte mich nicht. Ich würde Favell einfach geben, was er verlangte, und ihn loswerden. Maxim durfte es nie erfahren. Favell war erledigt, ein armseliger, zerstörter, halb verrückter Mann, der mir sogar ein wenig leid tat.

Als er durch den langen Raum zurückkam – sein Gang hatte immer noch etwas von seiner alten Gockelhaftigkeit –, hatte Favell eine Zigarette zwischen den Lippen und die Hände in den Taschen. Es war mir schrecklich peinlich, mit diesem ungepflegten Mann gesehen zu werden, aber ich fürchtete ihn jetzt nicht mehr. Er konnte uns nichts anhaben.

Favell lümmelte sich rauchend wieder in den Sessel und ließ sich von mir Tee eingießen. Eine ganze Weile sagte er nichts, dann drückte er die Zigarette aus und begann gierig zu essen. Es war ein unappetitlicher Anblick, wie er sich den Mund vollstopfte, einen Schluck Tee nahm, kaute, und ich vermied es hinzusehen. Ein-, zweimal schaute er mich mit diesen seltsam starren, blauen, blutunterlaufenen Augen über den Rand seiner Tasse hinweg an. Ich brachte keinen Bissen herunter, trank schweigend meinen Tee. Wieviel würde er wohl fordern, fragte ich mich; und hatte ich genügend auf dem Bankkonto, um es zu bezahlen, oder

müßte ich hastige, heimliche Arrangements treffen? Ich hoffte, nicht; ich wollte nur die Sache hinter mich bringen und dann nichts mehr mit Jack Favell zu tun haben.
Jetzt stellte er seine Tasse ab, so nachlässig, daß sie nicht richtig auf der Untertasse stand und ich mich vorbeugen mußte, um sie zurechtzurücken. Ich spürte seinen Blick auf mir ruhen, der jeder meiner Bewegungen folgte. Er hatte sich wieder eine Zigarette angezündet und saß zurückgelehnt da.
»Anständiger Tee«, sagte er herablassend. »Ist natürlich das mindeste, was ich von dem alten Maxim erwarten kann. Das mindeste.«
Nun würde es kommen, ich war darauf vorbereitet. Ich wartete.
»Ich nehme an, Sie würden gerne erfahren, was passiert ist?«
»Passiert?«
»An jenem Nachmittag – oh, erzählen Sie mir nicht, Sie beide hätten in all diesen Jahren keine Spekulationen angestellt, sich nicht einige Fragen gestellt. Niemand weiß es, das kann ich Ihnen sagen. Diese Memme, Frank Crawley, kam eine Zeit lang immer wieder herumschnüffeln, rückte mir ständig auf die Bude und verhörte mich, und dann Julyan – aber ich habe sie beide zum Teufel gejagt ... Und Danny hat es genau so gemacht.«
»Mrs. Danvers?«
Ich spürte ein Stechen unter dem Herzen. Diesen Schmerz kannte ich nur allzu gut von damals. »Wo ist sie? Ich dachte ...«
»Was? Was dachten Sie?«
Ich antwortete nicht. Ich konnte nicht. Favell schlug die Beine übereinander.
«Oh, es gibt sie noch, die gute, alte Danny. Wo, weiß ich nicht – hab' sie seit Jahren nicht getroffen.« Seine Augen

flackerten. »Manderley«, sagte er. »Was für ein Schauspiel. Schrecklich. Ich nehme an, Sie haben es gesehen, damals?«
Ich schluckte. Meine Zunge lag wie ein dicker Klumpen in der ausgetrockneten Mundhöhle.
»Ich hab's natürlich nicht gesehen. Ich war in London, das wissen Sie ja, bei dem verdammten Arzt.«
Und da wußte ich, daß stimmte, was ich immer vermutet hatte. Anders konnte es gar nicht gewesen sein.
Ich hörte Favells Stimme an jenem Abend, als er mit Maxim sprach, sah dieses alte, unangenehme Grinsen, mit dem er sagte: »Du glaubst wahrscheinlich, dir kann nichts mehr geschehen? Aber das Gesetz kann dich immer noch zu packen kriegen, und ich auch, wenn auch auf eine andere Weise ...«
Und diese »Weise« war eine sehr einfache und direkte gewesen. Er rief in Manderley bei Mrs. Danvers an; Frith hatte sich erinnert, daß sie ein Ferngespräch entgegennahm. Favell hatte ihr in aller Eile berichtet, was passiert war, und sie hatten es gemeinsam arrangiert. Ich fragte mich, ob es seine Idee gewesen war oder ihre, aber sie hatte es getan, sie hatte das Feuer gelegt. Eine Paraffinspur in einem entlegenen Teil des Hauses, dann brauchte sie nur noch ein Streichholz anzuzünden und an passender Stelle wegzuwerfen. Ich sah ihr hämisches, zufriedenes Gesicht, weiß aufleuchtend in einem dunklen Korridor. Und dann hatte sie sich davongemacht, ein Taxi war vorgefahren, man lud ihre Sachen ein, und sie war verschwunden. Von irgendwo hatte sie dann Favell angerufen und es ihm erzählt.
»... und ich auch, wenn auch auf eine andere Weise ...«
Ich sah ihn an. Grinsend, schmutzig, widerlich saß er mir gegenüber. Wenigstens war er bei dem Brand nicht dabeigewesen. Der Genuß, Manderley brennen zu sehen, war ihm

verwehrt gewesen, sein Rachedurst gegenüber Maxim folglich ungestillt.
Während ich den Rest meines inzwischen lauwarmen Tees trank, fiel mir noch etwas anderes ein. Ich hatte Favell nicht für fähig gehalten, dafür zu sorgen, daß jener Lilienkranz an Beatrice' Grab gelegt wurde. Als ich den Mann jetzt jedoch anschaute, war ich mir nicht mehr so sicher. Er hatte etwas Heimtückisches, Gerissenes an sich, das neu war. Ich stellte ihn mir vor, wie er in wildes, irres Gelächter ausbrach, als er den Plan ausheckte. Blieb nur die Frage des Geldes. Er hatte keines, er war mittellos, das war offensichtlich. Und der Kranz war sehr teuer gewesen.
»Ich muß jetzt gehen«, sagte ich. »Ich will nichts mehr hören.«
»Was für ein Jammer. Ich hoffte, wir hätten eine Menge zu reden – in zehn Jahren sammelt sich genug Klatsch an. Nicht, daß ich viel zu erzählen hätte; ich hatte eine Autowerkstatt, die ich natürlich verloren habe. Als der Krieg kam, ging alles den Bach runter. Aber ich handle hier und da ein bißchen, wann immer ich etwas ergattern kann. Nicht einfach. Davon haben Sie keine Ahnung, oder? Ihnen hat es doch nie an etwas gefehlt. Schwein gehabt.« Plötzlich beugte er sich vor. »Sie hätten ihn hängen sollen«, flüsterte er heftig, Spuckebläschen hingen an seinen Lippen. »Das wissen Sie so gut wie ich.«
Ich spürte, wie ich innerlich zitterte, doch äußerlich war ich so ruhig, ganz ruhig. »Ich nehme an, daß Sie Geld wollen. Sie waren doch schon früher in Erpressungen verwickelt, oder nicht? Nun, ich werde Ihnen Geld geben, weil ich nicht will, daß Maxim behelligt wird. Er ist glücklich, sehr glücklich – wir beide sind es. Und daran soll sich nichts ändern.«
»Oh, natürlich nicht. Natürlich.« Er verspottete mich mit seiner Miene, seinen Augen.

»Sagen Sie mir, wieviel Sie von mir erwarten. Ich will nach Hause, ich will es hinter mich bringen.«

»Zehn Pfund?«

Ich starrte ihn an, wiederholte ungläubig seine Worte. »Zehn Pfund? Ist das alles?«

»Für mich ist es eine Menge, meine Liebe. Aber, na schön, wenn es Sie glücklicher macht, sagen wir fünfzig.«

Ich verstand nicht. Ich hatte erwartet, daß er Hunderte fordern würde, Tausende vielleicht, eine Summe, die es ihm ermöglichte, auf die Füße zu kommen, ein Geschäft zu kaufen. Ich griff nach meiner Handtasche und begann einige Scheine herauszuzählen.

»Soviel habe ich nicht dabei. Für den Rest kann ich Ihnen einen Scheck geben.«

»Aber vergessen Sie nicht Ihre Unterschrift.«

Ich zückte den Federhalter. Es fiel mir schwer, normal und leserlich zu schreiben. Favell nahm den Scheck und das Geld und faltete beides sorgfältig zusammen. Seine Zigarette hing, zu einem gelben Stummel abgebrannt, in seinem Mundwinkel.

»Der Tee geht ja wohl auf Sie«, sagte er.

Ich hasse ihn, dachte ich. Ich haßte die Art, wie er sprach und wie er es zustande brachte, daß ich mich verlegen, beschämt, ja irgendwie schuldig fühlte. Ich stand auf, ohne zu antworten.

»Es hat auch gute Tage gegeben«, sagte er, »damals in Manderley. Damals, bevor alles schiefging. Aber diese Zeit kommt nicht wieder. Wir haben eine Menge miteinander erlebt, Rebecca und ich, haben reichlich Spaß gehabt, eine tolle Zeit. Armes altes Mädchen.«

»Guten Tag.«

Er sprang auf, und seine Hand schoß wie eine Kralle vor, er packte mich am Arm. Mich schauderte, als ich an seine schmutzigen Fingernägel dachte, die sich in meinen Ärmel gruben.

»Sie meinen, das war's, oder?« sagte er. Er sprach es so dahin, fast freundlich – und als sei er überaus erheitert.

»Wie bitte?«

»Ja. Fünfzig Pfund. Mein Gott!«

»Bitte lassen Sie mich los, und bitte senken Sie Ihre Stimme.«

»Erzählen Sie es doch Maxim.«

»Nein.«

»Erzählen Sie es ihm! Geld spielt die geringste Rolle.«

»Ich verstehe nicht.«

»Ich will nicht sagen, daß ich keine Verwendung dafür habe, denn die habe ich, und ich sage nicht, daß ich nicht noch mehr brauchen werde, denn das werde ich bestimmt. Aber das kann warten, das ist nicht der springende Punkt.«

Er ließ meinen Arm los.

»Ich will mehr von ihm als Geld.«

»Sie reden Unsinn«, sagte ich. »Sie sind verrückt.«

»Keineswegs.« Er lachte wieder, und der Ausdruck in seinen Augen war entsetzlich, ich wünschte, ich hätte nicht hineinschauen müssen, denn ich wußte, daß ich diesen Anblick nie mehr vergessen konnte. »Nein, ich bin keineswegs verrückt, und Sie machen sich jetzt besser auf den Weg zu Ihrem Zug.«

Aber für ein paar Sekunden war ich wie gelähmt, ich wußte nicht, wie ich etwas so Einfaches tun sollte, wie wegzugehen aus jenem Raum. Ich war verwirrt, gelähmt, als funktioniere mein Körper nicht und mein Verstand sei nicht in der Lage, Ordnung in die Dinge zu bringen.

»Danke für den guten Tee.«

Ich hatte erwartet, daß er mir folgen würde, doch statt dessen ließ er sich schwer in seinen Sessel zurückfallen. »Ich glaube, ich werde hierbleiben, bis sie sich dazu herablassen, die Bar aufzumachen, und dann werde ich mir einen Schluck Whisky genehmigen. Sie könnten ihn gleich mitbezahlen, meinen Sie nicht?«

Und ich stand auf, wütend, gedemütigt, und nachdem ich die Kassiererin dazu bewegt hatte, auch noch das Geld für den Whisky zu nehmen und dem Barkeeper zu geben, was sie so freundlich und mit so gemächlicher Höflichkeit tat, daß ich glaubte, schreien zu müssen, floh ich aus dem Hotel und auf die Straße, und die Hitze sprang mich an und schlug mir ins Gesicht, und ich hatte Mühe, mich zusammenzunehmen und nicht ohnmächtig zu werden, während ich darauf wartete, daß ein freies Taxi vorbeikam.

Sechzehntes Kapitel

Ob wir glücklich oder unglücklich sind, ob wir lieben oder allein sind, ob in Sicherheit oder in Gefahr, und was am Ende übrigbleibt – an jenem Tag glaubte ich noch, daß all das von außen bestimmt würde, sei es durch den Zufall oder durch das Handeln anderer. Ich hatte noch nicht begriffen, daß das Schicksal in unserer Hand liegt, ja daß wir sein Ursprung sind. Was zählt, sind nicht die äußeren Ereignisse, sondern das, was wir daraus machen.

Es war blinder Zufall, daß ich Jack Favell getroffen hatte. Favell hatte mir die Freude über den Tag verderben können, weil ich es zuließ, und so kam es, daß ich jetzt auf meinem Platz im Zug saß, aus dem Fenster starrte und an nichts anderes dachte als an ihn und daran, welche Folgen unser Zusammentreffen haben könnte. Was um mich herum geschah, interessierte mich nicht, noch konnte ich mich an irgend etwas freuen; ich hätte nicht sagen können, wie das Licht über den Feldern lag oder ob das frische, saftige Grün der Bäume bereits den staubigeren, dunkleren Tönen des Spätsommers wich. Am Bahnhof hatte ich eine Weile warten müssen, eine Tasse schalen Tees getrunken, der einen bitteren Nachgeschmack hinterließ, und dann stumpf auf einer Bank gesessen und die Tauben beobachtet, die zu meinen Füßen herumpickten. Die Zeitung und die Illustrierte, die ich gekauft hatte, lagen ungeöffnet neben mir.

Ich fühlte mich krank, wie tot. Den Morgen und mein Gefühl der Freude und der Stärke hatte ich nicht vergessen – sie waren einfach vergangen, ich konnte mich an sie erinnern, sie jedoch nicht mehr empfinden. Meine Sicherheit war dem Zweifel gewichen, denn was hatte mir der Arzt schon sagen können, was hatte sich durch das Gespräch geändert? Gut, er hatte keine Ursache für eine mögliche Unfruchtbarkeit finden können, aber vielleicht würde es trotzdem nie klappen. Viele Leute waren kinderlos, und es schien keinen Grund dafür zu geben. Der Arzt hatte mich nur kurz untersucht, nur geredet. Was wußte er? Was hatte er geändert?

Ich hatte Maxim nicht gesagt, wo ich hinwollte, doch als ich aus Dr. Loveladys Praxis auf jene sonnenbeschienene Straße hinaustrat, hatte ich gewußt, daß ich in der Lage sein würde, es ihm zu sagen, auf der Stelle, ja, daß es unmöglich gewesen wäre, es für mich zu behalten. »Wir können Kinder bekommen«, hatte ich vorgehabt, ihm an diesem Abend zu sagen, wenn wir durch unseren Rosengarten spazieren würden, »es gibt keinen Grund, der dagegen spricht und jeden Grund, der dafür spricht, jetzt, wo wir endlich ein Zuhause haben und glücklich sind.«

Doch es war alles anders gekommen, und ich würde nicht darüber sprechen. Statt dessen würde ich Maxim von meinen Einkäufen und der Hitze berichten, würde dies oder jenes erfinden und das Thema so schnell wie möglich fallenlassen. Vor allem durfte ich ihm nicht von Favell erzählen. Es gab immer noch einige Dinge, vor denen ich ihn beschützen mußte, koste es, was es wolle. Er war glücklich, er hatte es gesagt, Manderley spielte keine Rolle mehr, und die Vergangenheit hatte keine Macht mehr über ihn. Nichts durfte daran etwas ändern.

Für Jack Favell empfand ich Abscheu und Verachtung, ja Ekel. Ich war zornig auf ihn, wie er mir diesen Tag verdorben hatte, aber ich fürchtete mich nicht vor ihm. Er war zu schwach, zu armselig. Und mit der Zeit, während sich immer mehr Meilen zwischen uns schoben und London in den Hintergrund trat, während ich begann, mich meinem Zuhause nah zu fühlen, spürte ich, daß das Schlimmste vorüber war, es war ein unerfreuliches Zwischenspiel gewesen, mehr nicht. Er hatte mich nicht verfolgt, er wußte nicht, wo wir wohnten – ja, das wurde mir erst jetzt bewußt, nicht einmal, daß wir für mehr als eine kurze Zeit zurückgekommen waren. Er hatte nicht danach gefragt – es hatte mich überrascht, daß er es nicht getan hatte, aber es konnte nur bedeuten, daß wir ihm doch nicht so wichtig waren.

Nur ein paar Sätze geisterten durch meinen Kopf. »Sie haben die Wahrheit erfahren. Er hat sie Ihnen erzählt, nicht wahr? Und damit sind Sie mitschuldig.« ... »Sie hätten ihn hängen sollen. Das wissen Sie so gut wie ich.« ... »Erzählen Sie es doch Maxim ... Geld spielt die geringste Rolle ... Ich will mehr von ihm als Geld.«

Aber er hatte immer schon irgendwelche leeren Drohungen ausgesprochen, versucht, mich durch Anspielungen, durch hingeworfene Andeutungen zu beeindrucken oder zu verunsichern. Er hatte sich nicht geändert.

Als der Zug sein Tempo drosselte, sich langsam dem Dorfbahnhof näherte, hatte ich das, was geschehen war, in die richtige Perspektive gerückt und mich selbst zur Vernunft gebracht – recht erfolgreich, wie ich glaubte. Favell war fast völlig aus meinen Gedanken verbannt, und ich wußte, jetzt konnte ich zu Maxim gehen, fröhlich und lächelnd, und ihm all das auftischen, was ich mir an kleinen Lügen über meinen Tag in London für ihn zurechtgelegt hatte.

Aber ich träumte von Favell; über mein Unterbewußtsein hatte ich keine Macht. Als er damals nach Manderley gekommen war, prahlte er mit dem Sportwagen, den er fuhr –

»viel schneller als jeder Wagen, den der gute Max sich je angeschafft hat« –, und heute hatte er erwähnt, eine Autowerkstatt betrieben zu haben, bis der Krieg ihm einen Strich durch die Rechnung machte, und so träumte ich von Jack Favell in einem Auto. Wir fuhren eine steile, schmale Straße hinauf, und ich hatte geglaubt, mit Maxim im Auto zu sitzen, doch dann wandte er sich mir zu, um mich anzugrinsen, und es war Favells Gesicht, seine faltigen, blauschimmernden Wangen und blutunterlaufenen Augen, und es waren seine breiten Hände mit den schmutzigen Fingernägeln, die auf dem Steuer lagen. Draußen war es so dunkel, als würde jeden Augenblick ein Unwetter losbrechen, und die Straße war von hohen Bäumen gesäumt, deren dunkle, glänzende Stämme drohend über uns aufragten, dicht gedrängt wie schief übereinanderwachsende Zähne und blattlos bis auf die Wipfel, die sich hoch über unseren Köpfen verzweigten und das wenige noch vorhandene Licht aussperrten. Ich wußte, daß wir bald die Kuppe des Hügels erreichen und ins offene Gelände hinauskommen müßten, doch der Wagen kam nur mühsam vorwärts, zu langsam, und ich wünschte verzweifelt, ihn voranzutreiben, weiterzukommen, denn ich wußte, wenn ich es täte, würde Maxim auf mich warten, mit *seinem* Wagen. Weshalb ich jetzt nicht mit ihm zusammen war, konnte ich nicht verstehen.

Favell fuhr fort, mich in einer schrecklich hämischen und triumphierenden Art anzustarren. Ich hatte das Gefühl, daß er eine Närrin aus mir gemacht hatte, wußte jedoch nicht, wie, und so konnte ich nichts dagegen tun.

Dann, endlich, ich schrie beinahe auf vor Erleichterung und Freude, lichteten sich die Bäume, und der Himmel war klar, von einem strahlenden, zerbrechlichen Blau, die Luft stank nicht mehr faulig, wie sie es getan hatte, als wir zwischen den Bäumen und der moosfeuchten Böschung hinaufgefahren

waren. Ich sah das Sonnenlicht vor mir, eingerahmt in einen Bogengang. Der Wagen beschleunigte, der Motor klang jetzt weich, wie geölt. Wir fuhren ohne Lärm, schneller und schneller, schienen kaum den Boden zu berühren.
»Halten Sie an!« sagte ich, schrie ich, denn wir rasten direkt auf das Licht zu, keine Macht konnte uns bremsen oder die Geschwindigkeit drosseln.
»Halten Sie, bitte – oh, halten Sie! *Halten Sie.*«
Aber wir hielten nicht an, wir fuhren noch schneller, und das Tempo machte mich atemlos, würgte mich, und dann erkannte ich, wie ich es schon einmal erkannt hatte, daß das strahlende Licht nicht das der Sonne war. Es war Feuer. Feuer.
»Es ist Feuer!«

Mit einem Ruck war ich wach. Um Atem ringend, setzte ich mich im Bett auf, versuchte immer noch, mein Gesicht gegen die Hitze abzuschirmen.
Die Luft, die durch das offene Fenster hereinkam, war kühl und duftete nach Nacht und Garten.
Ich hatte Maxim geweckt. Er beugte sich über mich.
»Es ist nichts. Ich habe mich nur ein bißchen überanstrengt bei der Hitze. London war wirklich strapaziös. Du hattest recht.« Ich schlüpfte aus dem Bett, um mir ein Glas Wasser holen zu gehen. »Ich hasse diese Stadt.«
Ich zimmerte einen wirren Alptraum von kochenden Bürgersteigen, von Autoabgasen und Verkehrsstaus zusammen, stattete ihn noch mit ein paar erfundenen Details aus und ließ mich von Maxim trösten, während mich aus den Tiefen meines tatsächlichen Traumes immer noch Favells Gesicht angrinste.
Die Sache ist ausgestanden, sagte ich mir. Favell kann uns nichts mehr anhaben – und doch tat er es, weil ich es zuließ,

weil ich ihn nicht vergessen konnte. Er war die Vergangenheit, auf die ich wieder und wieder zurückblickte, aber er war auch die Gegenwart, und ich fürchtete ihn wegen der Dinge, die er gesagt hatte, ebenso wie ich ihn verabscheute. Er haßte uns, er kannte die Wahrheit, und ich mißtraute ihm. Außerdem war er nicht ganz richtig im Kopf, und das machte mir angst. Ab jetzt war ich mir jeden Tag, wenn ich aufwachte, seiner Existenz bewußt, irgendwo in London, und dieses Bewußtsein bohrte sich wie ein Dorn in mein Fleisch, den ich nicht schnell und sauber herauszuziehen vermochte.

Das Schicksal liegt in unserer Hand.

Das Wetter änderte sich. Es wurde kühler, die Morgen waren grau, und manchmal regnete es. Frank Crawley kam für vier Tage aus Schottland herunter, um mit Maxim zu der Versteigerung einer Farm zu gehen und mit ihm über unsere Pläne für die Erweiterung des Besitzes zu sprechen. Es war ein Vergnügen, ihn im Haus zu haben; er brachte seine alte, ausgeglichene, beruhigende Art mit, seine Loyalität, seine Fröhlichkeit und seinen gesunden Menschenverstand. Doch auch er gehörte zu sehr zur Vergangenheit, und insgeheim wünschte ich mir, daß er nicht da wäre. In gewisser Weise hatte Manderley ihm ebenso gehört wie Maxim; ich erkannte, daß ich nicht wollte, daß Cobbett's Brake einen Platz in seinem Herzen gewönne. Maxim und ich hatten hier ein neues Leben begonnen, und es sollte uns allein gehören.

Zugleich wünschte ich mir, ich hätte unbefangener mit Frank reden können. Wäre er eine Frau gewesen, hätte ich ihm vielleicht von meiner neuen Hoffnung auf Nachwuchs erzählen können, so wie ich es Bunty Butterley erzählt hatte, denn es gab genug anderes, was ich für mich behalten mußte, ich brauchte einen Menschen, mit dem ich Dinge teilen konnte.

Bunty hatte sich verhalten, wie ich es erwartete: ermutigend, interessiert und erfreut. »Und jetzt nehmen Sie meinen Rat an, meine Liebe. Ich bin ein gutes Stück älter, und deshalb werde ich mit Ihnen reden wie eine Glucke mit ihren Küken. Versuchen Sie, sich auf andere Dinge zu konzentrieren. Packen Sie Ihr Leben randvoll. Grübeln Sie nicht darüber nach, lauern Sie nicht darauf. Das wird überhaupt nichts nützen.«

»Nein. Ich glaube, Sie haben recht.«

»Der Arzt hat Ihnen bestätigt, daß es möglich ist – und wenn es geschehen soll, dann wird es geschehen.«

Ihre Worte rührten mich und schenkten mir neuen Mut. Sie glaubte an das, was sie sagte, ihr eigenes Leben war von solch einfachen, zweckmäßigen Erkenntnissen geleitet und niemals enttäuscht worden. Ich beschloß, mir ein Beispiel an ihr zu nehmen, nicht das Schlimmste zu befürchten, nicht zu grübeln – vor allem nicht zu grübeln. Mehr denn je erinnerte sie mich an Beatrice, sie gab mir ein wenig von dem, was Beatrice mir gegeben hatte. Darüber war ich froh und dankbar.

Und tatsächlich entspannte ich mich im Laufe der nächsten Wochen, während der Sommer sich dem Ende zuneigte, zusehends, und meine Ängste verloren ihre Intensität. Wir fuhren ein paar Tage weg, um in den walisischen Marken zu wandern. Maxim und Frank kauften eine zweite Farm und eine große Fläche alten Waldlandes, das der Rettung und Aufforstung bedurfte. Und wir gingen auf eine Cocktailparty bei den Butterleys, obwohl Maxim sich sträubte.

»Irgend jemand kennt bestimmt unsere Geschichte«, sagte er an jenem Morgen. »Und irgendeiner wird etwas sagen –

oder sie schauen zumindest auf diese Art, die ich nicht ertragen kann.«

Aber sie taten es nicht. Unser Name schien keinem von ihnen etwas zu bedeuten, wir fühlten uns willkommen, wir waren interessant, weil wir neu waren. Das war alles.

Es gab nur einen Moment des Schreckens, so unerwartet und heftig, daß ich glaubte, der Raum beginne sich wie verrückt zu drehen, und ich verlor sekundenlang die Orientierung. Ich weiß nicht mehr, was der Auslöser war; niemand sagte etwas, niemand schaute. Es mußte mein Inneres sein, das hier am Wirken war.

Maxim stand neben dem Fenster und unterhielt sich mit jemandem, den ich nicht kannte, und für einen Moment war ich allein auf einer jener seltsamen Inseln der Stille, die manchmal ganz plötzlich in dem lärmenden, wirbelnden Meer einer Party entstehen. Es war, als sei ich eingesperrt: Ich konnte hinausschauen, aber niemand erreichen und mit niemandem sprechen, und all die Gespräche um mich herum waren ein unverständliches Kauderwelsch. Geschnatter in einer fremden Sprache.

Ich schaute zu Maxim hinüber.

»Dieser Mann ist ein Mörder«, sagte die Stimme in mir. »Er hat Rebecca erschossen. Das ist der Mann, der seine Frau getötet hat.« Und Maxim war plötzlich ein völlig Fremder für mich, ich schien ihn nicht zu kennen, nichts mit ihm zu tun zu haben. Doch dann fiel mir wieder ein, was Favell gesagt hatte: »Er hat es Ihnen erzählt, nicht wahr? Und damit sind Sie mitschuldig. Sie sind seine Komplizin.«

In diesem Augenblick glaubte ich es. Ich war seine Mitwisserin. Mir wurde schlagartig bewußt, was das bedeutete, und wilde Panik stieg in mir auf. Was sollte nur werden? Ich wußte, daß ich nicht stark genug war, dieses Geheimnis für

mich zu behalten, für den Rest meines Lebens nichts zu sagen, nichts zu tun, aber es zu wissen.
Zu wissen: »Dieser Mann ist ein Mörder.«
In diesem Moment drehte er sich um, blickte auf und sah mich. Er lächelte, der Mörder, und machte eine kaum wahrnehmbare Geste, die bedeutete, daß ich zu ihm hinüberkommen sollte, ihn vielleicht vor einem Langweiler retten. Und ich gehorchte, drängte mich vorsichtig zwischen breiten Rücken, gestikulierenden Armen, dröhnenden Stimmen hindurch, und als ich bei ihm ankam, benahm ich mich völlig normal, ich sprach und handelte, wie ich es immer getan hatte, aber dabei war ich von Furcht erfüllt. Ich schaute ihn an, wünschte, er gäbe mir die Gewißheit, daß dieser Alptraum bald vorüber sein und daß die Worte – die wahren Worte –, die in meinem Kopf schrillten, zum Verstummen gebracht würden. Maxim hatte sich nicht verändert, und in gewisser Weise hatte sich auch sonst nichts verändert. Wir standen beieinander, hier in diesem Salon voller Fotos und Blumen und kleiner Tische, die immer im Weg waren, Mr. und Mrs. de Winter aus Cobbett's Brake. All das war noch immer wahr. Ich liebte ihn. Ich war seine Frau. Wir würden Kinder haben. Wir hatten eine neue Farm und einen Wald gekauft, der Garten würde gedeihen, die Schafe weideten an den Hängen ums Haus, und dieser Morgen war kühl und strahlend gewesen. Das alles waren Eckpfeiler meiner Wirklichkeit, die ich in Gedanken durchging, während neben mir der Mann mit der Warze auf der Nase weiter und weiter redete, und es war gut, es war alles wahr, nichts konnte es ändern. Wären nur nicht diese Worte in meinem Kopf gewesen und die Saat der Angst, die tief unten in mir Wurzeln geschlagen hatte. An manchen Tagen würde ich mir ihrer kaum bewußt sein, alles andere wäre wichtiger, an anderen jedoch würde diese Angst mich über-

fallen wie ein unvorhergesehener stechender Schmerz. Aber sie würde niemals völlig verschwinden, so als wäre sie nie dagewesen, und die Zukunft würde durch sie verändert und von ihr überschattet.

Einige Tage später kam mit der Nachmittagspost ein Brief. Dora brachte ihn mir hinaus, wo ich die überwucherte Einfassung eines Beetes freischnitt. Es war ein billiges braunes Kuvert, in einer häßlichen, krakeligen Schrift adressiert, die ich nicht erkannte.

»Mrs. de Winter« stand da, kein Vorname, keine Initiale.

Ich zog meine Gärtnerhandschuhe aus, ging zu einer Bank und setzte mich. Es war kühl, die Sonne kam und ging – kein Juliwetter mehr, aber es hatte den letzten Rosen geholfen, sich noch zu halten, obwohl das Gras unter ihnen jeden Morgen mit abgefallenen Blütenblättern übersät war.

Neben mir stand ein Tablett. Dora hatte es hingestellt. Ich erinnere mich, daß ich mir eine Tasse Tee eingoß, bevor ich den Umschlag aufschlitzte, aber zum Trinken kam ich nicht mehr. Ich nehme an, später muß ihn jemand gefunden haben, kalt und abgestanden wie ein Teich, und mit zurück ins Haus genommen.

Das Kuvert enthielt nichts außer einem alten Zeitungsausschnitt, vergilbt an den Rändern und seltsam platt gedrückt, mit deutlichen Knicken, als sei er wie eine Blume zwischen den Seiten eines Buches gepreßt worden. Es war ein Foto dabei, das gleiche, aus dem die alte Bildpostkarte gemacht worden war, die ich einst gekauft hatte.

VERHEERENDES FEUER IN MANDERLEY

lautete die Schlagzeile, und darunter:

SITZ DER FAMILIE DE WINTER EIN RAUB DER FLAMMEN

Ich las nicht weiter, saß nur da, das vergilbte Stück Zeitung in der Hand. Ja, ich hatte gewußt, daß es nur eine Frage der Zeit wäre, hatte darauf gewartet, daß wieder etwas geschähe, und jetzt, da es eingetreten war, war ich merkwürdig ruhig, auf eine kalte, betäubte Weise. Ich hatte keine Angst.
Ich saß und saß, ohne zu denken, innerlich bleischwer, erst als mir schließlich kalt wurde, ging ich ins Haus zurück. Ich hätte den Zeitungsausschnitt vernichten sollen, in den Küchenherd stopfen und sofort verbrennen. Statt dessen faltete ich ihn zusammen, brachte ihn nach oben und legte ihn in die alte braunlederne Schreibmappe, die ich als Schulmädchen gehabt hatte, aber schon lange nicht mehr benutzte.
Hier würde ihn Maxim niemals finden.

Siebzehntes Kapitel

Die nächste Sendung kam eine Woche später. Maxim reichte mir das Kuvert beim Frühstück über den Tisch, doch ich brauchte es nicht näher anzuschauen – sobald ich die quer über den braunen Umschlag geschmierten Worte sah, wußte ich Bescheid.

Maxim hatte keinerlei Notiz davon genommen. Ich schob das Kuvert hastig zwischen zwei weitere Briefe, die ich bekommen hatte, aber er war völlig damit beschäftigt zu lesen, was Frank Crawley ihm mitzuteilen hatte.

Ich ging hinauf.

Diesmal war der Text länger: ein Bericht aus einer Lokalzeitung über die Untersuchung von Rebeccas Tod.

GERICHT BEFINDET:
ES WAR SELBSTMORD
URTEIL ÜBER DIE TODESURSACHE VON
MRS. MAXIM DE WINTER

Es ist seltsam, dachte ich. Das ist mein Name, schon seit mehr als zehn Jahren ist es mein Name, und doch, wenn ich ihn so sehe, ist es nur ihr Name. Rebecca war Mrs. de Winter, mich bringe ich überhaupt nicht damit in Verbindung.

Ich fragte mich verstört, ob Favells Koffer wohl mit Zeitungsausschnitten vollgestopft war und ob er vorhatte, mir einen nach dem anderen zu schicken, über Jahre und Jahre hinweg. Aber früher oder später würde er Geld fordern, würde sich nicht mehr damit zufriedengeben, mich aus der Ferne zu quälen, ohne jemals die Wirkung zu erleben, die er erzeugte.

Von nun an schien ich meine Tage und Nächte als zwei verschiedene Personen zu leben. Die eine war eine geheime, verborgene Person, die schreckliche Briefe erhielt und davoneilte, um sie zu verstecken, und auf den nächsten wartete, in der entsetzlichen Angst, etwas zu erfahren, wovon sie noch nichts wußte, eine furchtbare Enthüllung; diese Person war überaus einfach strukturiert, denn ihr ganzes Denken konzentrierte sich auf Rebecca und Manderley, auf Favell und die Zeitungsausschnitte, darauf, was er wollte, wie er loszuwerden sei und alles vor Maxim geheimgehalten werden könne. Die andere dagegen machte in gewohnter Weise weiter, pflegte den Garten, sprach mit Dora und Ned, wanderte mit Maxim über das neue Land, lud Bunty Butterley zum Essen ein und sah manchmal, sehr früh am Morgen oder am stillen Ende eines Tages, wenn sie allein draußen war, die Kinder, hörte ihre Stimmen in der Ferne, erhaschte plötzliche kurze Eindrücke von ihren frischen, strahlenden Gesichtern.

Ich mache meine Sache sehr gut, dachte ich. Maxim hegte keinen Verdacht, musterte mich niemals prüfend, stellte keinerlei Fragen; er war der gleiche geblieben, erfüllt von seinem neuen Leben, energiegeladen, vor allem, wenn er Entscheidungen über den Besitz traf. Er war jetzt den größten Teil des Tages unterwegs, aber jeden Abend saßen wir zusammen, genau so, wie ich es mir während der Jahre im Ausland immer ausgemalt hatte. Wir lasen, manchmal hörten wir Radio, ich machte mir Notizen bezüglich des Gartens. Ich hatte begonnen, ein Protokoll über meine Vorhaben zu führen, und erledigte gewissenhaft meine Eintragungen, wozu ich mich an einen kleinen Schreibtisch neben der

Fenstertür setzte. Ich schmiedete schon Pläne für den nächsten Frühling, und das gab mir Halt. Kataloge für Blumenzwiebeln trafen ein, und ich bestellte sie hundertweise, wie in einem Fieber. Allein die Vorstellung, die Rasenflächen und Beete und all die grasbewachsenen Hänge mit Blumen übersät zu sehen, mit Tulpen und Osterglocken, gelb wie die Sonne, mit Krokussen und Meerzwiebeln von einem tiefen, himmlischen Blau, das wie ein Bach über das Gras floß, berauschte mich. Nur weiße Blumen wollte ich nicht.
Wir spielten auch Karten oder Backgammon, lösten Kreuzworträtsel, und die Dunkelheit senkte sich jeden Tag ein wenig früher herab; nachts regnete es leise, und all die Süße wurde aus der Erde gezogen und wehte oben durch die offenen Fenster herein.
Ich hatte, was ich wollte. Ich war hier, jetzt, in dieser Gegenwart.
Hüte dich, etwas zu sehr zu wollen, hatte jemand gesagt, du könntest es bekommen. Ich hatte mir dies mit aller Kraft gewünscht, und jetzt war es zu Staub und Asche zerfallen, ich war gleichgültig, empfindungslos. Ich hatte, was ich wollte, und keine Kraft, mich daran zu freuen, es war mir gleichzeitig gegeben und genommen worden.

Als nächstes traf ein Foto ein, ein zerknitterter Schnappschuß von einem Boot in der kleinen Bucht. Das berührte mich nicht, aber was mein Herz stillstehen ließ, war Jasper, der gute, starke, eifrige, treue Jasper, hier ein Welpe, der neben dem Boot im Sand stand und so aufgeregt, hingebungsvoll hinaufschaute. Ich begann zu weinen und quälte mich, indem ich das Bild immer wieder hervorholte und anstarrte, als wollte ich Jasper zum Leben erwecken.
Ich wollte auch dieses Foto verbrennen, aber ich konnte es nicht.

»Wir müssen uns einen Welpen anschaffen«, sagte ich zu Maxim, als ich ins Arbeitszimmer ging, wo er über einer Landkarte brütete.
»Dieser alte Fußweg da ist völlig überwuchert. Man hat ihn umgepflügt und dann wohl vergessen. Wir sollten ihn wieder nutzen.« Er wandte sich mir lächelnd zu. »Ein Welpe wird deinen Garten umgraben.«
»Das stört mich nicht. Ich werde ihn schon erziehen.«
Ich hatte vorgehabt, mit dem Kauf eines Hundes zu warten, bis die Kinder da wären, doch jetzt wollte ich ihn für mich selbst.
»Es gibt hier in der Gegend bestimmt irgendwo ein Junges – frag doch die Pecks. Vielleicht einen Jagdhund, einen gutmütigen Labrador oder einen klugen kleinen Terrier. Was immer du willst.«
Jasper, dachte ich. Ich will Jasper.
»Ja.«
»Ich werde die Ohren offenhalten. Komm her und schau dir das an.«
Maxim deutete auf die Karte, zeigte mir die Linie des alten Pfades, und ich schaute auf seine Hand mit den ausgestreckten Zeigefinger hinunter. Ich hatte seine Hände immer geliebt, sie waren lang und schön geformt, die Nägel sorgfältig geschnitten. Aber jetzt konnte ich sie nur als die Hände sehen, mit denen er eine Waffe gehalten und Rebecca erschossen hatte, die Hände, die ihre Leiche in das Boot getragen, das Flutventil aufgedreht und das ganze Ding ins offene Wasser hinausmanövriert hatten, damit es sinke. Ich hatte den Zeitungsausschnitt über die Untersuchung nicht gelesen, und doch schienen die Worte in mein Bewußtsein gedrungen zu sein und sich über mein Gehirn ausgebreitet zu haben. Ich wußte, wie sie lauteten, weil ich dabeigewesen war, ich kannte die Schilderung des Ablaufs, das Protokoll

der Beweisaufnahme, Maxims Worte – und jetzt schaute ich ihn auf einmal auf diese neue und schreckliche Weise an. Ich fürchtete mich vor mir selbst, weil ich keine Kontrolle mehr über meine Gedanken und Gefühle zu haben schien, es war wie eine Art Wahnsinn, und ich streckte die Hand aus, um Trost bei Maxim zu finden, legte sie auf seine und streichelte seine Finger. Er schaute mich an, lächelnd, aber fragend.

»Was ist los?«

»Nichts.«

»Du wirkst völlig überanstrengt und müde.«

»Es ist das Wetter. Der Sommer scheint zu Ende zu gehen, und mir fehlen die Wärme und der Sonnenschein. Ich finde es ein wenig deprimierend, das ist alles.«

»Es wird sich ändern. Wir werden einen Altweibersommer bekommen, du wirst sehen.«

»Ich hoffe es.«

Er beugte sich zu mir und küßte mich flüchtig auf die Stirn, in Gedanken bereits wieder mit etwas anderem beschäftigt.

Was ist geschehen, dachte ich, als ich in den Garten hinausschlenderte, wo der Wind die Wipfel der Bäume zauste und an den letzten Kletterrosen rüttelte. Was war anders? Warum war es so und nicht, wie ich es erträumt und geplant hatte? Lag es nur daran, daß ich durch einen blinden Zufall Jack Favell getroffen hatte und er mich jetzt quälte, die Vergangenheit ans Licht zerrte, so wie Rebeccas Leiche an die Meeresoberfläche gezerrt wurde?

Aber ich wußte, daß es nicht so war, daß die Stimme in meinem Kopf schon Monate zuvor geflüstert hatte, damals auf dem Bahnsteig, während unserer trübsinnigen Heimreise zu Beatrice' Beerdigung.

»Dieser Mann ist ein Mörder. Das ist der Mann, der seine Frau getötet hat.«

Die Saat des Zweifels, die schon lange in mir gelegen hatte, war schließlich aufgegangen, wie Unkraut, das hier und dort hochschießt, ohne ersichtlichen Grund, aber unvermeidlich. Und das war allein meine Schuld.
Das Schicksal liegt in unserer Hand.

Fast zwei Wochen lang brachte die Post nichts, aber ich glaubte nicht, daß das alles tatsächlich vorüber war. Ich befand mich in einem Zustand dumpfer Erwartung, dies war nur eine kurze Verschnaufpause, auch ein Teil meiner Qual. Manchmal fragte ich mich, ob Favell jetzt etwas schickte, das mich überraschen oder erschrecken würde. Die Zeitungsausschnitte und das Foto waren in meiner Schreibmappe eingeschlossen, und wenn ich an der Schublade vorbeiging, in der ich sie versteckt hatte, war es, als sei die Luft durch sie mit Elektrizität geladen, und ich konnte kaum der Versuchung widerstehen, die Schreibmappe herauszunehmen, zu öffnen und zu schauen, zu schauen.
Aber als die Sendung kam, war es nur ein schlampig aus einem Schulheft herausgerissenes, liniertes Blatt. Darauf stand

£ 20.000

und die Adresse eines Londoner Postamtes.
Eine seltsame Erleichterung erfüllte mich. Mit diesem Brief wußte ich umzugehen; die Forderung nach Geld war so durchsichtig, so plump. Sobald ich allein im Haus war, zerriß ich sie und ließ die Fetzen in den Küchenherd fallen, drückte sie mit dem Schürhaken fest nach unten. Und während sie verbrannten, wünschte ich mir inständig, daß es hiermit ein Ende hätte.

Es wurde wieder wärmer. Die Sonne ging früh und strahlend auf und brannte den ganzen Tag auf die Landschaft herunter, und doch hatte sich kaum wahrnehmbar etwas verändert: Während der Tage der Düsternis und des Regens war das Jahr fortgeschritten und hatte jetzt das Erscheinungsbild und den Duft des Spätsommers. Jeden Morgen lag schwerer Tau auf dem Rasen, und einmal schwebte ein zarter Nebel zwischen den Bäumen. Jetzt blühten die Stockrosen in den Farben von ausgebleichtem Chintz, ihre Blätter ein mattes, eintöniges Grün, still und staubig in der Mitte des Tages.
Maxim fuhr für drei Tage nach Schottland, um sich mit Frank zu beraten und zu versuchen, ihn dazu zu überreden, wieder nach England zu ziehen. Ich glaubte nicht, daß es ihm gelingen würde. Als Frank bei uns gewesen war, hatte er eine deutliche Reserviertheit ausgestrahlt, als distanziere er sich von Maxims Plänen; zwar hatte er sich interessiert und hilfsbereit gezeigt, aber nicht engagiert. Sein Herz war jetzt in Schottland, dachte ich, er war glücklich dort und liebte es, schon allein wegen seiner Familie, und er würde für Cobbett's Brake niemals so empfinden, wie wir es taten und wie er und Maxim für Manderley empfunden hatten.
Maxim hatte der Gedanke beunruhigt, mich allein zu lassen, er hatte versucht, mich zum Mitkommen zu bewegen, aber ich wollte hier sein – und allein. Ich sehnte mich danach, im Garten spazierenzugehen, am Abend und sehr früh, bevor die Sonne da war, ganz allein, zu spüren, wie das Haus am Ende des Tages um mich herum zur Ruhe kam, und diesen Ort noch tiefer zu absorbieren, als atmete ich ihn mit der Luft ein. Vor einem Jahr hätte ich mir nicht vorstellen können, von Maxim getrennt sein zu wollen. Ich wäre ängstlich gewesen, unsicher, nur ein halber Mensch, und auch seinetwegen voller Furcht, denn er war ebenso

abhängig von mir. Aber wir hatten uns verändert, weiterentwickelt, jene Zeit war vorüber, wir brauchten uns jetzt nicht mehr so verzweifelt aneinanderzuklammern wie verängstigte, verwundbare Kinder, die ständig die Gewißheit brauchen, nicht allein zu sein.
In meinen besten Momenten schien es mir, daß dies sicherlich ein gutes Zeichen sei; es bedeutete nicht, daß wir uns voneinander entfernt hatten, sondern, daß wir stärker geworden waren. Die Augenblicke, in denen ich Maxim anschaute und mich fürchtete, wurden seltener, und die flüsternden Stimmen waren so schwach, so leise, daß ich mir vormachen konnte, sie seien gar nicht mehr zu hören.

Es wurde heißer, die Nächte waren klebrig und luftlos. Ich schlief bei weit offenen Fenstern, lag wach, bis die leichte Abkühlung vor dem Morgengrauen das Schlafen leichter machte. Ich war gänzlich ohne Furcht oder Unruhe, ich fühlte mich so sicher in diesem Haus; jedes Zimmer, wenn ich nur aus reinem Vergnügen hinein- und wieder hinausging, akzeptierte und beschützte mich.
Ich vermißte Maxim auf eine angenehme, unbesorgte Weise. Die Wahrheit war, daß ich meine tiefste Zufriedenheit und Erfüllung – für diese Zeit zumindest – darin fand, allein zu sein.

Zwei Tage nach seiner Abreise wanderte ich zur Farm, um ein paar Eier zu holen, und blieb auf einen Schwatz bei Mrs. Peck zum Tee, spielte mit dem Kleinen und beobachtete die Kühe, die gemächlich den Weg herauf und in den Hof schaukelten, um gemolken zu werden. Ich hatte überhaupt keine Eile. Es war ein entspannter, sanfter Tag und noch immer sehr warm, als ich zurückkehrte, die Heckenreihen staubig und trocken, der Bach fast ohne Wasser.

Zu Hause angekommen, stand ich mehrere Minuten da und schaute auf Cobbett's Brake hinunter, wie es da unter mir lag, rotgolden im Spätnachmittagslicht, die langen Schatten der Stechpalmen und Kastanien und Balsampappeln auf dem Gras, und es erschien mir noch immer wie ein verwunschenes Haus, nicht von Menschen erbaut, sondern dank einer magischen Kraft aus der Erde entsprungen, als vollkommenes Ganzes. Später würde ich noch einmal an diese Stelle zurückkommen, nachdem ich im ganzen Haus die Lampen angemacht hätte, denn beleuchtet war es auf andere Weise schön, lag wie ein prächtiges, funkelndes Schiff auf einem dunklen Meer. Ich liebte es mit solcher Kraft an jenem Tag. Ich fühlte mich eins mit ihm, ebenso mit seiner Vergangenheit verbunden wie mit der Gegenwart und der Zukunft. Ich hatte das gleiche Gefühl wie damals, als ich es zum erstenmal gesehen hatte – als hätte es mein ganzes Leben lang hier auf mich gewartet.

Als ich kurz darauf eintrat, schien es mich sanft in sich hineinzuziehen. Ich ging in die kühle Speisekammer, um die Eier an ihren Platz zu legen. In dem Moment, als ich es tat, hörte ich am anderen Ende des langen Korridors die Türklingel schrillen. Ich war überrascht. Ich hatte kein Wagengeräusch gehört, aber ich war auf der Seite des Hauses gewesen, die am weitesten von der Zufahrt entfernt lag. Als ich auf die Tür zuging, kam mir der Gedanke, daß es Bunty sein würde, die käme, um mich aufzuheitern, mich von mir selbst abzulenken, wie sie es versprochen hatte. »Es ist gut, mal ein Weilchen für sich zu sein, ich weiß das«, hatte sie gesagt, als ich ihr erzählte, daß Maxim wegfahren würde, »aber es wird Ihnen nicht guttun, wenn Sie verdrießlich werden und anfangen zu grübeln.«

Ich war nicht verdrießlich, ich war vollkommen glücklich, aber es wäre trotzdem schön, Bunty für eine Stunde zu

sehen. Wir würden eine verspätete Tasse Tee trinken, im Garten war es noch warm genug.
Ich öffnete die Tür.
»Guten Tag, Madam.«
Ich weiß nicht, ob alle Farbe aus meinem Gesicht wich, ich weiß nicht, ob mir der absolute Schock, sofort gefolgt von einer ungeheueren Flutwelle der Furcht, überhaupt anzusehen war. Aber ich kann nicht glauben, daß man es nicht merkte, dazu war das Gefühl zu unvermittelt, zu heftig.
Es war kein Wagen zu sehen, nichts deutete auf eine zweite Person hin. Sie stand ganz allein da, sehr nahe vor der Tür. Sie sah ein wenig älter aus, und ich war nicht gewohnt, sie in Straßenkleidung zu sehen – tatsächlich war fast das erste, was mir klar wurde, daß ich sie nie so gesehen hatte. Sie war immer im Haus gewesen, immer tiefschwarz gekleidet, in jenes stumpf schimmernde, unangenehm raschelnde Kleid, lang, mit engen Ärmeln und einem hohen geknöpften Kragen.
Sie trug auch jetzt Schwarz, einen knöchellangen Mantel, trotz des milden Wetters, dazu eine Handtasche und Handschuhe. Nur einen Hut hatte sie nicht auf. Ihr Haar war auf die alte Weise frisiert: glatt und eng anliegend über der hohen gewölbten Stirn nach hinten gezogen und im Nakken zusammengedreht. Doch jetzt war es grau. Das Gesicht war schmaler und faltiger, es schien noch weniger Fleisch auf dem weißen Schädel zu sitzen, die Augen lagen noch tiefer in den Höhlen.
Draußen, in der Welt hinter ihr, herrschte absolute Stille, die Totenstille des Spätsommers, wenn die Lämmer, die den Sommer hindurch geblökt haben, erwachsen sind und keine Vögel mehr singen.
»Mrs. Danvers.«
»Ich hoffe, ich habe Sie nicht erschreckt?«

Sie streckte eine weiße Hand aus dem schwarzen Mantel, und ich ergriff sie, notgedrungen. Sie war hart und dünn und kalt.

»Nicht im geringsten ... oder vielmehr, ja, natürlich, ich bin überrascht, Sie zu sehen, aber ...«

»Es tut mir leid, es war mir nicht möglich, Sie vorher zu benachrichtigen. Wenn ich ungelegen komme, brauchen Sie es nur zu sagen.«

»Nein, bitte kommen Sie herein.«

»Ich hatte unerwartet etwas freie Zeit, und als ich hörte, daß Sie jetzt in der Gegend sind, wollte ich Sie natürlich besuchen und Ihnen für hier alles Gute wünschen.«

Ich trat beiseite, um sie hereinzulassen. Sie blieb in der Halle stehen und wartete, aber anstatt sich umzuschauen, starrte sie nur mich an, die Augen in den tiefen Höhlen ruhten unverwandt auf meinem Gesicht. Es war zu dunkel hier, zu schattig, ich wäre lieber im hinteren Teil des Hauses mit ihr gewesen, wo die späte Sonne das kleine Wohnzimmer durchfluten würde und die Fenster zum Garten offenstanden. Vor allem aber konnte ich ihre Nähe nicht ertragen. Ich mußte Distanz zwischen uns schaffen, sehnte mich nach frischer Luft, nach dem weiten Himmel über mir. Ich würde ersticken, wenn ich gezwungen wäre, mit ihr in einem geschlossenen Raum zu sein.

Ihre Schritte klangen hart und abgehackt auf dem Steinboden, ich hörte das leise Rascheln ihres Rockes, und all das weckte schreckliche Erinnerungen. Es versetzte mich dermaßen in Panik, daß ich fast auf das Licht zurannte.

»Möchten Sie vielleicht eine Tasse Tee, Mrs. Danvers? Ich habe selbst noch keinen getrunken, ich hatte mir gerade einen machen wollen.«

»Danke, Madam, das wäre sehr liebenswürdig.«

Im Wohnzimmer stellte sie sich mit dem Rücken zu den

Fenstern und dem Garten, der Außenwelt, ganz so, als hätte sie sie gar nicht gesehen, sie waren nicht von Interesse für sie. Und mir wurde bewußt, daß ich Mrs. Danvers, ebenso wie ich sie niemals in Straßenkleidung gesehen hatte, auch nie woanders gesehen hatte als in Manderley.

»Vielleicht möchten Sie gerne hinausgehen und sich den Garten ansehen. Die Rosen sind leider schon verblüht, aber die Rabatten sind noch sehenswert, obwohl ich mit der Wiederauffrischung des Gartens erst angefangen habe. Er war so vernachlässigt, es wird wahrscheinlich Jahre dauern.«

Auch jetzt schaute sie sich nicht um. Sie hatte mich nicht eine Sekunde aus den Augen gelassen.

»Ja, Sie sind erst seit dem Frühling hier, glaube ich.«

»Das ist richtig. Wir kamen im Mai, wir waren im Ausland für ... für einige Jahre.«

»Ah ja.«

Schweigen trat ein. Ich wollte keine Schuldgefühle in mir aufkommen lassen, denn ich hatte keinen Grund dazu, aber als sie fortfuhr, mich anzusehen, spürte ich, wie ich errötete, und wandte hastig den Blick ab. Der Anlaß für unsere Zeit im Ausland und die Geschehnisse, die dem vorangegangen waren, brauchten nicht ausgesprochen zu werden – sie lagen ausgebreitet vor uns wie das Muster auf einem Teppich, und es war, als könnten wir beide dastehen und es betrachten.

»Bitte setzen Sie sich. Ich ... ich werde den Tee machen. Es wird nicht lange dauern.«

Für ein paar Sekunden flackerten ihre Augen weg von mir, die Brauen waren leicht hochgezogen. Sie verachtet mich, dachte ich, sie macht sich über mich lustig. »Ich fürchte, seit dem Krieg ist es sehr schwierig, das richtige Personal zu finden«, sagte sie. »Junge Leute scheinen nicht mehr daran interessiert zu sein, in Stellung zu gehen. Aber ich bin sicher, wenn Sie sich hier eingelebt haben, werden Sie jemanden finden.«

»Oh, ich habe Hilfe«, sagte ich hastig, »soviel ich will, jedenfalls. Es ist wirklich nicht wie in den alten Zeiten ...« Die Worte »von Manderley« schwebten in der Luft. »Dora kommt fast jeden Tag – und Mrs. Peck von der Farm hilft mir auch manchmal.«

»Ich verstehe.« Die Geringschätzung in ihrer Stimme ließ mich erneut erröten, und ich war zornig darüber, daß sie nach all den Jahren immer noch die Macht hatte, mich zu demütigen.

»Ich möchte gar keinen so umfangreichen Personalstab, Mrs. Danvers. Das hat mir nie gefallen.«

»Gewiß.«

»Hier ist alles viel unkomplizierter.«

»Ja – und natürlich ist es im Vergleich ein ziemlich kleines Haus.«

»Ja«, sagte ich, »ja, das ist es«, und floh, hinunter zur Küche. Meine Hände zitterten so stark, daß ich fürchtete, das Geschirr fallen zu lassen, und als ich das Wasser eingoß, verschüttete ich etwas davon und verbrühte mir den Handrücken. Es verursachte einen länglichen, scharlachroten Fleck, der heftig schmerzte.

Fragen flatterten in meinem Kopf herum wie leuchtende, hin und her schießende, in einem Käfig gefangene Vögel. Ihre Stimmen waren scharf und drängend: Wie hatte sie uns gefunden? Wo war sie hergekommen? Wohnte sie in der Nähe? Wenn ja, war das Zufall? Was wußte sie über unser Leben, das vor diesem, und das jetzige, seit wir hergekommen waren? Ich stellte mir vor, daß sie vielleicht irgendwo nicht weit entfernt wohnte, uns beobachtete, ausspionierte, jede Einzelheit unseres Tagesablaufs kannte.

Und wie war sie an diesem Nachmittag hergekommen? Es war unwahrscheinlich, daß sie zu Fuß gegangen war.

Das Tablett war schwer beladen, und bevor ich es hochhob, mußte ich stehenbleiben, mich einen Augenblick an die Wand lehnen und tief durchatmen, um mich zu beruhigen. Es bestand kein Anlaß, mich von ihr ängstigen zu lassen. Ich durfte es nicht, es gab keinen Grund. Sie hatte keine Macht mehr über mich.

Doch ich wußte, daß sie diese Macht sehr wohl hatte, in einer Weise, in der Favell sie nicht hatte und niemals hätte haben können. Sie hatte immer Macht über mich gehabt, ich fürchtete und haßte sie, und sie verachtete mich und hielt mich für bedeutungslos. In ihrer Gegenwart welkte ich zu einem Nichts dahin; selbst Favell gegenüber – und erst recht bei jedem anderen – besaß ich mehr Stärke, mehr Selbstvertrauen. Aber kaum sah ich Mrs. Danvers, wurde ich wieder zu dem unsicheren, linkischen, sich selbst erniedrigenden Wesen, das als frischgebackene Ehefrau nach Manderley gekommen war und den Versuch wagte, Rebeccas Platz einzunehmen.

Doch ich ging, so energisch ich konnte, den langen Flur hinunter, und nur meine brennende Hand erinnerte mich daran, in welchen Zustand sie mich innerhalb von ein paar Augenblicken versetzt hatte.

Sie schien sich überhaupt nicht bewegt zu haben, stand immer noch mit dem Rücken zum Garten. Ihre Augen richteten sich sofort wieder auf mein Gesicht und ruhten groß, glänzend, unverwandt darauf. Sie sah zu, wie ich das Tablett abstellte, zwei kleine Tische aufklappte und Milch, Zucker, Teekanne und Tassen darauf verteilte, bot sich aber nicht an zu helfen. Ich fühlte mich idiotisch und ungeschickt; hätte ich doch eine Klingel gehabt, und wenigstens einen Diener, der uns Tee brachte! Mrs. Danvers' Gesicht war zu dem alten, verächtlichen Ausdruck verzogen. Ich war ein Nichts. Sie war mir mühelos überlegen.

»Es ist ein so hübsches Haus, Madam. Sie und Mr. de Winter werden hier sehr glücklich sein, das weiß ich.«

»Ja ... ja, danke, Mrs. Danvers, das sind wir ... Wir lieben das Haus, und wir kaufen etwas von dem umliegenden Land dazu. Es ist genau das, was wir wollen.«

»Natürlich ist es ganz anders als Manderley. Niemand würde es jemals damit vergleichen, nicht wahr?«

»Ich denke, nicht.«

»Aber schließlich gab es nirgendwo einen Landsitz, der sich mit ihm messen konnte, und es wird auch niemals einen geben.«

Sie saß sehr aufrecht auf der Kante ihres Stuhls und hielt ihre Tasse fest. Ich wünschte, sie würde mich nicht so unverwandt anstarren. Meine Hand tat sehr weh.

»Wissen Sie, ich denke jetzt nicht mehr viel an Manderley«, sagte ich.

»Ach nein? Aber Sie waren ja nie besonders glücklich dort, nicht wahr? Es hat niemals wirklich Ihnen gehört. Aber ich bin sicher, Mr. de Winter denkt unentwegt daran.«

»Nein. Nein, das glaube ich nicht.«

»Ich tue es ständig. Es ist immer da, wissen Sie? Es verläßt mich niemals.«

Ich hatte einen kleinen Teller mit Zitronenkeksen mitgebracht und merkte, als ich ihn jetzt hochhob, um sie Mrs. Danvers anzubieten, daß ich keine Tellerchen dafür mitgebracht hatte. Ich stand auf, um sie zu holen und stieß dabei die Kekse zu Boden. Da lagen sie in einem krümeligen Haufen auf dem Teppich, armselige, trockene, altbackene Dinger. Ich starrte auf sie hinunter und spürte, wie mir Tränen in die Augen stiegen, Tränen des Zorns und der

Demütigung. Als ich mich hinkniete, um die Kekse aufzusammeln, schien es mir einen Moment lang, als beobachte Mrs. Danvers mich mitleidig, doch als ich mich auf die Fersen setzte und ihr einen Blick zuwarf, war der weiße Totenschädel wieder ausdruckslos wie eine Maske, nur die Augen glitzerten.

»Mrs. Danvers ...«, stieß ich hervor. »Wie haben Sie herausgefunden, wo wir sind?«

Sie zögerte nicht. Ihre Antwort glitt leise und glatt zwischen ihren Lippen hervor: »Ich habe nicht weit entfernt eine sehr angenehme Stellung, in dem Dorf Fernwode. Vielleicht kennen Sie es.«

»Nein, nein, ich glaube nicht.«

Ich scharrte die Überreste der Kekse auf das Tablett.

»Ich bin Haushälterin und Gesellschafterin bei einer älteren Dame. Sie steht ganz allein auf der Welt, und meine Pflichten sind sehr leicht. Es gefällt mir wirklich sehr gut, obwohl natürlich nichts jemals so sein wird, wie es war, oder?«

»Nein, nein, ich denke nicht.«

»Und Mr. de Winter geht es gut?«

Ich hatte vorgehabt, ihr weitere Fragen zu stellen, denn ich wollte erfahren, was sie in den vergangenen Jahren gemacht hatte, wohin sie von Manderley aus gegangen war, was während des Krieges geschah, aber ich konnte nicht. Die Art, wie sie dasaß, so steif, so bedrohlich still, die Augen nie von meinem Gesicht wendend, ließ die Worte auf meiner Zunge erstarren, ich wagte nicht, sie auszusprechen.

»Ja«, sagte ich. »Meinem Mann geht es gut. Er ist im Augenblick in Schottland, besucht Frank Crawley wegen einiger Angelegenheiten, die mit dem Anwesen zu tun haben.«

»Ah ja.«

In dem Moment, als ich es sagte, wünschte ich, ich hätte es

ihr nicht erzählt. Ich wollte nicht, daß sie wußte, daß ich allein hier war.
»Nur für ein paar Tage. Ich denke, er könnte sogar schon morgen zurück sein.«
Ich hörte die Nervosität in meiner Stimme und wußte, daß sie die Lüge mit Leichtigkeit durchschaut hatte.
Es war nicht nur beängstigend, ihr ausgerechnet hier in diesem Zimmer wieder gegenüberzusitzen, es war auch seltsam. Sie hatte immer gestanden, scheinbar ehrerbietig, Instruktionen erwartend oder Befehle, und dennoch hatte ich mich niemals als ihre Herrin gefühlt, immer war sie diejenige gewesen, die den Ton angab. Jetzt hatte ich ihr Tee serviert, sie saß auf einem Stuhl in meinem Haus, und doch fühlte ich mich unwohl, auf eine neue Weise. Ich war weder ihre Arbeitgeberin noch ihr gleichgestellt – und war ihr ebenso unterlegen, wie ich es immer gewesen war.
Die Sonne hatte sich allmählich aus dem Zimmer zurückgezogen, und ein Schatten lag über dem Garten. Kein Lüftchen regte sich, und es war immer noch unheimlich still.
»Es hat mir so leid getan, das über Mrs. Lacy zu hören. Es muß sehr traurig für Sie beide gewesen sein.«
Und da wußte ich es. Ich las es in ihrem Gesicht, obwohl es immer noch ausdruckslos war, las es in ihren Augen, die wie zwei harte helle Lichtpunkte in den dunklen Höhlen wirkten. Sie waren es, Mrs. Danvers. Natürlich, ich hatte es vermutet, und ich hatte recht: Sie waren es, die den weißen Kranz schickte. Aber mein Mund war trocken, ich konnte nichts sagen. Sie musterte mich, ihr Gesicht leuchtete knochenweiß in der herabsinkenden Dämmerung.
Warum, wollte ich schreien. Was wollen Sie noch, von mir, von Maxim? Was erwarten sie von uns? *Was wollen Sie?* Dann hörte ich den Kies draußen leise knirschen: Ein Auto rollte die Zufahrt herab. In Mrs. Danvers kam Bewegung.

»Das wird der Wagen sein.« Sie stand auf, ihr Rock rutschte mit einem seidigen Rascheln an seinen Platz. »Ich bat ihn, draußen zu warten, auf der Straße. Ich habe sehr großes Glück, daß meine Arbeitgeberin den Chauffeur nur sehr selten braucht. Es steht mir frei, seine Dienste in Anspruch zu nehmen, wenn er verfügbar ist.«

Wie betäubt begleitete ich sie in die Halle. Vor dem Haus wartete eine schwarze Limousine, der Fahrer hielt den Schlag auf. Die Situation sollte mich eigentlich amüsieren, dachte ich. Maxim hätte gelacht, wenn er mich mit dem Teetablett gesehen hätte, wie ich Mrs. Danvers bediente, wenn er miterlebt hätte, wie der Chauffeur ihr in den Wagen half und sie sich von ihm davonfahren ließ.

»Typisch Mrs. Danvers«, würde er sagen, »sie hatte immer irgendwie Stil, findest du nicht?« Und dann hätte er das Thema fallengelassen, als sei diese Frau von keinerlei Bedeutung mehr in unserem Leben.

Aber ich wußte, daß das nicht stimmte.

Wir hatten uns die Hand gegeben, und sie hatte sich abgewandt und war ohne ein Wort in den Wagen gestiegen, der sich sofort in Bewegung setzte.

Linkisch, wie ich es ihr gegenüber immer schon gewesen war, hob ich die Hand zum Gruß. Mrs. Danvers winkte nicht zurück, saß nur regungslos da. Erst als sie wendeten, schaute sie kurz zu mir heraus, das Totenschädelgesicht glänzendweiß hinter der Fensterscheibe, die Augen starr auf mich gerichtet.

Als ich meine Hand sinken ließ, spürte ich die Verbrühung auf ihrem Rücken. Sie brannte wie Feuer.

Achtzehntes Kapitel

»Alles in Ordnung?«
»Ja, ja, natürlich. Es ist ziemlich heiß gewesen, das ist alles.«
»Ja.«
»Es geht mir gut, Maxim, wirklich.«
»Es ist herrlich hier oben. Du wärst neidisch – sie hatten einen kalten, späten Frühling, und so hat sich alles verzögert. Janets Rosen sind noch immer ein wundervoller Anblick.«
»Oh ... oh, ja, das kann ich mir vorstellen.«
»Das einzig Lästige sind die Mücken – heute wurde ich oben im Moor fast bei lebendigem Leibe verspeist.«
»Du Ärmster.«
»Geht es dir wirklich gut?«
»Warum fragst du mich das immer wieder?« Ich hörte mein falsches kleines Lachen.
»Weil du dich ein wenig merkwürdig anhörst.«
»Ich bin vollkommen in Ordnung, wirklich. Es gefällt mir – ich bin rundherum glücklich. Ich bin zur Farm gewandert, um Eier zu holen.«
Ich stand im Arbeitszimmer, mit dem Rücken zum Fenster, doch jetzt drehte ich mich um, um hinauszusehen. Ich hatte das Gefühl, beobachtet zu werden.
Aber es war niemand draußen, das wußte ich sehr genau.
»Frank möchte, daß ich noch ein paar Tage länger bleibe. Zum Angeln.«
»Oh.«
»Aber wenn es dir lieber ist, daß ich wie geplant am Mitt-

woch nach Hause komme, dann werde ich das tun. Du mußt es nur sagen.«
»Nein, nein, Maxim, natürlich mußt du bleiben. Das wird sicher wunderbar.«
Nein, dachte ich, bitte, nein. Gestern abend hätte ich ihn fast gedrängt, in Schottland zu bleiben, schuldbewußt, weil ich es genossen hätte, noch eine Weile allein zu sein. Aber jetzt nicht mehr.
Doch ich sagte: »Komm zurück, wann immer du möchtest.«
»Dann am Samstag.«
»In Ordnung.«
»Bleib nicht zu viel allein. Hol dir Bunty Butterley oder sonst jemanden herüber.«
»Maxim, ich komme schon zurecht. Richte den Crawleys liebe Grüße von mir aus.«
»Ja. Wenn du sicher bist ...«
Ich hätte am liebsten geschrien.
»Gute Nacht, Liebling.«

Nachdem ich den Hörer aufgelegt hatte, hatte ich das Gefühl, das Haus ziehe sich knarzend und knackend in sich selbst zurück, und dann war es unheimlich still. Ich stand ein paar Augenblicke regungslos da, nicht einmal fähig, die Vorhänge zuzuziehen, hypnotisiert von der Dunkelheit jenseits der Fenster, die mich wie ausdruckslose Augen anstarrte.
Es war Mrs. Danvers gelungen, alles zu zerstören – mein neu gefundenes Selbstvertrauen, das Gefühl des Friedens – und mich dazu zu bringen, beklommen, ängstlich und verunsichert zu sein. Sie hatte erreicht, daß ich mich sogar vor dem Haus fürchtete, davor, darin allein zu sein, davor, von Zimmer zu Zimmer zu wandern, und vor der Nacht draußen, dem verlassenen Garten, der Landschaft, die es umgab. Ich

fühlte mich beobachtet, als ob jemand oder etwas auf mich lauere, leise atmend.
Aber ich zwang mich daranzugehen, jeden Vorhang hastig und mit einem Ruck zuzuziehen und so viele Lampen anzumachen, wie ich konnte. Ich stimmte sogar ein kleines Lied an, aber meine Stimme klang seltsam und hohl, und ich ließ sie verklingen. Dann waren nur noch meine Schritte zu hören.
Ich schaltete das Radio ein, machte es aber gleich wieder aus, weil es mögliche andere Geräusche übertönt hätte. Wieder nur tödliche Stille.
Am sichersten fühlte ich mich oben in meinem Zimmer. Ich ging sehr früh zu Bett, mit etwas Toast und einem gekochten Ei auf einem Tablett, und dann lag ich da und versuchte zu lesen. Die Luft war drückend und schwül. Ich hatte das Fenster offen, und mehrere Male stand ich auf und lehnte mich in die Dunkelheit hinaus, versuchte Umrisse im Garten auszumachen, aber es war Neumond, ich sah nichts. Nicht einmal das nächtliche Geraschel kleiner Tiere war zu hören, kein Wind raschelte in den Bäumen.
Die Worte auf der Seite ergaben keinen Sinn für mich, und nach einer Weile legte ich das Buch weg und machte das Licht aus. Es war wie ein Schock: Fast im selben Moment schien ihr Gesicht auf mich zuzuschweben und blieb über dem Fußende meines Bettes hängen. Sie war alles, was ich sah, alles, woran ich denken konnte, diese schwarze Gestalt, der weiße Schädel, die tiefen Augenhöhlen, die glänzenden, starrenden Augen, das glatt zurückgekämmte Haar. Wieder flüsterte sie auf mich ein, keine Macht der Welt schien sie zum Verstummen bringen zu können, und nach einiger Zeit verschmolz das, was sie heute, in diesem Haus, zu mir gesagt hatte, mit meiner Erinnerung an Dinge, die sie in Manderley gesagt hatte, und mit dem Geflüster, das

mich in jener Villa in Italien so geängstigt hatte. Für kurze Zeit verfiel ich in einen Halbschlaf, aber es gab keine Möglichkeit, ihr zu entkommen, sie hielt mühelos mit mir Schritt, ich wußte, daß sie mich jetzt nicht mehr loslassen würde.

»Es ist ein so hübsches Haus, Madam. Sie und Mr. de Winter werden hier sehr glücklich sein, das weiß ich.«

»Natürlich ist es ganz anders als Manderley. Niemand würde es jemals damit vergleichen, nicht wahr?«

»Glauben Sie, daß die Toten wiederkommen und die Lebenden beobachten?«

»Sie kommen einfach her und bilden sich ein, Sie könnten Mrs. de Winter ersetzen. Sie – meine Herrin ersetzen! Ha, selbst die Dienstboten haben gelacht, als sie Sie zu sehen bekamen.«

»Warum gehen Sie nicht? Niemand will Sie hierhaben ... Sehen Sie dort hinunter. Es ist ganz einfach. Warum springen Sie nicht?«

»Das ist Mr. de Winter. Das ist Ihr Mann – *ihr* Mann. Dieser Mann ist ein Mörder. Dieser Mann hat seine Frau umgebracht. Er erschoß Rebecca. Haben Sie je daran gedacht, daß er wieder morden könnte?«

Mein Unterbewußtsein versuchte verzweifelt, aufzuwachen, so wie ich in Panik aus meinem Traum aufgetaucht war, in dem ich mit Jack Favell in dem Auto dahingerast war, aber diesmal gelang es mir nicht. Eine Hand, eine kalte, hagere Hand lag auf meinem Gesicht, stieß mich zurück, hielt mir den Mund zu, damit ich nicht atmen konnte und nicht um Hilfe rufen, tiefer und tiefer wurde ich hinuntergedrückt in die beklemmenden Abgründe des Traumes, wo ihr Gesicht schwebte und ihre Stimme flüsterte und flüsterte.

Schließlich wachte ich nicht auf, sondern schlief für eine Weile, eingetaucht in einen Ort unter oder jenseits des

Traumes, und das war die einzige Erleichterung. Als ich allmählich zu mir kam, waren ihr Gesicht und ihre Stimme in den Hintergrund getreten und weiter entfernt. Ich setzte mich auf und knipste die Lampe an. Eine Motte umflatterte sie, ihr weicher, blasser, pelziger Körper prallte gegen den Schirm. Es regte sich immer noch kein Lüftchen, keine Brise oder Kühle kam vom Garten her. Es war kurz nach zwei. Ich hatte Hunger und Durst, aber ich wagte nicht aufzustehen und allein durch das Haus nach unten zu gehen, wie ich es bisher vollkommen unbekümmert getan hatte, ich lag nur da, verkrampft und ängstlich – und zornig, vor allem zornig und erbittert darüber, was Mrs. Danvers mir und dem Haus angetan hatte, wie das Böse begonnen hatte, sich wie ein Gas darin auszubreiten, alles durchdringend, was hell und freundlich und voller Liebe und Herzlichkeit gewesen war, es verderbend und besudelnd.

Ich haßte Mrs. Danvers, während ich Rebecca niemals wirklich gehaßt hatte, denn wie hätte ich jemanden hassen sollen, der tot war, jemanden, den ich nie gesehen, mit dem ich nie gesprochen hatte, dessen ich nur durch andere bewußtgemacht worden war? Nein, Rebecca bedeutete mir nicht das geringste, ich empfand weder Furcht noch Eifersucht noch die leiseste Abneigung.

Es war Mrs. Danvers, die Macht über mich hatte, Mrs. Danvers fürchtete und haßte ich, auf eine wilde, unbestimmte, ohnmächtige Weise, die keine Schärfe besaß, es war ein Haß, der mir selbst, wie sie mit Sicherheit wußte, mehr Schmerz und Kummer zufügte, als er ihr je bereiten könnte. Ich schlief nicht mehr, wartete nur auf die Erlösung: das erste zarte fahle Morgenlicht, das sich ins Zimmer stahl. Dann endlich würde ich hinuntergehen können und mir Tee machen.

Früh am nächsten Morgen fuhr ich mit dem Wagen in die Marktstadt und kaufte Lebensmittel ein. Der Rest des Tages verging quälend langsam, und ich wußte nicht, wie ich mir die Zeit vertreiben sollte. Es war wieder heiß, eine abgestandene, müde Augusthitze, die Straßen waren staubig, die Menschen gereizt. Ich dehnte den Kaffee auf eine Stunde aus, aber mittagessen wollte ich nicht. Statt dessen wanderte ich bis zu der Brücke, die über den Fluß führte, blieb dort stehen und blickte auf das Wasser hinab, und über die Dächer, hinter denen der hübsche Turm der Pfarrkirche aus der Niederung aufragte.

Ich versuchte an Cobbett's Brake zu denken, wie ich es früher getan hatte, mich nach ihm zu sehnen, es vor meinem geistigen Auge zu sehen; es ist immer noch dasselbe, sagte ich mir, nichts hat sich geändert, sie ist weg, sie kann nichts tun. Aber ich wußte, daß es nicht stimmte. Das Beil war bereits gefallen.

Es war mir in jenen Stunden unmöglich, nach vorne zu blicken, ich war an die Gegenwart gefesselt wie auf ein Rad, das sich immer wieder und wieder um unser Gespräch drehte und darum, wie Mrs. Danvers ausgesehen, welche Gefühle sie in mir geweckt hatte. Ich wünschte, ich könnte weinen, bittere Tränen der Enttäuschung und Wut, über die Ungerechtigkeit der Dinge. Warum, wollte ich dem Himmel und dem Wasser und den unschuldigen Passanten entgegenschreien, warum muß dies geschehen, warum kommt die Vergangenheit zurück, werden wir denn niemals frei davon sein? Warum?

Aber ich wußte sehr genau, warum.

Schließlich fuhr ich zu Bunty Butterley – unter dem Vorwand, den Namen eines Zahnarztes zu brauchen. Sie glaubte mir nicht, das erkannte ich sofort an der Art, wie sie mich ansah, während ich sprach. Aber sie kredenzte mir Tee, und wir saßen auf einer alten, schattigen Bank unter ihrer geliebten Zeder und schwatzten über Nichtigkeiten. Es half mir; ich war froh, daß ich hergekommen war, doch die ganze Zeit über spürte ich eine körperliche Erregung in der Magengrube, wie eine kleine, geballte Faust, die sich immer tiefer in mich hineinbohrte, und ich wußte, daß es Furcht war.

»Es wird Zeit, daß Ihr Mann zurückkommt, meine Liebe«, sagte sie, als sie mich zum Wagen begleitete. Ich hielt einen Bund Zuckererbsen in der Hand, die sie für mich abgeschnitten hatte.

»Ja.«

»Sie sind bedrückt.«

»Nein, wirklich nicht.« Wieder diese Lügen, die mir so leicht über die Lippen kamen. »Es geht mir gut.«

»Sie brauchen vielleicht mal einen oder zwei Abende in London. Sehen Sie sich eine Show an, bringen Sie ihn dazu, mit Ihnen tanzen zu gehen. Meine Stimmung hat das früher immer gehoben.«

Ich stellte mir vor, wie sie fröhlich einen Foxtrott aufs Parkett legte, ziemlich unpassend in einen glänzenden, leuchtenden Stoff gekleidet, aber vollkommen glücklich, weil sie sich um die Meinung anderer nicht scherte. Wie Beatrice. Einem Impuls folgend, beugte ich mich vor, um Bunty zu umarmen – wegen der Art und Weise, in der sie mich an meine tote Schwägerin erinnerte.

»Vergessen Sie nicht, was ich Ihnen gesagt habe – Grübeln ist immer schlecht.«

»Ich werde nicht grübeln. Danke, Bunty.«

Sie stand da und winkte mir hinterher, strahlend, stämmig und doch so quecksilbrig, dachte ich. Und scharfsichtig war sie, wahrlich keine Frau, der man etwas vormachen konnte. Sobald es kühler war, würde ich die ganze lange südliche

Rabatte von Unkraut und verwelkten Blüten befreien, ich würde mir nicht gestatten zu grübeln, ich würde nicht meiner Furchtsamkeit nachgeben.

Der braune Umschlag lag oben auf dem Poststapel, den Dora auf das Tischchen in der Halle gelegt hatte.
Ich riß ihn unverzüglich auf. Ich wollte es hinter mich bringen.
Dieser Ausschnitt war nicht alt und vergilbt, er stammte aus einer erst kürzlich erschienenen Zeitung. Ich hatte den Artikel sogar gesehen, aber schnell weitergeblättert.

ANGESTELLTER FÜR MORD AN GELIEBTER GEHÄNGT
FRÜHMORGENDLICHE HINRICHTUNG
IM PEONTONVILLE-GEFÄNGNIS

Es war ein Foto dabei, ein dürftiges, briefmarkengroßes Ding, das einen mitleiderregend aussehenden schnurrbärtigen Mann mit angstvollen Augen zeigte. Er war Postbeamter gewesen und hatte die Frau nach einer heftigen Eifersuchtsszene getötet. Ansonsten aber war der Fall ganz anders gewesen, glaubte ich mich zu erinnern, völlig anders. Der Mann hatte keine Schußwaffe gehabt, er hatte sie erstochen, und zwar nachdem die Frau ihn mit demselben Messer angegriffen hatte. Es hatte einen Antrag auf Notwehr gegeben, aber er hatte nichts genützt, das Schwurgericht war sich einig gewesen. Vor ein paar Wochen war der Mann gehängt worden.
Ich zerknüllte das Papier in meiner Faust zu einem Ball, drückte ihn so fest zusammen, daß sich meine Fingernägel in meine Handfläche gruben. Dies hatte nichts mit uns zu tun, diesen Ausschnitt würde ich nicht behalten. Ich verbrannte ihn.

Die Leere in meinem Magen war zu einem Schmerz geworden, zu einer anderen Art von Brennen.
Aber es war noch schön im Garten, veilchenfarben lagen die Schatten über dem trockenen Gras. Ich holte meine Harke aus dem Geräteschuppen und kniete mich hin, um die Quecken und das Kreuzkraut herauszustemmen, die am Rand der Nelkenrabatte wuchsen und im Juni berauschend stark und würzig geduftet hatten. Ich hatte vor, die Nelken aufzuteilen und neu einzupflanzen, denn ich wollte im nächsten Sommer ein Beet mit lauter Blumen haben, die ich wegen ihres Duftes ausgesucht hatte. Und während ich mich an der Rabatte entlangarbeitete, wobei ich mir nicht gestattete nachzudenken, wurde ich ruhiger, und die Faust in meinem Magen entkrampfte sich ein wenig.
Eine Amsel hüpfte aus dem Pfeifenstrauch und beobachtete mich mit Augen, die wie Glasperlen glänzten. Sie schien darauf zu warten, daß ich das Feld räumte und sie in der frisch umgegrabenen Erde nach Würmern picken konnte. Im Winter, hoffte ich, würde eine Menge Vögel dasein, alle möglichen Arten, die in den Garten kamen, um sich Körner und Beeren zu holen. Ich werde es nie zulassen, daß die Kinder ihnen die Eier wegnehmen, dachte ich, auch wenn ich wollte, daß sie echte Landkinder würden. Und für ein paar Sekunden hatte ich das wunderbare Gefühl, daß sie hier bei mir seien, lachende Gesichter, die aus dem Gebüsch spähten, sich versteckten für den Fall, daß ich aufschaute und sie ins Bett scheuchen würde. Oh, ich gewähre euch noch ein paar Minuten, dachte ich nachsichtig, denn schließlich habt ihr Sommerferien, und ihr schlaft in diesen heißen Nächten ohnedies nicht. Ich werde so tun, als hätte ich euch noch nicht gesehen. Und ich beugte den Kopf wieder über die Rabatte.
Ich hörte nichts, keine Schritte auf dem Kies oder dem Gras,

nicht das leiseste Rascheln von Stoff. Es war genau wie früher: Sie erschien ganz plötzlich und lautlos, stand in einer Tür, am Ende eines Korridors, dicht neben mir. Das war eines der Dinge, die ich an ihr am beängstigendsten gefunden hatte.

Jetzt fiel ihr Schatten auf das Fleckchen Erde, vor dem ich kniete, durchbrach die letzten schrägen Strahlen der Sonne.

»Ein Garten am Abend ist solch ein angenehmer Ort, finde ich.«

Ich glaubte, mein Herz bliebe stehen. Ich fuhr herum und verlor beinahe das Gleichgewicht. Um nicht umzufallen, stützte ich mich mit der Hand ab, die tief in den weichen, frisch umgegrabenen Boden sank. Mrs. Danvers schaute darauf hinab, eine kaum wahrnehmbare Spur von Belustigung umspielte ihre Lippen, als ich versuchte, die Erde unter meinen Fingernägeln und zwischen den Fingern unauffällig an meinem Rock abzuwischen.

»Habe ich Sie erschreckt, Madam? Es tut mir so leid. Ich hätte Sie vom Weg aus ansprechen sollen.«

»Ich ... ich habe die Türklingel nicht gehört.«

»Ich sah Sie, als ich von oben auf das Haus zukam, und so machte ich mir natürlich nicht die Mühe zu klingeln. Ich wußte ja, daß Sie niemanden haben, der mir hätte aufmachen können.«

»Sind Sie ... sind Sie wieder zum Tee gekommen?« Ich hörte, wie unnatürlich freundlich und fröhlich meine Stimme klang. »Es scheint zwar etwas später zu sein als gestern, aber ich könnte trotzdem welchen machen – oder möchten Sie vielleicht lieber einen Sherry?«

In meiner Jugend hatte man mir eingeschärft, stets höflich zu sein, Gastfreundschaft zu gewähren, und es war mir längst in Fleisch und Blut übergegangen, aber dennoch verachtete mich Mrs. Danvers, weil ich unsicher war und nicht wußte, auf welcher Ebene unser neues Verhältnis sich abspielen sollte. Sie war nicht länger die Dienstbotin und ich die Herrin, zumal jene alte, strenge Ordnung der Dinge inzwischen vielleicht überall außer Kraft gesetzt war. Ich hatte Bunty und andere bedauernd vom Krieg als dem »großen Gleichmacher« sprechen hören.

»Ich fuhr zufällig vorbei und bat Purviss anzuhalten. Da ist etwas, das ich Ihnen zeigen möchte.«

»O ja? Was ist es denn, Mrs. Danvers?«

»Nicht hier. In meinem gegenwärtigen Heim.«

»Oh.«

»Ich dachte, Sie würden mich vielleicht gerne dort besuchen. Es ist wirklich ein angenehmer Ort, und meine Pflichten sind sehr leicht. Wenn Sie morgen nachmittag Zeit haben, werde ich Sie mit dem Wagen abholen lassen.«

»O nein, äh ...«

Ich hätte sofort sagen sollen »Nein, ich will nicht. Es ist nicht möglich, Mrs. Danvers. Ich sage es Ihnen lieber gleich, damit keine Mißverständnisse aufkommen: Mr. de Winter und ich ziehen es vor, nicht an das alte Leben erinnert zu werden. Ich weiß, daß Sie das begreifen werden.« Oder einfach: »Nein, mein Mann kommt morgen nach Hause.«

Es stimmte nicht, aber das durfte sie nicht erfahren. Doch ich sagte nichts, und die Chance war vertan. Ich zitterte vor Nervosität und Unsicherheit. Mrs. Danvers hatte es wieder geschafft, mich in das alte, minderwertige, dumme Geschöpf zurückzuverwandeln, das sie früher gekannt hatte. Ich bin nicht mehr so, versuchte eine Stimme in mir verzweifelt zu protestieren, ich bin älter geworden, ich besitze Selbstvertrauen, ich bin in Sicherheit hier. Ich fürchte mich nicht vor ihr.

»Sagen wir um fünfzehn Uhr, Madam? Purviss hat nachmittags immer frei, meine Arbeitgeberin ruht dann.«
Hochgewachsen und hager und schwarz stand sie da, nur ein paar Schritte von mir entfernt. Der Garten in ihrem Rücken und dahinter der Hang lagen golden und ruhig im stillen Abendsonnenschein, aber mir erschienen sie unendlich fern, ich konnte sie nicht erreichen. Ich stand wie angewurzelt vor ihr, und in der kurzen Stille, während ich in ihr kalkweißes, gleichgültiges Gesicht blickte, schien sie größer zu werden, über mir aufzuragen, höher und höher, bedrohlich, und ich wich zurück. Ich war ein armseliges, kleines Geschöpf ohne Bedeutung, und sie konnte einfach vortreten und mich zertrampeln.
»Ich freue mich auf morgen«, sagte sie leise, die Augen unverwandt auf mein Gesicht gerichtet. »Es ist eine solche Freude, Sie und Mr. de Winter in der Nähe zu wissen.«
Ich hatte das Gefühl, keinen Ton herausbringen zu können. Meine Zunge lag zu einem Klumpen angeschwollen und steif in meinem Mund.
»Ich danke Ihnen, Mrs. Danvers.« Es war irgendwie nicht meine eigene, natürliche Stimme, aber ich glaube auch nicht, daß Mrs. Danvers sie überhaupt hörte. Sie hatte sich umgedreht und war davongegangen, und ich begleitete sie nicht, ich konnte mich nicht bewegen, sondern blieb nur dort in der Stille stehen, betrachtete, ganz schwach vor Erleichterung, den Himmel und die ansteigenden Hänge, die jetzt nicht mehr von Mrs. Danvers überschattet wurden. Aber es schien mir, als sei das Stück Rasen, wo sie gestanden hatte, verkohlt und geschwärzt.
Ich würde nicht hingehen, natürlich nicht. Warum in aller Welt sollte ich? Ich mußte nicht tun, was sie sagte. Was

immer sie mir zeigen wollte – es konnte nichts sein, was ich sehen wollte.
Ich ging ins Haus, saß zusammengesunken am Küchentisch. Ich würde nicht hingehen, und bald würde Maxim zurück sein, nur noch drei Tage mußte ich durchhalten. Sie würde niemals wagen, herzukommen, wenn Maxim wieder zu Hause war.
Doch sie würde uns beobachten, sagte die Stimme in mir, sie würde uns bespitzeln und Bescheid wissen, und wenn Maxim ausging, wie er es für einen großen Teil jedes Tages tat, würde sie es sehen und dann kommen. Aber ich konnte es ihm nicht erzählen. Er hatte nie verstanden, weshalb ich Mrs. Danvers fürchtete, für ihn war sie immer lediglich eine Haushälterin gewesen. Er hatte sie weder gemocht noch abgelehnt, denn solche Gefühle hielt er Personal gegenüber für unangebracht, aber ich glaube, er hatte stets ihre Tüchtigkeit bewundert. Nun, das hatte ich ebenfalls getan, sie führte Manderley wirklich untadelig. Wir hatten in den vergangenen Jahren fast alles geteilt, Maxim und ich, aber ich brachte es nie über mich, ihm zu erzählen, was sich zwischen Mrs. Danvers und mir abgespielt hatte, was für Dinge sie gesagt hatte, hämisch, triumphierend, was Rebecca anging, haßerfüllt in bezug auf ihn, spöttisch in bezug auf mich. Es hätte keinen Sinn gehabt, selbst wenn ich die Worte gefunden hätte. Es war vorüber, hatte ich mir gesagt, sie war verschwunden, und ich würde nie mehr an sie denken.
Doch tief drinnen hatte sich immer wie ein leises Flüstern der Zweifel gehalten, eine kaum wahrnehmbare, nagende Angst. Dieser Zweifel, diese Angst waren berechtigt gewesen, und ich hatte es immer gewußt.

Ich würde nicht hingehen. Es gab keinerlei Veranlassung dazu.
Ich würde ausgehen. Einfach nicht hiersein. Ich würde zu den Butterleys hinüberfahren.
Doch am nächsten Morgen rief Bunty an, um mir zu sagen, daß sie mit ihrem Mann für eine Woche nach Paris reisen würde.
»Der liebe alte Junge hat beschlossen, daß ich ein bißchen Abwechslung brauche. Gott weiß, wie es sein wird, am Ende des Sommers, *fermeture annuelle* und all das, aber wenn die Stadt tot wie ein Türnagel ist, werden wir weiterfahren, an die Küste, nach Biarritz, nehme ich an. Sie sollten sich uns anschließen – können Sie Maxim nicht dazu bewegen, alles stehen- und liegenzulassen und mitzukommen?«
Ich hatte nicht gedacht, daß es jemals wieder eine Situation geben würde, in der ich ins Ausland flüchten wollte; ich hatte gedacht, ich würde jeden Tag meines Lebens hier in Cobbett's Brake verbringen wollen. Aber als Bunty den Vorschlag machte, verspürte ich den wilden Drang, zuzusagen und Maxim zu überreden. Die Vorstellung, wegzukommen, frei zu sein, auf einer Terrasse entspannt in der Sonne zu sitzen und Pastis zu trinken, und vor allem an einen Ort zu fahren, wohin sie nicht folgen könnte, war ungeheuer verlockend.
Und sinnlos. Maxim würde nicht im Traum daran denken zu verreisen, und ich konnte ihm unmöglich erklären, weshalb ich es mir so verzweifelt wünschte.
Ich konnte nicht davonlaufen, ich durfte es nicht. Es war schwach, kindisch und feige.
Wovor fürchtest du dich, fragte ich mich wieder und wieder. Was kann passieren? Was kann sie dir tun?
Nichts, sagte ich mir. Nichts. Nichts.
Wenn der Wagen mich abholen kam, das erkannte ich,

würde ich mitfahren, weil ich Mrs. Danvers entgegentreten mußte. Es gab Dinge, die ich sagen, Fragen, die ich stellen wollte. Ich mußte ihr zeigen, daß ich jetzt anders war, und Herrin der Lage, und ich würde ihr verbieten, jemals wieder nach Cobbett's Brake zu kommen, weil es Maxim erzürnen und aufregen würde.
Ich übte all diese Sätze, sprach sie vor mich hin, während ich durch das Haus und den Garten wanderte. Meine Stimme klang ruhig und vernünftig, kühl, aber nicht unfreundlich. Ich würde Theater spielen, mich verstellen, und die gespielte Selbstsicherheit würde sich in echte verwandeln.

An jenem Nachmittag kleidete ich mich mit großer Sorgfalt an, wählte ein eleganteres Kleid und Jackett, als ich mir für eine Einladung auf dem Land sonst die Mühe gemacht hätte anzuziehen, bürstete mein Haar, damit es schön fiel. Mrs. Danvers hatte immer gewußt, daß ich kein Gefühl für Kleidung hatte, daß ich mich ohne jeden Mut zum Risiko in den für mein Alter falschen Schnitten und Farben kleidete. Wann immer Mrs. Danvers mich von oben bis unten musterte, das wußte ich, verglich sie mich mit Rebecca, die so viel Geschmack und Stil gehabt hatte.
Als ich jedoch diesmal in den Spiegel schaute, war ich angetan. Das Blau, das ich gewählt hatte, stand mir, ich fühlte mich selbstsicher.
»Oh, wie schick du bist, wie schick, Mami«, riefen die Jungen und tanzten fröhlich um mich herum; nur der Kleine wandte sich schweigend ab, weil er nicht wollte, daß ich wegging.
Der Wagen rollte langsam über den Kies, fast geräuschlos. Ich hatte auf ihn gewartet, so daß ich, sobald ich ihn hörte, die Haustür öffnete, was natürlich höchst unpassend war. Ich hätte mir ein paar Augenblicke Zeit lassen sollen, und

auch der Fahrer wußte das, ich sah es ihm an. Er war ein mürrischer, untersetzter, schweigsamer Mann.
»Danke«, sagte ich, als er mir den Schlag öffnete, und verkniff mir die leutselige Bemerkung über das heiße Wetter, die mir auf der Zunge gelegen hatte, denn er würde es ihr erzählen, dessen war ich sicher. Sie waren aus dem gleichen Holz geschnitzt, Purviss und Mrs. Danvers.
Als wir langsam die Zufahrt hinauf und durch das Tor fuhren, schaute ich noch einmal zum Haus zurück, das ruhig in der Sonne lag, eingebettet in seine grünen Hänge, wunderschön. Aber ich hatte den Eindruck, daß es auf einmal unzugänglich für uns geworden war. Es existierte einfach, wie es das immer getan hatte, und wir machten uns daran zu schaffen wie Ameisen auf der Oberfläche eines alten Hügels, ohne daß unsere Gegenwart einen bleibenden Eindruck hinterließ.
Es wird alles wieder in Ordnung kommen, redete ich mir voller Inbrunst ein, es wird sein, wie es war. So wie jetzt werde ich nach dem heutigen Tag nicht mehr wieder empfinden, es sind nur der Schock und die Wirkung, die das Auftauchen von Mrs. Danvers auf das Haus hatte. Sie werden nicht lange anhalten.
Sie dürfen es nicht.

Wenn ich nicht so angespannt gewesen wäre, immer noch ängstlich probend, was ich sagen müßte, hätte ich meine Situation an jenem Nachmittag vermutlich einigermaßen lustig gefunden. Daß Mrs. Danvers einen Wagen mit Chauffeur zur Verfügung hatte, der sie herumfuhr, wenn sie Lust dazu hatte, und daß sie ihn so großtuerisch angewiesen hatte, mich abzuholen, war bizarr, lächerlich, und doch konnte ich nicht lachen – zu verzweifelt kämpfte ich darum, mich ihr gegenüber nicht wieder machtlos und unterlegen

zu fühlen. Mrs. Danvers besaß eine so mühelose Macht nicht nur über meine Handlungen, sondern auch über fast jeden Winkel meines Bewußtseins, alle Ecken meines Fühlens und Denkens, daß es mir unheimlich war. Ich versuchte mich auf die Heimkehr zu konzentrieren, nachdem dies alles vorüber wäre, und auf Maxims Rückkunft, doch alles, was in meinem Kopf zu sein schien, war eine Wolke aus Verheimlichung und Betrug, die ich nicht zu durchdringen vermochte.

Wir fuhren nicht sehr weit, vielleicht vier oder fünf Meilen in östlicher Richtung, zu einem Dorf, das ich noch nicht kannte. Es war nicht weiter interessant: ein paar vereinzelte, nichtssagende Häuser an der Hauptstraße, die Landschaft ringsum flach und langweilig.

Wir bogen in eine Straße neben der Kirche ein, die einen Spitzturm hatte, keinen eckigen, wie es in dieser Gegend üblich war, und auf eine seltsame Weise nicht mit der Umgebung in Einklang stand – ein eher kleinstädtischer Bau mit grauen Schindeln und einem häßlich braungestrichenen, überdachten Friedhofstor. Auf einer Seite lag das Pfarrhaus, und dahinter ein einziges weiteres Haus, das alles andere als ländlich aussah, vielmehr wie eine viktorianische Villa, die man aus einer Stadt hierhergebracht hatte, ziemlich groß, mit hohen schmalen Fenstern. Die Vorhänge waren offenbar halb zugezogen.

Ich hätte viel darum gegeben, nicht aussteigen zu müssen. Dies alles war mir so fremd wie irgendein Ort in einem anderen Land, und ich wollte nur nach Hause zurück.

Der Fahrer hatte die Wagentür geöffnet und wartete, und als ich aufschaute, sah ich, daß auch sie wartete. Sie stand auf der obersten Treppenstufe, die Hände vor ihrem schwarzen Kleid gefaltet, und es war dasselbe wie an jenem ersten Tag, nichts hatte sich geändert, nichts würde sich je

ändern. Und obwohl ich scheinbar unerschrocken aus dem Auto stieg und über den Weg auf sie zuging, fiel sie nicht darauf herein, das sah ich genau.
»Guten Tag, Madam.«
Mir war plötzlich sehr kalt.
»Kommen Sie doch bitte herein.«
Nein, wollte ich sagen, nein. Lassen Sie mich hier draußen bleiben, im Licht, in der Außenwelt, was immer wir uns zu sagen haben, kann hier draußen gesagt werden, und dann kann ich gehen. Wir brauchen uns nicht wieder zu treffen.
Sie war einen Schritt ins Haus getreten und hielt wartend inne.
Der Wagen war leise davongefahren, die Zufahrt lag verlassen da.
Ich drehte mich um und folgte Mrs. Danvers ins Haus.

Es war kein angenehmes Haus, dunkel, muffig und mit Möbeln vollgestopft. Als die Haustür sich hinter uns schloß, wäre ich am liebsten weggelaufen, aus dem Haus und die Zufahrt hinunter und so weit, wie ich könnte.
Im Vorübergehen fiel mein Blick in dämmerige Zimmer mit schweren, halb zugezogenen Vorhängen, Tischen und Plüschsesseln, düsteren Portraits in vergoldeten Rahmen, Schaukästen mit Schmetterlingen, präparierten Fischen und ausgestopften Vögeln. Es ist, als ob draußen keine Landschaft wäre, dachte ich, niemand schien hier jemals ein Fenster zu öffnen, keine frische, süß duftende Luft wehte je in diese schrecklichen, bedrückenden Räume.
Aber wir blieben nirgendwo stehen. Ich folgte Mrs. Danvers, die auf dem türkischroten Treppenläufer höher und höher stieg, bis zum nächsten Stockwerk und noch weiter. In der Etage darüber waren alle Türen geschlossen. Kein Laut war

zu hören – außer unseren Schritten. Man hätte denken können, daß sich niemand sonst im Haus aufhielt.
Mrs. Danvers' Kleid rauschte leise. Kein einziges Mal schaute sie sich um, um zu sehen, ob ich hinter ihr wäre. Das brauchte sie auch nicht.
»Bitte kommen Sie herein, Madam. Dies sind meine Zimmer. Sie gehen auf den Garten hinaus.«
Sie hielt eine Tür am Ende des Korridors auf und trat zurück, so daß ich gezwungen war, ganz nah an ihr vorbeizugehen, als ich hineinging.
»Ich habe großes Glück, meine Arbeitgeberin hat mir einen ziemlich großen Teil dieses Stockwerks überlassen. Ich habe ein Wohnzimmer, ein Schlafzimmer und noch einen weiteren Raum zu meiner Verfügung.«
Erleichterung durchströmte mich: Ich betrat ein schlicht, aber bequem eingerichtetes Zimmer mit zwei hohen Fenstern, die viel Licht hereinließen, etwas unpersönlich, aber nicht reizlos, und nicht bedrohlich. Es schien in keiner Weise von Mrs. Danvers geprägt zu sein, es war ein hübscher, ganz gewöhnlicher Raum, anonym wie ein Zimmer in einem kleinen Hotel.
»Nehmen Sie doch Platz, Madam. Ich werde in Kürze nach Tee klingeln.«
Sie lächelte in einer offenen, liebenswürdigen Weise, aber der ironische Unterton in ihrer Aufforderung und ihr Wissen um ihre eigene Position in diesem Haus entgingen mir nicht.
»Wie lange sind Sie schon hier, Mrs. Danvers?«
»Nicht sehr lange, Madam, ein paar Monate. Warum fragen Sie?«
»Oh … es scheint … es scheint ein so außerordentlicher Zufall zu sein.»
Sie sagte kein Wort, und als ich sie ansah, lächelte sie immer

noch andeutungsweise, aber auf eine seltsame, ausdruckslose Art.

»Ich meine … daß Sie so nahe bei uns wohnen.«

Sie trat zum Fenster und schaute hinaus.

»Es ist sehr ruhig hier, sehr friedlich, und es kommen kaum Besucher.«

»Ihre … Ihre Arbeitgeberin ist recht betagt?«

»O ja … Ich stehe oft hier und schaue lange auf die Felder hinaus. Natürlich vermisse ich die See. Vermissen Sie die See denn auch, Madam? Das Geräusch, wenn sie so leise über den Kiesstrand leckte, und das Donnern der Wogen, wenn sie stürmisch war, ich liege oft wach und glaube sie zu hören. Sie nicht?«

Ich spürte, daß meine Lippen trocken wurden. Mrs. Danvers' Stimme war leise und monoton.

»Mrs. Danvers …«

»Bitte setzen Sie sich, Madam.«

»Nein. Nein, danke.«

Schweigen trat ein. Sie stand mit dem Rücken zum Licht, und sie rührte sich nicht, schaute mich nur ausdruckslos an. Mir wurde plötzlich klar, daß ich nicht genau wußte, wo ich mich befand – ich hatte mir den Namen des Hauses nicht gemerkt –, und daß der Wagen und der Chauffeur, meine einzige Möglichkeit, nach Hause zu kommen, verschwunden waren.

Sie stand abwartend da, und so setzte ich mich schließlich doch, um nicht unsicher oder in irgendeiner Weise beunruhigt zu erscheinen. Meine Handtasche stellte ich neben mich auf den Boden.

»Dies ist ein hübsches Zimmer«, sagte ich. »Sie müssen sich hier sehr wohl fühlen.«

»O ja – und ich habe so leichte Pflichten. Ich bin nicht mehr die Jüngste; der Herausforderung, wieder ein großes

Haus zu führen, würde ich mich nicht mehr gewachsen fühlen.«
Sie setzte sich nicht.
»Haben Sie jemals daran gedacht?«
Ich antwortete nicht, aber ich wußte sofort, was sie meinte: Manderley.
»Ich denke die ganze Zeit daran. Jeden Tag. Bestimmt müssen Sie das auch. Sind Sie noch einmal dortgewesen?«
»Nein«, sagte ich. Meine Stimme klang seltsam. »Nein.«
»Nun, es ist auch besser, nicht wieder hinzugehen. Ich tat es nur einmal. Ich mußte es sehen. Es war schrecklich. Ganz schrecklich. Und doch auf gewisse Weise richtig, meinen Sie nicht? Manderley war niemals mehr ein glücklicher Ort, nachdem sie fort war. Das wissen Sie natürlich. Sie spürten es auch. Feuer hat eine so reinigende Wirkung. Es gab keine andere Möglichkeit.«
Ich starrte sie an, und sie erwiderte meinen Blick, mit Augen wie leuchtende, bohrende Nadelspitzen. Triumph und Erregung flackerten darin. Gerade eben hatte sie mir bestätigt, was ich schon lange vermutet hatte, und doch hatte sie nichts zugegeben. Sollte irgend jemand sie beschuldigen, wäre es ein leichtes für sie, es abzustreiten.
»Ich fand eine andere Anstellung, im Norden. Ich wollte nicht irgendwo in der Nähe bleiben, und während des Krieges war ich Gouvernante und eine Mischung aus Krankenschwester und Gesellschafterin. Natürlich war es nie mehr dasselbe. Nichts wird jemals wieder so sein, aber das habe ich auch nie erwartet.«
»Ich bin sicher ... ich meine, wir hofften, daß Sie ... daß Sie Ihr Glück gefunden hätten.«
»Taten Sie das, Madam? Sprachen Sie darüber?«
»Nun ... nein, nein ... wir ... Mr. de Winter wollte nicht über jene Zeit reden.«

»Natürlich. Und doch konnte er all das nie vergessen, nicht wahr? Wie sollte er auch?«
»Die Zeit … hilft, Dinge verblassen zu lassen.«
»Tut sie das? Ich habe das nicht festgestellt.«
»Wir sind jetzt sehr glücklich.«
»Ach ja?«
»Ja!« stieß ich zornig hervor. Meine Stimme brach, ich spürte, wie mir Tränen in die Augen stiegen, hatte aber nicht die Kraft, sie zurückzudrängen.
»Ja, wir lieben Cobbett's Brake, es ist alles, was wir uns jemals wünschten. Es ist schön, und wir werden es noch schöner machen.«
»Aber es ist nicht Manderley.«
»Das ist der Grund dafür, daß wir es lieben«, flüsterte ich. Ich konnte diese Frau nicht ansehen, aber ich war mir schrecklich deutlich ihrer düsteren Gestalt bewußt, die sich gegen das Fenster abzeichnete. Die Stuhlkante verzweifelt umklammernd, nahm ich all meinen Mut und meine Selbstbeherrschung zusammen. »Mrs. Danvers, da ist etwas, das ich sagen muß.«
Sie antwortete nicht.
»Ich finde es … ich finde es einen so merkwürdigen Zufall, daß Sie hier sind … so nah bei uns. Natürlich ist es sehr erfreulich, festzustellen, daß Sie … nun, daß Sie eine so angenehme Stellung gefunden haben, aber Mr. de Winter darf niemals erinnert werden an die … an die Vergangenheit. Ich hoffe sehr, daß Sie nicht mehr zu unserem Haus kommen … Falls er Sie sehen sollte …«
Ich hielt inne, und dann stand ich auf und trat ihr trotzig entgegen. Mein Mut wuchs, während ich sprach. Warum sollte ich sie fürchten, warum? Was konnte sie mir antun? Ich verachtete mich für meine Schwäche. »Mrs. Danvers, haben Sie mir … geschrieben? Mir … Dinge geschickt?«

Ihr Gesicht blieb völlig ausdruckslos. »Gewiß nicht, Madam. Ich habe Ihnen nie etwas nach Hause gesandt.«
»Dann muß es Mr. Favell gewesen sein. Ich begegnete ihm in London. Er hat mir Dinge mit der Post geschickt ... Zeitungsausschnitte und ... andere Dinge. Er hat versucht, mich zu erpressen. Aber das wissen Sie, nicht wahr? Sie stehen in Verbindung mit ihm. Er hat Ihnen unsere Adresse gegeben.«
Ich wartete. Bestimmt hatte ich recht. Es konnte nur so gewesen sein und nicht anders, und warum sollte sie sich die Mühe machen, es zu leugnen?
Sie stand immer noch da, ohne sich zu rühren, ohne zu sprechen, ihre Augen auf meinem Gesicht. Mehr brauchte sie nicht zu tun, das wußte sie. Meine Hände zitterten.
Und dann setzte sie sich in Bewegung und ging an mir vorbei zu einer Tür am anderen Ende des Zimmers. Sie öffnete sie weit und drehte sich dann zu mir um.
»Ich sagte Ihnen, daß ich Ihnen etwas zu zeigen hätte«, sagte sie. »Kommen Sie herein.«
Es war keine freundliche Bitte; ich hörte einen Unterton in ihrer Stimme, dem ich mich nicht widersetzen konnte. Langsam ging ich durch den Raum und die Tür, die Mrs. Danvers mir aufhielt.
»Ich habe versucht, es zu einem hübschen Zimmer zu machen«, sagte sie leise.
Oh, das war es – das war es. Mein Blick fiel auf zartgemusterte Vorhänge, Draperien an Bett und Frisiertisch, einen rosengemusterten Petit-point-Teppich. Für einen Sekundenbruchteil überraschte es mich, daß Mrs. Danvers ein so kapriziöses Schlafzimmer hatte, dessen Einrichtung optimal plaziert und mit solcher Sorgfalt ausgewählt war. Aber fast noch bevor ich den Gedanken zu Ende gedacht hatte, fiel mein Blick auf die Platte des Frisiertisches, und ich sah die

Bürsten mit den silbernen Rücken, die dort ausgelegt waren.
»Ja, natürlich, Sie haben sie erkannt. Sie haben sie einmal angefaßt, erinnern Sie sich? Sie dachten, Sie seien allein und niemand im Haus wisse, wo Sie sich aufhielten, und nahmen sie in die Hand. Ich hatte so wenige eigene Dinge, und auch die waren nicht wichtig, von keinerlei Bedeutung, und leicht zu ersetzen. Alles, was ich an jenem Tag einpackte und mitnahm, waren ihre Dinge – soviel ich tragen konnte. Und ich hatte sie all die Jahre bei mir, habe mich niemals von ihnen getrennt. Verstehen Sie, ich wartete auf ein Heim, in dem ich sie plazieren könnte, wie ich es mir wünschte – wie vielleicht sie es gewünscht hätte. Natürlich ist es nicht dasselbe – das Niveau ihres Geschmacks könnte ich nie erreichen. Auch würde ihr dieses Haus nicht gefallen. Es ist ein häßliches Haus, so dunkel und reizlos, da stimmen Sie mir gewiß zu. Aber es spielt überhaupt keine Rolle, weil die Stelle hier den großen Vorteil hatte, daß ich genau das tun konnte, was ich wollte. Ich bekam freie Hand bei der Möblierung, meine Arbeitgeberin interessiert sich nicht dafür, Hauptsache, ich bleibe bei ihr. Sie hatte Schwierigkeiten, jemanden zu finden, der bereit war, hier zu wohnen, aber in dem Augenblick, als ich in diese Zimmer heraufgeführt wurde und erfuhr, daß ich sie gerne alle benutzen dürfe, wußte ich, daß ich gefunden hatte, was ich mir wünschte.«
Sie muß wahnsinnig sein, dachte ich. Doch ihre Stimme klang wie immer, leise und monoton, völlig vernünftig, und was sie sagte, war einleuchtend. Ihr Gesicht war schneeweiß, die Augen wie glühende Kohlen. War das ein Zeichen von Wahnsinn? Ich erinnerte mich an Jack Favells wilde, blutunterlaufene Augen. Sie waren mir in der Tat wahnsinnig erschienen.
»Schauen Sie«, sagte sie.

Sie hielt die Tür des Kleiderschranks auf. Ich wollte nicht hinschauen; ich glaubte zu wissen, was sich darin befand.
»Kleider, Pelze und so weiter konnte ich nicht mitnehmen; ich ließ fast alles zurück. Es machte mir nichts aus. Nur dieses eine Kleid. Es war immer ihr Lieblingskleid, und deshalb natürlich auch meines. Sie sah darin aus wie eine Göttin. Schauen Sie es sich an.«
Und so mußte ich es tun. Es war grün, ein schmales, seidenes Etuikleid in dunklem Smaragdgrün, mit einem einzelnen schmalen Träger, den sie um ihren Hals gelegt trug. Ich erinnerte mich an das Foto in dem Magazin, sah es jetzt in jeder Einzelheit vor mir, den zurückgeworfenen Kopf, den arroganten Blick, die Hand auf dem Geländer, die Schönheit. Dies mußte das Kleid sein, das sie damals getragen hatte.
»Sie besaß lauter so leichte, zarte Dinge, sie waren ganz einfach in meine Koffer zu packen.«
Jetzt öffnete Mrs. Danvers Kommodenschubladen, wie sie es damals auch getan hatte, zog Unterwäsche heraus, Nachthemden, Strümpfe, einen pelzbesetzten Morgenrock, ein Paar goldene Pantöffelchen, das mit ihren Initialen bestickte Reisenecessaire mit den Initialen R. de W.
»Schauen Sie«, sagte sie, und ihre Stimme bekam einen geradezu lüsternen Unterton, »so schöne, reizende Dinge für meine Herrin.«
Sie sind verrückt, wollte ich schreien, Sie sind vollkommen wahnsinnig, besessen, und sie hat Sie dazu getrieben. Ich war entsetzt und fasziniert zugleich.
Inzwischen hatte sie den Schrank und die Schubladen wieder geschlossen.
»Kommen Sie her und schauen Sie aus dem Fenster«, sagte sie. Ich rührte mich nicht.
»Haben Sie keine Angst.«

»Nein.« Ich schluckte. »Nein.«
»Oh, ich werde Ihnen nichts tun. Ich will auch nicht, daß Sie sich selbst etwas antun. Früher habe ich Sie gehaßt. Jetzt sind Sie nicht mehr meine Sorge. Sie haben keinerlei Bedeutung. Weniger als keine.«
»Was versuchen Sie mir zu sagen? Was ist der Sinn von alldem? Was wollen Sie, Mrs. Danvers? Ist es Geld? Machen Sie mit Favell gemeinsame Sache?«
Sie stieß ein verächtliches Zischen aus, aber schon in dem Moment, als ich meinen Verdacht ausgesprochen hatte, wußte ich, daß ich mich vollkommen irrte.
»Er hatte einen Nutzen«, erwiderte sie, »und ich benutzte ihn.«
»Er sagte Ihnen, wo wir wohnen.«
»Soll er doch Geld fordern, der dumme Narr. Soll er sich doch holen, was er kriegen kann. Warum auch nicht? Es hat nichts mit mir zu tun – warum sollte Geld etwas bedeuten?«
»Was wollen Sie dann? Welchem Zweck dient dies alles?«
Ich setzte mich unvermittelt auf den Satinüberwurf, der das Bett bedeckte, denn ich hatte das Gefühl, meine Beine trügen mich nicht länger. Gleich würde ich anfangen zu weinen, ich war wie ein Kind, das zum Opfer wird, ich saß in der Falle und wußte nicht, wie ich mich befreien sollte. Ich fühlte mich hilflos, aber Mrs. Danvers war kein Untier, sie war ein Mensch. Warum konnte sie also nicht eine Spur von Gefühl für mich aufbringen, von Mitleid? Ich fühlte mich in ihrer Gegenwart wie ein jämmerliches Häuflein Elend.
»Mrs. Danvers, bitte sagen Sie mir, was Sie wollen und warum Sie mich hier hereingeführt haben. Ich verstehe es nicht.«
»Wirklich nicht?«

»Ich weiß, daß Sie mich dafür haßten, Maxim geheiratet zu haben.«
»O nein, das kümmerte mich nicht im geringsten. Er konnte heiraten, wen er wollte – es war von keinerlei Interesse für mich. Ich verachtete Sie nur dafür, daß Sie es zu versuchen wagten, Rebeccas Platz in Manderley einzunehmen. Keine Frau hätte das wagen dürfen.«
»Es tut mir leid, aber das ist vorbei, lange vorbei. Können Sie es nicht vergessen? Können Sie die Vergangenheit nicht begraben?«
»Die Vergangenheit ist alles, was ich habe, alles, was ich jemals hatte oder haben werde. Die Vergangenheit ist alles für mich.«
»Aber das muß doch nicht so sein. Sie sollten sich ein eigenes Leben aufbauen. Wie wir es getan haben.«
»Haben Sie das? Glauben Sie das tatsächlich?«
»Ja.« Ich schrie beinahe. »Ja, wenn Sie uns nur lassen. Wenn Sie uns in Ruhe lassen.«
»Niemals.«
Ich blickte auf, erschrocken über das Gift, das in diesem einen Wort aus ihrem Mund spritzte. Zwei kleine feuerrote Flecken, kaum größer als Punkte, leuchteten auf ihren Wangenknochen, und ihre Augen funkelten gespenstisch.
»Was ist es denn für ein Gefühl, mit einem Mörder verheiratet zu sein? Denn das ist er, und Sie wissen es, und ich weiß es, und er weiß es, und ich frage mich, wie viele andere es wissen. Er hat sie umgebracht. Er hat sie erschossen. Selbstmord? Meine Herrin, sich selbst getötet? Niemals. Egal, was bei ihr nicht stimmte, was jener Arzt diagnostiziert hatte. Sie war das tapferste Geschöpf, das je gelebt hat. Sie wäre nie den Weg der Feiglinge gegangen, niemals, oder glauben Sie das etwa?«
»Ich … ich weiß es nicht. Ich habe sie nicht gekannt. Und

da war der Urteilsspruch – die Untersuchung. Sie waren doch auch dort.«

»Diese Schwachköpfe!«

»Sie haben die Beweisführung gehört.«

»Aber nicht die Wahrheit. Macht nichts. Es wird herauskommen, auf diese oder jene Weise ... Das ist es, wofür ich lebe, das verstehen Sie doch, oder? Das ist es, wofür ich mehr als zehn Jahre gelebt habe, den rechten Augenblick abwartend, völlig sicher, daß er kommen würde. Sie führt mich, wissen Sie. Sie ist bei mir, leitet mich, spricht mit mir. Sie weiß alles. Meine Herrin verläßt mich nie. Das hat sie nie getan. Unter all den Menschen auf dieser Welt, die behaupteten, sie zu lieben, die glaubten, sie zu lieben, angefangen von ihrem Vater und ihrer Mutter, kannte sie nur einen, der es wirklich tat. Sie wußte, daß ich sie verehrte und für sie gestorben wäre, ohne mit der Wimper zu zucken. Sie weiß es noch immer. Rache, Danny, sagt sie. Jede Nacht kommt sie zu mir. Ich wache auf, und sie ist da, lächelt, flüstert mir zu. Laß ihn bezahlen, Danny, nur du kannst es. Sorge dafür, daß die Wahrheit ans Licht kommt. Enttäusche mich nicht. Aber sie neckt mich nur – sie enttäuschen? Muß sie mich darum bitten, es nicht zu tun?«

Bei der Untersuchung war ich ohnmächtig geworden, und in dem Türmchen in jener italienischen Villa war ich auch ohnmächtig geworden. Jetzt wünschte ich mir inbrünstig, wieder ohnmächtig zu werden. Ich wollte bewußtlos sein, denn es war die einzige Möglichkeit, die ich kannte, ihr zu entfliehen, dieser schwarzen Gestalt, diesem weißen Totenschädelgesicht mit den brennenden Wangen und Augen und dieser schrecklichen, unnachgiebigen, wahnsinnigen Stimme.

Aber ich konnte nicht ohnmächtig werden. Ich saß nur zitternd auf der Bettkante.

Und schließlich erlöste sie mich.
Es war, als hätte sie sich in einer Art hypnotischer Trance befunden, während sie an Rebecca dachte und über sie sprach, und sei innerhalb weniger Sekunden daraus erwacht. Mit vollkommen normaler Stimme sagte sie: »Wenn Sie soweit sind, kommen Sie bitte ins Wohnzimmer. Ich werde nach Tee klingeln«, und ging gelassen hinaus.
Eigentlich wollte ich keine Sekunde länger dort bleiben, in jenem kalten, hübsch dekorierten Schrein, einem Raum, der einer Erinnerung geweiht war, nicht nur an jemanden, der schon lange tot war, sondern der niemals dort gewesen war, einem morbiden Phantasiegebilde, bewohnt von einer schattenhaften Gestalt, die der Einbildungskraft einer einzigen Frau entsprang. Aber ich stand nicht sofort auf, um ihr zu folgen, ich war zu aufgewühlt und zittrig.
Mrs. Danvers hatte eine Schublade nicht ganz geschlossen, und ein Stück aprikosenfarbenen Stoffes hing heraus, hauchzart. Ich fragte mich, ob Rebecca ihn je getragen hatte, aber das war es nicht, was mich beunruhigte, vor Rebeccas Geist empfand ich keine Furcht, denn sie war nicht diejenige, die mich bedrohte.
Es klopfte an der Außentür, Stimmen klangen zu mir herüber. Ich stand auf und ging, ohne zurückzublicken, ins Nebenzimmer, wo ein junges Dienstmädchen einen kleinen Tisch für den Tee deckte, von Mrs. Danvers mit Argusaugen überwacht. Hier herrschte eine Atmosphäre alltäglicher Wirklichkeit, aus der ich ein wenig Erleichterung und Mut schöpfen konnte.
»Bitte setzen Sie sich, Madam.«
Ich sah, wie das Mädchen mich mit einem Blick streifte. Es kam ihr offenbar ebenso merkwürdig vor wie mir, daß Mrs. Danvers mich so anredete, aber welche andere Möglichkeit

gab es? Ich wußte, daß »Mrs. de Winter« ihr in Verbindung mit mir niemals über die Lippen kommen würde.
Der Tee war gut und heiß, und ich trank ihn gierig. Eine ganze Weile saßen wir schweigend da, denn wie konnte ich nach dem, was geschehen war, eine normale, leichte Konversation mit Mrs. Danvers beginnen? Sie nippte an ihrem Tee, beobachtete mich; keiner von uns aß etwas, der Kuchen wurde nicht einmal angeschnitten, die Scones wurden kalt.
Ich wollte sie fragen, ob sie diese Stellung mit Bedacht ausgesucht hatte, nachdem Favell ihr unseren Aufenthaltsort mitgeteilt hatte. Ich wollte sagen: »Ich habe den Kranz gesehen, den Sie schickten, die Karte, die Sie schrieben. Das alles taten Sie, um mich zu erschrecken, nicht wahr? Aber warum? Warum? Sie sagen, daß sie Ihnen zuflüstert und daß Sie nie aufgeben, uns nie in Ruhe lassen werden bis – bis was? Was werden Sie tun? Was wird Sie zufriedenstellen? Haben Sie nicht genug getan, indem Sie Manderley zerstörten? Sie waren das doch, nicht wahr? Geben Sie es doch endlich zu!«
All diese Fragen hingen zwischen uns in der Luft wie ein elektrisches Spannungsfeld, aber sie würden nie gestellt werden können, manche Worte würden niemals ausgesprochen werden.
Alles, was ich zu fragen vermochte, so unvermittelt, daß ich mich selbst damit überraschte, war: »Sind Sie glücklich hier, Mrs. Danvers?«
Sie sah mich mitleidig an, wie man wohl einen sehr dummen Menschen ansehen mag oder ein kleines, einfältiges Kind.
»Glücklich? Ich bin niemals glücklich gewesen, seit meine Herrin starb, das ist Ihnen doch sicherlich klar, und ich erwarte auch niemals, es noch zu werden.«

»Aber Sie sollten versuchen, sich jetzt ein neues Leben aufzubauen – ich weiß …«
»Sie? Was wissen Sie? Daß sie mir alles im Leben bedeutete, seit dem Tag, an dem ich sie zum erstenmal sah, und daß das so bleiben wird bis zu dem Tag, an dem ich sterbe? Wenn Sie nichts anderes wissen, sollten Sie wenigstens das wissen.«
»Ja«, sagte ich. »Ich denke, das weiß ich.«
Plötzlich fühlte ich mich unendlich müde. Ich glaubte, ich hätte mich auf den Boden legen können und schlafen.
»Ich betrachte mich selbst als gesegnet, weil ich sie kennen und lieben durfte. Nichts anderes könnte jemals von Bedeutung sein.«
Es gab nichts mehr zu sagen. Ich trank meinen Tee aus.
»Purviss wird den Wagen für Sie vorfahren, wann immer Sie bereit sind, Madam.«
Konnte das alles sein? Hatte sie nur gewollt, daß ich das Zimmer sähe, daß ich mich an die Vergangenheit erinnerte? Daß ich Tee bei ihr trinken würde und wieder nach Hause führe? Es schien mir völlig unwirklich. Am liebsten hätte ich hysterisch herausgelacht, wie ich ihr da gegenübersaß und meinen Tee austrank, während sie stocksteif und regungslos dasaß, schwarz, hager, starrend. Sie sind eine alte Frau, dachte ich, allein und armselig, Sie leben *in* der Vergangenheit und *für* sie, wogegen wir eine Zukunft haben. Und ich sah wieder die Kinder den Hang hinunterstürmen, sah Maxim ins Haus kommen, sein vertrautes, träges Lächeln auf den Lippen.
Wie konnte sie das beeinträchtigen, wie konnte diese alte Frau mir etwas davon wegnehmen? Und dann fühlte ich eine mächtige Woge neuer Kraft und Entschlossenheit in mir aufsteigen; ich war nicht länger ein ängstliches, schüchternes, unsicheres kleines Ding, ich war eine Frau, ich hatte

Selbstvertrauen und Lebenserfahrung, und ich fürchtete mich nicht vor Mrs. Danvers. Ich war zornig auf sie, zornig nicht nur über das, was sie zu tun versuchte, sondern auch über das, was sie früher getan hatte und was sie gewesen war, die Art, wie sie mich erniedrigt und gedemütigt hatte, wie sie versucht hatte, mich aus Manderley zu vertreiben, von Maxim zu trennen. Einen Moment lang sahen wir uns an. Sie kennt mich nicht, wie ich jetzt bin, dachte ich, sie erinnert sich an das Mädchen, das ich war, und hakt bei meinen alten Ängsten ein.

Ich stand auf.

»Mrs. Danvers, ich glaube, Sie begreifen nicht, wie völlig anders die Dinge inzwischen sind. Sie leben in einer anderen Welt – einer anderen Zeit. Alles hat sich verändert.«

Sie starrte mich an, mit harten, funkelnden Augen. Was in diesem Moment wohl in ihrem Kopf vorging?

»Bitte hören Sie mir zu. Ich finde es sehr seltsam und auch sehr traurig, daß Sie so leben – daß Sie in der Vergangenheit schwelgen, nur über Mrs. de Winter sprechen, Rebecca, daß Sie diesen … diesen Schrein für sie bewahren. Erscheint Ihnen das nicht selbst merkwürdig? Morbid? Was hoffen Sie dadurch zu gewinnen? Sie werden sich nur noch unglücklicher machen. Sie können nicht so leben, sehen Sie das nicht ein?«

»Wie können Sie es wagen, mir zu sagen, was ich zu tun habe? Ausgerechnet Sie? Sie wissen nichts. Sie haben sie nicht gekannt.«

»Nein, obwohl ich das Gefühl habe, sie zu kennen. Ich habe in ihrem Schatten gelebt, mit den Erinnerungen anderer Menschen an sie gelebt, eine lange Zeit, die mir wie die Hälfte meines Erwachsenenlebens vorkommt. Es erscheint mir selbst kaum glaublich, daß ich sie nicht persönlich kannte.«

»Sie hätte Sie verachtet, sich über Sie lustig gemacht.«
»Ja. Wahrscheinlich. So wie Sie es tun.«
»Ja.«
»Aber, sehen Sie, das kränkt mich nicht. Es berührt mich nicht, kümmert mich nicht. Ich habe Maxim, wir haben ein neues Heim – ein neues Leben. Eine Zukunft. Die Vergangenheit kann uns nichts anhaben.«
Sie brach in Gelächter aus, ein heiseres, bitteres, schreckliches Lachen.
»Lassen Sie uns in Ruhe. Vergessen Sie uns. Es gibt nichts, was Sie tun können, Sie können uns keinen Schaden zufügen. Sehen Sie das nicht ein – daß Sie mir keine Angst einjagen können?«
Es war die Wahrheit. Ich meinte, was ich sagte. Mrs. Danvers konnte uns nichts anhaben. Es war nicht angenehm, mit ihr in diesem Zimmer zu sein, die schwarze Gestalt und das hagere, weiße, ausdruckslose Gesicht ließen mich noch immer schaudern, aber ich hatte ihr den Stachel gezogen, fühlte mich ihr überlegen, als ich ihr jetzt gegenüberstand. Etwas war geschehen, und ich schöpfte Mut daraus, Mut und Entschlossenheit. Am liebsten hätte ich ihr ins Gesicht gelacht.
»Leben Sie wohl, Mrs. Danvers«, sagte ich und streckte ihr die Hand hin. Sie nahm sie nicht, starrte mich nur weiter an, aber ich fühlte mich nicht verlegen oder unbehaglich, ich zog einfach meine Hand zurück und schaute ihr gelassen in die Augen.
Sie bediente den Klingelzug, und ich folgte ihr zur Tür. Plötzlich hielt sie inne und sagte, diesmal ohne mich anzusehen: »Er sollte ein Geständnis ablegen. Das wäre die beste Lösung. Das ist es, was sie will, verstehen Sie, daß es ans Licht kommt und geahndet wird. Dann wird es vorbei sein. Bis dahin wird sie mir keine Ruhe lassen. Nur dafür bin ich da,

nur dafür lebe ich. Aber das wissen Sie, nicht wahr? Sie wissen es sehr gut.«

Ohne ein weiteres Wort ging sie vor mir her, hinunter durch das stille, kalte Haus, und als ich im Wagen saß und er sich langsam entfernte, stand sie immer noch da und sah mir nach, das weiße Gesicht vollkommen starr, vollkommen ausdruckslos, bis wir in die Biegung zwischen den großen ausladenden Lorbeerbüschen, die den Zufahrtsweg säumten, einfuhren und sie aus meinem Blickfeld verschwand.

Neunzehntes Kapitel

An jenem Abend konnte ich nichts essen, und ich rechnete auch nicht damit, schlafen zu können, aber der Nachmittag hatte mich ausgelaugt, und so fiel ich augenblicklich in einen tiefen Schlaf, den Schlaf extremer Erschöpfung. Mit zurückgeschlagener Decke lag ich auf dem Bett, denn es war drückend schwül. Es gab keinerlei Träume, keine Stimmen, und als ich erwachte, war es vollkommen friedlich und still um mich herum.

Mondlicht durchflutete das Zimmer. Ich schlüpfte aus dem Bett, ging zum Fenster und schaute auf den Garten hinaus. Er erinnerte mich an Manderley in einer Sommernacht, und an den Garten nach Beatrice' Beerdigung, und mir schien, daß ich mich niemals für lange Zeit entspannt und friedvoll gefühlt hatte: Immer drohte irgend etwas Schreckliches, oder ich befand mich bereits inmitten eines Aufruhrs. So war es auch jetzt, und ich fragte mich, ob es jemals anders sein würde. Alles sprach dagegen.

Ich wollte nicht stundenlang dort stehenbleiben, grübelnd, wieder und wieder den vorangegangenen Nachmittag durchlebend. Genausogut konnte ich hinausgehen, mich in den Garten setzen, der mir so viel bedeutete und wo ich für ein paar Wochen so glücklich gewesen war.

Selbst im Freien war es heiß, aber als ich durch die Seitentür auf die Terrasse hinaustrat, war das, was ich am intensivsten wahrnahm – abgesehen von dem silberweißen Mondlicht, das alles überflutete –, der Nachtduft der Blumen, des Geißblatts, das in dicht mit Blüten besetzten Ranken an der

Ziegelwand emporwuchs, der weißen Levkojen in der Rabatte, der Nelken in dem Trog neben dem Tor. Sekundenlang stand ich da und sog diesen Duft in mich ein, konnte nicht genug davon bekommen, denn er war wie ein Balsam, der mich erfüllte und beruhigte. Aber er brachte auch unliebsame Erinnerungen zurück, an die süß duftende Kletterpflanze mit den sternförmigen Blüten, die sich an jener Mauer in Italien leuchtend gegen ihr grünes Blattwerk abhoben. Und sofort war mir die Freude an diesem Moment verdorben, so wie mir in Italien die Freude an dem schönen Anblick durch die Erinnerung an jene vollkommenen weißen Lilien verdorben wurde, die, zu einem eleganten Kranz gebunden, neben Beatrice' Grab im Gras lagen. Aber daran war ich inzwischen gewöhnt; ein Gedanke führte stets zu einem anderen, und die Gedanken tanzten Ringelreihen, immer um mich herum, und ich war von ihnen umschlungen und umstrickt.
Ich wanderte die Wege entlang und über das trockene Gras zu der Stelle, wo unter einem Apfelbaum eine alte, bequeme Bank stand – die Früchte waren schwer und silbern und überreif. Schon hatte ich an den Nachmittagen das Klappern der Dreschmaschinen auf den Feldern gehört und das Rumpeln der schwerbeladenen Wagen, die am Ende des Tages die Straße entlangfuhren. Ernte. Herbst. Die Jahreswende. Ich fragte mich, wie wichtig sie für uns sein und wie ich wohl den Winter in Cobbett's Brake erleben würde.
Ich setzte mich hin, und für ein paar Momente, dort unter dem schönen Baum, glaubte ich zu schweben, mich aus meinem Körper zu lösen und auf den Garten hinunterzuschauen. Ich war noch immer sehr müde, der Nachmittag erschien mir wie eine seltsame Halluzination, und als ich an das dunkle Haus zurückdachte und an Mrs. Danvers in dem

hübschen alptraumhaften Schlafzimmer, fragte ich mich, ob es wirklich geschehen war oder ob ich es mir eingebildet hatte, wie ein Kind, das sich Geschichten ausdenkt und sein Alltagsleben so eng mit ihnen verknüpft, daß es am Schluß nicht mehr sagen kann, wo die Realität anfängt und wo sie endet.

Und in jenem Augenblick, als ich allein in dem nächtlichen Garten saß, begann ich zu zittern vor schierer, kalter Angst, daß ich verrückt sei, daß schließlich alles, was geschehen war, mit dem ich gelebt und das ich so lange für mich behalten hatte, zusammengekommen war, um meinen Geist zu verwirren. Vielleicht war ich wie Favell und Mrs. Danvers, vielleicht blickten auch meine Augen wild und sonderbar drein, vielleicht stand mir der Wahnsinn schon im Gesicht geschrieben.

Ich strich mir über den Handrücken, den Arm. Es ist alles in Ordnung, sagte ich mir, es ist vollkommen in Ordnung. Maxim wird übermorgen wieder hiersein. Dann wird alles besser.

Maxim. Ich versuchte ihn mir vorzustellen und konnte es nicht. Jedes andere Gesicht, das ich in meinem Leben je gesehen hatte und das mir nichts bedeutete, konnte ich aus meiner Erinnerung hervorkramen: die Gesichter von Hotelportiers und Kellnern in ausländischen Cafés, von Clarice, dem Dienstmädchen, und Jack Favell und dem Priester bei Beatrice' Beerdigung, das Gesicht meines Vaters, das des jungen Mannes, der mit Mrs. Van Hopper zusammengewesen war. Frith. Colonel Julyan. Und dann Mrs. Danvers' weißen, hageren Schädel mit den tiefen Augenhöhlen und der leuchtenden, wahnsinnigen, starren Augen. Nur nicht das von Maxim. Wann immer ich mich ihm zuwandte, war nichts da außer einem Nebel, einem Namen. Ich hatte auf einmal keine Ahnung mehr, wie mein Mann aussah.

Plötzlich ein Rascheln, eine leise Bewegung in dem hohen Gras bei der Hecke hinter mir. Der Garten war mit einemmal ein kalter, fremder, gespenstischer Ort. Ich erkannte nichts wieder. Es war, als sei ich nie zuvor hiergewesen. Erneut bewegte sich etwas. Es hätte irgendein Nachtvogel sein können oder ein anderes kleines Tier, aber das war es nicht, ich wußte, daß es das nicht war. Ich wartete darauf, daß sie heraustrat, daß ihr Schatten über das Gras vor mir fiel und das Mondlicht gerinnen ließ, aber nichts dergleichen geschah, und ich nahm an, daß sie es vorzog, unsichtbar zu bleiben und mich aus dem verborgenen um so heimtückischer zu quälen.

Nur die Stimme war da, die flüsternde Stimme, kühl und leise und klar wie Wasser, das in mich hineinfloß.

»Sie haben keinerlei Bedeutung. Weniger als keine. Es geht mir nur um ihn: Er muß gestehen. Das ist es, wofür ich seit all diesen Jahren lebe: daß die Wahrheit ans Licht kommt. Rebecca führt mich, wissen Sie. Sie spricht mit mir. Er ist ein Mörder. Wie empfinden Sie das? Bestimmt denken Sie daran. Ja, ich weiß, daß Sie daran denken, ich sehe es in Ihrem Gesicht, Ihren Augen. Wenn Sie ihn ansehen, ihn beobachten, ohne daß er es merkt. Wenn Sie zusammen sind. Wenn seine Hände Sie berühren. Seine Hände hielten eine Waffe, seine Hände waren mit ihrem Blut besudelt, seine Hände hoben ihre Leiche in das Boot. Seine Hände. Ich habe so lange gewartet. Ich bin so müde. Sie nicht. Sie wird niemals ermüden. ›Ich werde ewig warten, Danny‹, sagt sie, ›aber du mußt mir helfen.‹ Ich tue es. Jetzt helfe ich ihr. Es wird ans Licht kommen, natürlich wissen Sie, daß es das muß. Haben Sie wirklich erwartet, Sie könnten zurückkommen und hier draußen Ihr Leben leben, vollkommen glücklich und ungestört wie unschuldige Leute? Ihr hübsches Haus genießen? So hübsch, aber nicht wie Manderley.

Glaubten Sie, Sie könnten Kinder bekommen und sie aufziehen, ohne daß sie die Wahrheit wüßten, indem Sie vorgeben, daß die Vergangenheit nicht existiert? Natürlich glaubten Sie das nicht. Ich werde niemals ruhen. Ich werde Sie niemals in Ruhe lassen, bis ich getan habe, was sie will. Machen Sie es uns leicht. Dann wird es auch für Sie vorüber sein.«
Weiter und weiter flüsterte die Stimme, und ich saß da, in dem kalten Mondlicht, und hörte sie und konnte weder meine Ohren verschließen noch fliehen. Irgendwann ging sie dann, erlöste mich, wie sie es vorher auch immer getan hatte. Schweigen herrschte in meinem Kopf, und der Garten war leer. Ich ging zurück ins Bett und schlief bis nach Sonnenaufgang wie eine Tote.

Es war noch früh, als das Telefon klingelte. Ich griff zum Hörer.
»Maxim hat den ersten Zug genommen«, sagte Frank Crawley. »Nachdem er sich entschlossen hatte abzureisen, wollte er lieber gleich los, als zu warten und Sie selbst anzurufen.«
Seine Stimme klang so sachlich und fröhlich; der alte, zuverlässige Frank, mir kamen beinahe die Tränen, als ich sie hörte.
»O Frank, ich danke Ihnen. Ich dachte, vielleicht ... nein, nun, es spielt keine Rolle.«
»Ist alles in Ordnung?«
»Ja. Ja, natürlich.«
»Sie klingen verstört. Ist etwas passiert?«
Warum erzählte ich es ihm nicht? Es gab niemanden, dem ich mich anvertrauen konnte, kein anderer hätte wie er sofort jede Bedeutungsnuance, die in der Geschichte enthalten war, begriffen. Ich wünschte mir so sehr, mit ihm zu sprechen, denn ich wußte, wenn ich Frank von all den

Ängsten und Sorgen erzählte, die mich quälten, von den flüsternden Stimmen und den Erinnerungen, die in meinem Kopf umherschwirrten, würde er sie besänftigen können, er würde die richtigen, beruhigenden Worte sagen und sofort wissen, was ich tun sollte. Frank war ein Fels der Beständigkeit und des gesunden Menschenverstands. Er war mir in Manderley ein Freund gewesen, als ich verwirrt und ängstlich war, er hatte mir von Rebecca erzählt, er war mein Beistand gewesen und immer auf meiner Seite. Ich hatte niemand anderen gehabt, an den ich mich wenden konnte, und ich hatte immer noch niemanden. Ich wußte, daß ich es ihm erzählen mußte.
Aber ich tat es nicht.
»Ich habe nur genug vom Alleinsein«, sagte ich, »und freue mich, daß Maxim heute abend nach Hause kommt. Sonst ist nichts, es ist alles in bester Ordnung.«

Ich verbrachte diesen ganzen letzten Tag allein. Dora ließ mir durch Ned mitteilen, daß sie einen eitrigen Zahn habe und nach Harburgh fahren müsse, und Ned arbeitete im entferntesten Winkel des Gartens, ich bekam ihn kaum zu Gesicht. Niemand rief an, die Post war spärlich, für mich war gar nichts dabei, und Besuch kam auch keiner. Ich wanderte unruhig von Zimmer zu Zimmer, fing mehrere Sachen an, ohne sie zu Ende zu bringen. Es war noch immer heiß, aber die Sonne schien nicht mehr; schwere, kupferfarbene Wolken zogen von den Hügeln her auf und hingen über dem Haus. Mücken tanzten in kleinen Wolken über dem Teich und unter den Bäumen. Ich fühlte mich in der Schwebe, ruhelos, ängstlich, aber wenigstens waren keine Stimmen da, niemand flüsterte, kein Schritt näherte sich, kein Schatten fiel über das Gras.
Es ist alles Unsinn, sagte ich mir ganz plötzlich, Mrs. Danvers

ist wahnsinnig, welchen Schaden kann sie schon anrichten? Und ich ging hinauf, um mich umzuziehen, durchstöberte meinen Schrank mit den schlichten, bequemen, nützlichen Sachen, um etwas zu finden, von dem ich glaubte, daß es Maxim gefiele. Ich erinnerte mich an die zarten Gewänder aus Seide und Chiffon, an die Reihen teuerer, schöner Kleider damals in Rebeccas Schrank, nicht mit Neid, denn was hatten sie ihr schon genutzt, und glücklich und zufrieden gemacht hatten sie sie auch nicht. Wem bedeuteten sie denn überhaupt noch etwas außer einer verschlagenen, besessenen alten Frau?

Ich blickte mich langsam im Zimmer um. Es war ein stiller, angenehmer, unaufdringlicher Raum, eine Zuflucht, so beruhigend wie das Haus selbst, und mir war, als habe dieses Zimmer insgeheim darauf gewartet, daß ich aus einem fiebrigen Alptraum erwachte, aus dem Delirium, an dem ich keine Schuld hatte. Das schien das Haus zu wissen und nahm mich wieder auf wie ein launisches, hitziges Kind, das eine Weile bockig war.

Ich hatte ein cremefarbenes Leinenkleid angezogen und mein Haar nach hinten gebunden, und als ich dazu in den Spiegel meines Toilettentisches schaute, entdeckte ich ein paar graue Strähnen an meinen Schläfen. Zuerst versuchte ich sie zu verstecken, aber es ging nicht, und schließlich fand ich auch, daß sie keine Rolle spielten. Und da war noch etwas anderes. Man konnte mich immer noch als junge Frau bezeichnen, doch ich war jetzt schon einige Jahre älter, als Rebecca je gewesen war. Diesen Gedanken empfand ich als eine Art Triumph. Rebecca konnte keine grauen Haare mehr bekommen, sagte ich mir, und eine Sekunde lang sah ich ihr Bild in der Zeitschrift vor mir und empfand nichts als eine nachsichtige, distanzierte Art von Mitleid.

Wo war Rebecca? Tot. Nirgendwo. Ich wußte es nicht, denn diesen Gedanken hatte ich nie zu Ende gedacht. Ich war kein Mensch, der den Dingen derart auf den Grund gehen wollte, doch jetzt erinnerte ich mich an das Kind, das ich gewesen war; das heranwachsende Mädchen; die linkische junge Frau, die Maxim kennengelernt hatte; die Frischvermählte, die in Manderley ankam; die leidenschaftliche, liebende, verwirrte Ehefrau, erfüllt von Ehrfurcht und Angst vor Manderley, seinen Menschen, den Erinnerungen. Ich sah sie alle in einer Reihe stehen, wobei die eine verblaßte, um der nächsten Platz zu machen. Sie alle führten hierher, zu dieser Frau mit den grauen Strähnen im Haar, die mir aus dem Spiegel entgegenstarrte. Sie alle *waren* diese Person. Ich. Und doch waren sie es nicht, sie waren Geister, und sie waren verschwunden. Wohin? Sie waren nicht tot, so wie Rebecca tot war, aber sie existierten ebensowenig wie das neugeborene Baby oder dahinwackelnde Kleinkind, das ich auch einmal gewesen war. Wie viele Ichs beinhalten wir eigentlich? Ist es etwa so wie bei jenen russischen Puppen, die ineinander verschachtelt sind?
Einen Augenblick lang erfaßte mich schreckliche Angst, denn ich hatte ausgerechnet zu der Person die Verbindung verloren, die ich so viele Jahre lang wirklich gut gekannt hatte: der ruhigen, unscheinbaren, stabilen, liebenden Ehefrau, die zufrieden mit ihrem Leben im Exil gewesen war, bedingungslos loyal, eine Frau, die keine Geheimnisse hatte, keine Schatten kannte, keine flüsternden Stimmen hörte. Ich brauchte sie, ich brauchte ihre Kraft und Ruhe, ich mußte mich auf sie stützen, mich ihr anvertrauen. Ich hatte mich verändert und veränderte mich immer noch, aber ich erinnerte mich nicht mehr genau daran, wie es begonnen hatte, noch begriff ich, warum.
Eine Amsel zwitscherte aufgeregt, flatterte ganz nah am

Boden quer durch den Garten. Ich hörte das Knirschen von Autoreifen auf der Zufahrt und einen Moment später Maxims schnellen Schritt, seine Stimme, die nach mir rief. All diese Geräusche holten mich in die Gegenwart zurück, und ich lief den Korridor entlang und die Treppe hinunter in die Halle, wo er stand und zu mir heraufschaute.

Zwanzigstes Kapitel

Cobbett's Brake war fast völlig eingebettet in seine von Bäumen gesäumte Mulde. Nur an einer einzigen Stelle, wo die Hügelkette durch einen Einschnitt durchbrochen war, wurde der Blick in die Weite gelenkt. Diese Stelle befand sich auf der Westseite, am anderen Ende des Küchengartens, und als wir das erste Mal herkamen, war da nur ein ziemlich überwucherter und kümmerlicher Pfad gewesen, der zu einer Buchenhecke führte. Ich war öfter hingegangen, um den immer wieder überraschenden Anblick eines fernen, silbernen, spitzen Kirchturms zu genießen, der, wie sich herausstellte, zu gewissen Tageszeiten die Sonne einfing und sich – das war das Schönste von allem – am Abend in einen veilchenblauen Dunst zurückzuziehen schien, um mit der Landschaft und dem Himmel, die allmählich dunkel wurden, zu verschmelzen. Diese ruhige Ecke unseres Gartens hatte ich im Laufe der vergangenen Monate liebgewonnen und den Entschluß gefaßt, etwas ganz Besonderes daraus zu machen. Aus alten Büchern und Zeitschriften, in denen ich abends gerne schmökerte – denn ich bemühte mich sehr, immer noch dazuzulernen –, hatte ich Anregungen für einen Entwurf gewonnen, ihn mehrere Male neu gezeichnet und schließlich Ned mit der Durchführung beauftragt. Er legte den überwucherten Pfad frei und pflanzte zunächst jenseits einer Tür in der Mauer des Küchengartens eine Reihe von Bäumen, so daß eine Schneise entstand. An ihrem Ende setzte er eine Allee aus Nußbäumen und band die Wipfel locker zusammen, um einen Bogengang zu schaf-

fen. Die Buchenhecke wurde abgeholzt und eine kleine Tür in die Lücke gesetzt; irgendwann, vielleicht im nächsten Sommer, würde ich eine Bank aufstellen, so daß ich durch die Schneise und unter den Nußbäumen entlanggehen und mich dann hinsetzen könnte, um zwischen den Hügeln hindurch auf meinen geliebten silbernen Spitzturm zu schauen, doch vorläufig erfüllten ein paar alte Baumstümpfe mit einem darübergelegten Brett diesen Zweck.
Ich war stolz auf mein Stück Garten, ich liebte es, weil es mir allein gehörte und etwas Besonderes für mich war, eine Vision, die ich selbst hatte Wirklichkeit werden lassen, etwas, das ich weder von jemandem ererbt noch übernommen hatte. Ich hatte nie ein solches Gefühl von Freude und Besitzerstolz empfunden, obwohl ich wußte, daß mein kleiner Aussichtsplatz, verglichen mit den anderen, prächtigeren Teilen des Gartens, nicht viel hermachte. Im Herbst würden Ned und ich Hunderte von Blumenzwiebeln unter die Bäumen setzen; er hatte sogar eine alte Quelle, die unter einigen Steinen aus dem Boden kam, daraufhin untersucht, ob man ihr Wasser als Bach durch das Gelände führen könnte.
Es war ein herrlicher Abend; überhaupt war der Abend in jenem Spätsommer die schönste Zeit des Tages, wenn die Schwüle und Abgestandenheit der Luft sich auflöste und ein kaum wahrnehmbarer Dunstschleier unter den Bäumen hing. Wir nahmen unsere Drinks mit hinaus in den Garten und schlenderten die Nußbaumallee entlang auf die Bank zu. Maxim erzählte von Schottland, vom Angeln mit Frank, von den Jungen, von seinen Plänen für die Zukunft, und ich hörte ihm zu, sehr ruhig und gelassen und distanziert, als wäre er ein Mensch, den ich kaum kannte.
Der Maxim, den ich vor all diesen Jahren kennenlernte, hatte so weltgewandt gewirkt, ein Mann, der in internatio-

nalen Hotels und der Weltstadt London zu Hause war, ein Mann der Eleganz und der Gesellschaft; sogar in Manderley hatte er so gewirkt. Es war ihm sehr wichtig gewesen, wie sein Hemd geschnitten und wo seine Rasiercreme gekauft worden war und ob die Post präzise pünktlich eintraf. Damals hatte ich mich vor ihm gefürchtet, war eingeschüchtert durch seine Gepflogenheiten und Ansprüche, und obwohl er nie unmögliche Anforderungen stellte, hatte ich stets in Angst davor gelebt, daß er sie stellen würde und ich seinen Erwartungen nicht entsprechen könnte.

Doch dann hatte sich alles verändert, und er war vor meinen Augen zu einem gebrochenen Mann geworden. Die Jahre des Exils hatten ihm weiter zugesetzt, sein altes Ich scheinbar vollkommen zerstört. Fortan war er abhängig von mir gewesen, von meiner Stärke, meiner Ergebenheit, meiner Nähe. Ich hatte mich daran gewöhnt, liebte diesen neuen Maxim, fühlte mich glücklich mit ihm, ja, ich hatte sogar gelernt, mich zu entspannen und unbesorgt zu sein, solange wir an unserer eigenen kleinen, überschaubaren Routine festhielten.

Als ich ihn jetzt anschaute, während er neben mir saß, erkannte ich, in welchem Ausmaß er sich erneut verändert hatte. Cobbett's Brake war mein sehnlichster Wunsch gewesen, ich hatte es als erste gesehen und mich in es verliebt, und mein Traum war es gewesen, hierherzuziehen.

Das war der Ausgangspunkt gewesen – doch es war Maxim, den Cobbett's Brake verwandelt hatte. Er war wieder zu einem Menschen geworden, der gerne auf dem Land lebte, wenngleich in einer anderen Weise als früher. Er hatte diesen Ort kennen- und von ganzem Herzen liebengelernt, diese Ländereien, diesen Teil von England, und für ihn gab es nichts Schöneres mehr, als über die Felder zu wandern und die Wälder und Heckenreihen zu betrachten, sich über

Getreidearten und Tiere zu informieren, die Pachtbauern kennenzulernen. Er ging völlig darin auf, Gutsherr zu sein, ein engagierter Gutsherr, nicht mehr der distanzierte Feudalherr, der er in Manderley gewesen war.

Er sah jünger aus, seine Haut war gebräunt, weil er sich so viel im Freien aufhielt; seinen alten Städterhabitus hatte er fast völlig verloren, obwohl er immer noch gut angezogen war, dank eines ausgeprägten Instinkts für Stoffe und Schnitte. Maxim hatte Stil, kleidete sich stets dem Anlaß entsprechend und mit einer Sicherheit, die ich nie besessen hatte und nie besitzen würde.

Ich saß da, trank meinen Sherry, hörte Maxim zu. Nach einer Weile verfielen wir in Schweigen, und ich hörte ganz leise den blechernen Glockenschlag meiner kleinen Kirche. Was in Maxims Abwesenheit geschehen war, hatte ich tief, tief in meinem Innern begraben, ich wollte nicht mehr daran denken. Maxim würde nie von mir erfahren, daß Mrs. Danvers hiergewesen war, daß sie ihren schwarzen Schatten über das Gras geworfen und die Luft verpestet hatte und daß es ihr gelungen war, mich mit ihrem Wahnsinn dermaßen zu ängstigen, daß ich womöglich nie mehr wieder für das Haus empfinden konnte, was ich empfunden hatte – nur für diesen Winkel jenseits der Schneise, am Ende der Nußbaumallee. Dies gehörte mir, hier war sie nicht gewesen. Dieses schöne Fleckchen Erde konnte sie nicht verderben.

»Etwas stimmt doch nicht«, sagte Maxim.

Die Luft war plötzlich kalt, und ich hatte keine Jacke dabei. Wir gingen langsam zum Haus zurück.

»Glaubst du, daß Frank wirklich kommen könnte?« fragte ich.

Denn das war zuvor unser Gesprächsthema gewesen. Die Crawleys würden im September für ein paar Tage herunterkommen, um festzustellen, wie es ihnen in dieser Gegend gefiel, und um sich Tinutt's Farm anzusehen, die leer stand und die Maxim ihnen zu übereignen plante. Er brauchte Frank, der Besitz war viel zu groß, als daß er ihn, zumindest auf die Art, wie er es wollte, allein verwalten konnte.

»Ich hätte sie schrecklich gerne in der Nähe. Es wäre, als würden wir gewissermaßen die Familie vergrößern.«

Er blieb vor mir stehen und schaute auf mich herunter, den Blick fest auf mein Gesicht gerichtet, die Hände auf meinen Schultern. »Du kannst mich nicht hinters Licht führen oder etwas vor mir verheimlichen oder mich anlügen. Du weißt, daß es keine Geheimnisse zwischen uns gibt.«

Ich konnte nicht sprechen, dachte nur an all die kleinen Geheimnisse, die sich aufzutürmen begonnen hatten, seit wir nach Hause gekommen waren. Und davor auch, oja, auch davor.

»Was ist passiert? Schau mich an.«

Er sprach in dem knappen, barschen Ton, den ich noch von früher kannte.

»Ich kenne dich zu gut. Glaubst du, ich hätte alles vergessen? Ich weiß, daß es Schatten gegeben hat, Unruhe, sogar Ängste. Ich habe nachts neben dir gelegen und es gewußt, habe den besorgten Ausdruck in deinen Augen gesehen. Du bist sehr lieb und gut und versuchst fröhlich zu sein und alles Negative vor mir zu verbergen. Schon während wir im Ausland waren, hast du dich sehr darum bemüht, aber ich bemerkte es stets, wußte es immer.«

Ich spürte, wie mir Tränen in die Augen stiegen. Am liebsten hätte ich mich an ihn geschmiegt und geweint und ihm alles berichtet, jede Einzelheit, jede vergangene kleine Angst, alles, was geschehen war, seit ich den Kranz entdeckt hatte, hätte ihm von Jack Favell und Mrs. Danvers erzählt und – vor allem – von den schrecklichen, flüsternden Stimmen. Ich spürte, wie seine Hände mich berührten, Hände,

die ich so gut kannte, die ich wieder und wieder angeschaut hatte, wenn sie das Steuer des Wagens umfaßten, eine Mandarine schälten, eine Nagelfeile benutzten oder auf der Reling eines Schiffes ruhten, Hände, deren Form ich im Geiste exakt nachzeichnen konnte und die ich so sehr liebte, denn sie charakterisierten Maxim für mich mehr, als seine Augen oder sein Mund, seine Stimme oder die Form seines Kopfes es jemals vermocht hatten.
Aber ich konnte diese Stimme nicht zum Schweigen bringen, diese bösartige, heimtückische, beunruhigende Stimme, die mir andere Dinge über ebendiese Hände zuflüsterte.
»Ich bin müde«, sagte ich. »Es ist so heiß gewesen. Und du hast mir so gefehlt.«
Ich drehte mich um und ging ins Haus.
Warum habe ich es ihm damals nicht erzählt? Jetzt weiß ich, daß ich es hätte tun sollen, ohne jede Frage, er wäre nicht zornig gewesen, denn er war jetzt stark genug und fürchtete sich nicht mehr vor der Vergangenheit. Und er brauchte mich nicht mehr, um ihn zu beschützen. Er hatte das alles überwunden. Und doch sagte ich nichts. Ich hatte Angst und war durcheinander und weit weg von ihm, und als er hinter mir ins Haus trat, begann ich ihn weiter über die Crawleys auszufragen. Er antwortete knapp, bevor er in sein Arbeitszimmer ging und die Tür hinter sich zumachte. Der Augenblick war verstrichen. Ich trug meine Geheimnisse immer noch mit mir herum, und sie waren eine schwere, schwere Last.
Als ich später ins Schlafzimmer hinaufkam, stand Maxim am offenen Fenster. Zwischen den Bäumen oberhalb des Hauses flogen Käuzchen umher. Ihre kurzen, hohlen Schreie verhallten in der Dunkelheit.
»Ich wünschte, es würde regnen«, sagte ich.

Er antwortete nicht. Ich ging durchs Zimmer, stellte mich neben ihn und schaute ebenfalls hinaus, aber er berührte mich nicht, wandte sich mir auch nicht zu. Ich war verwirrt, spürte eine neue, andere Art von Zurückhaltung, mit der ich nicht umzugehen wußte. Und das war meine Schuld: Ich hatte Dinge vor ihm geheimgehalten, und er spürte es und war verletzt.

Nein. Da war etwas anderes. Ich hatte das Gefühl, als würden wir in ein dichtes, unsichtbares Netz eingewebt, das sich mehr und mehr zuzog, und jede Bewegung, die ich machte, um es zu zerreißen oder zu entwirren, wickelte mich nur fester hinein.

Ich lag lange Zeit neben Maxim, unglücklich, ängstlich, den Käuzchen lauschend. An Schlaf war nicht zu denken.

Beim Frühstück jedoch blickte Maxim von seiner Zeitung auf und sagte: »Das Wetter wird sich halten. Vielleicht sollten wir eine Party geben.«

»Eine Party? Für wen? Was für eine Art Party? Warum?«

»Mein liebes Mädchen, mach doch nicht so ein erschrockenes Gesicht. Du hättest Gelegenheit, mit deinem Garten anzugeben.«

»Da ist nichts zum Angeben, er hat für dieses Jahr seine schönste Zeit hinter sich, und außerdem habe ich kaum begonnen, an ihm zu arbeiten.«

»Spielt das eine Rolle? Ich finde ihn hübsch, er ist ordentlich, es sind Blumen da. Die Gäste werden ihn bewundern.«

»Welche Gäste?«

»Nachbarn, Leute aus der Gegend – wir können nicht als Einsiedler hier leben, und da wir Land dazukaufen und den Besitz vergrößern, werden alle interessiert sein. Außerdem ist es ganz einfach wichtig, mit den Menschen vor Ort gut auszukommen. Die Butterleys scheinen jeden zu kennen, frag sie, wen wir einladen sollen. Ich habe natürlich auch schon einige kennengelernt. Wir könnten den Kreis auch ein bißchen größer ziehen, es gibt eine Menge umliegende Ortschaften.«

Ja. Das wußte ich, und wie ich es wußte. Ich wollte nicht daran denken.

In Manderley hatte es eine endlose Reihe von Besuchen bei und von Nachbarn gegeben, die halbe Grafschaft war erschienen. Man erwartete, daß Partys gegeben wurden, und Rebecca war dafür berühmt gewesen. Ich erinnerte mich an meine einzige Party als Gutsherrin dort, jenen eleganten Kostümball, auf dem ich einen so entsetzlichen Fehler gemacht hatte.

»Ich dachte, wir würden zurückgezogen leben«, sagte ich. »Du hast den gesellschaftlichen Rummel doch nie besonders gemocht. Immer hast du gesagt, du wolltest, daß wir zurückkämen und ...«

Ich biß mir auf die Lippe. Uns versteckten? Das konnte ich nicht sagen. Aber Maxim veränderte sich so sehr in diesen Wochen. Er verwandelte sich wieder in den alten, selbstsicheren Maxim, der Verantwortung trug, der genau wußte, was er wollte und wie alles sein sollte. Die Zeit dazwischen, als er verzweifelt und in sich zurückgezogen war, war für immer vorbei. Ich erkannte, daß ich sie mir zurückwünschte, denn nur jener Maxim in den Jahren des Exils war mir wirklich nahe gewesen.

Er stand auf. »Mir schwebt keine große Sache vor, nur ein Gartenfest mit ein paar Drinks. Darum kannst du dich doch kümmern, oder? Das ist es, was du brauchst.«

»Was meinst du? Etwas, um mich zu beschäftigen? Etwas, um mir die Zeit zu vertreiben?«

»Nein, das meine ich nicht.«

»Ich bin vollkommen glücklich.«

»Bist du das?«
»Ja, Maxim, ja, ja. Was ist nur los? Warum streiten wir? Wir vertragen uns doch sonst immer.«
Er ging zur Tür. »Manchmal genügt es nicht, vollkommen glücklich zu sein«, sagte er und ging hinaus.
Ich stand da, schaute auf seine leere Tasse und die Apfelschalen hinunter, die in einer ordentlichen Spirale auf seinem Teller lagen. Ich verstand nicht, was er meinte. Das alles erschien mir seltsam und anders, und ich wußte nicht, warum, oder was ich dagegen tun sollte.
Unglücklich ging ich zum Telefon, um Bunty Butterley wegen unserer Nachbarn anzurufen.

Einundzwanzigstes Kapitel

Aber es würde meine Party sein. Ich würde sie planen, sie organisieren und vorbereiten, niemand anderer würde mir das aus der Hand nehmen. Es würde ein wundervoller Tag werden, weil ich ihn dazu machen würde. Als ich das begriffen hatte, begann ich doch, Vorfreude zu empfinden, und auf einmal zogen sich die Schatten zurück, und das Flüstern verstummte.

Als Maxim den Vorschlag machte, hatte ich sofort an den Manderley-Ball gedacht, und panische Angst ergriff mich. Jener Abend war in einer Reihe von Szenen in mir wiedererstanden, die mir nicht mehr aus dem Kopf gingen, und wenn ich sie vor mir sah, und mich mittendrin, war mir, als bliebe mir das Herz stehen.

Aber jener Abend hatte nichts mit mir zu tun gehabt. Er war eine aufwendig inszenierte und sündhaft teure Angelegenheit gewesen, von der Art, die mir nie gefallen hatte und auch nie gefallen würde, und Gott allein wußte, warum wir ihn dennoch so konzipiert hatten. Ganz sicher nicht, weil einer von uns es so wollte. Der Ball war eine Tradition und eine Pflicht, er war die Art von Ereignis, für die Manderley da war, die Grafschaft erwartete es.

»Für alle Ihre Nachbarn machte dieser Ball den Sommer erst richtig vollkommen«, hatte irgendeine Nervensäge aus der Grafschaft gesagt. »Der fröhliche Trubel auf Manderley hat uns so gefehlt.«

Rebeccas Trubel, hatte sie gemeint. Bälle und Parties waren

Rebeccas Mittel gewesen, sich zu produzieren und die Leute dazu zu bringen, sie anzubeten, und es war das, was sie am besten konnte. Der jährliche Kostümball war ihre Schöpfung gewesen, ihre und die von Mrs. Danvers und dem Personalstab, und auch ohne Rebecca waren die Dinge nicht anders gelaufen als früher, ich hatte keinen Teil daran gehabt, nicht einmal ein Mitspracherecht. Vielleicht, dachte ich jetzt, wenn ich darauf bestanden hätte, jedes Detail der Vorbereitung zu erfahren, und auch das ein oder andere geändert, hätte ich es mehr genossen – zumindest vor der entsetzlichen Geschichte mit meinem Kostüm, der Falle, in die Mrs. Danvers mich gelockt hatte. Aber ich war ihnen allen gegenüber zu schüchtern gewesen, sogar gegenüber den Männern, die die Stühle hereinbrachten, und so war jener Ball an mir vorbeigetost wie ein reißender Fluß, und ich hatte hilflos am Ufer gestanden und zugeschaut.

Wir konnten jetzt natürlich auf keinen Fall ein derart bombastisches Fest geben, in den Jahren so kurz nach dem Krieg wäre das höchst unpassend gewesen, und das hatte Maxim auch nicht gemeint. Es würde keinen Hummer oder Champagner geben, keine Tanzkapelle oder meterlange Lichterketten in den Bäumen, keine speziell angelegte Tanzfläche, kein Feuerwerk und keine Abendgarderobe. Ganze Gruppen von Männern, die auf dem Gut arbeiteten, hatten damals für Wochen ihre normale Arbeit niedergelegt und sich voll darauf konzentriert, die Bediensteten hatten von nichts anderem gesprochen, an nichts anderes gedacht.

Aber hier gab es keine solchen Arbeiter, abgesehen von den Farmern und ihren Landarbeitern, die einer nach dem anderen unsere Pächter wurden, und wir hatten keine Heerscharen von Dienstboten. Dora und Ned würden mir tatkräftig beistehen, und wenn ich weitere Hilfe brauchte, würde ein Mädchen aus dem Dorf kommen oder Mrs. Peck.

Cobbett's Brake war nicht Manderley, es war nicht im mindesten prächtig, es war liebenswert und alt und schön, aber alles andere als der gesellschaftliche Mittelpunkt der halben Grafschaft.

Ich ging nach draußen, kletterte den Hang hinauf, setzte mich ins Gras und schaute auf das Haus hinunter. Mrs. Danvers hatte es nur kurz verdüstert, jetzt lag es wieder im Licht, gehörte mir wieder ganz.

Widerstrebend begann ich, Pläne für die Party zu machen, weil mir keine Gründe mehr einfielen, mich Maxims Idee zu widersetzen. Aber als die Tage vergingen und ich mehrmals zu Bunty hinüberfuhr und sie zweimal zu mir kam, fand ich doch Gefallen daran, es wurde zu einem Vergnügen, zu einer Herausforderung. Es würde schließlich meine Party sein.

Ich plante eine Gartenparty, am späteren Nachmittag. Tische, so viele ich finden oder mir leihen konnte, würden unter den Bäumen, auf der Terrasse, auf dem Rasen aufgestellt werden, auch den Salon und das kleine Wohnzimmer würden wir einzubeziehen. Hier konnten ältere Leute ihren Tee nehmen und bequem im Kühlen sitzen, denn es würde heiß sein, dessen war ich sicher. Die langen, heißen, goldenen Tage reihten sich aneinander, und es schien noch kein Ende des Sommers in Sicht.

Aber ich wolle nicht nur ältere Leute einladen, sagte ich zu Bunty.

»Ich möchte auch junge Leute dabeihaben. Würden Sie Ihre Töchter einladen und sie bitten, Freunde mitzubringen? Ned soll sich den alten Tennisplatz vornehmen, den Rasen mähen und nachschauen, ob er das Netz flicken kann. Auch Krocket könnte man spielen, ich habe ein altes Set im Keller gefunden und werde es saubermachen. Ja, ich möchte, daß auch junge Leute da sind, es ist viel lustiger so.«

In der Küche und unter der Markise neben dem Haus würde Tee ausgegeben werden, ein guter, altmodischer, anständiger Tee, wie die Leute ihn erwarteten, und Sandwiches, Kuchen, Scones, Früchtebrot und Himbeeren mit Sahne. Später, für die Gäste, die länger blieben und die letzten Sonnenstrahlen genossen, würde es Drinks geben.
Die einzige Dekoration, die ich plante, waren so viele Blumen, wie ich in Krügen und Vasen und Schalen auf allen Tischen und überall im Haus unterbringen konnte. Bunty versprach, ihren Garten zu plündern, und das gleiche wollten Dora und Ned tun. Es würden einfache Landblumen sein, keine steifen, künstlichen Arrangements vom Floristen.
»Ich finde es großartig von Ihnen«, sagte Bunty. Ihr Gesicht strahlte, während sie die Gästeliste aufstellte und um immer neue Namen verlängerte, die ihr noch einfielen. Ich verließ mich in der Wahl der Gäste fast völlig auf sie.
»Wir hatten keine Party in dieser Gegend seit, oh, vor dem Krieg – wenn man die üblichen Erntefeste und ähnliche auf dem Land gebräuchlichen Feiern nicht zählt. Die letzte große Sache war die Hochzeit der kleinen Kirkley, mit Tanz in der alten Scheune, und um Mitternacht läuteten die Glocken! Ach, das wird vielleicht eine Aufregung geben – toll, wirklich toll!«
Hier dachte also niemand, eine solche Einladung sei unsere Pflicht. Die Leute würden dankbar sein und gerne kommen, aber wir würden uns nicht in riesige Geldausgaben und Arbeit stürzen, nur weil die Grafschaft es von uns erwartete; Cobbett's Brake war nicht Manderley, und hier dachte niemand groß über die de Winters nach.

»Du hattest recht«, sagte ich später zu Maxim. »Ich freue mich, daß du die Party vorgeschlagen hast.«

»Gut.« Er schaute nicht von seinem Buch auf.
»Ich bin nur noch immer überrascht, das ist alles. Du warst immer so besorgt ... daß Leute Fragen stellen würden ... Dinge ... Dinge zur Sprache bringen würden ...«
»Ja.«
»Niemand hat es bisher getan.«
»Nein.«
Ich gab auf. Momentan war es einfach unmöglich, zu ihm durchzudringen.
Aber ich würde die Party genießen, ich mußte. Sie würde ein neuer Anfang sein, dachte ich.
Und so schien es. Das Wetter hielt sich, wir arbeiteten den ganzen Tag in der Sonne, Dora und ihre Schwester, Mrs. Peck, Ned. Wir trugen Tische und Stühle hinaus, die wir uns bei der Gemeinde geliehen hatten, arrangierten sie und breiteten frisch gestärkte Tischtücher aus; Blumen standen in Eimern und Schüsseln in jedem Waschbecken, riesige Garben von Chrysanthemen, Gräsern, Buchenzweigen, den letzten Rosen. Jedermann war fröhlich, lachte, alberte herum. Alle wollten, daß die Party ein Erfolg würde, und ich war der Mittelpunkt, bat um dieses, schlug jenes vor, packte mit an, man kam zu mir, um mich zu fragen, was ich wollte, wie etwas gemacht werden sollte. Ich sah in alldem einen Sinn, was in Manderley niemals der Fall gewesen war.
Maxim verbrachte einen Teil des Vormittags außer Haus, doch unmittelbar vor dem Mittagessen kam er zu mir in den Garten.
»Du siehst zufrieden aus.«
Ich wischte mir eine Haarsträhne aus den Augen. »Es macht Spaß«, sagte ich, »ich genieße es so sehr, weißt du.« Ich schaute zu ihm auf. »Was ist los?« fragte ich. »Was stimmt nicht?«
Etwas war da, in seinen Augen, aber ich konnte nicht sagen,

was. »Alles wird gutgehen«, sagte ich. »Alle werden nett sein.«
»Natürlich.«
»Maxim?«
Er strich mit dem Handrücken leicht über meine Wange. Was war es? Was? Ich nahm seine Hand und drückte sie an mein Gesicht. Ich wollte nicht, daß etwas zwischen uns stand.
»Soll ich auf der Terrasse noch einen Tisch aufstellen, Mrs. de Winter? Dora sagt, die Küche platzt gleich aus allen Nähten.«
Die Party hielt uns alle in Atem, die Vorbereitungen gestatteten uns keine Pause. Aber schließlich war es die Mühe wert. Es war ein so herrlicher Tag, dachte ich, als ich, kurz bevor alles begann, meine Runde machte, und es würde ein vollkommenes Fest werden. Die Sonne schien noch warm, doch sie hatte jetzt etwas Sanftes, das gleißende Licht des Mittags war milder geworden. Als ich durch den Garten ging, unter den Bäumen und dem Rosenbogen hindurch, federte das frischgemähte Gras unter meinen Füßen und verströmte einen schwachen, süßen Duft, der mich wehmütig machte.
Alles sah so erwartungsvoll aus wie eine Theaterkulisse kurz vor der Aufführung, leer, unberührt, ruhig. Die Tischdekken hatten noch akkurate Knicke, die Stühle standen in geraden Reihen, die Krocketschläger und Tennisbälle lagen bereit, warteten darauf, daß die Spiele begannen. Ich ging durch das Tor des Küchengartens und hinaus unter die Bäume der Nußbaumallee, wo die Sonne sprenklige Schatten warf, und wenn ich die Hand hob, um einen Ast beiseite zu schieben, huschte das Licht wie Wasser auf dem Boden hin und her. Vor mir sah ich die grüne Landschaft und den Spitzturm der Kirche, eingerahmt in den letzten

Bogen, und ich genoß die Ruhe, spürte, wie auch die letzte Spur von Besorgnis in mir dahinschwand. Mir wurde bewußt, daß ich aufgeregt war wie ein Kind. Nichts würde schiefgehen, es würde keine Peinlichkeiten geben, sie würden alle kommen, und wir würden sie willkommen heißen, und auch das Haus und der Garten würden sie als Gastgeber empfangen. Alle würden sich großartig unterhalten.
Gleich mußte ich zum Haus zurück. Die ersten Wagen würden vorfahren, Leute würden ins Haus und den Garten strömen. Das Fest würde beginnen. Aber noch durfte ich in der Stille unter den Nußbäumen verweilen, niemand kam mich suchen, keinen kümmerte es, daß ich hier war. Wenn ich jetzt davonliefe, dachte ich plötzlich, würde es niemand bemerken, es würde alles stattfinden wie geplant, ohne mich. Aber nein, das stimmte nicht, das war nur auf dem Ball in Manderley so gewesen. Dort hatte ich nur eine unbedeutende Nebenrolle gespielt, hatte keinen Platz gehabt, war nicht wichtig gewesen. Hier stand ich im Mittelpunkt.
Dies war mein.
Aus weiter Entfernung hörte ich eine Stimme rufen, das Klappern von Tellern, doch selbst jetzt rührte ich mich nicht. Ich stand nur da, drückte den stillen Augenblick fest an mich, wünschte, die Welt würde hier anhalten, genau hier. Doch dann, als ich mich umschaute, sah ich die Kinder ruhig unter den Nußbäumen auf mich zukommen, sich an den Händen haltend, und ihre Gesichter leuchteten vor Vorfreude.
»Komm mit uns«, sagten sie. »Komm schon!«
Und so ging ich, der fernen Landschaft und dem silbernen Spitzturm den Rücken zuwendend, unter den Nußbäumen dahin und durch das Tor, in den Garten, wo die ersten Gäste eintrafen.

Wann immer ich mich an dieses Gartenfest erinnert habe, in all den Jahren seitdem, erinnere ich mich an einen Tag der Freude, vollkommen in jeder Hinsicht – bis auf das Ende. So viele Menschen, so viel Gelächter und Plauderei, so viele fröhliche Gesichter im warmen Abendsonnenschein; und die jungen Leute, die mit den Butterleys gekommen waren, schlugen die Tennisbälle überallhin und liefen ihnen quer durch den Garten hinterher, wenn sie durch die Löcher in dem alten Maschendrahtzaun gesegelt waren. Ich erinnere mich an das »Tock-tock« der Bälle auf dem Schlägernetz und das dumpfere »Klonk« der Krocketschläger und leise aufbrandenden Applaus. Die Sonne zog über uns ihre Bahn, und gegen Abend kroch ein veilchenblauer Schatten über die Hänge, aber es würde noch stundenlang hell sein.

Und plötzlich spürte ich, daß Maxim und ich wieder zueinandergefunden hatten, mir schien, als sei nichts gewesen, gar nichts, ich hatte mir unnötige Sorgen gemacht, war zum Spielball meiner Phantasie geworden. Oft schlenderten wir, getrennt voneinander, inmitten der Gäste umher, begrüßten sie, redeten, lachten, wurden bekannt gemacht, doch dann wieder zog es uns zueinander, und wir spazierten für einen Moment Hand in Hand oder Arm in Arm über das Gras, und es waren keine Schatten da, nichts als Liebe und eine herrliche Leichtigkeit lag zwischen uns.

Es gab einen Augenblick, den ich noch heute so deutlich vor mir sehe wie ein Bild in einem Rahmen, einen Moment, in dem wir beieinanderstanden und ich alles, was um uns herum vorging, mit einem Blick wahrnahm, als sei es erstarrt in Zeit und Raum. Dora, die mit einem mit weißem Geschirr beladenen Tablett aus der Küche kommt; Ned, ihr folgend, der einen schweren, dampfenden Krug mit heißem Wasser trägt; eine Frau, die eine Tasse hinstellt; ein Mann, der seine

Hand hebt, um eine welke Blüte von der Kletterrose zu entfernen; Bunty Butterley, die im hinteren Teil des Tennisplatzes steht, ein Racket in der Hand, zum Schlag ausholend den Kopf in den Nacken zurückgeworfen; Maxim, der lächelnd jemandem Feuer gibt, ich kann die Linie seines Halses sehen.
Das Gras ist blaß an den Spitzen, an manchen Stellen schon zu Heu vertrocknet. Hinter uns allen erhebt sich das Haus, mit seinen Schornsteinen, den Erkern und den Pfeilern, den Fenstern in den ziegelroten Mauern und davor die Tische, alles wie aus einem Guß, und das Ganze ist die Kulisse für das Stück, das im Garten aufgeführt wird.
Die Jungen sind auch irgendwo, spielen Verstecken, jagen hinter Bällen her; der Kleine hockt unter einem Tisch, nicht weit weg von mir. Doch was ich am deutlichsten vor mir sehe, auf diesem imaginären Bild meiner Erinnerung, bin ich selbst, mittendrin, in meinem cremefarbenen Leinenkleid, und woran ich mich am lebhaftesten erinnere, ist das Gefühl, das ich empfand: eine Mischung aus Freude, Liebe, Stolz und tiefer Zufriedenheit. Dieses Gefühl ist so deutlich in mir und doch so zart, wie wenn man eine alte Parfumflasche öffnet, daran schnuppert, und die Erinnerung kehrt sofort zurück. Dann bin ich wieder an jenem Ort, an jenem letzten vollkommenen Tag, bevor alles, alles so schnell vorüber war.

Jemand bewegte sich, das Kaleidoskop wurde geschüttelt, und die leuchtenden Plättchen fielen in ein anderes Muster. Die Sonne fing sich in einem der Fenster, und das Glas glühte und loderte kupferrot.
Bunty stand nur ein paar Schritte von mir entfernt, so daß ich ihre Worte deutlich hörte.
»Gütiger Himmel! Da kommt die alte Lady Beddow! Na, das

war von mir aus gesehen eine unsichere Sache. Sie geht heutzutage fast nirgendwo mehr hin, aber sie freut sich, wenn man sie einlädt. Da kann man mal sehen – die Party ist wirklich ein Erfolg.«

Ich wußte es schon in dem Sekundenbruchteil, bevor ich aufschaute und sie sehr langsam durch den Bogengang in den Garten kommen sah, obwohl der Name mir nichts gesagt hatte und die Adresse mir unbekannt gewesen war, als ich beides von Buntys Liste abschrieb – aber das war in den meisten Fällen so gewesen.

Ich wußte es, doch es erschreckte mich bis ins Mark, sie zu sehen. Ich hatte keine Angst mehr vor ihr, und doch ließ mich der Anblick der hochgewachsenen, schwarzen Gestalt, die langsam näher kam, wie früher erschaudern und das alte Gefühl der Hilflosigkeit in mir aufsteigen, das ich wohl niemals ganz loswerden würde. Aber gleichzeitig wußte ich, daß das, was ich an jenem Nachmittag in ihrem Wohnzimmer zu ihr gesagt hatte, wahr war. Sie war nichts anderes als eine wunderliche, armselige, verrückte alte Frau, die den Bezug zur Realität verloren hatte, und ihre Macht über mich war gebrochen.

Maxim jedoch wußte das nicht. Maxim wußte nicht, daß ich Mrs. Danvers schon vorher gesehen hatte, und meine größte Sorge, das einzige, was zählte, war, wie er eine Begegnung mit ihr aufnehmen, was er denken und empfinden würde.

Ich sah ihren schwarzen Schatten über das sonnenbeschienene Gras fallen.

Maxim kam aus der entgegengesetzten Richtung. Ich wagte nicht, ihm ins Gesicht zu schauen, denn ich wußte, wie es aussehen würde: eine blutleere, erstarrte Maske, höflich, beherrscht, undurchdringlich. Ein, zwei Gäste sahen sich um, und dort wo sie stand, mit der uralten Frau, die sich an

ihren Arm klammerte, schien sich ein Raum zu öffnen, ein Kreis, in dem es still und ruhig und kalt war.
Ich beeilte mich, einen Stuhl zu holen, Dinge von einem Tisch zu räumen.
»Guten Tag, Mr. de Winter. Ich bin mit Lady Beddow gekommen, sie war sehr neugierig darauf, Sie kennenzulernen. Sie kannte das Haus vor langer Zeit. Vielleicht könnten Sie laut sprechen, sie hört nicht sehr gut.« Mrs. Danvers ließ den Blick wandern, und dann richtete er sich auf mich. Starr und leuchtend fixierten mich die Augen in dem Totenschädelgesicht. Ich sah Belustigung in ihnen.
»Guten Tag, Madam. Wie außerordentlich hübsch und ansprechend der Garten aussieht! Obwohl natürlich eine Menge Blumen verblüht sind, seit ich zuletzt hier war.«
Ich spürte, wie Maxim erstarrte, aber er vermied es, mich anzusehen. Er hatte den Arm der alten Frau genommen, half ihr, sich auf dem Stuhl niederzulassen, und machte höflich Konversation, während Mrs. Danvers vor ihr stehenblieb, aufrecht und schwarz wie eine Krähe, die Hände vor sich gefaltet. Ich floh in die Küche, um heißes Wasser zu holen, frischen Tee, warf hastig Essen auf einen Teller, aber meine Hände zitterten dermaßen, daß ich ihn fallen ließ und von vorne anfangen mußte. Ich fürchtete mich vor nichts außer vor Maxims Reaktion.
»Geht es Ihnen gut, Mrs. de Winter? Sie sehen so bleich aus – ist etwas passiert? Lassen Sie mich das machen, kümmern Sie sich nicht darum.« Dora bückte sich und putzte das Durcheinander fröhlich auf.
»Ich danke Ihnen ... es tut mir leid, Dora ... entschuldigen Sie ... es war ... nichts ...«
»Sie können sich geehrt fühlen, daß diese Lady Beddow gekommen ist.«
»Ja – ja, das habe ich schon gehört.«

»Geht nicht mehr viel aus, hat's jahrelang nicht getan. Da, schon wieder alles sauber. Lassen Sie mich das machen, Sie werden sich mit dem kochenden Wasser verbrühen. Setzen Sie sich einen Augenblick hin, Sie haben sich übernommen, das ist es. All die Arbeit, rechtzeitig fertig zu werden, und dann die Aufregung, und die Sonne. Lassen Sie mich Ihnen eine Tasse heißen Tee eingießen und bleiben Sie einfach eine Minute hier. Die da draußen kommen gut zurecht, sie werden Sie nicht vermissen.«

Ich gehorchte und setzte mich, dankbar für ihre unbefangene, freundliche Besorgnis. Ich ließ sie weiterschwatzen, während sie Tee ausgab und frisches Essen auf Tellern arrangierte, legte für einen Moment den Kopf auf meine Arme und schloß die Augen. Sie hatte recht, ich war erschöpft, aber dieses Gefühl der Schwäche in meinen Gliedern und die seltsame Benommenheit hatten nichts mit Müdigkeit zu tun, sie rührten vom Schock und meinen bösen Vorahnungen her. Ich fragte mich vage, was Maxim wohl tat, was er sagte und – vor allem – was er dachte. Nichts anderes spielte eine Rolle.

»Trinken Sie ihn, solange er heiß ist. Und gegessen haben Sie auch noch nichts, stimmt's? Waren zu beschäftigt, alle anderen zu versorgen. Na ja, so ist das immer bei Parties. Probieren Sie mal diese Eiersandwiches – ich habe sie gerade erst gemacht.«

»Danke, Dora. Es geht mir gut. Ich bin nur plötzlich ein wenig müde, Sie hatten recht.«

Ich starrte auf das weiße Brot mit den feuchten Eierstückchen, die an den Seiten herausquollen, und plötzlich wurde mir schrecklich übel. Fast wäre ich in mein Zimmer hinaufgegangen, um mich ein wenig hinzulegen, hätte ich nicht Maxims Stimme von der Tür her gehört.

»Du solltest besser wieder hinauskommen, meinst du nicht?« sagte er kalt.
Ich wagte nicht, ihn anzusehen. Ich konnte mir sein Gesicht vorstellen, denn ich wußte noch, wie er mich damals angeschaut hatte, als wir eine Party gegeben und sie sie verdorben hatte, auf eine andere Weise, aber ebenso absichtlich und gründlich. Mir war jede Freude an diesem Tag genommen, sie war zerbrochen und die Stücke willkürlich verstreut. Wir mußten diesen Tag überstehen, das war alles. Es würde nicht mehr lange dauern. Die Gäste würden gehen, sie würde gehen. Dann würde ich mit ihm allein sein, dann würde ich erklären müssen. Was sollte ich ihm bloß sagen?
Als ich aufblickte, war Maxim verschwunden. Dora musterte mich mit einer Mischung aus Befremden und Besorgnis. Sie hatte Maxim noch nie in dieser Weise mit mir sprechen gehört, nie etwas anderes als Liebe und Harmonie zwischen uns erlebt. Ich versuchte zu lächeln, um sie zu beruhigen.
»Ich werde meinen Mann fragen, wann wir die Drinks servieren sollen. Ich bin sicher, eine Menge Leute werden bleiben wollen, sie scheinen sich alle sehr wohl zu fühlen.«
Und das stimmte, ich sah es, als ich wieder hinaustrat. Die Sonne stand ein wenig tiefer, langsam ging der Spätnachmittag in den Abend über, dessen Duft bereits in der Luft hing. Das Tennismatch schien vorüber zu sein, und nur ein paar Leute spielten noch Krocket. Alle anderen saßen an den Tischen oder in Liegestühlen, unterhielten sich ruhig, schlenderten die Wege entlang, manche gingen in Richtung Küchengarten und zur Nußbaumallee. Sie schienen sich wie zu Hause zu fühlen, dachte ich, als befänden sie sich in einem Hotel und hätten für ihren Aufenthalt hier bezahlt, könnten sich folglich auf dem Grundstück frei bewe-

gen. In diesem Moment störte mich das nicht nur, ich haßte sie alle dafür, aber ich konnte nicht das geringste dagegen tun.

Ich ging hinüber zu Maxim, der bei einer Gruppe von Leuten stand. Er plauderte über die Farmen, sprach davon, ein Stück Land wieder fruchtbar zu machen. Weder seinem Gesicht noch seiner Stimme war etwas anzumerken, alles wirkte völlig normal. Ich erkannte einige der Gesichter, konnte ihnen aber keine Namen zuordnen, lächelte vage in die Runde. Als Gastgeberin stand ich im Blickpunkt, man erwartete ein bestimmtes Verhalten von mir, und das half mir ein wenig.

»Ich habe mir überlegt, ob wir nicht langsam die Drinks servieren sollten. Dora und Gwen sind gerade dabei, das letzte Teegeschirr abzuräumen.«

»Ich werde mich darum kümmern. Sie trinken doch sicher alle etwas?«

Er lächelte, ich lächelte, und die Gäste lächelten zurück, ich sah die Lippen sich bewegen, hörte zustimmendes leises Gemurmel. Ich wünschte mir, daß sie gingen, und zugleich fürchtete ich mich davor. Ich wollte Maxim berühren, um ihn zu beruhigen, wollte etwas zu ihm sagen, das alles erklären würde, wollte allein mit ihm im Garten sein. Und im selben Moment fürchtete ich mich davor. Ich wünschte, nichts von alledem wäre je passiert.

»Sie müssen sehr stolz auf alles sein«, hörte ich sie mit der süßesten aller Stimmen sagen. Sie war lautlos über das Gras gekommen und stand so nah bei uns, daß ich den schwachen, muffigen Geruch ihrer Kleider riechen konnte. Sie blieb regungslos stehen, die Augen unverwandt auf unsere Gesichter gerichtet. Ihre Hände leuchteten gespenstisch weiß vor dem schwarzen Kleid. Warum immer schwarz, wollte ich sie anschreien, warum?

»Es wird bald ein sehr hübsches Heim für Sie sein.«
Sie drehte sich etwas zur Seite, und ich sah, daß die Leute um uns herum, ein halbes Dutzend oder so, von ihr fasziniert waren, manche auch verwirrt. Alle schienen um Worte verlegen, niemand sagte etwas. Sie hörten zu, schweigend, höflich.
»Natürlich wird niemals etwas den Platz von Manderley einnehmen. Mr. und Mrs. de Winter besaßen ein prächtiges Anwesen – es liegt schon einige Jahre zurück, und ich hatte die Ehre, damals dort zu sein. Ich bin sicher, Sie werden davon gehört haben.«
»Mrs. Danvers ...«
»Und von der Tragödie dort. Davon hat jedermann gehört, nicht wahr?«
»Ja, jetzt, da Sie den Namen erwähnen ... Manderley ... Manderley ... ich glaube mich an etwas zu erinnern ...«, meldete sich ein fetter, schwabbeliger Mann mit gelben Augäpfeln zu Wort. Ich hätte ihn am liebsten erwürgt.
»Ja, es war berühmt. Ich denke, in jenem Teil des Landes war es der berühmteste Ort von allen, und das mit gutem Grund. Ich bin sicher, Mr. und Mrs. de Winter stimmen mir zu.«
Sie drehte sich wieder ein wenig zur Seite, diesmal zu Maxim hin. Ich sah ihre beiden Gesichter im Profil, wie sie sich anstarrten mit Augen voller Abscheu in den hageren Gesichtern. Ihnen gegenüber fühlte ich mich schlaff und schwach, wie ein hilfloses, amorphes Wesen, das zwischen zwei Felsen geraten ist. Ich war nicht vorhanden, sie nahmen mich überhaupt nicht zur Kenntnis. Ich war jetzt von keinerlei Bedeutung.
»In Anbetracht der Umstände finde ich, daß Sie sich glücklich schätzen können, hier in Frieden zu leben. Ich hoffe, das bleibt auch so.«

Ein betretenes Schweigen folgte. Niemand rührte sich. Ich schaute in das Gesicht einer Frau in einem roten Kleid, sah, wie ihre Augen von Mrs. Danvers wegschnellten. Sie schien sich unbehaglich zu fühlen, ohne recht zu wissen, warum. Maxim sah aus wie zu Stein erstarrt. Mir war klargeworden, daß Mrs. Danvers auf irgendeine Weise erreichen würde, was sie beabsichtigte – und was, wie sie glaubte, Rebecca beabsichtigte. Sie würde uns vernichten.
Jetzt weiß ich, daß der Augenblick, in dem ich all meine Kraft und meinen Trotz und meinen Mut hätte zusammennehmen sollen, um ihr ein letztes Mal die Stirn zu bieten, damals kam, im Garten an jenem Abend. Aber ich nutzte ihn nicht, ich trat ihr nicht entgegen, leistete ihr keinen Widerstand, sagte ihr nicht, daß sie keine Macht mehr über uns habe, daß sie uns nichts anhaben könne, daß wir unbezwingbar seien und sie eine geistesgestörte, irregeleitete, rachsüchtige alte Frau sei. Ich ließ den Augenblick verstreichen und nutzte ihn nicht. Er sollte nicht wieder kommen.
Seltsamerweise war die Party am Ende nicht verdorben, meine Erinnerung daran ist nicht unglücklich. Einige gingen früh; auch Lady Beddow und Mrs. Danvers blieben nicht mehr zu den Drinks. Ich sah zu, wie der schwarze Wagen die Zufahrt hinauffuhr und durch das Tor, und es war, als sei die Luft nach einem schweren Unwetter wieder klar und sauber. Ich kehrte in den Garten zurück und hätte am liebsten gelacht und auf dem Gras getanzt und die Arme ausgebreitet, um alle zu umarmen, die noch da waren. Ich lächelte fremde Menschen an, sie erschienen mir wie alte, liebe, gute Freunde. Nach Maxim suchte ich nicht.
Ein paar jüngere Leute spielten wieder Tennis, eine ziemlich alberne Variante, bei der die Teilnehmer ständig Schläger und Plätze und Partner tauschten und die Bälle überallhin flogen, begleitet von Freudenschreien, Jauchzen und

scherzhaften Zurufen. Ich stand eine ganze Zeit lang da und schaute ihnen zu und schlenderte dann mit dem netten, liebenswerten Reg Butterley, der mit mir flirtete und mich zum Lachen brachte, um den Krocketplatz. Ständig wurden neue Tabletts mit Cocktailgläsern herausgebracht, die leise aneinanderklirrten, und die Leute prosteten sich zu und tranken, und die Laune stieg. Es herrschte eine sorglose Fröhlichkeit, und die Gäste bildeten neue Gruppen, alte Freunde fanden sich zusammen, ich sah Leute unter dem Rosenbogen flanieren, zur Nußbaumallee hinauf, andere verrückten Tische, um die letzten Sonnenstrahlen zu genießen. Es war kühler geworden, violette Schatten lagen auf dem Gras. Ich ging ins Haus und machte die Lampen an, und das Haus schien zu glitzern und zu leuchten und wie ein Schiff in den dunkler werdenden Abend hinauszusegeln.

Nach Maxim suchte ich nicht.

Einige der jungen Leute verließen den Tennisplatz und kletterten lachend und rufend die grasbewachsenen Hänge hinauf, doch als sie oben waren, wurden sie ruhig und saßen in kleinen, stillen, zufriedenen Gruppen zusammen, genossen den sanften Ausklang der Party. Ich begann mich selbst seltsam zufrieden und ruhig zu fühlen, als schwebte ich in einer Art Seifenblase, die mich gegen Gefühle abschirmte, und ich war weder ängstlich, noch dachte ich an das, was kommen würde. Ich hatte den merkwürdigen Eindruck, daß dies das Ende von mehr als nur einer Gartenparty sei und – daß ich diese Stunden im Gedächtnis behalten, festhalten müsse, jetzt, bevor sie entschwanden.

Ich hatte meine Jacke aus dem Haus geholt, und jetzt kletterte ich ebenfalls den Hang hinauf, aber auf der anderen Seite, abseits von allen übrigen, lehnte mich an einen Baumstamm und ließ den Blick über den Garten wandern.

Es machte mich glücklich, all diese Leute hierzuhaben und mir vorzustellen, daß sie auf dem Heimweg darüber sprechen würden, wie sehr sie sich amüsiert hatten, und daß sie diesen Tag in guter Erinnerung behalten würden.

Kurz darauf trat ich durch das Tor aus dem allmählich im Dunkel versinkenden Küchengarten und ging die Nußbaumallee entlang. Jetzt war niemand mehr hier. Ich legte die Hände auf die schlanken Stämme der jungen Bäume rechts und links von mir, langte hinauf und berührte die kalten, weichen Blätter über meinem Kopf. Das Ende des Bogenganges lag bereits im Dunkeln, und es war kein Mond da, keine Sterne, Wolken waren heraufgezogen, aber ich wußte, daß vor mir das offene Land lag und der silberne Spitzturm in der Ferne, und ich sah sie im Geiste, so wie ich sie heute noch sehe, wann immer ich will.

Dann hörte ich Stimmen, die gute Nacht wünschten, eine Autotür schlug zu, und ich wußte, daß ich zurückmußte, um die Gäste zu verabschieden und mich zu bedanken: danke, daß Sie gekommen sind, ja, es war reizend, war es nicht ein schöner Tag, wir haben solches Glück gehabt, ja, es heißt, das Wetter werde umschlagen, wir hätten keinen besseren Tag wählen können.

Gerade fuhren die letzten Gäste ab, als ich den Wagen viel zu schnell und im Zickzack die Zufahrt herunterkommen sah, mit grellen Scheinwerfern, die uns feindselig anstrahlten, und die Wegfahrenden mußten ausscheren und bremsen, um einen Zusammenstoß zu vermeiden. Maxim wollte zu Hilfe eilen, aber da waren sie schon weg.

Ich wußte, wer es war, noch bevor ich sein Gesicht sah, noch bevor er aus dem scheußlichen, verbeulten Auto, irgendeinem ausländischen Fabrikat, stieg. Jetzt also würde es geschehen, dachte ich; ich begriff noch nicht ganz, wie, ich

erkannte nur, daß sie – oder die beiden zusammen – es so arrangiert hatte.
»Hatte eine Panne auf dem Herweg«, sagte Favell, der schwankend vor uns stand. »Habe deine Party verpaßt, so ein Mist, Max. Wollte dir einen Strich durch die Rechnung machen, verstehst du, viele Leute hier, viele Zeugen. Verdammte Panne. Na, macht nichts, ich habe euch beide, und ihr seid die Wichtigsten, stimmt's?«
Maxim stand auf Armlänge von mir entfernt. Ich streckte die Hand aus und berührte ihn, aber ich konnte ihn nicht ansehen, und er wandte sich mir nicht zu.
Vom Haus her hörte ich Doras Stimme und dann das Klirren von Gläsern, die auf ein Tablett geladen wurden.
»Verschwinde«, sagte Maxim. Er trat vor.
Im Licht, das aus dem Haus fiel, sah Jack Favell aufgedunsen und schmutzig aus, seine Augen glitten zwischen Maxim und mir hin und her, aber er hielt die Stellung und begann in seinen Taschen nach Zigaretten zu kramen.
»Du bist hier nicht erwünscht, wir haben einander nichts zu sagen. Du hast hier nichts verloren. Verschwinde.«
»O nein. Nein, Max, ich werde hineinkommen in dein hübsches Haus – es sei denn, du bist scharf auf eine Szene, die deine gesamte Dienerschaft auf den Plan rufen wird. Hast du überhaupt Dienstboten? So viele wie damals? Ich wette, du hast. Du hast dir dein Nest ordentlich ausgepolstert, wir wußten immer, daß du das tun würdest. Ich brauche einen Drink.«
Ich hörte Schritte am Haus entlangkommen, und als ich mich umdrehte, sah ich Dora zögernd auf mich zutreten. Sie schien unschlüssig, ob sie mich ansprechen sollte.
»Es ist in Ordnung«, sagte ich zu Maxim. »Ich werde mich darum kümmern. Ihr solltet lieber hineingehen.«
Irgendwie bewältigte ich die Dinge in der Küche, sprach mit

einer Stimme, die überraschend normal klang. Unsere Helfer waren mit den letzten Aufräumarbeiten beschäftigt: Im Garten stapelte Ned die Tische aufeinander, Dora und Gwen wuschen Gläser ab. Dora schaute ein-, zweimal fragend zu mir herüber. Alle schwiegen, die Stimmung war gedämpft, dabei hatten Dora und Gwen vorhin noch gescherzt und gesungen. Es war offenbar deutlich zu sehen, wie mir zumute war.

»Lassen Sie's gut sein, Dora. Machen Sie den Rest morgen.«

»Wenn es Ihnen nichts ausmacht, möchte ich lieber fertig aufräumen. Ich will lieber klar Schiff machen.«

»In Ordnung.«

»Es ist noch etwas Suppe übrig und ein Teller mit kaltem Fleisch, und im Ofen sind Kartoffeln. Obst ist auch noch da. Ned will die Stühle hereinbringen; das Wetter soll heute nacht umschlagen.«

»Ja. Jemand hat es mir erzählt.«

»Ruhen Sie sich doch endlich ein wenig aus. Die Party hat Sie erschöpft, das sehe ich Ihnen an.«

Nein, dachte ich. O nein. Das ist es nicht. Die Party war das schiere Glück, die Party hat mich nicht müde gemacht, ich fand sie herrlich. »Ich danke Ihnen, Dora. Sie sind mir alle eine große Hilfe gewesen.«

Als ich das sagte, merkte ich, daß ich den Tränen nahe war. Dann hörte ich laute Stimmen. Maxims. Favells. Dora warf mir einen Blick zu.

»Danke, Dora«, sagte ich. »Ich gehe lieber nachschauen, ob Maxim mich braucht.«

»Dann gute Nacht, Mrs. de Winter. Wir werden verschwinden, sobald wir fertig sind, und ich werde morgen ganz früh hiersein.«

Ich schloß die Küchentür und die Tür von der Halle zum

Durchgang, weil ich nicht wollte, daß man in der Küche etwas hörte.
Maxim und Favell standen im Salon. Die Fenster zum Garten waren weit offen, und ich ging durch den Raum und machte sie zu. Eine Brise war aufgekommen und bauschte die Vorhänge nach innen.
Maxim hatte Favell ein Glas Whisky gegeben, er selbst trank nichts.
»Maxim ...«
»Sie wird es dir erzählen. Frag sie, sie wird dich nicht anlügen. Sie sind keine Lügnerin, stimmt's?« Favell schielte mich an. Er sah noch schlimmer aus als neulich im Hotel, sein Kragen war ausgefranst und schmuddelig, das Haar klebte fettig am Kopf. Die Hand, die das Whiskyglas hielt, zitterte leicht.
»Ich habe Maxim gerade von unserem netten Tee in London erzählt.«
Maxim sah mich nicht an.
»Warum sind Sie hergekommen?« fragte ich. »Ich sagte Ihnen doch ... wir haben nichts mehr zu bereden ... Es gibt keinen Grund, warum wir uns treffen sollten. Ich hörte, wie Maxim Ihnen sagte, Sie sollten gehen. Bitte trinken Sie Ihren Whisky aus und tun Sie, was er verlangt, bitte.«
»Das letzte Mal hat er mich auch rausgeschmissen. Daran erinnere ich mich. Sie doch auch, oder?«
Ich antwortete nicht. Keiner von uns sagte etwas – Maxim und ich standen Favell gemeinsam gegenüber, und doch waren wir nicht zusammen, es lagen Kontinente zwischen uns. Ich glaube, Favell wußte das.
»Ich habe etwas mitgebracht.« Jetzt sah ich, daß Favell einen dicken braunen Umschlag in der Hand hielt. Er schwenkte ihn, wedelte dreist damit vor meinem Gesicht herum. »Beweise.«

»Wovon in aller Welt sprechen Sie? Was für Beweise? Wofür?«
»Ermutige ihn nicht«, sagte Maxim barsch. »Frage ihn nicht. Genau darauf legt er es an. Er ist betrunken und nicht bei Sinnen.«
Favell lachte, wobei er den Mund weit öffnete und kaputte, faule Zähne und eine gelb belegte Zunge entblößte. Ich glaube, es war das unangenehmste Lachen, das ich je gehört habe. Wenn ich in die Stille horche, kann ich es jetzt noch hören.
»Danny erzählte mir von der Party. Einweihung, Nachbarn kennenlernen. Verdammte Panne. Ist ja nicht mit Manderley zu vergleichen hier. Ganz schöner Abstieg, was? Aber ganz nett, ganz nett. Ihr könntet einen solchen verdammten Palast heute ja gar nicht führen. Dazu bräuchtet ihr Rebecca, und sie ist nicht hier, stimmt's? Wir wissen ja alle, wo sie ist.«
Er wedelte wieder mit dem Kuvert.
»Ich bin nicht untätig gewesen. Und Danny auch nicht, obwohl sie ein bißchen ...« Er drehte den Zeigefinger an seiner Schläfe und lachte wieder. »Übergeschnappt, würde ich sagen. Man kann es ihr nicht verdenken, oder? Rebecca war alles, wofür sie lebte. Es lag ihr nie besonders viel an irgend jemandem oder irgend etwas – außer an Manderley, und das war ihretwegen, das war der einzige Grund. Hatte nichts mit dir zu tun, Max. Sie kennt die Wahrheit. Wir alle kennen sie. Viele kannten sie, und das weißt du. Aber ich mußte jahrelang graben und wühlen und Fragen stellen und sehr, sehr geduldig Beweise sammeln. Der Krieg kam dazwischen, aber ich wußte, ich würde es schaffen, und ich habe es geschafft, und hier bin ich.«
»Maxim ...«
»Er blufft doch nur, siehst du das nicht? Er ist betrunken

und verrückt.« Maxim sprach sehr leise, sehr ruhig. »Das ist doch nichts Neues bei ihm, das weißt du doch.«
»Du hast sie umgebracht.«
»Wenn er ausgetrunken hat, wird er gehen.«
»Du hast sie erschossen, und ich werde dich verdammt noch mal dafür hängen sehen. Ich habe Beweise.« Wieder wedelte er mit dem Umschlag. »Du weißt nicht, was ich hier habe.«
»Maxim, nimm ihn ihm ab. Du weißt nicht, was er da haben könnte, du ...«
»Ich habe nicht die Absicht, das Kuvert oder ihn zu berühren.«
»Wir haben verdammt hart gearbeitet, Danny und ich. Sie ist auf meiner Seite, weißt du.«
»Ich bezweifle es.«
»Ich nehme noch einen Schluck hiervon.«
Maxim trat zwei Schritte vor und streckte die Hand aus. Favell gab ihm das Glas, schielte wieder zu mir herüber. Ich fragte mich, ob Maxim ihn schlagen würde, wie er es das letzte Mal getan hatte – ich erinnerte mich an das übelkeiterregende Geräusch, mit dem seine Faust auf Favells Kiefer gekracht war.
Aber Maxim stellte nur das Glas auf das Tablett und drehte sich wieder um. »Verschwinde, Favell! Verschwinde und wage es nicht, zurückzukommen. Wenn du nicht gehst, werde ich die Polizei rufen, und sie werden dich zweifellos wegen Trunkenheit am Steuer festnehmen. Ich schlage vor, du parkst für ein paar Stunden irgendwo und schläfst deinen Rausch aus, sonst bringst du noch jemanden um.«
Einen Augenblick lang schien die Erde stillzustehen. Und es war auch still, abgesehen von dem leisen Klappern der Fenster im auffrischenden Wind.
Ich dachte, Favell würde lachen oder Maxim schlagen oder ein schreckliches Dokument, das die Wahrheit enthüllte,

aus dem Umschlag ziehen. Einen Moment lang, als ich seine unsteten, wilden, blutunterlaufenen Augen plötzlich auf mich gerichtet sah, glaubte ich sogar, er würde sich auf mich stürzen. Ich fühlte mich krank und schwach, aber ich würde nicht ohnmächtig werden, das war das einzige, dessen ich sicher war, denn dieser Ausweg würde mir auch diesmal nicht gestattet sein.
Die Erde stand immer noch still.
Dann, ohne ein Wort, als sei er innerlich zusammengebrochen, drehte sich Favell schwankend um und verließ den Salon. Ich hatte weitere Drohungen erwartet, höhnische Bemerkungen, irres Gerede über Beweise, aber nichts dergleichen kam.
Ich habe längst begriffen, daß er damals sogar in seinem benebelten, verwirrten Zustand wußte, daß er den Schaden angerichtet hatte, den er hatte anrichten wollen. Die Zerstörung hatte begonnen, das Unglück war ins Rollen gebracht. Er und Mrs. Danvers hatten das alles geplant, schon vor langer, langer Zeit. Dies war nur das Ende. Und es war einfach gewesen.
Das Schicksal liegt in unserer Hand.

Niemand sagte mehr etwas. Maxim ging hinaus. Ich blieb, wartete im Salon auf ihn. Es gab nichts, was ich tun konnte.
Ich hörte den Anlasser leiern, verstummen, wieder leiern, bis der Motor endlich ansprang. Dann das Durchdrehen der Reifen im Kies, das Krachen der Gangschaltung. Ich hoffte, Favell würde tun, was Maxim ihm geraten hatte, und irgendwo parken, schlafen. Was Favell passierte, war unwichtig, aber er durfte niemand anderem Schaden zufügen. Niemand Unschuldigem. Er hatte uns schon genug geschadet.

Ich setzte mich in den Sessel vor dem leeren Kamin. Ich zitterte, es war kalt im Zimmer. Die Vorhänge bewegten sich leicht in dem Wind, der durch die Türritzen kam. Der Sommer ist zu Ende, dachte ich.

Ich überlegte, ob ich ein Feuer anzünden sollte. Ich hätte Papier und Reisig holen können, im Schuppen lagen noch ein paar trockene Scheite, aber ich war zu müde. Und so blieb ich sitzen, stützte mich auf meine Knie und starrte in die schwarze Höhle des Kamins.

Ich hatte Angst, daran erinnere ich mich, und ich erkannte, daß ich schon lange Angst gehabt hatte. Ich war es leid, ich war es alles so leid. Es schien so lange herzusein, seit ich wirklich Ruhe gehabt hatte, seit ich ohne Furcht gewesen war, unbelästigt von den flüsternden Stimmen und den Schatten.

Und dann kam Maxim zurück. Ich hörte, wie die Tür leise geschlossen wurde. Vielleicht wird er mich auch umbringen, dachte ich, ich hätte es verdient. Vielleicht ist das der Ausweg.

Ich schaute zu ihm auf. Er war sehr still, und der Ausdruck auf seinem Gesicht war unendlich müde, unendlich zärtlich, unendlich traurig. In diesem Augenblick liebte ich ihn auf eine Weise, wie ich glaube, ihn nie zuvor geliebt zu haben, nicht in jenen frühen Tagen, als ich noch jung war und die Liebe mich den Atem anhalten ließ, und auch nicht auf die verzweifelte Weise wie damals während jener letzten, schlimmsten Tage in Manderley, als wir uns in Entsetzen und Erleichterung aneinandergeklammert hatten. Die Liebe, die ich jetzt empfand, war rein, bedingungslos und vollkommen ehrlich, sie war kein Gefühl, sie war ein Seinszustand. Ich liebte Maxim auf eine absolute und überhöhte Weise, ohne mich von ihm abhängig zu fühlen, ja sogar, ohne ihn zu brauchen.

Aber ich sprach nicht, gab ihm mit keiner Geste meine Gefühle preis. Ich schaute nur und liebte und wandte dann den Blick ab.
»Wann haben sie angefangen?« fragte er.
»Sie?«
»Die Geheimnisse.«
Ich zögerte, auf der Suche nach den richtigen Worten, aber ich fand sie nicht.
»Hiermit?«
Ich sah, daß er etwas aus der Tasche gezogen hatte und es mir hinhielt.
»Ja, ich denke, ja. Ja.«
Die Karte war cremeweiß, aber sie schien in seiner Hand zu glühen.
»Wo kam sie her?«
»Sie war an einem Kranz, den sie geschickt hat. Sie hat zwar nicht zugegeben, daß sie es getan hat, aber ich weiß es. Es war ein wunderschöner Kranz – vollkommene, weiße Blüten auf dunkelgrünen Blättern. Er lag auf dem Weg neben Beatrice' Grab, als ich früh am Morgen hinging.«
»Woher wußtest du das?«
»Ich wußte es nicht. Ich … ich wollte hingehen, um in Ruhe allein dort zu sein, und entdeckte ihn. Sie hatte beabsichtigt, daß ich ihn fände. Oder du. Einer von uns beiden mußte ihn finden.«
»Warum hast du es mir nicht erzählt?«
»Weil ich nicht wollte, daß du verletzt würdest. Maxim, das mußt du mir glauben.«
»Es ist sehr viel schmerzhafter, feststellen zu müssen, daß du es mir verheimlicht hast.«
»Ich habe immer gehofft, daß du die Karte nicht finden würdest.«
»Sie lag unten im Kleiderschrank«, sagte er.

Er ging zum Tablett und goß sich einen Whisky ein, hielt fragend die Flasche hoch, aber ich schüttelte den Kopf.

»All diese Zeit«, sagte er leise, »all diese Monate.«

»Ja. Es tut mir leid.«

»Ich dachte, sie sei tot.«

»Ja.«

»Und dann? Was war mit Favell? Stimmt es, daß du ihn in London getroffen hast?«

»Zufällig, Maxim, du denkst doch nicht etwa, daß ich mich mit ihm verabredet hatte.«

»Ich weiß es nicht. Er könnte versucht haben, etwas aus dir herauszuholen. Erpressung – das ist doch sein Spezialgebiet.«

»Das tat er auch. Aber das war später.«

»Ich wunderte mich, weißt du. Du fuhrst früher nie nach London. Du haßt London doch.«

»Ja.«

»Wo warst du?«

»Ich ging zum Tee … in … in ein Hotel. Es war so heiß. Er war … ich glaube, er ist geisteskrank.«

»Ja.«

»Er stand mit einem Koffer in einer Telefonzelle. Ich glaube nicht, daß er ein Gespräch führte, er sprach wirres Zeug in den Hörer, aber es schien gar niemand dran zu sein. Und ich ging vorbei, und er sah mich und folgte mir. Ich mußte in einem Geschäft anrufen – ich hatte ein Päckchen dort liegengelassen –, und ich nehme an, daß er es mitbekam, als ich unsere Adresse durchgab.«

»Aber du fährst nie nach London. Weshalb um Himmels willen faßtest du plötzlich den Entschluß hinzufahren? Das ist gar nicht deine Art.«

»Ich fuhr hin, um einen Arzt aufzusuchen«, antwortete ich unglücklich. Und ich hörte die Worte und begriff, was sie

für ihn bedeuten müßten, woran sie ihn erinnern würden, und ich konnte ihn nicht ansehen, sagte nur: »Nein, nein, ich bin nicht krank. Bin es nie gewesen ... es ...«
»Was für einen Arzt?«
»Ich wünschte mir so sehr ein Kind. Als wir hierherzogen, war es alles, was ich mir wünschte ... ich wollte herausfinden ...«
»Und – hast du es herausgefunden?« Ich konnte ihn kaum verstehen.
»Ja ... o ja ... er sagte ... wir würden ... wir könnten ... Er sah keinen Grund, warum wir keines bekommen könnten.«
»Und du konntest mir nicht einmal das erzählen?«
»Nein ... Maxim, ich hatte es vor, natürlich wollte ich es ... sobald ich nach Hause käme. Ich übte, was ich sagen würde ... aber dann traf ich ihn ... Favell.«
»Und?«
»Und dann konnte ich es nicht mehr. Er schien alles zu ... verderben, und ... ich konnte nicht mit dir sprechen.«
»Wann ist sie hergekommen?«
»Danach. Vor ein paar Wochen.«
»Vor ein paar Wochen.«
»Es tut mir leid, ich wollte nicht, daß du dir Sorgen darüber machtest, was sie tun könnten.«
»Was sie tun könnten? Sie ist wahnsinnig – sie sind beide wahnsinnig. Besessen ... verrückt ... eifersüchtig. Zwei armselige, geistesgestörte Menschen. Welchen Schaden können sie uns denn schon zufügen?«
»Es gibt Dinge, die ich dir nicht erzählen kann.«
»Noch mehr Geheimnisse.«
»Nein, ich werde dich nicht verletzen.«
»Du tust es bereits.«
»Sie ist böse, sie haßt dich ... uns. Sie will uns weh tun. Uns beiden. Die Geschichte ist völlig verdreht und verrückt –

aber es ist ihr Ernst. Sie benutzen einander … Er will, oh, ich weiß nicht … Geld, nehme ich an, oder eine andere Art von Rache.«

»Gerechtigkeit«, sagte Maxim.

Ich blickte erschrocken auf. Er hatte es in so gelassenem Ton gesagt.

»Was meinst du damit?« Meine Stimme klang fremd. Ich starrte ihn an.

»Weißt du, damals, als das alles passiert ist, und in all den Jahren danach«, sagte Maxim, »dachte ich, das einzig Sichere sei, daß wir zusammen sind und es keine Geheimnisse gibt, nichts, das zwischen uns steht, nur Liebe und Vertrauen. Keinen Betrug, keine Unruhe, keine Furcht – und für mich war es so. Ich wußte, daß ich des Mordes schuldig und davongekommen war – aber das wußtest du auch.«

»Es spielte keine Rolle, es hat nie eine Rolle gespielt.«

»Wirklich nicht?«

Ich konnte nicht antworten. Ich schuldete ihm jetzt die Wahrheit, dachte ich, er hatte in letzter Zeit so wenig davon bekommen. Ich erinnerte mich an die flüsternde Stimme. Dieser Mann ist ein Mörder. Dieser Mann hat seine Frau erschossen. Er hat Rebecca getötet. Und dann schaute ich seine Hände an und liebte sie.

»Es ist alles meine Schuld«, sagte ich. »Weil ich unbedingt nach England zurück wollte. Hüte dich davor, etwas zu sehr zu wollen – du könntest es bekommen.«

»Ja.«

»Aber es ist alles gut.« Ich ging zu ihm und sah ihm ins Gesicht. »Favell ist weg. Sie ist weg, sie können uns nichts antun. Das hast du gesagt. Maxim, es ist alles in Ordnung. Sie können uns keinen Schaden zufügen.«

»Sie haben es schon getan.«

»Es wird nicht von Bedeutung sein.«

»Gibt es da noch etwas?«
»Noch etwas?«
»Irgendwelche anderen Geheimnisse?«
Ich dachte an die Zeitungsausschnitte und Fotos in dem braunen Kuvert oben in meiner Schreibmappe.
»Nein«, antwortete ich. »Nein. Keine anderen Geheimnisse.«
Er schaute mich lange an. »Warum?« fragte er dann. »Warum? Warum, in Gottes Namen?«
Ich konnte nicht antworten.
»Wir hätten niemals zurückkommen sollen. Und doch wußte ich, daß wir es tun würden – tun mußten. Es hat keinen Sinn, davonzulaufen. Sie wollen ... Gerechtigkeit.«
»Nein, Rache wollen sie – gemeine, sinnlose, grausame Rache. Sie sind verrückt.«
»Ja, aber dennoch wird es der Gerechtigkeit Genüge tun.«
»*Wird* Genüge tun?«
»Wenn ich nichts sage, nichts tue, wenn wir versuchen hierzubleiben, wird es für immer so sein. Wir können nie entkommen – du wirst mir niemals vertrauen. Du wirst dich weiter vor ihnen fürchten, und vor mir.«
»Ich fürchte mich nicht vor dir.«
»Nein?«
Ich schaute weg.
»Vielen Dank auch«, sagte Maxim bitter.
»Ich liebe dich«, sagte ich. »Ich liebe dich. Ich liebe dich.«
»Ja.«
»Maxim, es wird alles gut werden, bitte, bitte.« Ich nahm seine Hände, hielt sie fest, hob sie an mein Gesicht. Ich sah, wie er mich anschaute, so voller Sanftmut und Bedauern und Mitleid und Liebe. »Bitte, Maxim. Sie werden uns nicht besiegen, sie können es nicht – du darfst sie nicht siegen lassen.«

»Nein«, sagte er sanft, »nicht die beiden, die sind nebensächlich. *Sie* ist es, Rebecca.«
Ich fühlte mich entsetzlich ruhig und kalt, eiskalt.
»Was wirst du tun?«
»Ich muß die Wahrheit sagen.«
»Nein!«
Er antwortete nicht, ließ mich nur weiter seine Hände an mein Gesicht drücken.
Plötzlich peitschte der Wind so heftig gegen das Fenster, daß es in den Fugen krachte, und da wurde mir bewußt, daß wir ihn schon seit geraumer Zeit in dem dunklen, leeren Schornstein heulen hörten und den Luftzug spürten, der unter der Tür hindurchfegte.
»Ich bin müde«, sagte Maxim. »Ich bin so müde.«
»Ja.«
»Geh du hinauf ins Bett. Du warst vorhin schon völlig erschöpft.«
»War ich das?«
»Nach der Party.«
Die Party. Ich hatte sie ganz vergessen. Sie lag tausend Jahre zurück.
»Und was wirst du tun?«
»Noch ein wenig aufbleiben. Es sind ein paar Briefe gekommen.«
»Maxim, bist du sehr zornig?«
»Nein«, antwortete er traurig, »nein.«
Aber er entzog mir seine Hände und rückte von mir ab.
»Ich wollte keine Geheimnisse vor dir haben. All das hat mir keine ... Befriedigung verschafft, kein Vergnügen.«
»Ich weiß.«
»Ich konnte nichts dafür. Eines führte zum nächsten, aber ich wollte dich doch beschützen – Dinge von dir fernhalten, die dich verletzt hätten.«

Er beugte sich herunter und küßte mich, sehr zart und keusch, wie ein Vater, der sein Kind küßt, und ich war nicht in der Lage, eine Bewegung zu machen, um ihn näher an mich heranzuziehen. Morgen, dachte ich. Wir sind beide erschöpft, wir wissen nicht, was wir tun oder sagen.
»Morgen.«
Er schaute mich an. »Geh jetzt ins Bett.«
Morgen würden wir von vorne anfangen. Die Geheimnisse waren gelüftet, es würde keine mehr geben. Und keine Ängste, sagte ich mir, keine Ängste.
Als ich auf die Tür zuging, schwankend und schwindlig vor Erschöpfung, fragte ich unvermittelt: »Wird Frank Schottland verlassen und herkommen? Haben sie sich entschieden? Hat er es dir gesagt?«
Er zögerte, schaute mich fragend an, als käme meine Stimme aus weiter Ferne und er hätte Schwierigkeiten zu verstehen, was ich sagte, oder sogar sich zu erinnern, wer ich war. Dann sagte er: »Oh – ja, ja, ich denke, sie kommen. Vielleicht kommen sie wirklich.«
Dann würde alles gut werden. Das war mein letzter Gedanke, als ich das Zimmer verließ. Frank würde kommen, und es würde einen neuen Anfang geben. Es würde alles gut werden.

Während ich mich zum Schlafengehen fertig machte, hörte ich, wie der Sturm immer stärker wurde, wie er an den Bäumen rüttelte, die Hänge herunter und über den Garten brauste und gegen alle Wände und Türen des Hauses schlug. Aber ich zog mir die Decke weit über den Kopf, und dann war nur noch ein Geräusch da, das wie das Rauschen des Meeres klang, es toste den Kiesstrand herauf, überspülte mich und zog mich hinab in seinen nassen Schlund.

Die ganze Nacht hindurch wurde ich von meinen Träumen geschüttelt und vom Toben des Sturms. Mehrmals kämpfte ich mich bis an die Oberfläche und wußte nicht, ob ich schlief oder wachte, aber nur um wieder hinabgezogen zu werden in jenen tiefen, tiefen Schlund. Einen Wind wie diesen hatte ich nie erlebt, einen Wind, der durch die Bäume krachte und sich wieder und wieder gegen das Haus warf. Die ganze Welt schien außer sich und entfesselt zu sein, ich hörte mich nach Maxim rufen und glaubte, daß er ruhig antwortete, mich besänftigte, aber dann schien seine Stimme vom Sturm erfaßt und davongetragen zu werden. Meine Träume waren schrecklich, wahnsinnig, wirr, erfüllt von Flüstern und plötzlichen Windstößen und wabernden, drohenden Schatten, doch mehr als alles andere waren es Träume, in denen all meine Gefühle lebendig wurden: Furcht und Verwirrung und ein schreckliches, hungriges Sehnen, ein Suchen nach jemandem, nach etwas, und immer wieder mußte ich meiner Stimme hinterherfliegen, die mir entwischte, als hätte sie ein Eigenleben. Doch dann war da nur noch das Hinuntersinken in einen tiefen, bodenlosen Schlaf, wohin kein Laut oder Licht dringen konnte.

Ich erwachte in Panik, nicht nur wegen des gierigen, zornigen Tobens des Windes draußen, sondern auch wegen einer schrecklichen Unruhe, die sich meiner bemächtigt hatte. Ich knipste eine Lampe an. Maxims Bett war zerwühlt, aber leer, und die Kleiderschranktür stand offen.

Im Schlaf, auf einer Ebene, die noch tiefer lag als meine Träume, hatte ich mit Maxim gesprochen, leidenschaftlich mit ihm gestritten, und jetzt trommelte die gleiche Kraft und Wut, die ich gegenüber Mrs. Danvers empfunden hatte, wie der Sturm auf mich ein, und ich wußte, ich würde keine Ruhe davor bekommen, bis ich Maxim gefunden und ihm gesagt hätte, was ich sagen mußte, ihn dazu gebracht hätte zu verstehen.

Zehn Jahre, in denen ich ihn geführt, ihn gegen die Wahrheit und die Vergangenheit geschützt, gegen Erinnerungen abgeschirmt und vor dem Grübeln bewahrt hatte, Jahre, in denen ich die Entscheidungen getroffen und mein eigenes zerbrechliches Selbstbewußtsein aufgebaut hatte – zehn Jahre des Erwachsenwerdens schienen nun am entscheidenden Punkt angelangt zu sein. Ich hatte denken gelernt, konnte Sinn von Unsinn unterscheiden, und ich würde um das kämpfen, was wir erreicht, was wir gewonnen hatten. Ich wußte, was ich wollte, und war nicht bereit, etwas davon wegzuwerfen oder zuzulassen, daß Maxim dies aus einer Laune heraus tat.

Ich lief barfuß die Treppe hinunter, verknotete erst den Gürtel meines Morgenrocks. Der Wind ließ unterwegs nach, bald würde eine Minute absoluter Ruhe eintreten, bevor er seine Kräfte erneut sammeln und sich wieder gegen die Fenster werfen und um die Schornsteine tosen würde.

Unter der Tür zum Arbeitszimmer war ein Lichtstreifen zu sehen.

»Maxim.«

Er blickte auf. Ich sah, daß er etwas geschrieben hatte.

»Maxim, warum bist du angezogen? Wo willst du hin? Du kannst nicht weg, es tobt ein schrecklicher Sturm.«

»Geh wieder ins Bett. Es tut mir leid, daß ich dich geweckt habe.«

Er sprach wieder sehr sanft und voller Fürsorglichkeit.

»Maxim – ich muß mit dir sprechen. Es gibt Dinge, die ich nie gesagt habe, und ich *muß* sie jetzt sagen.«

»Es wäre besser, es nicht zu tun, meinst du nicht?«

»Warum? Um weitere Mißverständnisse zwischen uns zu schaffen? Worin liegt der Nutzen?«

»Es gibt kein Mißverständnis zwischen uns. Keines.«
»Doch. Du hast mich nicht verstanden, Maxim. Wir haben doch alles, was wir uns gewünscht haben. Wir haben es doch geschafft.«
»Haben wir das?«
»Ja, ja. Es war richtig, heimzukommen, das weißt du. Nichts kann das ändern. Willst du mir erzählen, daß du Angst hast? Wovor? Ich habe keine Angst.«
»Nein«, sagte er, »du nicht. Nicht im Moment, das sehe ich.«
»Und ich habe recht. Du kannst mir nicht einreden, daß es dumm war, zurückzukommen. Ich habe dich beobachtet, ich weiß Bescheid. Es war richtig für dich. Du wolltest es selbst.«
»Ja. Vielleicht hast du wirklich recht.«
»Du warst heute abend müde und schockiert und aufgeregt. Du hast unter großer seelischer Belastung gesprochen – aber du hast nichts zu fürchten, nichts zu verbergen.«
»Doch, das habe ich. Du weißt, daß ich das habe.«
»Was können sie tun?«
»Das weiß ich nicht, aber sie werden es tun. Und ich kann damit nicht leben – und auch nicht mit dieser Schuld. Nicht mehr.«
»Und was ist mit mir?«
»Mit dir?« Für eine Sekunde schien er weit weg, dann trat er zu mir und streichelte sanft mein Gesicht. »Ich denke an dich«, sagte er, »glaube mir. Die ganze Zeit.«
»Nein, das tust du nicht, das kannst du nicht.«
Er antwortete nicht, ging an mir vorbei und aus dem Zimmer. Ich folgte ihm.
»Maxim, komm mit nach oben und geh schlafen. Wir können morgen darüber sprechen, wenn es sein muß.«
Er schien nicht in Eile, und doch bewegte er sich schnell,

ging durch die Halle, nahm seinen Mantel von der Garderobe und die Autoschlüssel von ihrem Haken.
»Wo willst du hin?«
Aber er antwortete mir nicht. Ich stellte mich zwischen ihn und die Tür, und da blieb er stehen und küßte mich, als führe er nur kurz weg, und ich hielt seine Hand fest, aber er war stärker als ich und hatte keine Mühe, sie mir zu entziehen.
Als er die Tür öffnete, stürmte der Wind wie ein wahnsinniges, heulendes Ungeheuer in die Halle, ich konnte nicht hören, was Maxim sagte – falls er etwas sagte. Ich fragte mich vage, ob er vorhatte, zu Frank zu fahren oder nach London, doch ich konnte nicht klar denken, der Wind blies alle zusammenhängenden Gedanken aus meinem Kopf.
»Maxim! Maxim, komm zurück! Warte – wo immer du hinwillst, geh nicht *jetzt.* Bitte warte!«
Maxim überquerte mit großen Schritten die Zufahrt, stemmte sich gegen den Wind. Es war stockfinster, ich konnte ihn nach ein paar Metern schon nicht mehr sehen. Ich versuchte ihm zu folgen, aber der Wind riß an meinen Haaren und meinen Kleidern, und die spitzen Steine zerschnitten mir die Fußsohlen. Die Scheinwerfer des Wagens flammten auf, und nun rannte ich doch los, ohne mich um den Sturm zu kümmern. Ich lief geradewegs auf den Wagen zu, aber Maxim lenkte ihn mühelos um mich herum, ich sah sein Gesicht im Widerschein der Autolampe, angespannt und weiß, aber er starrte geradeaus und schaute mich nicht an, schaute mich absichtlich nicht an, und dann war er fort, außer Sicht, den Hang hinauf und in den tobenden Sturm hinein, in den Regen und die Schwärze.
Als ich zum Haus zurückkehrte, weil ich nichts anderes hätte tun können, ging ich sofort zum Telefon, obwohl es mitten in der Nacht war. Es würde ihnen nichts ausmachen, ge-

weckt zu werden. Ich dachte nicht zweimal darüber nach. Ich wußte, daß Maxim nicht mit dem Gedanken gespielt haben konnte, mit dem Auto nach Schottland zu fahren, aber irgendwie glaubte ich, daß er sich an Frank wenden und vielleicht auf anderem Weg dorthin gelangen würde. Kein Freizeichen. Der Sturm hatte die Leitungen beschädigt, unser Telefon war tot.

Danach konnte ich nichts tun als dazusitzen, allein mit meiner Angst, und dem Tosen des Sturms zuzuhören und dem Bersten und Krachen ringsum, wenn Bäume entwurzelt und umgerissen wurden. Es war schrecklich, und ich wagte mir nicht vorzustellen, wie es sein mußte, den Wagen durch einen solchen Sturm zu steuern, durfte mir nicht gestatten, daran zu denken. Ich betete, verzweifelte, leidenschaftliche Gebete, in denen ich mit Gott haderte und feilschte, ja ihn zu erpressen suchte.

Schließlich ging ich hinauf, legte mich auf mein Bett, lauschte dem Wind und flehte darum, daß Maxim in Sicherheit sei, als könne ich dies allein mit meiner neugewonnenen Zuversicht und Stärke erzwingen.

Irgendwann mußte ich eingeschlafen sein, und erneut war es ein unruhiger, quälender Schlaf, der von Träumen und Schrecken und den Geräuschen zerrissen war, die von draußen hereindrangen.

Als ich erwachte, herrschte eine unnatürliche Stille. Es war Morgen. Das Licht, das ins Zimmer fiel, war merkwürdig fahl. Als ich zum Fenster ging und hinausschaute, sah ich eine saubergewaschene Welt – und ein Bild der Zerstörung. Der Garten war völlig verwüstet, die Hänge mit Ästen und halben Bäumen übersät, die der Sturm dort hingeschleudert hatte. Gezackte Lücken gähnten in dem Baumgürtel über der Mulde, und Tageslicht und Himmel waren zu sehen, wo vorher kein Himmel gewesen war.

Ich ging hinunter. Maxim war nicht zurück; ich sah durch das Fenster, daß die Garage noch leer war. Wieder versuchte ich zu telefonieren, aber die Leitung war noch immer tot, und da es nichts anderes gab, was ich hätte tun können, zog ich mich schnell an und ging beklommen hinaus, um mir den Schaden anzusehen, den der Sturm verursacht hatte, und meine Sorge um Maxim und all die Erinnerungen an die letzte Nacht traten ein wenig in den Hintergrund, während ich mit wachsendem Entsetzen unser Grundstück abschritt. Ich kam nur langsam vorwärts, weil ich ständig über irgendwelche entwurzelten, gefällten, zerbrochenen Dinge steigen mußte, doch vorerst räumte ich nichts weg, sondern schaute nur, schaute. Ich weinte nicht. Tränen wären zu armselig und unbedeutend gewesen, nicht die Reaktion, die einer solchen Katastrophe gebührt hätte.
Ich ging in den Küchengarten. Ich hatte gedacht, die Mauern hätten ihn geschützt, aber die am anderen Ende war zu einem Trümmerhaufen zusammengefallen und hatte dem Wind freie Bahn gewährt, der wie ein wahnsinniges Ungeheuer darin herumgetobt und alles herausgerissen, entwurzelt und durch die Gegend geschleudert hatte. Das Tor war aus den Angeln gehoben, ich mußte es mühsam beiseite schieben, um hindurchzuschlüpfen. Aber als ich dann endlich draußen stand, wünschte ich, ich hätte es nicht getan.
Die Nußbaumallee war zerstört. Wo gestern noch die schönen jungen Bäume aufgeragt und oben einen Bogen gebildet hatten, wo sich dem Betrachter jener herrliche Blick in die offene Landschaft und auf den schimmernden, silbernen Spitzturm in der Ferne geboten hatte, herrschte jetzt ein wirres Durcheinander aus zerbrochenen Ästen und armseligen, bleichen Baumstümpfen.
Nun weinte ich doch, während ich da stand, aber es schienen mir so sinnlose Tränen zu sein, und sie versiegten bald.

Es war ziemlich kalt geworden. Ein gleichmäßiges Grau überzog den Himmel, und das Licht war wäßrig. Meine Schuhe waren durchgeweicht, und der Saum meines Mantels klebte an meinen Beinen.
In diesem Moment wollte ich nichts anderes als Maxim. Ich konnte es nicht ertragen, allein hierzusein. Was wir als letztes zueinander gesagt hatten, wie viele Mißverständnisse es zwischen uns gab, hatte ich vergessen. Ich wußte, daß ich nicht alles richtig erklärt, ihn nicht dazu hatte bringen können zu verstehen, warum, warum, die Gründe für alles, was in diesem letzten Jahr geschehen war oder noch früher. Ich hatte ihm nicht klarmachen können, wie leid es mir tat. Ich rannte beinahe über das Gras und die Terrasse zum Haus. Ich würde mich umziehen und dann versuchen, irgendwie herauszufinden, wo er steckte, und ihn zur Heimkehr zu bewegen.
Doch als ich durch die Halle ging, sah ich, daß die Tür zum Arbeitszimmer offenstand und ein Kuvert am Tintenfaß lehnte. Ich ging hinein. Es war ein schlichter weißer Umschlag, nicht adressiert. Aber ich wußte, daß er für mich war, und ich setzte mich, öffnete ihn und las.
Dabei wußte ich es schon. Ich brauchte es nicht zu lesen. Ich wußte, was in seinem Kopf und in seinem Herzen vorgegangen, was zu einer wahren Besessenheit für ihn geworden war, wußte um seine Schuld und darum, wie die Wahrheit für ihn aussah.
Wir werden nicht *für* unsere Sünden bestraft, sondern *durch* sie. Niemand kann ein Leben lang mit einer Schuld leben.
Als ich gerade fertiggelesen hatte, hörte ich Stimmen. Dora rief meinen Namen.
Sie waren gekommen, um festzustellen, ob uns nichts passiert sei, welche Schäden es gäbe, sie waren besorgt. Und da weinte ich über ihre Freundlichkeit und Fürsorge und er-

zählte ihnen unter Tränen, was geschehen war, und danach wurde mir alles aus der Hand genommen, Telegramme wurden geschickt, Leute kamen und gingen, und dann konnte ich für Stunden nichts tun als warten, warten auf Neuigkeiten, darauf, daß das Telefon repariert würde, was schließlich auch geschah, so daß ich, als es klingelte, das Gespräch entgegennehmen und hören konnte, was man mir mitteilte – über Maxim.

Zweiundzwanzigstes Kapitel

Er hatte sein Ziel fast erreicht. Sie fanden den Wagen im Straßengraben neben einer der schmalen, gewundenen Alleen nicht weit von Manderley. Er war gegen einen Baum geprallt. Ich selbst war diese Straße im letzten Jahr entlanggefahren, früher hatten wir sie regelmäßig benutzt.

Ich wollte nicht hin. Ich bat, man möge nach Frank Crawley schicken. Er sei ein alter Freund, sagte ich, er könne Maxim ebenso sicher identifizieren wie ich. Aber das ging nicht, sie erlaubten es nicht. Ich war seine nächste Verwandte. Seine Frau. Mrs. de Winter. Ich mußte hin.

Er war seltsam unverletzt, schien nur eine unerhebliche Schürfwunde an der Stirn zu haben. Ich konnte nicht verstehen, warum er tot war.

Aber in diesem Moment dachte ich nicht darüber nach. Ich sah ihn nicht dort, und bis heute sehe ich ihn nicht dort. Ich sehe ihn an jedem anderen Ort, an dem wir gemeinsam waren, sehe ihn hinter Monte Carlo die Straße hinauffahren, sehe ihn mit großen Schritten das Glückliche Tal durchqueren, Jasper im Schlepptau, sehe ihn mit den Händen auf der Reling des alten Dampfers neben mir stehen, während wir, über uns die leuchtende Sichel des Mondes am verglühenden Abendhimmel, nach Istanbul hineinfahren, sehe ihn von den grasbewachsenen Hängen auf Cobbett's Brake hinunterschauen, das in seiner Mulde eingebettet liegt.

Nur dort sehe ich ihn nicht.

Anfangs wollte ich überhaupt keine Totenfeier, in keiner Form; aber es mußte eine geben, und andere wollten es, Giles und Roger, Frank Crawley, der alte Oberst Julyan. Doch ich bestand darauf, daß sie nicht in der Kapelle von Kerrith stattfinden würde, und auch nicht in der Dorfkirche nahe Cobbett's Brake. Ich wollte nichts dergleichen – es überraschte mich selbst, wie bestimmt ich war –, und ein Grab wollte ich auch nicht.
Maxim sollte nicht in der Familiengruft beigesetzt werden, neben ihr, das hätte ich nicht ertragen; er sollte überhaupt nicht beerdigt werden, und es würde auch keine Leiche mehr zum Begraben dasein. Um das, was von ihm übrigblieb, würde ich mich auf andere Weise kümmern.
Wir fuhren zu einer kleinen, schlichten, neuen Kirche, die zwanzig Meilen von der Stelle entfernt lag, wo der Wagen gegen den Baum geprallt war. Ich hatte sie nie zuvor gesehen und würde sie nie wieder sehen. Sie war so unbedeutend, daß mir nichts davon im Gedächtnis blieb, deshalb hatte ich zugestimmt, als Frank, der sie entdeckt hatte, sie vorschlug; er hatte dann die nötigen Vereinbarungen getroffen.
Mit dem Geistlichen waren wir acht, und es war schnell vorüber. Ich hatte mein möglichstes getan, um dafür zu sorgen, daß niemand davon erfuhr. Erst danach, als der Vorhang sich geteilt und wieder geschlossen hatte und Maxim dahinter verschwunden war, als wir in die graue, dampfige Luft hinaustraten, die nach Herbst und der See duftete, sah ich in einiger Entfernung eine Gestalt in einem Mantel stehen, hochgewachsen, schmal, die mir irgendwie bekannt vorkam, aber sie wandte sich ab, und als ich wieder hinschaute, war sie weg. Lange Zeit später sagte mir Frank, daß es der junge Robert gewesen sei, unser Diener aus Manderley, der von Maxims Tod gehört hatte und aus

Kerrith gekommen war, wo er noch immer wohnte; er habe sich abseits gehalten, weil er nicht stören wollte.

Robert. Ich schob den Namen beiseite, um später an ihn zu denken. Später würde ich mich an ihn erinnern.

Damit war alles vorüber, es gab keinen Tee, keine Zusammenkunft. Mrs. Danvers war nicht gekommen. Und Jack Favell auch nicht. Aber ich hatte gewußt, daß sie es nicht tun würden, es bestand kein Grund dafür; sie hatten, was sie wollten. Rache, hätte ich gesagt – Maxim hätte es Gerechtigkeit genannt.

Nur eines gab es noch zu tun, und das war allein meine Sache. Frank, der liebe Frank, war schrecklich besorgt gewesen. Er wollte mich begleiten, meinte, daß er dabeisein sollte, um Maxims und um meinetwillen, aber als ich darauf bestand, es allein zu tun, zeigte er Verständnis und respektierte meine Entscheidung.

Ein Wagen, den ich gemietet hatte, brachte mich hin, und ich holte das hölzerne Kästchen ab, auf dem sein Name stand, und wir fuhren zum Hafen, wo das Boot wartete. Wie sich herausstellte, gehörte es dem Sohn eines Fischers, den wir früher einmal gekannt hatten. Zwar hatte ich jeglichen Kontakt mit Leuten von Manderley und Umgebung vermeiden wollen, aber es war auch nur eine sehr flüchtige Bekanntschaft, und irgendwie erschien es mir auf einmal doch richtig, ja, ich war froh, ihn dabeizuhaben.

Es war noch immer grau und dampfig und dunstig, ich spürte einen feinen Sprühnebel auf meinem Gesicht, als ich im Boot stand und wir auf die kleine Bucht zusteuerten. Das Meer war sehr ruhig. Wir fuhren langsam, offenbar hielt der Fischer es aus Gründen der Pietät für angemessen, aber mir kam die Fahrt endlos vor. Wir sprachen kein Wort miteinander, bis ich plötzlich am Ufer die Bäume aufragen sah, das Unterholz, das an der Böschung emporwucherte, und

dahinter, mitten im Dickicht, mußte Manderley liegen – oder was immer davon übrig war.
»Hier«, sagte ich. »Halten Sie hier.«
Er schaltete den Motor aus, und dann war es vollkommen still bis auf das Kreischen der Möwen. Ich sah die kleine Bucht vor mir liegen und den Strand, aber ich wollte nicht näher heran. Ich trat an die Reling, und dann öffnete ich das Kästchen, drehte es langsam um und kippte den feinen, grauen Staub aus. Die Asche stieg in die Luft, und der salzige Seewind trieb sie von mir weg, auf Manderley zu.